Un feu d'artifice dans ma vie

Louise Guillemot

Un feu d'artifice dans ma vie

Roman

Le Code de la propriété intellectuelle n'autorisant, aux termes de l'article L.122-5, 2° et 3° a, d'une part, que les « copies » ou reproductions strictement réservées à l'usage privé du copiste et non destinées à une utilisation collective » et, d'autre part, que les analyses et les courtes citations dans un but d'exemple et d'illustration, « toute représentation ou reproduction intégrale ou partielle faite sans le consentement de l'auteur ou de ses ayants droit ou ayants cause est illicite » (art. L.122-4).

Cette représentation ou reproduction par quelque procédé que ce soit, constituerait donc une contrefaçon, sanctionnée par les articles L.335-2 et suivants du Code de la propriété intellectuelle.

© Louise Guillemot, 2024
Édition : BoD · Books on Demand GmbH, In de Tarpen 42,
22848 Norderstedt (Allemagne)
Impression : Libri Plureos GmbH, Friedensallee 273,
22763 Hamburg (Allemagne)

Couverture : Yannick MYTAE - Les éditions MYTAE
Relecture et corrections : Véronique ERRICO

ISBN : 978-2-3224-9778-2
Dépôt légal : Novembre 2024

*À tous mes anges gardiens,
d'ici et d'ailleurs*

Tome 1

Foncer ou s'enfoncer

1

Trop de cartes en mains

— Lou, ils sont rangés où les kits de perfusion ?
— À côté des pansements hydrocellulaires.
— Lou, tu as appelé Mme Cruz pour lui dire que ses bas de contention sont arrivés ?
— Oui, elle viendra jeudi, en allant au marché.
— Attends, j'ai un doute. En aromathérapie, on utilise la lavande vraie ou la lavande aspic pour la cicatrisation ?
— Aspic.
— Et pour les statistiques de vente des produits minceur de mars, c'est quel tableau Excel ?
— Celui qui s'appelle « Perte de poids 03 ».

Je m'appelle Lou, je suis préparatrice en pharmacie depuis près de vingt ans et rien ne pourra jamais me détourner de cette vie que j'ai choisie. Je vis à cent à l'heure. Je délivre des médicaments sur ordonnance, range et entretiens les rayons, conseille mes clients, les rassure, les encourage. Je me sens utile, j'ai l'impression de participer à ma manière à la prise en charge de leur santé, à une partie de leur guérison ou à leur retour vers la sérénité.

Je m'investis au maximum et je continue à apprendre au travers de nouveaux challenges.

Depuis quelques années, je suis responsable qualité. J'ai mis en place la norme ISO 9001 au sein de mon entreprise. En pharmacie, cette certification est peu répandue. Ce récent projet me plaît, il me valorise aussi auprès de ma hiérarchie, de mes collègues et me pousse à m'adapter à des concepts audacieux.

Pourtant, ce vaste programme représente encore plus de travail et d'investissement mais ça, je n'y pense pas vraiment. L'adrénaline qui coule dans mes veines relève déjà le défi et me pousse à me dépasser davantage. Cette opportunité, je la mérite, alors rien ne peut m'arrêter, je vais foncer comme à mon habitude.

Mon perfectionnisme me pousse à m'investir sans compter. Je jongle entre le comptoir, les clients, le téléphone, les obligations auprès des laboratoires, les demandes de mes collègues, les exigences de mon patron. Les problématiques des uns, les procédures des autres, tout s'enchaîne, les heures, les mois, les années.

À la maison aussi, je veux tout réussir. Je navigue entre la préparation des repas, le planning des activités, les attentes de mes deux enfants, Alicia et William, âgés respectivement de huit ans et cinq ans, les contraintes de l'école ainsi que les projets de mon mari et de notre vie à deux.

Ma grand-mère me disait souvent : « Dans la vie, ma petite fille, on ne peut pas tout mener de front : être une bonne épouse, une mère attentive, une femme active, une infirmière à l'occasion, une amie toujours disponible… Bref, tu dois choisir. Travailler pour une femme, c'est trop. » Seulement voilà, on est au 21e siècle et l'évolution des générations nous a donné, à nous les femmes, des ailes d'une envergure astronomique. Contrairement aux idées de ma grand-mère, ma mère et la société ont toujours prôné la libération de la femme et sa capacité à tout assumer. J'ai donc grandi imprégnée de la conviction que la gent féminine sait briller dans tous les domaines, qu'elle peut tout faire, tout atteindre, tout réussir.

Alors pourquoi choisir ?

Journée type. Journée de dingue.

Je me lève, file sous la douche, m'habille, me maquille, déjeune. Je réveille les enfants, fais déjeuner les enfants, prépare les enfants. Je cours à l'école maternelle, fonce à l'école primaire, me précipite au boulot. J'avale les heures. Je mange sur le pouce, bois des litres d'eau en bouteille, râle parce que ma commande n'est pas arrivée, m'arrache les cheveux avec le laboratoire qui ne sait pas où est passée ma commande, sers un client nerveux qui m'interpelle :

— Madame je suis inquiet, je crois que j'ai un ongle incarcéré.

— Pardon ?

— Je vous dis que j'ai un ongle INCARCÉRÉ !

— Non, on dit « incarné », Monsieur.

— Oui ben c'est pareil. Je mets de l'alcool à 90° dessus depuis hier et c'est pas joli-joli.

— Ouh là, de l'alcool à 90° ! Vous n'aviez que ça au fond de votre trousse à pharmacie ?

Qu'est-ce qu'ils ont tous à croire que l'alcool est la solution ? Ça brûle !

— Je sais pas, ma femme était pas là, j'ai pris ce que j'avais sous la main.

Heureusement que ce n'était pas le white spirit !

— Vous me montrez un doigt dans votre main empaquetée, c'est bien là que se situe le problème ?

— Oui. J'ai mal mais ça va passer tout seul, hein ?

Il entrouvre délicatement son pansement de fortune et une belle inflammation, rouge et gonflée, englobant un point jaunâtre purulent, apparaît sur le pourtour de l'ongle.

— Je suspecte plutôt le début d'un panaris.
— C'est comme Panzani, c'est italien ?
Mais je suis tombée sur un poète !
— Désinfectez avec de la Biseptine. Vous en mettrez deux fois par jour puis vous appliquerez cette crème antibiotique. Vous ferez ensuite une poupée avec de la gaze et du sparadrap. On se donne quarante-huit heures. Si ça ne va pas mieux, vous devrez consulter, OK ?
— Pourquoi, c'est grave ? demande-t-il inquiet.
La septicémie et la mort, c'est assez grave ou pas ?
— Un panaris non pris à temps peut dégénérer en abcès ou en infection plus grave. Si vous êtes sérieux concernant les soins, ce sera vite oublié, ne vous inquiétez pas. En cas de doute, revenez me voir.
— OK.
— Et vous me surveillez bien ce doigt, on est d'accord ?
— On est d'accord madame la pharmacienne, je vais demander à ma femme de jouer les infirmières, me dit-il en me lançant un clin d'œil émoustillé.

Je souris, le voilà rassuré et détendu, mission accomplie.

Je me replonge dans mes commandes. Tous ces cartons doivent disparaître d'ici la fin de la journée. Je veux finir d'achalander le rayon bébé et installer les promos du mois. Soudain une voix s'élève. L'équipe se fige. Une mission de la plus haute importance doit être prise en charge très rapidement :

— C'est l'heure de goûter, s'exclame Gabrielle, ma collègue au déballage, le nez dans ses cartons.

Gabrielle, petit gabarit au tempérament fougueux, sait marcher des kilomètres en talons sans sourciller, toujours en compétition avec les cartons qui s'entassent autour d'elle et les livreurs pressés qui lui en rajoutent continuellement.

Les préparatrices qui ne sont pas au comptoir en clientèle sont privilégiées. Elles peuvent filer directement dans notre repère au fond de la pharmacie. Je termine avec monsieur doigt de poupée et rejoins la troupe. Une simple paillasse, un évier, une cafetière et quelques placards constituent notre coin pause, niché entre la cabine d'essayage et les étagères des commandes à récupérer par les clients. Katia a fait un peu de place pour couper les parts de la tarte aux pommes. Je la toise et demande :

— C'est Gaby qui l'a préparée ?

— Bien sûr. Tu sais bien que la pâtissière en chef a toujours besoin de notre avis.

Gabrielle abandonne ses caisses et ses cartons. Elle se joint à nous.

— J'ai fourni la tarte mais on boit quoi ?

— Tu peux imaginer du cidre mais en réalité ce ne sera rien que du jus de pomme. Au fait, tu m'as bien dit que tu avais une réunion à l'école hier soir ?

— C'est exact.

— Alors tu l'as préparée quand, cette tarte ?

— Ben ce matin. Les jumeaux étaient réveillés dès 6 h 00 donc je me suis dit qu'il fallait utiliser ce temps libre à bon escient.

— Ben voyons, c'est pas moi qui me lèverais à l'aube pour cuisiner !

Gabrielle a deux passions dans la vie depuis son divorce, la pâtisserie et ses jumeaux. C'est une maman poule capable de passer des après-midis entiers en ateliers peinture ou pâte à sel pour faire plaisir à ses enfants. Elle se régale à tisser un lien fort avec eux et a toujours beaucoup de peine à les laisser. Si cela ne tenait qu'à elle, ils seraient tous les deux en atelier déballage avec elle à la pharmacie tous les soirs à la sortie de l'école et pendant les vacances scolaires.

Son espace de travail est un méli-mélo de photos de ses deux canailles de six ans, placardées ici et là. Tom et Jules au parc, Tom et Jules sur la plage, Tom et Jules en train de faire des sablés aux amandes. Il n'est pas rare que ces deux tornades prennent la pose la bouche pleine de chocolat ou les mains dans la farine. Avec Gabrielle, tout est une question de pâtisseries. Et au pluriel, bien sûr ! Elle n'en achète jamais, elle préfère les cuisiner pour son entourage ou tester sur nous ses nouvelles recettes. Rien n'est plus enrichissant à ses yeux qu'une journée accompagnée de chocolat, de génoise ou de crème pâtissière.

Comme d'habitude cette pause goûter est ponctuée d'éclats de rire discrets (ou pas). J'aime l'ambiance au travail car mes collègues sont agréables à vivre. Ces moments de partage, autour d'une tarte par exemple, nous permettent de souffler quelques minutes, de laisser les tensions au comptoir et de reprendre des forces. Nous essayons de goûter régulièrement et nous y arrivons très bien d'ailleurs, encourageant ainsi cette énergie de cohésion. Philippe, notre patron, y participe souvent. Je crois que lui aussi est sensible à ce climat convivial qui ne nous empêche pas d'être performants, bien au contraire.

En parlant du loup…

Philippe apparaît au coin pause.

— Les filles, je vais livrer Mme Santos et je reviens vite. Gardez-moi une part !

Il file sans attendre notre réaction, il sait qu'il peut nous faire confiance.

Philippe est un patron qui ne nous fait pas ressentir le poids de la hiérarchie. Son absence de port de blouse est sa seule rébellion et le seul signe qui oriente la clientèle sur son rôle dans la structure. Commercial avéré, homme abordable et compréhensif, il sait garder l'humain au cœur de son métier. La Team que nous représentons avec lui, Gabrielle, Katia et Natacha – partie depuis peu – travaille donc sereinement car elle sait qu'une absence pour enfant malade ou un rendez-vous personnel ne sont jamais un problème insurmontable. Toujours à nos côtés dans l'arène, Philippe sait travailler en équipe et motiver son personnel.

Exercer au contact de ces hommes et femmes me réjouit et m'épanouit. J'oublie momentanément la charge de travail qu'on m'a imposée ou que JE me suis imposée, je ne sais plus vraiment…

La semaine dernière, au retour d'un séminaire sur le management d'équipe, Philippe nous expliquait les grandes lignes de sa formation. Il évoquait notamment le fait qu'on ne peut pas attendre le même investissement de chaque employé. Suivant la personnalité et l'engagement de chacun, le chef d'entreprise doit s'adapter afin d'en retirer le meilleur. Avec humour et réalisme, il s'est mis à énoncer nos traits de caractères, nos qualités et nos défauts. Il a donné des exemples personnels et marquants à mes collègues puis s'est adressé soudain à moi :

— Lou, par exemple, j'aime travailler avec toi car tu ne sais pas me dire non. Je ne peux pas en réclamer autant à certaines de tes camarades, mais toi, tu réponds systématiquement OUI à tout ce que je te demande.

Je suis restée figée, mes collègues ont acquiescé. Mon patron pensait peut-être me faire un compliment, mais cette remarque a résonné différemment en moi.

Il a raison, je suis beaucoup trop investie dans mon travail. Trop bonne, trop conne, non ? Je m'épuise à toujours prendre des tâches supplémentaires, je n'analyse jamais mes besoins et mes limites et, si je vais plus loin dans ma réflexion, je risque même de le regretter un jour.

Il est 20 h 40, les enfants sont déjà couchés. Je ne suis pas inquiète. Mon mari a pris le relais, il a l'habitude de ces soirées et il assure. Pourtant, je ne m'y résous pas, c'est dur de rentrer sans les voir et sans participer à la vie de famille : pas de bain, pas de devoirs d'école, pas de sourires, pas d'anecdotes sur leurs journées, pas de dîner partagé, pas de câlins ni d'histoire avant leur coucher…

J'arrive rapidement à me convaincre que cela n'arrive pas tous les jours et qu'ils profitent de leur père. À ce moment-là, ma culpabilité recule de quelques mètres. Je vais pouvoir dormir un peu.

2

Travailler en équipe

Lundi, 10 h 32 à la pharmacie. Cette semaine, je dois organiser la prochaine réunion d'équipe. D'habitude, au cours de cet exercice, je parle beaucoup, trop, beaucoup trop. Je m'évertue donc désormais à donner la parole à mes collègues, je m'applique à inciter mes voisines à s'exprimer mais personne n'ose vraiment se lancer.

Nous avons tous des secteurs différents à gérer, il me paraît donc normal et logique que chacun puisse développer son propre domaine à l'oral. Aussi, je motive Katia pour qu'elle expose les chiffres des récentes promotions. Pour cela, elle doit préparer un tableau Excel synthétisant l'évolution des résultats des ventes. Elle s'est installée sur l'ordinateur derrière les comptoirs, au poste administratif, des étagères la cachant aux yeux des clients. Je suis dans l'espace clientèle et j'effectue des allers-venues devant elle puisque son poste jouxte le territoire des tiroirs et des réserves de médicaments.

— Lou, viens m'aider sinon je crois que l'ordinateur va passer par la fenêtre... me lance Katia, furieuse, lors d'un de mes passages près d'elle.

Une feuille à la main, son apostrophe m'alerte.

— Ouh là, pas de précipitation, j'arrive...

Katia est mon binôme. Préparatrice en pharmacie comme moi, c'est une femme dynamique à la carrière longue et riche. Complexée par quelques kilos superflus depuis la ménopause, elle a souvent du mal à choisir entre plaisir et restriction. Je la trouve pourtant jolie et féminine avec ses courbes un peu arrondies et son visage doux et lumineux. Sa fille étant suffisamment grande pour avoir pris son envol, elle part régulièrement camper avec son mari afin de décompresser de nos journées parfois exténuantes. C'est sa manière à elle de casser la routine.

Je fais un crochet pour rejoindre son espace, pose ma feuille sur son bureau.

— Je te dis que c'est impossible ! Créer ou gérer ces tableaux est hors de mes compétences, se lamente-t-elle, désespérée.

— Je comprends que ce soit difficile au premier abord, mais tu vas y arriver. Créer des nouvelles cases et ajouter un intitulé à l'intérieur, c'est juste une question d'entraînement. C'est toujours pareil, tu vas t'y faire !

À peine quelques instants plus tard, Philippe, en pleine clientèle, passe la tête derrière les étagères et m'accoste :

— Lou, ta cliente de ce matin, Mme Milan, elle est arrivée. Tu peux lui expliquer le fonctionnement du tire-lait, s'te plaît ?

— Vous pouvez vous en charger, chef. Le dossier de location est prêt et elle m'a donné un chèque de caution. Il ne reste qu'à lui montrer comment ça marche.

— Oui et bien ça, ce n'est vraiment pas mon rayon, bougonne-t-il.

— Et c'est peut-être le mien, d'après vous ? dis-je agacée.

— Ben oui, tu as allaité tes enfants longtemps et tu es une femme, non ?

— Alors oui, j'ai allaité mes enfants un an chacun, et non je n'ai pas utilisé cette machine infernale qui aspire les tétons comme une trayeuse à vache !

— Tu n'as pas une grande admiration pour ce tire-lait... Raconte !

— J'ai allaité ma fille pendant six mois et mon entourage autant que la société me culpabilisaient d'envisager de poursuivre une pratique pourtant naturelle et ancestrale : « *Tu ne vas quand même pas l'allaiter jusqu'à ses dix-huit ans !* » « *À six mois, ton bébé va te détruire la poitrine avec ses dents !* » « *Ton mari pourra prendre le relais, prends un tire-lait !* » J'ai fini par craquer sous la pression. Bon, j'avoue que mon essai n'a duré que quatre jours. J'ai passé de longues heures à patienter les seins capturés dans ce truc. Tout ça pour récolter quinze ou vingt malheureux millilitres, à peine de quoi nourrir une souris. Bref, excédée par ce maigre rendement et les pleurs de ma fille face à ces fades tétines de biberons en plastique, j'ai vite envoyé balader tout ça ! Je n'allais pas laisser le bonheur d'allaiter me glisser entre les doigts juste pour être conforme aux normes de la société moderne… Qu'importe !

— Jolie histoire de réconciliation avec ta fille et tes valeurs.

— Oui, j'ai allaité six mois de plus. Ensuite, un entretien avec l'intéressée âgée d'un an a débouché sur un arrêt rapide. Une vraie réussite, car la décision venait de moi seule.

— Moi, tout ce que je retiens pour l'instant, c'est que tu sais te servir de cette machine, un argument suffisant pour te laisser ma place auprès de Mme Milan, ajoute-t-il d'un air triomphant. Je vais lui annoncer la bonne nouvelle.

Ravi de sa tirade, il s'éclipse à reculons. D'un petit geste de la main, un sourire aux lèvres, il scelle symboliquement un accord imaginaire.

— OK, c'est bon, vous avez gagné, chef, je m'y colle !

Je m'apprête à rejoindre Philippe quand une voix plaintive m'interpelle.

— Ah non, ne m'abandonne pas, on n'a pas encore fini ! s'écrie Katia.

— Pas de panique, je reviens dans cinq minutes.

— Je n'y crois pas une seconde.

— Je fais mon maximum ! lui dis-je en marchant à reculons, les mains croisées en prière pour imiter Philippe.

La démonstration n'a pas duré cinq minutes, mais au moins dix ou quinze, sans compter l'achat de biberons anti-régurgitations et d'un baume spécial allaitement. Il ne s'agit pas uniquement de passer en revue toutes les options et paramètres du tire-lait, un simple mode d'emploi pourrait suffire. Les jeunes mères ont besoin d'être rassurées et entendues. Nous sommes aussi une oreille compatissante et un confident sans jugement tout au long de leur grossesse et de leur nouvelle vie de mère.

Débordées d'informations pratiques et souvent critiquées par leur entourage, elles viennent ici chercher du réconfort et remettre de l'ordre dans leurs idées pour tenter de faire la part des choses entre ce qu'elles veulent et ce que les autres veulent pour elles.

-Comment ? Tu ne veux pas allaiter ton fils, tu ne vas quand même pas le nourrir avec du lait chimique alors que la nature est faite pour ça !

-Travailler en élevant un bébé, quelle inconscience, pourquoi tu ne prends pas un congé parental ?

-Méfie-toi des nounous, il paraît que certaines droguent les enfants pour être tranquilles toute la journée...

Je me souviens très bien de ma première grossesse. Les professionnels comme mes proches voulaient bien faire, ils se sentaient obligés de partager leur propre expérience ou leurs idées concernant la maternité avec moi, alors que je n'en avais aucunement fait la demande. Mes amies, ma sage-femme, ma mère, ma belle-mère et même des voisines parfois envahissantes me prodiguaient conseil sur conseil, en totale contradiction les uns avec les autres.

-Allaitez votre fille toutes les trois heures, au besoin, réveillez-la. La nourrir régulièrement est nécessaire pour éviter la perte de poids.

-Non mais ça ne va pas de réveiller un bébé qui dort ? S'il dort, c'est qu'il n'a pas faim. L'allaitement, c'est à la demande, le bébé se régule tout seul !

-Vous coucher en lovant votre fille dans vos bras est naturel, les africaines et bien des femmes d'autres cultures dorment avec leurs enfants les premières années.

- Ultra dangereux ces coutumes ! Ne sommeillez surtout pas avec votre fille dans vos bras, vous pourriez l'écraser ou pire, la faire tomber sans vous en apercevoir !

Comment faire le tri au milieu de toutes ces informations plus ou moins médicales, plus ou moins utiles, plus ou moins vraies ? J'aime rappeler aux futures mères qu'elles sont uniques, avec leurs propres idées et leurs propres envies. Elles feront de leur mieux, elles feront des erreurs, elles changeront d'avis lorsqu'elles ne seront pas satisfaites du résultat de leurs essais.

Et puis nous serons là, les sage-femmes coopératives, les pédiatres compétents, les préparatrices en pharmacie bienveillantes, les mères surprotectrices, les belles-mères aidantes, les amies encourageantes. Je leur propose que ce soit à elles, futures mamans, de choisir leur équipe, à elles de questionner leurs guides et d'évincer les envahisseurs. Cette période semée d'incertitudes et d'émerveillements passe de toute façon si vite que l'on se demande rapidement pourquoi avoir dépensé autant d'énergie à viser la perfection.

Se remettre en question et changer de cap fait partie de la vie de parent.

Ne devrais-je pas appliquer la même philosophie dans le monde du travail ?

Mme Milan sort de l'officine tenant d'une main une mallette bleu marine, de l'autre un sac d'accessoires. Elle semble plus apaisée qu'au début de notre entretien, je suis contente qu'elle rentre chez elle rassérénée. Je quitte l'espace clientèle et m'approche de Katia.

— Je déteste l'informatique, affirme-t-elle d'un ton dépité.

— Relax la miss, tu n'as peut-être pas hérité du gène du décryptage informatique, mais tout s'apprend. Allez, on reprend depuis le début.

— Quelle patience tu as, je ne sais pas comment tu fais pour garder ton calme face à ces tableaux indomptables !

— Mais c'est toi la patience incarnée !

— Avec les patients ou l'équipe, oui, mais face à cet appareil borné, ce n'est vraiment pas possible.

En passant près de nous, Gabrielle m'envoie un clin d'œil et me chuchote « bon courage ! » à l'oreille. Sa remarque me fait sourire.

Je me replonge dans ces tableaux de chiffres qui passionnent Katia. Je comprends son aversion pour cette besogne : remplir ces rectangles sans vie est un peu ennuyeux, voire rébarbatif. Katia préfère cent fois aborder un monsieur peu aimable au comptoir ou conseiller un produit minceur à une épicurienne.

Strasbourgeoise de souche, Katia aime la clientèle, elle est faite pour ça. Le contact avec les gens lui procure beaucoup de satisfaction et les clients le lui rendent bien. Elle appelle les habitués par leurs noms avant même de les lire sur l'ordonnance, connaît leurs historiques, leurs passés, leurs vies. Toutes ces heures passées au comptoir à donner le meilleur d'elle-même lui confèrent une certaine notoriété, les papis lui font confiance, les mamies partagent leurs secrets. Elle amadoue les enfants et galvanise les parents, si bien que sa réputation traverse ces murs. Elle travaille ici depuis une éternité. Je suspecte l'architecte de l'avoir intégrée dans le projet de construction de l'officine il y a plus de trente ans.

— Je viens voir Katia, ma voisine m'a dit qu'elle avait fait des miracles, je souhaiterais m'entretenir avec elle pour mes problèmes de sommeil.

— Katia est en cabine d'essayage pour poser une attelle. Je peux peut-être vous conseiller, madame ?

— Vous êtes bien gentil, jeune homme, mais j'ai besoin d'une femme qui a du métier. À votre âge, on n'a encore rien vécu !

Les stagiaires ou les nouveaux employés sont parfois vexés d'être congédiés malgré leurs tentatives de séduction. Moi, j'admire Katia. Avoir créé une telle relation de confiance avec ses usagers est un travail d'investissement de longue haleine, elle mérite le retour positif de ses nombreuses heures passées à convaincre. J'espère acquérir assez d'expérience à ses côtés pour en savoir autant un jour prochain. Autant d'années de carrière ça ne s'improvise pas ! Par contre, traiter des dossiers administratifs épineux ou remplir les statistiques des promotions lui donnent de l'urticaire. Elle s'insurge parfois auprès de Philippe, notre supérieur hiérarchique :

« Je ne suis ni secrétaire, ni informaticienne alors laissez ça à d'autres ! »

ID
3

Au restaurant

Ce soir, l'un de mes deux frères, FX, a organisé une rencontre. Sa fiancée a signé son contrat d'embauche dans une maison d'édition et souhaite partager sa réussite avec nous. Si je suis l'aînée, personne ne peut le soupçonner car mes frères, FX et Charly, mesurent tous les deux près d'un mètre quatre-vingt-dix et n'hésitent pas à me qualifier de « sœurette » pour me taquiner.

Nous avons rendez-vous dans un restaurant toulousain, pas très grand mais convivial, un « bon plan » en matière de gastronomie et d'ambiance chaleureuse d'après les critères de mes frères. Comme d'habitude, je suis en retard. Faire la fermeture de la pharmacie un samedi soir n'est jamais l'idéal quand je dois courir afin de récupérer le peu qui reste de ma vie sociale.

Avant d'arriver, on s'est pris le bec avec mon mari par téléphone à propos d'une histoire idiote de garde d'enfants et de gestion du planning par les grands-parents durant les prochaines vacances scolaires.

Pas facile de conjuguer travail et vie de famille.

Mon mari, Christophe, est un homme bon, d'une large ouverture d'esprit et d'une sagesse incommensurable. J'avoue qu'il en faut pour surfer sur mon énergie débordante. Il mériterait parfois une médaille. Malgré cette belle quiétude familiale en façade, nos disputes résonnent en moi comme autant d'échecs. Lorsque j'évoque mon inquiétude après la querelle d'aujourd'hui une fois la pression redescendue, mon homme, à l'autre bout du fil, est formel :

— Essaie de prendre ces divergences d'opinion comme des cadeaux de la vie.

— Trop difficile.

— Regarde sous un autre angle.

— Lequel ?

— Et bien, nous apprenons tellement l'un sur l'autre qu'une nouvelle force émerge à chaque conflit.

— Tu crois ?

— J'en suis persuadé.

— Je suis pourtant triste face à ces situations pénibles.

— Ta tristesse doit laisser place à d'autres sentiments.

— La tolérance, la remise en question, une autre vision de notre couple ?

— Oui voilà, tu y es. Ma vision du monde et la tienne font la richesse de notre famille.

— Je voudrais avoir ta sagesse sur les relations humaines !

— Je donne des cours de rattrapage si tu veux, me taquine-t-il.

— C'est ça, fanfaronne !

— Allez, ne fais pas la tête. C'est la soirée d'Elina et l'apéro s'éternise, alors arrête de te prendre la tête et rejoins-nous au plus vite. On t'attend avec ton sourire, une bonne bière à la main.

Il a raison, j'ai envie de relâcher la pression en me disant que la perfection n'existe pas et que cela nous rend plus humain.

Mais le parcours est encore long avant d'intégrer que je peux vivre autrement qu'avec ces croyances limitantes.

À mon arrivée, tout le monde discute autour d'un apéritif et de quelques amuse-gueules sous une lumière tamisée, particulièrement enveloppante.

— Ah, enfin ! clame l'assemblée.

Charles-Henri et François-Xavier sont présents en compagnie de leurs amoureuses, Adèle et Elina.

Mes parents aiment les prénoms classiques, français et anciens, il est impératif de pouvoir trouver leurs fêtes sur un calendrier. Si tout le monde m'appelle Lou, mon vrai prénom est, comme celui de mes frères, un mélange de deux prénoms distincts, Louise-Marie. À croire que mes parents, ne parvenant pas à trouver un compromis sur leurs choix respectifs, ont décidé d'un commun accord de nous donner deux prénoms. Les prémices de l'adolescence ont donné naissance à Charly, FX et Lou, plus courts et davantage dans le vent, aux dires de nos entourages juvéniles de l'époque. En dehors de ces diminutifs, seuls le chapeau de gangster de Charly et la vieille guitare dénichée par FX dans le grenier des grands-parents subsistent encore de cette période. Ils ne les quittent jamais. Doudous ou objets fétiches, ils font intégralement partis de leurs personnalités depuis leurs quatorze ans.

— Alors, ce concert, les gars ? demande Elina.

— La salle n'était pas top, une acoustique plus que médiocre mais un public très sympa, note Charly.

— Endiablé, oui ! ajoute FX.

Toute discussion avec mes frères ou mon mari tourne forcément autour de la musique. Il faut dire que je n'ai pas été chercher Christophe très loin. Il faisait partie du groupe de rock formé par mes frères durant leur adolescence. Chacun avait son rôle à jouer. FX à la guitare, Charly à la basse, Jessy au chant et Christophe à la batterie. À force de côtoyer ces jeunes rebelles, je me suis rapprochée dangereusement de l'un d'entre eux au fil des ans, pour finalement l'épouser il y a une vingtaine d'années.

— Je me suis fait un cadeau, juste avant de venir, annonce Elina.

— Ah bon ? objecte Charly.

— Oui, j'avais envie de me faire plaisir pour fêter ce contrat. J'ai bien fait, non ?

— Tu as raison, il ne faut pas s'oublier ! Allez, montre ! réclame Adèle.

Un joli paquet est déposé sur la table. Elina ouvre le coffret bordeaux avec un air heureux. Elle en sort un parfum au flacon d'or élégant, reste à savoir quelle fragrance se cache dans cette bouteille à l'esthétisme séduisant. L'embout fin contraste avec la base bombée telle des hanches féminines sensuelles. Les femmes de l'assemblée se passent l'objet de toutes les convoitises de main en main, aspergeant leurs poignets avant d'en respirer les effluves.

— Parfait, je l'adore ! annonce la reine d'un soir.

— Alors, on dîne ! s'impatiente FX.

— On trinque une dernière fois avant d'appeler le serveur ! annonce Chris. Lou, tu ne bois toujours rien ? Tu veux finir ma bière ?

— Non merci. Je vais commander autre chose.

J'accoste un serveur. Il s'éloigne et revient rapidement vers moi, un plateau à la main. Il me tend un verre dans lequel un liquide transparent et des glaçons s'agitent telle une houle vive au milieu d'icebergs. Une odeur de pomme verte me chatouille le nez. Ce sera mon seul excès de la soirée, car l'alcool et moi sommes deux vraies canailles lorsque nous traînons trop ensemble. Nous trinquons. Les verres et les bouteilles s'entrechoquent dans un bruit de tintement festif.

Les premiers plats arrivent. Elina décide d'interroger mon mari :

— Alors ce nouveau boulot, ça te plaît ? C'est LA réussite ?

— Non, je ne dirais pas ça, chacun de mes postes étaient intéressants. Aujourd'hui j'intègre une grosse équipe, c'est surtout ça qui me plaît.

— Tu dois prendre tes marques, le rassure FX, mais dans cette structure, pas de soucis, tu auras un max de boulot.

— En tous cas, bravo, insiste Elina. Changer de boulot, c'est pas évident !

— J'aime les nouveaux défis, dit-il avec ironie.

— Je suis content que tu aies enfin trouvé ta voie.

Enfin pour l'instant ! dis-je pour moi-même. Mon mari est un épicurien, il aime la vie et elle le lui rend bien. Son existence est riche en rencontres, en apprentissages, en couleurs, en saveurs. Comme disait Forrest Gump, « la vie c'est comme une boîte de chocolat, on ne sait jamais sur quoi on va tomber ». Le truc, c'est que Christophe est gourmand, il adore le chocolat. Contrairement à moi, il aime l'inconnu, faire de nouvelles expériences, rencontrer des gens différents. Il est à l'aise avec le changement et je lui envie cette qualité.

Voilà presque vingt ans que je suis préparatrice en pharmacie. Certes, j'ai déjà occupé différents postes et diversifié mes responsabilités, mais mon travail comporte une grande part de routine, toujours au cœur d'une officine en ville. Pourtant, la vie professionnelle de mon mari me fascine.

J'aime sa philosophie : « Tu sais Lou, la vie est trop courte pour travailler au même endroit toute ta vie. Il y a tant de choses à découvrir, je veux laisser le destin me porter vers différents horizons ». Aussi loin que je m'en souvienne, il a toujours eu ce discours. J'admire sa capacité à assumer divers postes avec persévérance et passion. Il lui faut parfois repartir à zéro, tout reconstruire. Il réussit ce qu'il entreprend grâce à son sérieux et sa détermination. J'aimerais qu'il « déteigne » un peu sur moi.

Bientôt quarante ans. Serait-ce le moment de sortir de ma zone de confort, d'essayer autre chose ? Changer de qualification ou tester mes capacités serait envisageable, mais aurais-je le courage de franchir le cap ?

— Lou, tu es sûre que ça va ? me demande Charly.

Il me sort instantanément de mes pensées.

— Ben oui, pourquoi ?

— Parce que tu beurres ta tartine avec de la mayonnaise pour manger avec tes radis. En tant que « Miss Beurre » toutes catégories confondues, ceci représente une trahison envers tes plus grands principes !

Mes frères et mon mari pouffent ouvertement de rire. Mes belles-sœurs semblent être plus solidaires et se contentent de sourire. Je prends en même temps conscience de la remarque de Charly et réalise que je débloque complètement ! Je tente donc de me justifier.

— OK, OK, la quarantaine me guette ainsi que la baisse d'acuité visuelle qui va avec.

Ma timide réponse n'arrive pas à convaincre.

— Je crois plutôt que c'est le verre de manzana qui fait son effet ! s'exclame Charly.

— Ouh là là, l'attaque frontale ! ajoute mon mari.

Je dévisage mon frère avec espièglerie et complicité. Vite, je cherche une parade pour répondre et sauvegarder ma dignité.

Les taquineries et les rigolades font le charme de nos moments tous les six. Certains sont donc impatients d'aider mon frère cadet en première ligne. Il sera sûrement bientôt suivi par le reste de l'escadron masculin toujours prêt à relever un défi basé sur l'humour et la convivialité.

Le bonheur est contagieux.

J'ouvre une parenthèse pour préciser que je ne bois pas d'alcool ou très peu. Plus jeune, je me suis livrée à plusieurs tentatives mais malgré ma motivation, mes essais étaient assez décevants. Enfin cela dépend pour qui. L'alcool et moi, c'est une expérience haute en couleurs. Quand je bois, j'ai très vite chaud (je me découvre), je deviens tactile (disons que je suis à l'aise avec mon corps), je n'arrête plus de parler (de bavarde excessive, j'évolue en fille insupportable) et je ris comme une crécelle (un son abominable et ridicule). En résumé, je peux dire qu'il s'agit d'un supplice pour les oreilles et d'un régal pour des yeux malicieux, et pas seulement ceux de mon mari. Perdre ainsi le contrôle de moi-même est à la fois grisant et flippant, tout le contraire de l'image que je renvoie. En tant que personne à tendance psychorigide, l'alcool ne peut pas faire partie de mon univers.

Je décide de renchérir.

— Je te signale qu'à cette allure-là, ta vieille sœur quarantenaire et alcoolique va bientôt être un fardeau pour cette famille. Je me débrouillerai pour être à ta charge, puisque tu es le plus jeune et donc le plus fringant.

FX et moi éclatons de rire, entraînant rapidement le reste de la tablée dans notre délire. Mon mari décide de relever le niveau de cette conversation pourtant déjà très intéressante.

— Ma chérie, nous savons à quel point tu aimes l'alcool. Je connais ta détermination dans un projet mais là, soyons réaliste, ce n'est pas toi qui ne supportes pas l'alcool, c'est l'alcool qui ne te supporte pas.

Rire général. Ça y est, il a choisi son camp et remis son équipe à flot. Je jette un coup d'œil à mes belles-sœurs, mon regard implore leur aide avec dérision. Elina tente une percée.

— Et bien soyez contents que vos femmes adorées ne boivent pas souvent, voire pas du tout, car vu votre état d'ébriété dans certaines soirées notoires, vous êtes chanceux de nous avoir pour vous ramener en voiture après un concert et vous border dans vos lits.

Bien la belle-sœur ! Forte de cet élan oratoire, je ne laisse pas aux garçons le plaisir de répliquer. Je ne réfléchis pas et je pense leur donner le coup de grâce en ajoutant :

— C'est quand même bien nous qui portons la culotte à la maison, ne l'oubliez pas !

Critique certes un peu osée, mais impossible à contrer. Je suis persuadée d'avoir le dernier mot au milieu de cette assemblée de gens respectables et bien élevés. Néanmoins, contre toute attente, mon cher et tendre prend la parole, saisissant la balle au bond.

— Peut-être, je vais te laisser y croire mais une chose est sûre, le soir, chez nous, c'est MOI qui l'enlève !

Je ferme les yeux, j'ai dû mal entendre, mal comprendre. Mon Dieu ce n'est pas possible, il a osé dire ça haut et fort ! Mais quelle honte ! Quelques personnes aux tables voisines jettent un œil vers moi, j'observe des regards amusés, des sourires espiègles. Jamais je ne l'aurais pensé capable d'un tel affront en public. Sa spontanéité et son aplomb me sidèrent. Je me sens rougir, je m'enfonce sur ma chaise, regrettant de ne pas pouvoir traverser le coussin, l'assise, le carrelage, la chape, franchir la croûte terrestre et disparaître à des milliers de kilomètres sous terre…

Aussitôt le silence. Pas même une mouche n'ose franchir l'espace aérien de notre secteur en cet instant suspendu. En apnée, je me risque à ouvrir un œil. Je croise tous les regards sur moi, ils attendent ma réaction. Je capte les yeux malicieux de Christophe. Il n'a visiblement aucun regret et assume parfaitement ses dires. On dirait un enfant pris la main dans le sac après une bêtise, mais finalement content de son exploit. Une terrible vérité se fait jour dans mon esprit : cet homme n'a pas de limites. Impossible pourtant de lui en vouloir totalement, je l'ai bien cherché. Je passe la main dans mes cheveux, un timide sourire se dessine sur mon visage, encourageant l'assistance à savourer ce nouveau moment de comédie.

En une seconde, tout le monde explose d'un rire communicatif. Je me joins à eux et profite de ces instants de bonheur partagés.

Le repas se solde avec un bon gâteau et des éclats de voix.

Cette initiative nous permet de profiter un peu plus longtemps de cette ambiance détendue, jusqu'à noter certains signes de fatigue nous rappelant qu'il est l'heure de reprendre la route. Les au revoir ne sont pas des adieux. Malgré tout, embrasser mes frères est toujours difficile. Nous habitons tous dans la région toulousaine mais profiter d'un « carton plein » n'est jamais simple au regard de nos vies bien remplies. Souvent, je travaille le samedi, Elina aussi. Quant à Adèle, son métier d'hôtesse de l'air lui demande aussi des déplacements le week-end. Bref, pouvoir nous réunir au grand complet a des allures de privilège.

Chris et moi passons chez ses parents récupérer les enfants. La tribu au complet, nous roulons pendant presque une heure avant de regagner l'entrée de notre maison, rue des Salamandres.

Je déteste rouler lorsque cette pluie fine aveugle les voyageurs et attriste l'atmosphère. C'est déjà si dur de quitter ceux qu'on aime. Le temps pourrait être clément, sensible à notre nostalgie. Christophe m'aide à extirper les enfants de la banquette arrière et nous nous dirigeons vers la porte d'entrée de la maison. Notre court trajet n'a pas empêché la bruine de mouiller nos chevelures et nos vêtements. Il est loin le temps des gentlemans au parapluie à la sortie du véhicule. Nous sommes à l'aire des parents un peu débordés, beaucoup plus soucieux d'abriter des gouttes notre progéniture endormie que d'être attentionnés l'un envers l'autre. Rien de bien original.

4

Précieux conseils

Le réveil s'anime le premier.

7 h 00. Une irritante sonnerie réactive mes tympans. Avant de le jeter avec rage à travers la pièce comme dans les films, je me rappelle qu'il s'active pratiquement tous les matins et que le prix d'un nouvel appareil, cinq à six fois par semaine, soit une moyenne de vingt réveils par mois, n'a pas été budgétisé dans les dépenses mensuelles de la famille.

Dix minutes sont nécessaires à ma coopération avec le monde des vivants.

7 h 10. Je pousse mon corps endormi sous la douche. Mon mari est déjà parti, c'est un matinal qui aime prendre son temps et être seul sur la chaussée, en route vers ses premiers rendez-vous. Je gère les enfants le matin, lui le soir. Nous sommes rodés, chacun son créneau. Je tourne le mitigeur, laisse un jet d'eau tiède et le silence me réconcilier avec le matin. Malgré la buée des miroirs, je me maquille et essaie d'ajuster ma jupe courte et mon col roulé. Je suis une frileuse mais j'adore les jupes en hiver. Je m'habille donc en minijupe et collants opaques presque tous les jours ces temps-ci. J'en ai toute une

collection : en jeans bleu foncé, bleu clair, en coton noir souple, en simili cuir beige, en tissu écossais noir et rouge. Attention, la longueur a toute son importance. Certes, elles sont courtes, mais n'en demeurent pas moins décentes car le tissu arrive juste au-dessus du genou ce qui, selon mes critères, ne peut pas être qualifié de vulgaire.

7 h 30. Lever des enfants. Leur bonne humeur d'être réveillés si tôt ne me saute pas aux yeux, c'est le moins que l'on puisse dire. Après quelques jérémiades et supplications sans effet, je les cale sur les chaises de la cuisine à la recherche d'un petit déjeuner copieux et éventuellement équilibré. J'essaie de me poser quelques instants à leurs côtés mais je suis déjà sur plusieurs fronts à la fois :

— Ma gamelle pour ce midi, c'est fait. Ah, non, il me manque un yaourt … Voilà. Le goûter d'Alicia, biscuits, sans banane, celui de Will, biscuits avec banane…

— Tu parles à qui mère ? demande Alicia.

— À personne ma fille, je parle à haute voix, cela me donne l'impression de ne rien oublier.

— Tu es sûr que cette méthode a été approuvée scientifiquement ?

— Alicia, comment ton cerveau peut-il déjà être en ébullition si tôt le matin ?

— Je ne sais pas, dit-elle songeuse.

— Pour une fois qu'elle n'a pas d'avis sur la question, se moque son frère.

— Ben toi, on se demande s'il va raisonner un jour ton cerveau, lui rétorque-t-elle en lui tirant la langue.

— Et moi, je me demande si on va être à l'heure, prêts à décoller à 8 h 20. Allez oust, dépêchez-vous, on n'a pas le temps de se disputer ou de jouer.

Mes deux jeunes écoliers quittent la cuisine et se dirigent vers leurs chambres. Vite, je finis de débarrasser le petit déjeuner, passe un coup d'éponge sur la table de la cuisine et file les aider afin d'accélérer le mouvement. Je regarde ma montre. Des rires retentissent du couloir, je les trouve habillés en train de se battre avec leurs brosses à dents, heureux et insouciants mais j'ai un planning à respecter, moi !

— Dépêchez-vous les mousquetaires, l'école vous appelle !

— Je n'entends rien ! s'exclame Alicia en continuant le combat, un sourire placardé sur son visage encore imprégné d'indices chocolatés du petit déjeuner.

— Alicia, on se dépêche, je n'ai pas le temps alors on passe la seconde !

— Mère, est-ce que tu as compté le nombre de fois où tu prononces l'expression « dépêchezvousjaipasletemps » pendant le temps si court que représentent nos quarante-cinq minutes de matinée en ta compagnie ?

Il y a longtemps que je ne m'offusque plus de l'entendre m'appeler « mère ». Ma fille est une petite blondinette à la langue bien pendue. Née par césarienne avec trois tours de cordon, en urgence, en silence, elle a su prendre sa revanche sur cet évènement riche en émotions.

— Pas le temps de se lancer dans de longs débats ma fille, dépêchez !

— Et un de plus !

— Alicia ! dis-je d'une voix qui se veut plus stricte.

— OK, OK, je rends les armes. Viens Will, on se lave les dents comme des enfants sages et obéissants sinon mère va se transformer en monstre de tyrannie.

— C'est où la Tyrannie ?

— Laisse tomber frangin, c'est dans une autre dimension, on n'a pas besoin d'y aller, c'est toxique là-bas.

— Ah, se contente de dire son frère en attrapant le tube de dentifrice.

Je tourne les talons (les chaussons, plutôt) et pars vers le hall d'entrée. Je sors les chaussures des enfants, les bonnets et les écharpes de la commode. Alicia a raison, je ne pense qu'à ça. « Dépêche, dépêche, dépêche ». Je regarde ma montre. J'ouvre le placard, jette mes chaussons au fond. J'attrape et enfile vite ma paire de bottes noires à talons. Je décroche ma veste molletonnée brun clair. Je regarde ma montre.
— C'est l'heure, on décolle !
Zéro réaction. Un ange passe mais pas les deux que je viens d'appeler. Je hausse le ton.
— Départ imminent pour l'école ! Dépêch... J'avale les dernières syllabes de ce mot maudit.
Les jolies têtes de mes écoliers apparaissent.
Vite équipés, je les invite à rejoindre la voiture après avoir déverrouillé la porte d'entrée. Il fait froid, le ciel est d'un bleu timide, pas sûr que le soleil se joigne à lui aujourd'hui. Je regarde ma montre car mon emploi du temps est planifié à la minute près. Nous sommes à l'heure. Je souffle de soulagement. Pourquoi ? Soulagée d'être à l'heure ? Soulagée de laisser mes enfants et d'aller travailler ? Soulagée d'avoir tenu mon timing à la seconde près ? Est-ce normal, une telle satisfaction après une telle pression moins de deux heures après mon réveil ?
Les dix minutes en voiture qui nous séparent de l'école me suffisent à repenser à l'énergie de ce matin.
Ma fille m'a surprise avec sa remarque cassante mais ô combien intrigante. « Dépêchezvousjaipasletemps ». Elle se fait confiance, contrairement à moi qui doute beaucoup en ce moment. Comment fait son cerveau pour analyser nos actions ou nos paroles avec autant de discernement ? Serait-ce le moment pour moi aussi d'ouvrir mon esprit à d'autres possibilités ?
Le verbe « dépêcher » tourne dans ma tête, « dépêcher », « dépêchez », je ne sais pas jouer. Jeux de mots. Jeux

d'imbécile. « Dépêcher », « des péchés » ? Je suis folle. Des péchés ? Quels péchés ? Celui de délaisser mes enfants au profit de mon travail ? Celui de vouloir tout maîtriser ? D'oublier mon plaisir au profit des autres ? Je suis folle. Ce jeu ne m'amuse pas, je ne sais pas réfléchir de si bon matin.

Passons à une autre phrase « Je n'ai pas le temps ». C'est vrai ça au moins, je n'ai pas le temps de rester sans rien faire, pas le temps de voir mes enfants grandir, pas de temps pour mon couple, pas le temps d'aller m'amuser mais c'est normal, j'ai une vie de dingue, une vie à cent à l'heure. Je travaille en collaboration avec un patron, des collègues, une vingtaine de livreurs, une cinquantaine de laboratoires, je réponds à des dizaines de coups de téléphone et pas loin d'une centaine de patients par jour, je gère deux enfants, deux écoles, une garderie, je régente les courses, les rendez-vous médicaux, les activités sportives…

Je chasse vite ces idées inconfortables et me concentre sur la route.

Mes écoliers rejoignent leurs établissements respectifs en un rien de temps, puis je file au travail.

8 h 55. Je fais l'ouverture de l'officine avec Gabrielle, Katia et l'assistante de Philippe, Linda, que je retrouve à l'entrée des artistes derrière la pharmacie. Gabrielle a déjà ouvert la grille et désactivé l'alarme. La commande de médicaments a été livrée à l'aube comme tous les matins, dans un sas prévu à cet effet. Une dizaine de caisses et de cartons, telles des briques de Lego, s'entassent juste devant la porte d'entrée. Suivant les jours, nous devons les pousser, les déplacer, faire plus ou moins de mouvements acrobatiques en souplesse pour franchir le seuil.

Gabrielle se fraye un passage et procède à l'ouverture de la porte. Nous la suivons et passons chacune notre tour au milieu de ce capharnaüm, en apnée, ventre rentré au maximum, taille mannequin requise. Ce détail n'échappe pas à Katia qui, une fois au chaud dans les locaux me lance, essoufflée :

— C'est un test, c'est ça ?

— Comment ça, un test ? dis-je, l'air étonné.

— C'est un test que tu as prévu à l'occasion de ton prochain protocole…

Elle laisse sa phrase en suspens. Nous plissons toutes les trois les yeux dans sa direction, le regard perplexe. Après avoir retrouvé son souffle, elle poursuit.

— Je suis sûre que tu travailles sur un protocole qui s'intitule « Comment garder la ligne au boulot » annonce-t-elle fièrement, d'une voix pleine de moquerie.

— Oui, c'est ça.

Elle enchaîne en comptant sur ses doigts.

— En mode responsable qualité, Lou s'est dit : premièrement, observation, mes collègues deviennent de grosses vaches ; deuxièmement, action corrective, demander aux chauffeurs-livreurs d'organiser un parcours du combattant afin d'accéder à leur lieu de travail en serrant les fesses, pinçant les cuisses et contractant les abdos ; troisièmement, bilan, notre forme physique est décuplée grâce à cette épreuve digne des Jeux olympiques.

Lui coupant presque la parole, je décide de conclure.

— En tant que responsable de cette nouvelle investigation malgré moi, j'ajouterai donc dans le même esprit : quatrièmement, indice de satisfaction, compter le nombre de silhouettes de rêve me remerciant de cette belle initiative.

Cette bonne humeur matinale nous fait du bien, c'est un ingrédient précieux dans la mesure où les prochaines heures seront chargées de stress et de problématiques à résoudre, sans oublier quelques clients désagréables et exigeants en proie, parfois, à une agressivité passagère. Affronter cet univers d'imprévus, soudées par une solidarité sincère, nous rend plus fortes, plus solides, plus humaines aussi.

Les unes derrière les autres, nous accédons au seul et unique placard des employés, troquons nos manteaux contre nos blouses blanches, déposons nos sacs à main et nos effets personnels. Ma gamelle a besoin d'un peu de fraîcheur pour attendre midi, je m'apprête donc à monter à l'étage où se trouve le réfrigérateur des employés quand tout à coup, j'entends crier Gabrielle.

— La prochaine étape de la remise en forme de nos popotins consiste à amener les caisses et les cartons du sas à MON espace de travail, mesdames, alors le coup de main, c'est maintenant !

— Moi je vais ouvrir la grille à la clientèle, il est 9 h Gabrielle, désolée ! claironne Linda en s'éloignant vers l'espace de vente.

— Je t'aide vite fait, annonce Katia, j'ai vu au moins deux mamies qui patientaient en passant devant l'entrée de la pharmacie il y a à peine cinq minutes.

— Bon, j'irai arpenter le premier étage tout à l'heure, j'arrive.

— Non ! me stoppe Gabrielle de sa main plaquée sur mon torse. Toi, tu vas déposer ton déjeuner là-haut de suite car la dernière fois, tu as fini par l'oublier dans le placard et ça a senti le poisson pendant trois jours, alors merci, mais non merci.

— OK, OK, je n'insiste pas. Moi et mon poisson, on vous souhaite bon courage pour ce futur effort collectif.

— Le frigo n'est pas au bout du monde, me rappelle Gaby, j'espère revoir ta bouille dans un temps record. Je te garde même deux ou trois caisses, si tu veux.

— Madame est trop aimable, dis-je en disparaissant dans l'escalier qui jouxte l'espace de déballage.

La matinée se déroule sans problème majeur. Le chef, arrivé peu de temps après nous, est venu nous prêter main forte au comptoir.

Je délivre de l'arnica à un cascadeur peu prudent, fais essayer une attelle à un grand basketteur écœuré par sa blessure, vends un sérum anti-âge à Mme Renard enchantée, conseille de la mélatonine à un commercial déphasé rentrant du Japon. J'aime tenter de résoudre les énigmes hétéroclites de mes interlocuteurs. Aucun patient ne se ressemble, aucune demande n'est identique, à chaque fois c'est la surprise.

Ma dernière cliente de la matinée est une jeune femme au visage rond, la trentaine à peine, vêtue d'une tunique confortable aux couleurs chaudes, cachée sous un long et épais cardigan. Ses cheveux sont habillés d'un foulard rouge à paillettes, joli et féminin. Je trouve cette femme aux formes généreuses d'une grande beauté. Ses yeux en amandes abritent deux pierres précieuses noires comme le charbon et son sourire éclaire son visage dès qu'elle croise mon regard. Je ne dirais pas que c'est une cliente fidèle, mais elle a déjà passé les portes de l'officine et nous avons eu l'occasion de discuter toutes les deux à propos de différents sujets. Elle doit sûrement habiter le quartier.

— Bonjour madame, lui dis-je au moment où elle s'approche du comptoir.

— Bonjour, me répond-elle timidement.

— Comment allez-vous ?

— Très bien et vous ? me demande-t-elle en plaçant ses mains sur le comptoir. Visiblement, elle n'est pas venue une ordonnance à la main, aucun sac à main en vue, j'enchaîne.

— Tout va bien, merci. Que puis-je pour vous ?

Elle semble gênée, ses yeux sautent de mon regard à ses doigts qu'elle tripote avec frénésie.

— Heu, je voulais… Enfin… j'espérais que…

— Je vous écoute.

— C'est-à-dire… que… Je ne sais pas si…

Sans les quitter des yeux, elle tourne toujours ses doigts dans tous les sens, apeurée par je ne sais quelle parole imprononçable. Je pose délicatement mes mains sur les siennes, espérant calmer son geste et ainsi son esprit tourmenté. Elle lève ses billes noires, tristes, vers moi.

— Je suis soumise au secret professionnel, vous savez. Tout ce que vous me direz ne sortira pas d'ici.

— Vous n'en parlerez pas à vos collègues ?

— Pas sans votre accord, et si vous y tenez, cela restera strictement entre nous.

— Promis ?

— Promis. En plus, nous sommes entre femmes, une invisible solidarité opère, non ? dis-je, un léger sourire au coin des lèvres.

Ma pointe d'humour et mes promesses de discrétion paraissent à présent la détendre. Je relâche l'étreinte de mes mains et l'invite à se confier.

— Je suis prête à tout entendre, je suis sûre que nous allons trouver une solution ensemble.

— Je vous remercie de m'écouter. Je ne sais pas à qui en parler. Tout le monde parle derrière mon dos, je le sais, je le sens. Ma mère et mes belles-sœurs vont me juger si je leur confie mes inquiétudes, mon mari ne comprend pas ce qui ne va pas et moi je…

— Allons, allons, pas si vite. Et si vous commenciez par le début de l'histoire ?

— Je me suis mariée l'année dernière, vous vous souvenez ?

— Bien sûr, vous nous aviez apporté des pâtisseries marocaines pour nous annoncer ce bel évènement.

— Un jour inoubliable et une fête somptueuse, vous auriez dû voir ça. Il y avait des plats de toutes les couleurs aux senteurs épicées de chez nous, une gigantesque pièce montée, la musique retentissait dans tout le quartier, les gens étaient adorables avec moi, j'ai eu des cadeaux magnifiques Mes oncles et mes tantes préférés ont fait le voyage du Maroc jusqu'ici, mes cousins étaient également de la traversée. Mes parents étaient fiers, vous savez, chez nous c'est une fête qui dure plusieurs jours…

Elle est radieuse à l'évocation de ces festivités, son visage rayonne de béatitude et ses gestes désordonnés témoignent de cette cérémonie pleine de bonheur et de plaisirs partagés. Je la laisse me raconter ces souvenirs qui l'enchantent et l'aident à retrouver sa confiance en elle. Lorsqu'elle se tait, perdue dans ses pensées, je la relance.

— Mon mariage aussi était une belle fête mais elle n'a duré qu'une seule et unique journée. Vous avez de la chance de pouvoir profiter de vos proches et de votre famille pendant plusieurs jours.

— Oui, je croyais naïvement que ce mariage serait une réussite totale mais mon mari… ajoute-t-elle dépitée.

Une vague de froid me traverse la colonne vertébrale. Pourquoi cette allusion à un bonheur déchu ? Est-elle malheureuse en couple ? Son mari est-il un homme… convenable ? Craignant d'aller plus loin, je suis consciente que nous ne pouvons pas revenir en arrière, cette jeune femme a incontestablement besoin d'aide, je ne peux pas me dérober. Prudente, j'articule.

— Qu'est-ce qui a changé depuis ce grand bonheur d'être mariée ?

— Et bien… c'est que mon mari est en colère.

Je n'aime pas cette réponse, mon visage se ferme. Elle lit dans mon regard une trace d'inquiétude et comprend le potentiel impact de cette phrase. Elle s'empresse de protester doucement.

— Non, non, ce n'est pas ce que vous croyez, mon mari est un homme bien, je vous assure. S'il est en colère, c'est contre la providence, je n'arrive pas à tomber enceinte.

Même si ma cliente est atterrée suite à sa révélation, je n'en demeure pas moins soulagée car, au-delà du fait de découvrir une telle horreur, accompagner la femme d'un mari violent ne fait vraiment pas partie de mes compétences. Je me détends.

— Ah, je comprends mieux mais avez-vous fait quelques démarches ?

— Lesquelles ?

— Avez-vous consulté un gynécologue ou un spécialiste, par exemple ?

— Je ne l'ai dit à personne mais oui, j'ai été voir un médecin il y a déjà quelques mois.

— Et qu'a-t-il diagnostiqué ?

— Rien, il a dit que tout allait bien.

— C'est une bonne nouvelle. Vous a-t-il donné des conseils ?

— Il m'a dit de me détendre, de prendre du recul face à mon désir d'enfant, de laisser faire la nature, tout ça…

À cet instant mal choisi, des pleurs de bébé résonnent dans l'officine. Le comptoir de gauche vient d'accueillir une jeune mère aux traits tirés par une fatigue et une lassitude, bien visibles.

Elle tient à bout de bras un cosy duquel s'échappent une couverture en polaire vert anis et des cris qui semblent soudain redoubler d'intensité. La mère confie une feuille de papier, une ordonnance peut-être, à ma collègue Katia en lui donnant des précisions sur les informations qu'elle contient. Elle berce son bébé de façon régulière, elle espère ainsi le calmer et apaiser l'atmosphère. Sa technique fonctionne plutôt bien, le petit se radoucit et la mère imperturbable ne s'aperçoit pas de la chute imminente de la couverture. Aux aguets, ma patiente rattrape le tissu au vol, l'empêchant de toucher le sol et de se salir, ce qui alerte la dame. Elle se retourne, comprend rapidement le geste bienveillant de sa voisine, la remercie et s'attarde à repositionner la couverture avec plus de dextérité.

Je note rapidement le malaise sur le visage de ma patiente qui n'arrive pas à détacher son regard du nourrisson à peine visible sous son auvent. Je pose ma main sur son avant-bras, la sortant ainsi de sa cruelle contemplation du bonheur.

— Ça va ?
— Oui, oui, dit-elle, peu assurée.

Je murmure.

— Ce sera un jour votre tour…
— Je l'espère de tout mon cœur. On parlait de quoi déjà ?
— Vous étiez en train de m'énumérer les recommandations faites par votre médecin.
— Ah oui, c'est vrai, pas de stress et plus de patience.
— Je ne vous sens pas convaincue.
— Nous sommes mariés depuis plus d'un an, mon mari et moi. Fonder une famille après le mariage est très important dans ma culture. Ma mère et mes sœurs commencent à me poser des questions et tout ça me stresse beaucoup. Vous croyez que je suis normale ?
— Mais bien sûre que vous êtes normale, le médecin a fait un bilan et tout est en ordre, reste la patience ou alors…
— Alors quoi ?
— Monsieur a-t-il consulté ?
— Oh non, sûrement pas, s'offusque-t-elle, et je n'ai dit à personne que j'avais été voir ce docteur, c'est trop compliqué de parler de ces choses-là.
— Je comprends.
— Quand je suis arrivée en France, j'avais déjà seize ans. La famille de ma tante vivait ici depuis longtemps mais elle venait de mourir suite à un problème de cœur et mon oncle ne pouvait pas élever seul ses trois filles encore jeunes. Il a donc convaincu

son frère, mon père, de venir travailler en France pour l'aider à éduquer ses filles. Mes frères étaient grands et mariés, seules ma mère et moi avons fait le voyage avec mon père pour ce nouveau pays. Mon père n'a pas souhaité que je retourne à l'école, alors je suis restée à la maison avec ma mère pour l'aider à élever mes cousines. C'est avec elles que j'ai appris à parler le français. La semaine dernière, j'ai surpris une de leurs conversations entre sœurs et j'ai tout de suite repensé à ce que le docteur avait évoqué avec moi.

— C'est-à-dire ?

— Mes cousines parlaient de « cycle », le docteur aussi, mais moi je n'ai pas de connaissances sur ce sujet. On ne parle pas de ces choses-là chez nous, c'est trop… intime, finit-elle par avouer un peu confuse.

— Si j'ai bien compris ce que vous essayez de me dire, vos connaissances en matière de procréation sont peut-être un peu… disons… limitées ?

— Oh, je sais malgré tout comment me débrouiller pour le côté… heu… pratique.

— L'acte sexuel, vous maîtrisez le principe et la technique ? dis-je avec légèreté.

— Oui, marmonne-t-elle dans un rire étouffé.

— Par contre, est-ce que les notions de « cycle menstruel » ou « période d'ovulation » évoquent quelque chose chez vous ?

— Non, confesse-t-elle honteuse.

— C'est peut-être aussi pour cette raison que tomber enceinte est difficile. Si vous connaissiez la date approximative de votre ovulation, vous pourriez mettre toutes les chances de votre côté.

— Je ne sais même pas ce que signifie ce mot, me chuchote-t-elle.

— L'école et le contexte familial ne vous ont pas permis d'accéder à ces connaissances mais il n'y a pas d'âge pour apprendre ! Je vais vous faire un cours en version condensée et accélérée, ça vous dit ?

Son visage s'illumine, un petit sourire de dessine aux coins de ses lèvres tandis que ses yeux pleins de gratitude me réchauffent le cœur. C'est pour des moments comme celui-ci que je fais ce métier.

L'espoir est gratuit.

— La date de vos dernières règles est la seule donnée dont j'ai besoin.

— Question très facile, c'est aujourd'hui. Une fois que la tristesse de cette découverte s'est estompée, j'ai décidé de venir vous voir. Vous avez toujours eu des mots gentils lors de mes dernières visites et vous avez fait des études, pas moi. J'avais vraiment espéré de l'aide et je ne me suis pas trompée, merci.

Apparaissant dans mon champ de vision discrètement, Gabrielle salue ma cliente et me chuchote à l'oreille.

— Mme Bertrand est en ligne, elle est chez sa mère et veut te donner les mesures que tu lui as demandées pour la commande des bas de contention.

— OK, dis-je plus fort, prends son numéro de téléphone, s'il te plaît. Je la rappelle dans dix minutes max, je termine avec madame.

— Ça marche, à plus tard, me lance Gabrielle en s'éloignant à pas de loup.

— Désolée de vous accaparer comme ça, s'excuse la jeune femme, vous devez avoir des milliers de choses à faire.

— Rien d'aussi important que d'avancer ensemble. Je vais chercher un calendrier et nous allons établir un plan d'action.

Je m'éclipse de l'espace clientèle à la recherche de l'idée qui me trotte dans la tête et bingo, j'ai trouvé ! Les tableaux de mois en main, je reviens rapidement auprès de ma cliente.

Nous échangeons de nombreux points de vue sur la conception d'un enfant, elle me confie ses craintes et ses espérances pour l'avenir, à tel point qu'un climat de confiance réciproque s'installe entre nous. Me replonger dans mes cours de biologie me rappelle que l'accès à l'éducation n'est pas le même pour tous et que j'ai de la chance d'avoir pu concevoir mes deux enfants dans un délai raisonnable, notamment grâce à toutes ces connaissances.

Pouvoir les partager aujourd'hui dans le but de donner la vie me remplit de joie. Elle est communicative puisque mon interlocutrice s'avère une étudiante modèle, attentive et perspicace. Le calendrier en carton étant un cadeau parmi tant d'autres laissés par les représentants des laboratoires avec lesquels nous travaillons, je n'ai pas de scrupule à lui donner cet objet pratique. Nous avons griffonné et entouré des périodes stratégiques dessus, après avoir détaillé les notions d'ovulation ou de cycle menstruel.

— N'hésitez pas à revenir si certaines choses ne sont pas encore tout à fait claires pour vous ou si vous vous mélangez les pinceaux avec toutes ces dates.

— Oui, oui, je n'y manquerai pas.

— Et surtout on ne se met pas la pression pour autant ! Faites confiance à la vie, elle viendra se loger au creux de votre ventre quand elle l'aura décidé. Je compte sur vous, vous allez devenir la reine du zen !

Elle pouffe de rire et retient le son dans ses mains plaquées sur sa bouche.

— Voilà, je veux que vous gardiez ce rire et cette bonne humeur qui vous caractérisent. Les enfants adorent ricaner, idéal pour attirer l'énergie du destin jusqu'à vous.

— Je ne sais pas comment vous remercier de m'avoir appris toutes ces choses.

— Ce n'est rien, je fais juste mon métier.

— Ah si, je sais, je vais vous préparer les gâteaux que je préfère, des boules de neige à la noix de coco et des cornes de gazelle. Je ferai peut-être aussi quelques rochers sablés aux amandes.

— On va se régaler, merci d'avance… Et tenez-moi au courant !

— Bien entendu.

— Bonne journée madame.

— Riha, je m'appelle Riha.

— Moi, c'est indiqué sur ma blouse, aucune surprise ! m'écrié-je en tapotant la broderie sur mon torse.

— Merci Lou, je sens que les choses vont bouger, inchallah !

Elle s'éloigne du comptoir et rejoint la porte d'entrée qui s'ouvre en laissant un grand courant d'air envahir la pharmacie d'une odeur de pain chaud et de brioches. Le boulanger du quartier est en pleine effervescence. Je jette un coup d'œil sur ma montre. Pas étonnant, les aiguilles viennent de passer midi, mon ventre confirme aisément cette intuition.

Ma cliente part avec le sourire et de nouvelles perspectives, je me sens bien et pourtant je ne lui ai rien vendu, pas même un test d'ovulation, un complément alimentaire quelconque ou un booster d'énergie hypervitaminé.

L'espoir est gratuit.

L'après-midi est interminable. Je vois défiler les heures qui me rapprochent de la sortie, je suis persuadée qu'elles ont fait un pacte avec l'éternité. Encore cinq heures, encore quatre heures, encore trois heures… Cette satanée pendule n'avance pas assez vite. D'habitude, le temps défile à toute allure mais cet après-midi, je ne sais pas pourquoi, le temps me joue un mauvais tour.

L'horloge murale est placée au-dessus de la porte des toilettes situées au centre de l'officine, une place stratégique afin d'éviter de partir trop loin de son poste de travail. L'architecte était malin, impossible de se planquer aux toilettes pour aller téléphoner ou envoyer quelques messages discrets :

là-bas, tout est audible. De toute façon, personne ne peut y camper longtemps puisqu'à peine la porte close, il y a toujours quelqu'un pour venir le déranger. Justement, c'est mon tour, j'entends le pharmacien qui s'impatiente au dehors.

— Lou ! Lou !

— Elle est aux toilettes, chef, lui répond Gabrielle accaparée par le contrôle de sa commande vétérinaire étalée devant elle.

Philippe se précipite au lieu-dit et tambourine à la porte. Toc-toc-toc…

— Lou ?

— Quoi ?

Je ne prends pas le temps d'être aimable. Comment réussir à masquer mon exaspération lorsqu'il vient me déranger jusqu'ici ? Exaspérée, je réussis à me contenir mais est-il VRAIMENT nécessaire de venir me parler ici ? S'agit-il de m'avertir d'un danger imminent ? Un début d'incendie ? Un patient foudroyé par une crise cardiaque étendu sur le sol ?

Le pharmacien poursuit.

— Le Doliprane pour la sœur de Mme Nguyen, elle le prend en comprimés ou en gélules d'habitude ?

C'est bien ce que je me disais, il vient chercher une information de la plus haute importance, capitale à la survie de sa cliente ! Je bous de colère. Je me retiens de répondre qu'une telle question pourrait tout de même attendre mon retour parmi le genre humain seulement voilà, mon cerveau semble parfois déconnecté de ma bouche qui articule.

— Doliprane 1 gramme en gélules. Mme Nguyen mère préfère les gélules.

— Merci Lou. À tout à l'heure et ne tarde pas, il y a un monde fou !

Je distingue le bruit des chaussures de mon patron qui claquent sur le lino à vive allure et le tintement familier de son bracelet contre sa montre que je reconnaîtrais entre mille. Un tel comportement ne m'incite pas à rester enfermée plus de trois minutes, montre en main. Une fois dehors, je me lave les mains au coin pause et repasse devant la porte des toilettes. Je m'arrête. Faute de pouvoir déverser l'agacement dû à mon dernier client irrespectueux et à un pharmacien profane, mon regard se lève une fois de plus sur la pendule qui n'est manifestement pas ma meilleure amie ce mardi. Je m'avance vers elle. Bien décidée à lui donner une motivation supplémentaire, je la montre du doigt, fronce les sourcils et la menace tout haut en la dévisageant avec colère.

— Si tu ne deviens pas un peu plus conciliante, je t'arrache tes aiguilles et je les offre au resto chinois de l'autre côté de la rue, histoire de te recycler en baguettes pour salade de nems !

La demoiselle au visage rond ne répond pas.

Je retourne en clientèle, laissant ma victime se remettre d'une telle attaque. Finalement, vider mon sac à cette pauvre horloge m'a fait du bien, je me reconnecte à ma positive attitude afin d'affronter cette fin de journée.

5

Contrôle technique

La porte de l'atelier s'ouvre sur un bureau caché par un comptoir et un petit salon que j'occupe depuis plus d'un quart d'heure. Je relis mes notes sur notre dernière formation pharmaceutique dont le sujet évoque l'été et tous les désagréments de cette saison tels que piqûres de moustiques ou coups de soleil. Quelles huiles essentielles glisser au fond de votre valise ?

Je révise ma leçon sur un vieux coussin déchiré. Ce salon est triste. D'épaisses fenêtres permettent de suivre en direct les investigations des professionnels sur nos véhicules situés dans un immense hangar aux poutres métalliques. Plutôt bien agencée, cette salle d'attente propose tout le confort nécessaire aux usagers en attente de leur véhicule. Une cafetière et un distributeur d'eau sont à disposition. Un canapé au tissu noir et deux fauteuils scandinaves multicolores s'avèrent confortables.

Seul un calendrier vieux de trois ans et orné du logo du contrôle technique est punaisé au mur. Son état poussiéreux et son délabrement avancé me font pitié, il serait mieux dans un bac de recyclage. Il est certain que la décoration des lieux n'est pas une priorité pour son propriétaire mais après tout, je ne suis pas là pour jouer les clients mystère, responsables d'une évaluation positive ou négative sur internet. Tant que les employés sont compétents et que ma voiture est entre de bonnes mains, le reste n'a que peu d'importance.

Enfin, c'est ce que je pensais avant d'apercevoir une énorme araignée tissant sa toile dans l'angle du plafond en face de moi. Quelle horreur ! Je regarde aussitôt mes pieds et tente d'enlever cette horrible image de ma tête en resserrant les lacets de mes bottes. Impossible. La petite bête déstabilise la grosse, il me faut un plan B. J'attrape mon téléphone dans mon sac à main posé sur l'un des sièges scandinaves et cherche dans mes contacts. Ça sonne. Une fois. Deux fois. Décroche ! Trois fois. Quatre fois. Mince, elle n'est pas disponible. Pas de répondeur. Un bruit bizarre, plusieurs grésillements, puis un son brusque, comme un trousseau de clefs tombé au fond de la cuvette des toilettes. La connexion n'est pas terrible quand soudain…

— Allô ?
— Salut Natacha, tu vas bien ?
— Salut ma belle, ça fait plaisir de t'entendre !
— Oui, ça fait un moment que je ne t'ai pas appelée, désolée.
— Pas d'excuse entre nous sur un sujet si récurrent !

Elle est de bonne humeur, je suis contente qu'elle me réponde avec tant de légèreté, c'est exactement ce dont j'ai besoin en ce moment.

— Tu es sur quel continent ?
— Asiatique. Je suis à Hong Kong et demain je rejoins Singapour. Tu appelles au bon moment, j'ai quelques heures de liberté.
— Super. Ton hôtel est bien ?
— Oui ça va, je suis beaucoup trop loin des quartiers qui bougent mais bon, la cuisine est exquise. Alors je me console en passant de longues heures à table, à goûter toutes leurs spécialités. Je mange du riz tous les jours mais va savoir, le chef des cuisines a le don de sortir de sa bouche autant de

compliments à mon égard que de plats raffinés de ses fourneaux alors que veux-tu, je succombe !

Natacha est sans conteste ma plus vieille amie sinon la meilleure. Nous nous connaissons depuis l'adolescence et les années n'ont fait qu'accroître notre complicité et notre amitié. Nous sommes deux longues gazelles mais nous sommes très différentes. Elle a les cheveux aussi courts que je peux les avoir longs, aime les chaussures plates autant que j'aime les talons, est aussi qualifiée en drague que je le suis en protocoles pharmaceutiques. Je n'ai trouvé aucune cohérence dans nos affinités et pourtant, la voir ou l'entendre est pour moi une grande bouffée d'oxygène, un remède efficace contre l'ennui et la routine. Ce lien qui nous unit semble donc dépasser la raison.

Ce que j'affirme n'est pas tout à fait exact. La pharmacie nous a beaucoup rapprochées puisque nous avons passé le concours ensemble à l'aube de notre vingtième anniversaire. Elle a été reçue. J'ai dû me réorienter vers le brevet professionnel de préparateur en pharmacie. Nous avons travaillé plusieurs fois ensemble, dans la même officine, y compris ici, à la pharmacie de la Halle, il n'y a pas si longtemps.

Qu'elle soit ma supérieure hiérarchique n'a jamais été un frein à notre amitié, tout comme son récent éloignement. Mademoiselle Natacha Ravel voyage maintenant beaucoup. Elle est spécialisée en nutrition, en analyses physico-chimiques et le métabolisme humain n'a aucun secret pour elle. Elle s'est toujours beaucoup impliquée dans la gestion des maladies chroniques en proposant des séances de dépistage, d'éducation et de suivi à l'officine. À force de travailler en collaboration avec de gros laboratoires pharmaceutiques, l'un d'entre eux l'a recrutée il y a quelques mois pour assurer la promotion de ses spécialités. Un pharmacien dans l'équipe, c'est un gage de sérieux et un atout pour rassurer les investisseurs et les consommateurs. Si vous ajoutez à cela une maîtrise de l'anglais impeccable grâce à un père d'origine britannique, vous avez LA candidate idéale.

Dorénavant, elle est consultante. Elle expose de pittoresques théories et de remarquables démonstrations qui intéressent a priori de grands groupes ou de gros industriels, un monde bien loin de ma réalité. Célibataire et sans enfant, sa vie ressemble à celle d'une star de cinéma ou d'un homme politique toujours en mouvement. La seule différence est qu'il n'y a jamais aucun personnel à sa descente de l'avion. Elle déteste devoir sourire et faire la conversation après dix heures de vol. Elle tient par-dessus tout à son entière indépendance.

Curieuse de l'imaginer à Hong Kong, je la relance.

— Tu as l'air en forme et... disons, presque zen.

— C'est ça ! Je sors d'une séance de réflexologie plantaire avec Chen, un pur moment de détente comme je les aime.

— Ça va, toi ? J'entends des bruits insolites derrière toi.

— Oui oui, je suis dans un garage.

— Un garage ? Tu as trouvé un ouvrier qualifié pour vérifier ta carrosserie ? ironise-t-elle.

— Natacha, tu es vulgaire, on dirait une blague d'homme.

— Tu as raison, je fréquente un monde de mecs au boulot et à force de les accompagner boire un verre après nos présentations, je suis devenue experte en conversations osées et en blagues douteuses.

— Mouais.

— Tu lis un bouquin pour patienter ?

— Oui, je me replonge dans ma formation en aromathérapie. J'ai eu une formation à Toulouse la semaine dernière.

— Tu es insupportable !

— Quoi ? demandé-je surprise.

— « L'Aromathérapie », c'est le titre de ton polar ?

— Mais non, que tu es bête ! Je ne lis pas ce genre de bouquin, tu sais bien.

— Et bien c'est dommage, la lecture, c'est un bon moyen d'évasion.
— Pas le temps de m'évader.
— Tu m'énerves avec ta pharmacie en long, en large et en travers. Si tu ne bosses pas, change de référence ! Prends un policier ou un roman d'amour, je m'en fous, mais aère-toi l'esprit !
— Je n'aime pas lire.
— Ça tu n'en sais rien, tu n'as jamais pris le temps d'ouvrir un livre.
— Je n'ai pas le temps.
— Ah, si, tu lis des livres, mais exclusivement des études de cas cliniques et des formules chimiques de crèmes anti-rides révolutionnaires, me taquine Natacha.
Je m'insurge.
— Te moque pas !
— Mais tu n'as pas d'humour aujourd'hui !
— Pardon.
— Qu'est-ce qu'il y a ? Ma remplaçante te tape sur le système ?
— Non, non. Linda est compétente. Trop lente à mon goût, mais ça va.
— Alors ?
— Rien.
— Arrête de tourner autour du pot, balance !
— Rien, je te dis, je me pose seulement quelques questions existentielles.
— Ah oui, quand même. Et de quel genre ?
— Je ne sais pas, du genre : « est-ce que je dois travailler en pharmacie toute ma vie ? », « est-ce que je suis une bonne mère même si je rentre le soir et que mes enfants sont déjà endormis ? »

— Ce n'est pas parce que je n'ai aucune compétence en matière de maternité que je ne sais pas reconnaître une maman géniale. Et toi, ma belle, tu fais de ton mieux pour assurer sur tous les fronts.

— Merci.

— Non mais c'est sincère, tu le sais. Et puis tu ne DOIS pas travailler toute ta vie en pharmacie. C'est quoi cette notion de « devoir » ? Tu ne dois rien t'imposer, c'est ma devise, tu le sais bien. Certes, on doit s'intégrer pour vivre en société, mais rien ne t'oblige à travailler ici ou là.

— Tu crois ? dis-je d'un ton dubitatif.

— Je crois surtout que tu ne prends pas assez soin de toi, ajoute-t-elle, une pointe d'accusation dans la voix.

— Je n'ai pas le temps.

Oups, les mauvaises habitudes sont tenaces.

— Tu ne PRENDS pas le temps, nuance !

Touché.

— Passer des heures en manucure, chez le coiffeur ou l'esthéticienne, ça n'a jamais été ma tasse de thé, tu le sais bien.

— Mais il y a des milliers d'autres façons de se faire plaisir ou de prendre soin de soi. Regarde comme je suis détendue après mon super rendez-vous avec Chen ! Mes petits pieds la vénéreront jusqu'à la fin de la semaine.

— Bof, je suis chatouilleuse, pas sûr que cela me plaise.

— On a chacun un passe-temps ou une passion, c'est quoi la tienne ?

— …

— Il me semble bien que cette question n'ait pas fait irruption dans ton cerveau depuis longtemps, hein ?

— C'est si évident que ça ?

— Je te connais assez pour dire que depuis notre adolescence, tu fais sagement ce qu'on attend de toi et ça s'est accentué avec ta vie de mère ou d'épouse. Tu t'oublies un peu trop et tu devrais remédier à ça avant de devenir aigrie et conne. La quarantaine arrive ma vieille !

— Merci de ne pas noircir le tableau prématurément quand même.

— Fais comme moi, profite ! proclame-t-elle enthousiaste. Moi, j'ai testé la moitié des instituts de beauté de la planète, c'est mon truc, j'assume. Quand j'y pense, mon Dieu que nous sommes différentes !

— Garde le fil, Natacha.

— Ah oui, pardon. Je disais, ton mari raffole de musique et de percussions, Gabrielle adore la pâtisserie, Katia collectionne les articles de camping les plus tendance, Charly et FX quittent leurs guitares uniquement pour se nourrir et aller pisser. Et toi, tu as quoi en dehors de la pharmacie et de tes enfants ?

— ...

— Je t'écoute, insiste-t-elle.

— Heu… Rien.

— Rien n'est pas une activité, essaie encore.

— Je ne sais pas quoi te répondre, rien ne me vient, là, tout de suite. Tu m'énerves avec tes questions, tu me prends au dépourvu !

— Ola ! Pas la peine de t'énerver, ma Belle. C'est quand même toi qui as commencé en évoquant des questions « existentielles ».

— Pardon, pardon, je ne voulais pas te crier dessus. Au contraire, j'espérais me changer les idées en bavardant un peu avec toi avant de récupérer ma voiture. Parle-moi du temps qu'il fait là-bas, à Hong Kong, est-ce qu'il fait gris comme chez nous aujourd'hui ?

— Vous, les habitants du Sud de la France, vous avez vite le blues s'il n'y a pas moyen de voir le soleil pendant plusieurs jours. C'est aussi sûrement à cause de ce temps maussade que ton moral vacille un peu.

— Alors Hong Kong, tu…

Je suis tout à coup interrompue par un monsieur grisonnant vêtu d'un bleu de travail maculé de taches de cambouis. Il se tient là, devant moi, silencieux. Je n'ai pas entendu la porte s'ouvrir. Il relève ses lunettes de vue sur son crâne dégarni puis s'essuie les mains sur un torchon aux couleurs douteuses. Je ne peux m'empêcher de penser à cet instant que la mécanique nécessite un gros investissement dans une machine à laver performante. L'odeur d'essence que cet homme ramène avec lui est forte et désagréable, mais je n'en dis pas un mot. Je préfère le saluer chaleureusement avec un grand sourire, l'avenir de ma voiture dépend de son diagnostic. Des travaux sont-ils à prévoir ? Les factures à venir vont-elles être salées ?

— Heu, Nat, il faut que je te laisse, le mécanicien a fini d'examiner ma voiture.

— Je comprends.

— On se rappelle. À plus tard.

— Oui. Bye.

Je glisse rapidement mon téléphone dans l'une des poches de mon manteau et me lève pour donner à cet homme toute mon attention. J'ose demander :

— Alors ?

— Et bien ma petite dame, la bonne nouvelle, c'est qu'y a rien de méchant, dit-il avec un accent du sud-ouest très prononcé.

— Ouf ! Et la mauvaise nouvelle ?

— C'est qu'on va se revoir, je viens de vous inscrire une contre-visite.

Le peu d'enthousiasme qui m'habite en cet instant s'évapore aussitôt pour laisser place à un ton irritable.

— Et pour quelle raison ?

— Figurez-vous que cette défaillance majeure est peu banale ! s'exclame-t-il, presque content.

C'est bien ma veine, tiens.

— Je vous la fait courte, poursuit l'homme en salopette. Vos pneumatiques avant sont de tailles différentes sur un même essieu et ça, c'est interdit.

— Comment est-ce possible ?

— J'en sais rien, vous avez changé un pneu avant sans faire gaffe aux caractéristiques de l'autre.

— Aucune chance, je les change par deux et je n'ai pas de crevaison au compteur.

— Alors le vendeur il a fait une connerie, il a pas fait gaffe en les montant.

— Super.

— Et faudra aussi me changer une ampoule du phare arrière droit.

— Bien sûr, dis-je dans un long soupir.

— Ça va aller, ma petite dame ? s'enquiert-il amusé.

J'articule un « oui » plus convaincu et je me penche vers le fauteuil sur lequel repose mon sac à main. Je le saisis de ma main gauche tandis que ma main droite part à la recherche de mon agenda et de mon portefeuille. L'homme à la salopette s'aventure derrière son bureau, tourne le bouton d'une radio placée en équilibre sur une pile de dossiers et le son jaillit.

Il s'assoit, claque un tiroir entrouvert et ouvre un gros livre usé par un excès de manipulations. Du scotch positionné çà et là tente de le faire durer dans le temps. Lui aussi mériterait d'aller au recyclage. En fait, il s'agit de son agenda, garni de post-it et de ratures en pagaille. Je me demande comment il arrive à s'y retrouver. Une chanson d'Aretha Franklin surgit du vieux poste et imbibe l'atmosphère d'un blues élégant. La musique me donne le bourdon. Je m'accoude au comptoir qui sépare nos deux espaces et me munis d'un stylo bleu mis à disposition des usagers. Je soupire.

Nous n'avons pas la même conception des bonnes nouvelles.

6

Formation minceur

Vendredi. 9 h 30. Une fois n'est pas coutume, nous sommes tous présents à l'officine ce matin, Katia, Gabrielle, Linda, Philippe et moi. Le formateur, un grand brun maigre et soigné, tourne en rond. Son costume bleu marine plutôt conventionnel contraste avec sa cravate rose vif sur chemise blanche, une pointe de bonne humeur véhiculée par un simple artifice. Sa timidité est évidente. Il est jeune, il lit et relit ses notes sur un bloc barbouillé de surligneur de couleur. Je vois ses lèvres bouger dans le vide, sans aucun son sortir de sa bouche. Il répète son prochain discours inlassablement, oubliant presque notre présence. Il fait les cent pas en attendant que toute l'équipe se rassemble à ses côtés.

Cette entreprise est une fourmilière que Philippe sait gouverner en souplesse à nos côtés. Personne ne se marche sur les pieds. Le ballet est rodé grâce à Linda, pharmacienne assistante, pâle remplaçante de mon amie Natacha, mais aussi grâce à Katia et moi, préparatrices en pharmacie dynamiques, capables de parcourir des milliers de kilomètres en effectuant plusieurs tâches à la fois. Enfin, Gabrielle est notre atout final, endossant les rôles de secrétaire et de rayonniste à plein temps. Magicienne, elle transforme les cartons encombrants en confettis après avoir contrôlé, validé et rangé leur contenu aux quatre coins de l'officine.

La paillasse centrale de déballage a été libérée de tout document ou amas de médicaments en cours de vérification. J'entends la cafetière ronronner au coin pause. Gabrielle a voulu nous donner des conditions de travail optimales : en visualisant un peu, on pourrait se croire en salle de réunion.

Un sac en papier et une odeur de beurre occupent le centre de la paillasse : le formateur a amené des croissants. Pour un thème sur la minceur, c'est un peu ironique. Je souris intérieurement mais je garde cette réflexion pour moi.

Philippe organise les groupes et désigne la première équipe qui gèrera à la fois le comptoir et l'accueil de la clientèle. Linda se dirige vers l'espace vente sans négocier, mais Katia n'oublie pas de nous crier en s'éloignant :

— Et il y a intérêt à ce que le sachet de viennoiseries ne soit pas vide quand ce sera notre tour. Je précise juste que je connais un endroit sûr et discret pour enterrer un cadavre.

Le formateur rougit, ne sachant pas s'il doit rire ou prendre ses jambes à son coup. Nous aurions dû le prévenir que cette entreprise embauchait des psychopathes diabétiques.

La deuxième équipe, dont je fais partie avec Philippe, est dans l'attente d'un départ imminent vers le savoir. J'attrape un stylo et un carnet dans les poches de ma blouse. Le formateur prend alors la parole, nous l'écoutons attentivement en prenant des notes. Il aborde des sujets comme les habitudes alimentaires ou le métabolisme humain. S'il pense nous culpabiliser en traitant de l'absorption des graisses pendant que nous mangeons nos croissants par bouchées, il se fourre le doigt dans l'œil. C'est bien mal nous connaître. Sachez, monsieur « il-faut-surveiller-son-IMC » que la pharmacie de la Halle a failli s'appeler la pharmacie « A la dalle ».

Après un moment à épiloguer sur le sujet, je croise un instant le regard de Philippe. Discrètement, il me questionne.

— C'est quoi ces taches sur tes yeux ?

Etonnée, je lui réponds.

— Je mets du mascara tous les jours, il a dû couler, non ?

— Ah bon, me lance-t-il, satisfait.

Nous laissons bientôt nos places à l'autre groupe. Nos fesses remercient le formateur en silence de leur permettre un peu de repos car dans notre métier elles se sentent profondément abandonnées.

Linda s'assoit sur mon siège. Katia arrive la dernière, visage fermé. Elle s'approche du formateur. Il lui tend le sachet, elle l'ouvre, il retient sa respiration, elle l'inspecte, il s'inquiète, elle sourit, il respire. Il est certain que la veille de sa prochaine visite au sein de nos locaux, il prendra rendez-vous avec son banquier. Il est temps de faire le point sur son assurance-vie.

Il est 14 h, je suis au comptoir en compagnie de Gabrielle qui remplit des rayons derrière moi. Je frictionne mon genou. Nous évoquons la réunion du début de journée.

— Sympa, le formateur en phytothérapie, me lance-t-elle, un clin d'œil en guise d'explication.

— Quoi, ce petit gringalet ? Pfff… Ce n'est vraiment pas mon genre d'homme, il est bien trop jeune et chétif à mon goût !

— Arrête de faire ta difficile. Il est aussi fondant que les moelleux au chocolat noir que je vous ai ramené hier.

— Mais profitez, mademoiselle la célibataire, moi je n'ai que la permission d'être sage et pas la permission de sortie comme toi.

— Ce n'est pas parce qu'on est au régime que l'on ne peut pas regarder le menu, déclare-t-elle avec aplomb.

— Ta réflexion est tout à fait dans le thème de la réunion, bravo, vous n'êtes pas hors sujet, mademoiselle qui préfère les jeunots.

— L'Amour n'a pas d'âge.
— Tu as sûrement raison mais de toute façon je suis rouillée, j'ai perdu le mode d'emploi de la drague.
— C'est surtout ta tête qui t'empêcherait de draguer, me dit-elle sans une once de dérision.
— Qu'est-ce qu'elle a ma tête ? osé-je demander, le stress dans la voix.
— Désolée d'être aussi directe mais la première image qui me vient est celle d'un lapin atteint de myxomatose.
— Hein, quoi ?

Je panique. Quel est le problème avec mon apparence aujourd'hui ? Tout à l'heure, Philippe m'a fait timidement une remarque et maintenant Gabrielle en met une seconde couche. Ma fille a-t-elle voulu tester ses talents artistiques armée de ses feutres pendant mon sommeil ?

Sans plus attendre, je déambule dans la pharmacie à la recherche désespérée d'un miroir. Une main calée sur mon front en guise de visière, je cache mon visage du mieux que je peux sans pour autant altérer la vue de mon horizon. Gabrielle devine mes intentions.

— Ma requête concernant l'installation d'un miroir aux toilettes était justifiée, tu vois !

Je ne comprends pas pourquoi cette idée clairvoyante n'a pas été retenue lors de notre dernière réunion d'équipe. J'entends ses mots au loin mais je n'y prête déjà plus attention. Il y a urgence. Il faut que je voie au plus vite la tête que j'ai…

Ça y est, j'ai trouvé ! Je traverse une partie de l'espace clientèle et me dirige vers le rayon beauté. Le nouvel agencement des cosmétiques a permis l'insertion, il y a peu, d'un petit miroir entre les gammes Avène et Caudalie. Il ne faudra pas que j'oublie de remercier Katia pour cette initiative qui, aujourd'hui, va peut-être me sauver la vie.

C'est avec de petits riens que l'on fait de grandes choses.

Je ne peux pas servir les clients si j'ai une allure douteuse, je dois savoir. Seule devant ces boîtes qui nous promettent la jeunesse éternelle, je repère le miroir. En moins d'une seconde, je me précipite vers mon sauveur (toujours trop modestes, ces miroirs). Je peux confirmer que Katia a conçu ce nouvel agencement à sa taille, je suis vraiment hors norme à côté d'elle. Du haut de mon mètre soixante-treize, je plie les genoux, me baisse, je suis même obligée de me contorsionner. Les muscles de mes cuisses pleurent, je révise les squats, merci Katia.

En découvrant mon visage, j'écarquille les yeux. Pourquoi ces taches rouges au-dessus de mes billes marron ? Les gens doivent s'imaginer que je me suis trompée de couleur en choisissant mon fard à paupières ce matin.

— Alors ? me lance Gaby, à quelques mètres derrière un comptoir.

Restant figée sur place, je scrute attentivement le reste de ma peau sans lui répondre. Au bout de plusieurs secondes de silence, elle se donne une deuxième chance.

— Tu as fait quoi exactement pour te retrouver avec ces auréoles ?

— Je n'en ai aucune idée, je n'ai mis que du mascara, j'étais trop pressée ce matin pour mettre du crayon ou du fard à paupières.

— Tu fais peut-être une allergie à cette marque ?

— Si je faisais une allergie, j'aurais aussi de l'inconfort aux yeux, or il s'agit bien des paupières et rien d'autre. Et puis, je ne pleure pas, ça ne me démange pas, seule la coloration est inquiétante.

— C'est bizarre…

Après avoir frotté la peau à cet endroit sans résultats probants, je tente de faire disparaître ces taches par ma volonté, qui, je m'en souviens maintenant, n'a aucun pouvoir de magicien. Ce sort ne pouvant être brisé aussi facilement, je me dirige, attristée, auprès de ma collègue. Je frôle les étagères et manque de faire tomber les pastilles contre l'enrouement et le mal de gorge. En équilibre, comme moi à cet instant, elles vacillent à la moindre secousse dans leur boîte ronde entre les pastilles à base de lidocaïne et les suppositoires au bismuth. Gabrielle me regarde avec pitié, les mains portant à bout de bras un carton à nouveau bien rempli et tente de me rassurer.

— Le démaquillant est aussi un coupable potentiel.

— Ainsi que l'eau micellaire que j'utilise pour me nettoyer le visage le matin.

Je regarde au loin dans le vide, je réfléchis. Il n'y a pas de quoi s'inquiéter outre mesure, nous gérons chaque jour des pathologies et des problématiques similaires, voire plus complexes. Ce ne sont pas quelques rougeurs qui vont me saper le moral, inutile de m'alarmer pour si peu. Je me penche au-dessus du carton de Gabrielle, m'empare de deux bouteilles de sirop, la regarde et finis par ajouter un peu ragaillardie :

— Ce n'est pas si grave, je vais mener mon enquête et ce mystère sera levé au plus vite. Allez, je t'aide à mettre tout ça en place. Sur quel linéaire j'installe ces sirops ?

J'arrive à terminer la journée sans repenser à cette désagréable découverte mais en rentrant chez moi, il m'est impossible de la cacher à mes proches.

— Bonsoir, ta journée s'est bien passée ? me demande mon mari affairé à mettre la table dans la cuisine. Il est si concentré sur sa mission qu'il ne me regarde pas en m'adressant la parole.

Lou, sois indulgente, c'est un homme, une chose à la fois.

Comme je ne réponds rien et que cela ne fait manifestement pas partie de mes habitudes, il sort enfin la tête du placard dans lequel il était allé chercher des verres. Il me dévisage. Je vois ses yeux s'agrandir au fur et à mesure que sa bouche s'ouvre, le tout au ralenti.

— Mais… c'est quoi le problème avec tes yeux ?

Je sors de mon mutisme, espérant une parole réconfortante.

— Justement, je ne sais pas, c'est une véritable énigme.

— Vu ta tête, tu es peut-être en overdose de travail, qui sait ?

— Ah ah, très drôle.

— En tout cas, ce soir c'est vendredi et on est en week-end. Donc, avec un peu de chance, lundi matin, tout ceci sera derrière toi, oublié, validé, archivé, basta !

Suite à cette touchante tentative de consolation, je cherche du regard le reste de la famille.

— Et ils sont où nos deux enfants d'Amour ?

— À cette heure-là et en cette fin de semaine, on traîne, alors ils sont encore au bain.

Je me mets à hurler aussitôt, sans ménagement.

— Ils sont dans l'eau, seuls et sans surveillance, mais tu es inconscient !

Au moment où je m'apprête à m'élancer en direction de la salle de bain, il harponne mon bras et s'écrie, trop content de sa réplique.

— Arrête de paniquer, j'ai engagé un maître-nageur diplômé pour la sécurité. Tout est sous contrôle !

Je le regarde entre angoisse, colère et soulagement. Comment peut-il faire de l'humour sur un tel sujet ? Les hommes viennent de Mars et les hommes de Vénus, c'est une certitude. Ma pression artérielle, qui était montée jusqu'à 23, redescend. Je renonce à composer le 17 afin de signaler deux noyades et un meurtre. Le père de famille a un peu pitié de mes émotions fortes et m'embrasse sur la joue.

— Va voir, me chuchote-t-il à l'oreille.

Je me dirige à pas de loup vers la salle de bain. Plus j'approche et plus j'entends un mélange de rires et de cris. L'ambiance respire la bataille d'eau. Arrivée devant la porte, je l'entrouvre doucement et passe la tête dans l'embrasure. Trois paires d'yeux se dirigent vers moi, stoppant immédiatement toute action en cours. Soudain je réalise, trois paires et pas deux !

Du coup c'est moi qui prends le relais, je hurle en sautillant sur place comme une hystérique. Non, les enfants, tout va bien. Rassurez-vous, maman n'est pas folle à lier, elle est juste ultra méga contente. Oui, les adultes aussi peuvent réagir de manière spontanée et anarchique comme des gamins.

La joie n'a pas de frontière.

Mon cerveau vient de reconnaître le maître-nageur, ou plutôt la maître-nageuse assise sur le bord de la baignoire. Ma meilleure amie, Natacha, se lève et déclare fièrement en écartant les bras :

— Surpriiiise !

Je me précipite sans attendre dans ses bras, tellement heureuse de réaliser que je ne rêve pas. Mille questions envahissent ma tête.

— Mais qu'est-ce que tu fais là ? Comment es-tu arrivée ici ? Tu es venue en avion ? Directement de Singapour ? Qui…

— Stop ! On va peut-être commencer par se dire bonjour, non ?

— Oh là là, pardon, je suis déboussolée !

— Je vois ça.

— Hum… Bonjour Nat, dis-je en embrassant mon amie.

— Bonjour ma Belle.

— Je suis vraiment enchantée que ce soit toi qui aies été recrutée pour ce poste de maître-nageur !

— Et nous, alors ?

— Bonjour William.

Je dépose un baiser sur le front de mon fils.

— Bonjour Alicia.

Je dépose un baiser sur la tête de ma fille.

Des petits bras tout potelés en profitent pour m'agripper par le cou et y déposer des bisous d'amour tout mouillés.

— Bonjour m'man. Elle est trop bien la surprise, hein ?

— Oui mon loup, elle est trop bien.

— Donc c'est Marraine qui va nous apprendre à nager ? demande Alicia, en dévisageant Natacha et moi à tour de rôle.

— Non, ma Belle, répond mon amie, c'était une blague de papa afin de piéger maman.

— Il me semblait bien que tes compétences en tant qu'instructeur principal étaient plutôt proches du néant.

— Alicia ! Tu es vraiment dure avec moi. Sache que je traverse des océans et des mers à longueur d'année ma petite fille, ça compte quand même !

— À la nage, oui. En avion, non.

Notant le taux élevé d'humidité des vêtements de Natacha, je m'adresse aux enfants.

— Je crois que la maître-nageuse va se transformer en sirène à cause de toute l'eau qu'elle a reçue. Elle va finir par vous rejoindre et barboter avec vous à ce rythme-là !

— Oh oui ! répondent nos jeunes éclaboussés.

— Je vois surtout des mains de bambins toutes fripées, ce qui signifie que la dose maximale a été dépassée. Allez, oust, il est l'heure de sortir de la baignoire.

J'attrape les serviettes de bain placées sur le sèche-serviette et j'attends debout, prête à recevoir des plaintes.

— Oh non, pas déjà ! plaide ma fille.

— C'est trop pas juste, m'man, bougonne mon fils.

— C'est dommage car c'est l'heure de la pêche aux sardines et moi j'ai très faim après ce long voyage en Asie, pas toi, Lou ?

Natacha me lance un regard insistant, un sourire au creux des lèvres. Il m'est impossible de résister au message subliminal de ce marin affamé, je suis obligée d'enchaîner.

— Et bien moi, je préfère les crevettes avec des minuscules fesses toutes roses et dodues. Je crois en apercevoir quelques-unes, dans la mer, au large. Matelot, les voyez-vous au loin ?

Elles sont ramenées par de grandes vagues vers nous, je pense que la pêche va être bonne.

Je croise des petits yeux qui pétillent et des sourires à croquer.

— Non, non, ne m'attrapez pas monsieur le pêcheur ! crie ma fille, à fond dans son rôle de crevette en danger.

Elle tape dans l'eau avec la paume de ses mains et en profite pour nous arroser, ce qui inspire son frère.

— Mon bidou n'est pas assez gros capitaine, y'a rien a manger sur moi, dévorez plutôt ma sœur !

— Ah ben merci la solidarité ! s'offusque Alicia.

Je jette une serviette à Natacha. Pas besoin d'explications, un simple regard suffit à nous reconnecter l'une à l'autre malgré les kilomètres, malgré les longues absences. Notre complicité n'a rien perdu, c'est comme si nous nous étions quittées hier sur le quai d'une gare ou à la porte du hall B de l'aéroport de Toulouse-Blagnac. On se connaît par cœur. Vingt-quatre ans d'amitié, ça ne s'improvise pas. Rodées, soudées, nous sommes un vieux couple qui aime se repasser les mêmes chansons. Même pas peur des milliers de kilomètres qui nous séparent qui, finalement, ne représentent que quelques malheureux centimètres sur la mappemonde de mon fils.

Une soirée ado au bord de la piscine d'été, des parties de cartes les tongs aux pieds, des déjeuners à l'ombre des tilleuls, voilà le début de notre histoire d'amitié à la maison des jeunes du village de notre enfance.

La pêche aux crevettes et aux sardines a été fructueuse. Nous avons récolté deux beaux spécimens prêts à être attaqués par une marée de bisous et de chatouilles. Malgré l'énergie déployée pour se défendre, ils n'ont pas pu lutter longtemps contre deux femmes avides de poisson frais. Nous sommes trempées, épuisées par notre travail ou notre voyage, peu importe. Rien n'est plus précieux que ces moments de bonheur partagés avec des êtres qu'on aime de tout notre cœur.

— Mère ! m'interpelle ma fille.

— Oui.

— Attends ! J'ai ramené des trucs qui pourront te servir.

Alicia court vers sa chambre et revient un instant plus tard avec deux objets en main qu'elle me confie aussi précieusement qu'un trésor tout juste sorti de terre.

— Voilà. Si vous sortez avec Marraine, vous pouvez vous maquiller avec le gloss et l'*alezeyemer* de Gwen. Elle me les a prêtés pour ce week-end.

Le deuxième nom me laisse perplexe mais je ne me démonte pas et j'examine les objets avec attention. Je lis en petits caractères bariolés « Gloss bonbon glacé pailleté goût vanille coco ».

— Rien que ça ? Tout un programme !

— Celui-là, je l'ai déjà mis. On sent la vanille et la noix de coco comme dans les yaourts de la cantine. Tu mettras aussi du *alezeyemer* ?

— Du « Alzheimer » ? Tu es sûre ?

— Oui, c'est pour maquiller les yeux, répète-t-elle, sûre d'elle, en me brandissant le deuxième objet.

— C'est donc ça que je n'ai pas compris tout à l'heure. Je vais souligner mon regard avec un EYELINER, ce sera plus juste. Décidément, je parle trop de mon travail à la maison, ce n'est pas possible ! dis-je d'une voix lasse, presque pour moi-même.

— Merci, Alicia. Ta maman et moi en prendrons soin, ajoute Natacha.

Il est tard, les enfants sont fatigués. Leur dîner est vite expédié puisque nos baigneurs s'endorment devant leurs assiettes de purée de courgettes. Oust, au lit !

Il est temps de s'occuper des grands. J'invite mon amie globe-trotteuse à s'installer sur le canapé, autour de la table du salon. Mon mari, occupé à la cuisine, finit par nous rejoindre, un plateau garni d'une multitude de mignardises à la main.

— Un petit apéro, mesdames ?

— Avec joie ! Le voyage de ces dernières vingt-quatre heures m'a ouvert l'appétit.

— Pas de panique, j'ai tout prévu, enchaîne Christophe en déposant fièrement devant nous un éventail de spécialités salées aux couleurs et aux odeurs enivrantes.

Il s'est surpassé.

— Nous avons, pour vous régaler mesdames, des olives à la provençale, des verrines saumon-avocat sous une pluie de cacahuètes concassées, des muffins jambon-fromage frais, des tartelettes crevettes-tomates-chèvre parfumées au thym et plusieurs feuilletés mystères.

— Oh là là, mais c'est un vrai festin, mes compliments au chef !

— Merci.

— Et bien je vais faire honneur à tes talents car je meurs de faim, déclare Natacha, s'emparant d'une verrine couleur nénuphar d'une main et engouffrant un feuilleté dans sa bouche de l'autre.

— Doucement malheureuse ! Il faut savoir déguster avec délicatesse les inspirations du maître ! lui répond mon mari d'une voix débordant de prétention et de dérision.

— Maître Picard ou Maître Marmiton ? plaisante Nat la bouche pleine.

Le chef aime jouer. Il ne va pas se laisser intimider si facilement par une cuisinière désastreuse, mangeuse de plats surgelés et de sandwichs sous vide. Il prépare sa réplique.

— Le maître des lieux et de cette cuisine voulait justement ton avis sur un nouveau concept commercial. Disons que je n'ai pas encore révélé tous les atouts de ton séjour en pension complète parmi nous. Il est important que tu saches que la suite de Madame sera écolo. Elle s'accompagne d'un slogan prometteur, qui, on l'espère, attirera bon nombre de touristes dans notre belle région : « La niche au fond du jardin, chiche, on y dort bien ».

Natacha se marre.

Christophe fanfaronne.

Je jubile.

Je regarde en silence ces deux êtres qui font partie de ma vie depuis si longtemps. Il faut dire qu'ils sont habités par toutes les valeurs que j'admire.

Ils respirent le bonheur.

Ils inspirent le respect.

Ils explosent de générosité.

Ils fédèrent la famille.

Ils respectent l'amitié.

Ils adorent le partage.

Ils maîtrisent la patience.

— Allô Mars, ici la Terre ! me lance mon mari en essayant de capter mon regard.

Effectivement, partie sur une autre planète, je retrouve instantanément la trajectoire de la Terre.

— Bon, maintenant je veux tout savoir, Nat. Tu es arrivée quand, et surtout comment ? L'avion, le train ? Tu es passée voir ton père avant de débarquer ? Et d'abord, pourquoi tu débarques ? C'est louche, tout ça… Ah si, je sais : ton dernier mec est parti avec sa conn… heu, charmante secrétaire et je dois t'accompagner d'urgence au Macumba noyer ton chagrin dans un concours de mojito.

— Lou, cette période de notre vie est révolue.

— Tant d'espoir anéanti en quelques mots, quelle cruauté ! s'empresse d'ajouter Christophe.

— C'est ça, moquez-vous de moi, vous qui conspirez derrière mon dos.

— Je ne conspire pas, se défend mon mari, j'élabore un stratagème de haut niveau pour me débarrasser de ma femme et de mes gosses en gentleman.

— C'est-à-dire ?

— Alors voilà. J'ai proposé, il y a peu à Natacha de passer un formidable week-end chez nous. Je suis passé chercher la voyageuse ce vendredi à l'aéroport avant d'aller récupérer les enfants au centre aéré. J'ai mis mon inspiration au service de vos papilles avec ce dîner trois étoiles et demain, vous allez pouvoir vous mettre à jour de TOUS les derniers potins en profitant de nos adorables enfants. Une fois ces petits anges couchés, une soirée filles s'imposera devant la télévision après un choix cornélien opposant « Dirty Dancing » et « Pretty Woman ». Dimanche, j'endosserai le rôle de l'époux idéal en m'occupant à plein temps de nos petites têtes blondes pour vous permettre de passer une journée 100 % filles placée sous le signe de vos envies du moment. Cette journée époustouflante se terminera par un trajet vers l'aéroport afin d'y déposer notre invitée internationale à 22 h 15. N'est-il pas ultra sympathique, cet imminent week-end ?

— Mouais... Il déborde de guimauve ton magnifique discours, se méfie Natacha.

— C'est surtout bien trop mielleux pour être honnête.

— Je plaide non coupable.

— Allez l'arnaqueur, annonce le futur programme de TON samedi en solo, dis-je en mimant des guillemets dans l'air.

— Je rejoins Ahmed dans une heure, avoue-t-il après un bref regard à l'horloge du salon. Je pars avec lui, Charly et FX, voir un concert près de Bordeaux. Plusieurs groupes géniaux se partagent la scène. On dormira sur place. Il fallait bien des arguments solides pour négocier ma liberté, non ?

Je l'embrasse furtivement et partage un check avec Natacha. Guimauve ou pas, ce temps d'évasion aura le goût de l'amitié.

7

Balnéothérapie

Mon mari a tenu sa promesse. Nous sommes dimanche et cet après-midi, c'est lui qui gère les enfants, permettant ainsi l'organisation d'une virée entre filles grandement méritée. En effet, Natacha et moi avons invité Gabrielle et Katia à se joindre à nous. Quitte à se faire plaisir, autant le faire avec la fine fleur de la Team. Sacs garnis et covoiturage organisé, nous avons rendez-vous sur le parking d'un centre de détente aquatique au sud de Toulouse. Les jeans et baskets d'hier, confortables et pratiques avec les enfants, sont archivés, congédiés, aujourd'hui nous jouons la féminité. Malgré le froid, nous avons délaissé les bottes fourrées au profit de bottines à talons modestes.

Gabrielle, éternelle prévoyante, a dû prendre la moitié de sa garde-robe. Katia, accusant l'inefficacité du sèche-cheveux de l'établissement, a insisté pour emmener le sien. Natacha, persuadée d'amadouer le soleil encore aujourd'hui, ne quitte pas ses lunettes de soleil depuis ce matin et moi, fidèle à mes complexes, je traîne les pieds. Il est neuf heures trente, beaucoup trop tôt pour une marmotte chevronnée comme moi, surtout le dimanche. Mais une ligue féminine de passionnées de flotte a eu raison de mes réticences, à vrai dire vite balayées. Nous voulons optimiser un maximum cette plage horaire entre filles, alors adieu grasse matinée, bonjour H2O. Katia fait les cent pas sur le parvis de l'entrée du centre. Impatiente, elle contourne nos deux silhouettes en boucle.

— Elle arrive quand ? demande-t-elle.

— Elle n'est pas loin, je l'ai eue par texto, elle arrive, dis-je en scrutant l'entrée du parking, une main en visière sur mon front.

— Ça fait dix plombes qu'on poireaute, j'en ai marre d'attendre, râle-t-elle de plus belle.

— Arrête ta parano, Katia, on a garé la voiture il y a moins de dix minutes, la rabroue Natacha.

— Ouais, ben je déteste attendre.

— On avait remarqué !

— En plus, je ne suis pas sortie hier soir pour vous faire plaisir et être à l'heure ce matin.

Dix secondes plus tard.

— Et pourquoi elle arrive à la bourre, au fait ? questionne de nouveau Katia.

— Gabrielle est passée s'inscrire à un concours de pâtisserie, je te l'ai déjà dit lorsque je t'ai lu son texto dans la voiture tout à l'heure.

— Ah oui, c'est vrai, mais j'écoutais à moitié.

— J'ai vu ça, l'accuse Natacha, tu étais en train d'écrire à Ben sur ton téléphone. Ton petit mari te manque déjà ?

— Il ne s'agit pas de son mari mais de son amant, dis-je d'un trait.

— Je peux répondre comme une grande fille, tu sais ! s'esclaffe Katia.

— Mais je croyais que ton mari s'appelait Benjamin, lui répond Nat à peine offusquée par une telle nouvelle.

— C'est exact. Il s'appelle bien Benjamin.

— Et alors ? insiste Nat.

— Et alors, le truc c'est de choisir un amant ayant le même diminutif que son mari, histoire de ne pas se mélanger les pinceaux avec les prénoms.

— Et ?

— Et j'envoyais un texto à Benoît dans la voiture.

Natacha explose de rire, ce qui entraîne immanquablement un fou rire général tout à fait appréciable en ce début de matinée. Elle n'hésite jamais à nous faire partager ses capacités vocales et laisse s'exprimer toute l'étendue des notes qu'elle peut atteindre. Je participe à ce spectacle de complicité, heureuse mais pas très à l'aise avec le sujet de cette rigolade.

Katia a un amant depuis quelques mois et toutes ses proches, y compris sa propre fille, trouvent cela normal. Elle ne s'en cache pas vraiment, en parle ouvertement, à part à son mari selon toutes vraisemblances. Elle nous a vite expliqué la crise qu'elle traverse. Les kilos superflus de Ben (Benjamin) devenus rédhibitoires au fil des années, le corps d'athlète de Ben (Benoît), prof de karaté, l'évanouissement des sentiments, la routine, le manque de sexe réciproque, le rôle de parents ayant pris le pas sur leur couple pendant trop longtemps, le départ de leur fille qui a quitté le nid, l'absence de dialogue….

Inévitable selon elle.

Impensable selon moi.

Enfin, j'espère.

Le soleil est timide mais les nuages ne sont ni très nombreux, ni très denses.

Natacha a peut-être raison de vouloir rallier le soleil à sa cause, il semble bientôt conquis et colonise petit à petit la devanture de l'établissement. J'en profite pour marcher dans les rais de lumière, histoire de me réchauffer un peu.

Les véhicules sont encore rares à cette heure puisque l'établissement dans lequel nous nous rendons est censé ouvrir ses portes à partir de 10 h. Je note la récente arrivée d'une Alfa

Roméo bleue dont le rétroviseur gauche tient à l'aide de scotch, d'une camionnette blanche dont les portières arrière sont totalement recouvertes d'autocollants en tout genre. Marques de cigarettes ? Logos d'équipes de football ? Emblèmes de pays visités ? Avant même de pouvoir déchiffrer la nature de ces images, j'aperçois enfin une Qashqai noir lustré faire son entrée sur le parking. Un appel de phares me confirme l'identité de la propriétaire.

— La voilà, dis-je aux filles.

— C'est pas trop tôt ! clame Katia.

— Tu t'es levée du mauvais pied ou quoi, ce matin ? questionne Natacha presque agacée.

— Non, mais tu as raison, là je suis de mauvais poil, désolée.

— Et tu sais pourquoi, au moins ?

— Je crois que c'est à cause de ma dernière conversation avec Ben.

— Lequel ? se renseigne Natacha.

— Mon amant.

— Et qu'est-ce qui te chiffonne ? enchaîne-t-elle.

— Il veut que je choisisse entre mon conjoint et lui, il veut une VRAIE relation.

— Une relation au grand jour, rien que ça ! Donc, adieu le mari.

— Je déteste Ben.

— Qui ça, ton mari ?

— Mais non, mon amant !

— Pff… je suis perdue avec tes « Ben » qui se bousculent au portillon. Et toi qui prônes la facilité sous prétexte qu'ils portent des diminutifs identiques… Un vrai bazar, oui !

— Disons que la situation me convient comme ça. Je n'ai pas envie de choisir entre le père de ma fille et l'homme qui me comble de plaisir. J'ai le droit d'être heureuse, non ? Je veux les deux, merde alors !

— Et bien mesdames, je ne sais pas si je vais vous parler de mes derniers voyages en solo, intervient Natacha.

— Ah si, tu nous as promis ! exige Katia.

— J'ai peur de toutes vous convertir d'un seul coup à ma vie de nomade !

— Pourquoi ?

— Après le discours de Katia, on pourrait craindre la fin de la vie de couple. Ce serait horrible.

— Et pourquoi cela ?

— Mais parce qu'il faut des femmes comme vous pour fonder des familles. L'équilibre du monde et du renouvellement de la population mondiale dépend de vous. Moi, je ne suis qu'un écrou dans la roue de l'Amour véritable.

Je la reconnais bien avec sa pointe d'humour. Je ne peux qu'ajouter :

— Des femmes comme nous, souriantes et dévouées, écartelées entre notre vie d'épouse, de travailleuse, de mère et d'amante, super !

— Tu n'es pas crédible Nat, arrête de nous faire marcher.

— Donne-nous plutôt ton secret pour être toujours belle et radieuse, la supplie Katia.

— Aucun « con- » à la barre.

— Hein ?

Je sais déjà ce qu'elle va débiter auprès des filles. Je souris face à son audace.

— Pas de con-trat, pas de con-traintes, pas de com-promis.

Les filles se lancent dans un deuxième fou rire qui ne laisse pas indifférents les premiers clients venus nous rejoindre près de la devanture de l'établissement. Des regards amusés et des sourires en coin se baladent sur les visages tout juste réveillés de ces Toulousains. Je ne sais pas si Natacha a parlé suffisamment fort pour que ces gens comprennent la teneur de notre conversation. Ils sont peut-être tout simplement amusés par nos rires.

Le bonheur se partage.

Gabrielle a eu le temps de garer sa voiture et de revenir vers nous. Elle enjambe le petit massif de roses matérialisant l'architecture du parvis de l'entrée. Perchée sur ses talons de huit centimètres, pas facile d'arpenter les pavés disposés au sol sans flancher. Pourtant, on ne peut qu'admirer les heures d'entraînement sur tout support qui paient enfin : rien ne peut déséquilibrer notre funambule professionnelle. Elle a mis ses escarpins jaune moutarde, mes préférés. Je ne peux plus monter sur ce genre d'échasses depuis quelques semaines à cause d'un genou capricieux. Je l'envie donc beaucoup ce matin.

— Bonjour mesdames, est-ce que tout le monde est bien réveillé pour une petite baignade ? lance-t-elle avant de nous faire la bise.

— Un peu tôt à mon goût, dis-je en rechignant.

— Se retrouver sans homme et sans enfants est une bénédiction ! On souffle un peu et ça ne vous requinque même pas ?

— Tu n'as ni l'un ni l'autre, Nat.

— Pfff, la galère, oui… se lamente Katia.

— Mais quelle mouche t'a piquée ? Tu t'es levée du pied gauche ou quoi ?

— Laisse tomber, Gaby, lui dis-je en la prenant par les épaules, on te racontera la grande misère qui la touche en se prélassant dans les bains à remous. Tu es drôlement élégante pour un dimanche matin à la piscine ! Vas-y, ouvre ton manteau.

— C'est juste une veste cintrée sur un pantalon en cuir et un foulard bleu marine aux fils d'or. Rien de démesuré mais il me fallait une jolie tenue pour m'inscrire au concours de pâtisserie. Il y avait plein de beau monde, tu sais !

Mon geste la pousse gentiment vers les portes de l'entrée qui s'ouvrent à l'instant. Le bruit des clefs dans la serrure a donné le top départ de notre moment de détente. Pas besoin d'atteindre les bulles de la piscine pour me sentir décrochée de mon quotidien. C'est si rare. Ça fait du bien.

Me voilà en train de me contorsionner dans cette cabine prévue pour des nains. Je ne suis pas épaisse mais là, il faut croire que les concepteurs ont préféré privilégier la quantité plutôt que la qualité des cabines.

Se mettre en maillot de bain est loin d'être le meilleur moment de ma journée. Ma peau blanche me complexe depuis mon enfance alors je ne suis vraiment pas fan de ce genre d'endroit. Seulement voilà, la démocratie existe et ma petite voix « contre » n'a pas eu beaucoup de poids face à des femmes assumant leurs corps de rêve.

Je ne suis pas mauvaise perdante et je me console en me disant qu'une fois dans l'eau, personne ne fera la différence avec personne. En outre, ma volonté de participer à ces quelques heures de détente collective a pris le dessus sur mes envies personnelles. Dans la mesure où je suis également frileuse et maigrichonne, il est tout à fait normal que je préfère la combinaison de ski. Natacha m'a gentiment expliqué que ce ne serait pas pratique en nageant, argument que j'ai pris en compte avec un seau de courage. Je me résigne donc à enfiler mon deux-pièces bleu océan et traverse le pédiluve au pas de course. Je suis une écrevisse albinos qui tente désespérément de rejoindre le monde marin en toute discrétion. Une fois dans le bain, je me détends enfin et savoure la chaleur de l'eau.

La piscine est composée d'un grand bassin équipé de fontaines, de cascades et de geysers. Il existe aussi un passage vers l'extérieur. On passe sous un dôme tout en restant immergé et hop, on a la tête dehors. On avance, toujours dans un couloir d'eau et on poursuit notre route jusqu'à un bassin au cœur d'un espace situé derrière les baies vitrées du complexe. Les transats sont nombreux, disposés en épi et pressés de voir se prélasser sur leurs dossiers de ravissantes sirènes rafraîchies. Il ne fait pas si chaud ce matin, je suis persuadée que la différence de température est saisissante au grand air.

Nous empruntons plusieurs parcours dans l'eau afin de découvrir pour certaines ou redécouvrir pour d'autres les atouts de cet établissement. Les pipelettes attaquent.

— On peut réserver une séance de massage ayurvédique à l'occasion ? demande Natacha en indiquant de la tête un espace bien-être sur la droite, décoré de fleurs d'orchidées géantes pour attirer l'œil.

— Madame aime prendre soin d'elle, déclare Katia.

— Elle ADORE se faire papouiller, ne puis-je m'empêcher d'ajouter.

— Et je l'assume TOTALEMENT. Prendre soin de son corps est même une démarche de prévention dans beaucoup de cultures, vous savez. Mes voyages me permettent d'essayer des choses bien ancrées dans le quotidien de certains pays, c'est un régal de découvrir différentes façons de garder la forme.

— Quelle activité préfères-tu ?

— Si le mot « massage » fait partie de l'expérience, alors c'est forcément pour moi.

— Moi je dis OK si c'est un massage du dos mais certaines parties de mon corps m'appartiennent ou sont sensibles, alors tu peux oublier le visage ou les pieds, déclare Gabrielle.

— Tu rigoles ! Un massage des pieds, c'est divin.

— Je suis beaucoup trop chatouilleuse pour ça.

— S'il me restait un an à vivre, je le passerais allongée à me faire masser de la tête aux pieds sans hésiter, ajoute-t-elle en animant ses doigts.

La marche dans l'eau est un sport. Assez d'exercice pour aujourd'hui. Nous nous installons dans un jacuzzi près des immenses baies vitrées donnant sur la campagne toulousaine. Un tableau électronique indique les informations du jour, à savoir un joli contraste entre les trente-quatre degrés du bassin et les quinze degrés sur la ville ce matin. Je bénis ma place actuelle.

Les bouillonnements de l'eau chaude sont apaisants. Je me laisse flotter, la gravité n'opère plus, le lâcher-prise tente son apparition. Les bulles massent mon corps endolori par les kilomètres parcourus ces derniers jours, dans le parc hier, à la pharmacie, sur le chemin de l'école, le long des allées du supermarché, sur le parking tout à l'heure, sur les pierres de la Grande Muraille de Chine (oui, les kilomètres parcourus dans les rêves éveillés comptent aussi). Rien ne peut perturber cette décontraction totale.

— Alors, quoi de neuf au boulot ? se renseigne Katia auprès de Natacha.

Je m'enflamme aussitôt. Fini le barbotage et l'évasion, la réalité reprend le contrôle.

— Ah non, les filles, on a dit « relaxation intense ». Interdiction de parler des sujets prises de tête.

— De toute façon, on promet constamment qu'on évitera les allusions, qu'on n'en parlera pas et puis, au bout du compte, on finit TOUJOURS par évoquer nos tafs, alors ce n'est pas la peine de se voiler la face. Autant percer l'abcès de suite, revendique Gaby.

Gabrielle se plaint des absences injustifiées de l'assistante maternelle qui garde ses jumeaux. Je critique nos nouveaux horaires de fermeture de l'officine à 20 h. Natacha râle au sujet de la pression que lui met son chef d'équipe et Katia va bientôt procéder à l'euthanasie du nouveau stagiaire arrivé cette semaine, atteint selon elle d'un cancer d'incompétence généralisé.

À nous quatre, on refait le monde et on se met à jour des vies de chacune.

Gabrielle nous parle de ses jumeaux et de la dernière requête qu'ils lui ont faite : se différencier. En effet, ils se ressemblent comme deux gouttes d'eau, mais Gaby accentue ce phénomène depuis leur plus tendre enfance en les habillant pareil. Las de devoir rectifier les gaffeurs et prouver leur identité, ils revendiquent chacun leur propre style, leur propre coupe de cheveux et supplient leur mère d'arrêter de tout acheter en double. Gaby trouve que la crise d'adolescence commence beaucoup trop tôt.

Katia a ravivé sa mauvaise humeur en évoquant sa situation personnelle déchirée entre les deux Ben de sa vie. L'organisation de son quotidien, idyllique au début de l'année, devient chaotique et frustrante. Cependant, cette situation ne lui inspire pour l'instant aucune urgence à redéfinir les cartes du destin.

Natacha avait promis d'évoquer des anecdotes de voyages. Elle nous raconte sa découverte de la Corée du Sud lors d'un mariage cet automne dont elle est revenue enchantée. Elle a choisi cet évènement car c'est le seul voyage qui correspondait au thème « on-parle-pas-boulot ». Accompagnée d'amis français, deux couples et trois célibataires, elle s'est envolée vers Séoul, a participé à une cérémonie traditionnelle, visité la région en touriste et admis, après plusieurs nuits sans obscurité complète, qu'il s'agissait là d'une bien curieuse habitude.

— Tu es sûre, il n'y avait pas de volets aux fenêtres ? l'interroge Katia, étonnée.

— Mais non, je t'assure, répond Natacha.

— Dans toute la ville ?

— Je ne sais pas mais en tout cas, dans le quartier que j'ai arpenté, sur les façades d'immeubles ou de maisons, il n'y avait aucun volet, roulant ou pas, ni en bois ni en toute autre matière que ce soit.

— Tu as vu d'autres choses bizarres durant ton séjour ? demande Gaby.

— Le cuiseur à riz aussi est une invention que j'aurais bien rapportée en France.

— Mais on en a déjà, des cuiseurs à riz, sur le marché français, dis-je avec surprise.

— Ils n'ont pas les capacités ou les fonctionnalités des appareils asiatiques ! Ils peuvent garder le riz cuit au chaud pendant plus de quarante-huit heures. Les Coréens en cuisent une grande quantité le premier jour et se resservent les jours suivant, c'est plutôt économique.

— D'ailleurs à propos de gastronomie, déclare Gabrielle, est-ce que je vous ai parlé du plat que je vais présenter au chef pour le concours de cuisine ?

Avant le plaisir bien réel des papilles et des sens, Gabrielle réveille notre imagination en nous détaillant chaque étape de la construction de son dessert gourmand au caramel beurre salé. À l'aube du déjeuner, elle met nos estomacs en mouvement et soumet nos nerfs à une rude épreuve de frustration en nous confrontant à une réalité sans sucre sur nos lèvres.

Elle nous raconte son inscription au concours amateur, ce matin même, et partage son enthousiasme à l'idée de pouvoir rencontrer le chef du restaurant gastronomique étoilé des Jardins de l'Opéra à Toulouse. Chaque participant peut proposer au chef une création culinaire selon son inspiration et espérer retrouver sa recette au menu de l'établissement. Travailler avec un grand chef serait la consécration pour une amatrice passionnée comme elle.

Prise de nostalgie, je partage mes sentiments.

— C'est sympa de reformer la Team, même pour une journée.

— Bien d'accord, on est une équipe de choc irremplaçable toutes les quatre.

— Linda a pourtant remplacé Natacha à la pharmacie, développe Gaby.

— Tu rigoles, elle ne lui arrive pas à la cheville. Elle est aussi lente qu'un passage à niveau à l'annonce d'un train et prend le comptoir de l'officine pour un salon de thé ! s'offusque Katia.

— On doit effectivement bosser plus pour compenser un peu, c'est vrai.

— Plus, plus, toujours plus ! C'est bien joli tout ça, mais tu as intérêt à avoir un genou en forme si tu ne veux pas finir sur le banc des remplaçants, précise Katia, quelque peu moralisatrice.

— Tu as encore mal à ce genou, Lou ? souhaite vérifier Nat.

— Oui, mais ça va passer, dis-je en haussant les épaules.

— Bien sûr ! Marcher énergiquement cent kilomètres par jour est tout à fait recommandé comme exercice de repos, me nargue Katia.

— J'ai le numéro de téléphone d'un beau kiné compétent dans mon agenda. Il pourrait nous donner son avis, on l'appelle ? ironise Nat.

Très mature, je lui tire la langue.

— Tu souffres depuis un moment, non ? Je te vois te frotter le genou à la pharmacie et cela ne date pas d'hier ! précise Katia.

— Je ne sais pas exactement. Plusieurs semaines, je dirais…

— Et tu attends quoi pour consulter ? me demande sévèrement Nat.

— OK, OK, vous avez raison. Les douleurs s'installent, ce n'est pas normal. Promis, je m'en occupe.

— Bien, acquiesce Katia.

— Vous savez, c'est toujours plus facile de donner des recommandations avisées au comptoir que de les suivre.

— On te surveille, ma Belle, fais-nous confiance ! claironne Nat en échangeant un regard complice avec les filles.

Je leur suis reconnaissante de ne pas m'avoir encore demandé pourquoi mes paupières sont rouges. J'ai même l'impression, depuis ce matin, de voir d'infimes tâches identiques sur les articulations de mes doigts, sur le dessus de mes mains. Est-ce une allergie ? De l'eczéma ?

Aujourd'hui, je m'engage envers moi-même. Je vais me consacrer à ce mystère et trouver d'autres pistes. Après tout, je répète inlassablement à mes clients « Prenez soin de vous », et les médias surenchérissent avec le fameux « Demandez conseil à votre pharmacien ».

Il est temps que j'applique mes propres conseils.

8

Le langage du corps

Ce matin, à la pharmacie, Katia et moi installons les affiches de la campagne de sensibilisation en dermatologie. Le corps médical souhaite que les gens consultent davantage, dès l'apparition de symptômes cutanés afin d'éviter une aggravation de leur état de santé. Une journée de consultations gratuites est proposée, un numéro vert a été créé et je trouve que c'est une bonne initiative. Une multitude de personnes consultent trop tard, ce qui engendre une prise en charge beaucoup plus lourde et un diagnostic souvent plus grave.

On scotche une affiche taille XXL sur la devanture. Les passants ne peuvent pas la manquer, elle est gigantesque. Heureusement que Katia m'aide car ma taille, pourtant respectable, ne suffit pas à venir à bout de son installation. À deux, cette besogne est plus facilement réalisable. Ensuite, j'accroche des affichettes A4 sur le poteau principal, au centre de l'officine, un endroit stratégique attirant le regard de nos clients. On y trouve les promotions du mois et les bonnes affaires, ce qui oriente notre espace de santé vers les méthodes de la grande distribution. J'ai du mal à m'y résoudre, mais soyons modernes. Pendant ce temps, Katia entasse des flyers qui relaient toutes ces informations sur chaque comptoir, permettant ainsi aux patients de se servir ou de nous interpeller sur ce sujet.

Gabrielle apparaît dans l'espace vente avec un bac de médicaments qu'elle nous confie.

— C'est à ranger dans les tiroirs les filles, sous le rayon diététique s'il vous plaît.

— Pas de souci, je m'en occupe, lui répond Katia. J'ai terminé de poser les affiches, je suis disponible.

Elle la libère de son bac puis Gabrielle s'adresse à moi.

— Je crois que je vais prendre rendez-vous pour un petit contrôle de routine chez le dermato, on ne sait jamais.

Je m'adresse aussitôt à elle.

— Tu n'aurais pas une bonne adresse dans le secteur, par hasard ?

— Si, bien sûr. Je te recommande le docteur Largo, à Montauban. Il est super compétent mais il ne faut pas être pressé pour décrocher un rendez-vous. Disons que si ce n'est pas urgent ou si tu cherches un spécialiste expérimenté, ça vaut le coup d'attendre. Une verrue peut être gérée par quelqu'un de plus disponible, si tu vois ce que je veux dire.

— C'est noté.

— Tu es toujours embêtée avec tes plaques rouges, on dirait.

— C'est désespérant, je n'arrive pas à m'en dépêtrer.

— Tu devrais appeler son secrétariat.

— Oui, je crois que je vais consulter.

Ma collègue avait raison concernant le délai d'attente. Le secrétariat du dermatologue m'a proposé une consultation dans dix mois ! Une éternité ! Sur le coup, je me suis demandé s'il prenait une personne par jour plutôt qu'une personne par heure, mais finalement c'est assez logique. Le fait qu'il gère les symptômes cutanés les plus atypiques et les plus saugrenus lui amène sans doute un large public arrivant de toute la région. Je décide donc de demander l'avis d'un autre dermatologue pour patienter jusqu'à la fin de l'année. Je serai toujours à même d'annuler le rendez-vous du docteur Largo dans un deuxième temps. Ce désistement opportun fera un heureux.

Maintenant que je suis lancée, je garde cette belle énergie pour tenter de rencontrer un rhumatologue, histoire de découvrir pourquoi mon genou me fait souffrir obstinément. Si un délai de deux mois pour ce prochain rendez-vous me parait raisonnable, il l'est beaucoup moins quand on souffre le martyre. J'ai de la chance, ce n'est pas mon cas. Quoi qu'il en soit, je m'équipe provisoirement d'une genouillère souple qui devrait me soulager durant les efforts excessifs de fin de journée.

Les journées s'enchaînent toutes plus vite les unes que les autres. L'hiver a raccourci les jours. Je pars avec la nuit, je rentre avec la nuit. Mes soirées se résument à m'abrutir devant la télévision et écouter mon mari s'endormir à côté de moi en fanfare. Je monte régulièrement le son afin de suivre le film sélectionné, à défaut de pouvoir faire taire les ronflements de monsieur qui font, hélas, souvent partie du programme de la soirée.

En ce moment, nous sortons à quatre rarement, à deux jamais. L'hiver, la grisaille, la nuit, le froid et les pathologies de saison me demandent une grande énergie, mais ils ne sont que passagers. Bientôt, le printemps va dissiper sur moi sa magie du renouveau et je retrouverai la faculté de tout mener de front, y compris prendre un peu de temps pour moi.

J'ai l'impression de m'être fait la même promesse l'hiver dernier, un sentiment très clair de déjà-vu, mais je n'ai pas envie d'encombrer mon esprit avec cette sensation désagréable que provoque l'écoute de mon cœur à ce moment-là. Maîtriser le temps et mon planning me rassure davantage et me permet d'organiser une vie bien remplie, réglée comme du papier à musique.

Je devrais m'en réjouir, déclarent à l'unisson mon cerveau, mon éducation, la société et mon ego.

Les trois mois qui viennent de s'écouler ont donc été rythmés principalement par mes engagements de mère et de préparatrice en pharmacie.

Aujourd'hui, je dois prendre en charge mon genou, une grande première pour lui, autonome et toujours prêt à marcher sans relâche. Mon organisme est habitué à déjouer les pièges des microbes et les embuscades de santé, je ne vois pas pourquoi cela devrait changer. Pas un arrêt de travail au compteur, il va vite se ressaisir.

Lundi, 9 h 30. Je patiente dans la salle d'attente du professeur Georges, chirurgien à l'hôpital Joseph Ducuing de Toulouse. Le rhumatologue que j'ai rencontré le mois dernier a exigé une IRM de mon genou gauche. Cet examen a révélé une cassure du ménisque m'obligeant à me tourner vers un chirurgien.

Grace à mon amie Natacha, je ne pars pas en terre inconnue. Le professeur Georges a procédé à trois interventions chirurgicales sur son genou droit la même année, suite à un bilan traumatique assez lourd : arrachement osseux, ligaments croisés, fracture du ménisque et du plateau tibial, la totale.

Si Natacha est une experte pour monter et descendre de l'avion sans encombre, il faut croire qu'elle n'est pas aussi douée concernant les pistes de ski.

25 décembre. Dix ans en arrière. Ma vie sans enfant.

Sous le sapin, elle découvre des chaussures de ski et des skis neufs. Afin de baptiser au plus tôt ce magnifique cadeau, elle m'appelle et on organise le réveillon à la montagne, sur les hauteurs enneigées, les pieds recouverts de blanc. Bras dessus, bras dessous, nous partons toutes les deux tester de nouvelles sensations au cœur de la chaîne des Pyrénées. Contre toute attente, nous allons être servies. Je m'en souviens comme si c'était hier… Heureuse et fière au sommet de la piste, elle évalue son futur tracé dans la neige. Il fait beau, le ciel est dégagé, si bien que le soleil en profite pour inonder les skieurs de confiance. Aucune ombre au tableau jusqu'à son arrivée en bas. Elle freine, dérape, s'arrête. Son élan la fait basculer, seule, elle perd l'équilibre seule, croise les jambes seule, et tombe sur la neige toute seule. Elle ne se doute pas encore que cette première descente avec ses nouveaux skis, sera aussi la dernière de sa vie. Cette chute semble sans gravité et pourtant, huit mois de rééducation et trois opérations seront nécessaires avant de lui permettre de retrouver une mobilité quasi-normale du genou.

-Durée de vie de ses skis : une journée.
-Durée d'utilisation de ses skis : une heure.
-Décision de s'en débarrasser : une seconde.

Quand j'étais passée la voir à l'hôpital, après sa descente en barquette tirée par des pisteurs secouristes, elle hésitait encore sur le devenir des responsables de son hospitalisation. Elle était en colère, le médecin relativisait la situation, j'invoquais le destin et l'infirmière n'osait pas donner son avis sur la question. Un grand quizz s'était alors instauré dans sa chambre. Il était temps de prendre une résolution concernant son matériel, muet et passible du pire. Elle implora l'assemblée présente de :

A : les brûler.
B : les fracasser.
C : les vendre.

Après plusieurs avis collectés auprès de sa famille, de ses amis et du personnel médical, elle consentit à les mettre sur un site de vente d'occasion en omettant, bien sûr, d'expliquer la raison de cette revente si rapide. On ne sait jamais, les skieurs superstitieux, ça existe.

Ce souvenir fâcheux est encore présent dans mon esprit et mon incursion à l'hôpital de Toulouse a été préparée en collaboration avec une personne familière des lieux. Au téléphone, deux jours avant mon rendez-vous, j'ai échangé des informations pratiques avec Natacha.

— Tu verras, tu peux compter environ deux heures d'attente avant que le professeur Georges ne te reçoive. Ça, c'est dans le meilleur des cas. S'il a une urgence au bloc opératoire, tu peux doubler le timing.

— Je n'ai pas intérêt à prévoir un autre rendez-vous en fin de matinée, si j'ai bien compris.

— Voilà, c'est ça. Et tu prends rendez-vous uniquement le matin.

— Pourquoi ?

— Si tu prends rendez-vous l'après-midi, tu peux prévoir une nounou à la sortie de la garderie et les bouchons sur la rocade, car tu ne reverras le jour qu'en toute fin de journée avec le retard accumulé au fil des entretiens.

— Je n'apporte tout de même pas mon sac de couchage ?

— Non, mais je te confie ma stratégie du matin : les 3B. Bouquin-Bouteille d'eau-Barre énergétique.

— OK.

— Et en arrivant sur place, visualise l'emplacement des toilettes, ça peut servir.

— Tu es vraiment une experte sur le sujet.

— Oh oui ! J'en ai passé du temps dans cette salle d'attente ainsi que chez le kiné, souviens-toi.

— Une époque qui ne nous rajeunit pas.

— Je ne suis pas sûre que son cabinet ait beaucoup changé. Côté décoration intérieure, l'endroit était triste à mourir, en totale contradiction avec les gens qu'on y croisait. Tu me raconteras ?

— Je n'y manquerai pas.

Face à ce programme peu réjouissant, j'imagine un climat tendu et irascible à mon arrivée. Et bien pas du tout ! Lorsque j'arrive dans la salle d'attente en ce lundi matin, les dames lisent magazines et romans, les mamies papotent en tricotant et les hommes partagent les vidéos du dernier match du PSG sur leurs téléphones portables, en commentant chaque action, bien entendu.

QUOI ? Ils trinquent aux résultats une bière à la main ? Ah non, pardon, ce sont des bouteilles de Perrier venant du distributeur de boissons placé dans l'angle. Ouf !

Cette ambiance décontractée et festive me sidère. Jamais je n'aurais imaginé un lieu aussi animé au sein d'un hôpital. Ce n'est pas une salle d'attente, c'est un mix entre le salon de thé et le bar du coin. À ce rythme-là, ils auront installé un terrain de pétanque et une buvette d'ici mon prochain rendez-vous. Mon amie Natacha ne m'a pas menti, c'est une expérience... atypique et un bilan... disons « mitigé ».

Ses précieux conseils ont été respectés.

Mes deux heures en salle d'attente ont été honorées.

Mes idées déco ont été approuvées.

Mes espoirs d'éviter l'opération ont été balayés.

9

Climat tendu

Cet après-midi, en pharmacie, je travaille sans relâche. J'enchaîne les allers-retours, tantôt une ordonnance à la main, tantôt les bras chargés de médicaments. Je trottine du comptoir aux armoires des promis, des armoires des promis à la réserve, de la réserve à la cabine d'essayage, de la cabine d'essayage au matériel médical, du matériel médical aux tiroirs, des tiroirs au comptoir. La symphonie se poursuit, vive et rythmée, une boucle de musique un peu rayée, trop écoutée ou usée par le temps.

Chacun pense toujours qu'il doit être prioritaire car plus malade, plus fragile, plus en danger que son voisin, plus, plus, plus... toujours plus. « C'est pour ma mère de quatre-vingt-treize ans », « C'est pour mon bébé qui a 39° C de fièvre », « Mon mari a fait une chute de cinq mètres sur son chantier, deux côtes cassées et un décollement de la plèvre, vous voulez quoi d'autre ? Je passe devant ! » Ce matin les gens sont agressifs, personne ne veut laisser sa place dans la file d'attente. On ne va quand même pas leur donner des tickets de priorité comme au bureau des entrées des hôpitaux ou au centre des impôts !

Je réfléchis, le nez sur ma feuille, debout devant les rangées de tiroirs qui s'étirent sur deux mètres de hauteur. C'est pourtant un endroit dangereux au milieu duquel vous risquez la décapitation ou la rupture du tendon d'Achille à cause de l'ouverture et la fermeture incessantes des tiroirs en guillotine, actionnés frénétiquement par mes collègues énergiques.

Je vais réclamer une prime de risque.

Ces dernières semaines ont été assez houleuses. L'annonce de mon patron quant à la future vente de l'officine a donné froid dans le dos à toute l'équipe. Certes, nous savions que le départ en retraite de Katia d'ici un an ou deux était inéluctable, mais il n'avait jamais été question d'une totale désertion de la direction. La dernière réunion d'équipe a été servie par de nouvelles révélations quant au choix de Philippe de changer totalement de secteur d'activité. Cette déclaration a au moins mis en évidence la raison pour laquelle le climat était actuellement tendu et l'entente restreinte entre les deux pharmaciens. J'avais mis ces récentes sautes d'humeur sur le compte de l'audit qualité programmé d'ici peu, mais il faut croire que je n'étais pas sur la bonne piste. Ces deux figures, autrefois si cordiales, se livrent actuellement un combat mesquin impactant notre quotidien à tous.

Linda a peur pour son poste. Dernière arrivée, présente depuis moins d'un an dans l'entreprise, elle craint d'être licenciée par les futurs acquéreurs et semble vouloir faire payer par avance cette éventualité à Philippe.

Philippe dit bleu, Linda préfère rouge, Philippe exige vert. Pas évident de contenter chacun de mes supérieurs lorsque leur discours ou leur manière de travailler ne sonne plus à l'unisson. En attendant que ces deux-là se mettent d'accord sur les modalités de vente et le départ, ou non, de Linda, il va falloir assurer, comme toujours.

Après une première tentative soldée par l'indifférence générale, Gabrielle fait une nouvelle annonce sur un ton qui se veut plus convaincant.

— Allez, la Team, j'ai préparé des galettes bretonnes hier soir et je voudrais votre avis !

Katia paraît sensible à ses arguments et s'arrête à son niveau, au coin pause. Attrapant un sablé, elle en croque un morceau et affirme le plus sérieusement possible :

— Pas trop de beurre ?

— Si, mais on s'en fout. Arrête de penser aux calories, mange !

Gabrielle lui sourit. La cafetière ronronne. Une alarme aussi efficace qu'une alerte incendie pour les amateurs de café. Je n'aime pas ce breuvage. Les petits beurres, si. Gabrielle et Katia sont rapidement rejointes par Philippe et moi, un certain nombre de documents sous le bras.

— Justement Gaby, je voulais te parler d'un truc, dis-je avant d'attraper un gâteau.

— Oui, quoi ?

— Côté congés, tu prends du 5 au 26 août ?

Gabrielle se crispe.

— Mais je ne sais pas encore si j'ai les garçons à cette période ! Je t'avais expliqué que j'attendais le feu vert de leur père concernant la garde des jumeaux. Avec son boulot de chauffeur routier, il n'est pas toujours dans le coin.

— Et moi j'ai déjà réservé le camping dans les Landes en juillet, je change pas mes dates ! précise Katia.

— Pas de souci, les filles, on s'arrangera, les rassure mon patron.

Ma tension retombe. Difficile de faire plaisir à tout le monde sans perdre la face. J'avale un biscuit et retourne m'engouffrer dans ce tourbillon impressionnant de travail et de services. Je vais serrer les dents jusqu'à l'audit, je soufflerai après.

À vrai dire, à force de m'occuper des autres, je m'oublie sûrement un peu trop. Déjà trois jours que j'ai consulté un deuxième dermatologue à Grenade et je n'ai pas encore testé les produits qu'il m'a prescrits. Je travaille à plein temps en pharmacie et je n'ai même pas pris cinq minutes pour honorer ma propre prescription.

Plusieurs rendez-vous auprès de mon médecin traitant ainsi que différents changements dans mon hygiène n'ont pas réussi à venir à bout de ces plaques rouges. Au départ, discrètes, elles me défigurent désormais. Auparavant, je les avais remarquées sur mes paupières et les plis des phalanges de mes mains. Actuellement, ces taches ont pris de l'ampleur. Malgré toutes mes tentatives de solutions, je déplore de nouvelles rougeurs sur mon décolleté, mes joues et l'ensemble du dessus de la main. Merci au maquillage d'estomper provisoirement ces imperfections, et pourtant…

Le pire, ce sont les remarques des gens au comptoir.

— Avec tout ce que vous vendez, vous n'êtes pas foutue de vous soigner correctement !

— Vous êtes bien placée pour savoir qu'il faut mettre de la crème solaire en cette saison, non ?

— Vous avez refusé sa morphine à un toxico et il vous a tapé dessus, joli résultat !

Des mois se sont écoulés depuis le début de ces symptômes, mais personne ne sait réellement ce qui se passe. Médecin et dermatologues se relaient, observent, argumentent, affirment. Je teste des crèmes anti-inflammatoires et des lotions apaisantes sans aucune amélioration. Beaucoup de diagnostics ont été évoqués et j'ai cherché dans tous les ouvrages médicaux à ma portée : allergies aux cosmétiques, lucite bénigne estivale, couperose, érythème infectieux, eczéma atopique… Cette situation me contrarie plus qu'elle ne m'inquiète. Je ne désire pas m'étendre davantage sur le sujet. En effet, inutile de chercher bien loin pour dénicher des patients en plus mauvaise santé que moi. J'en croise des dizaines par jour au comptoir, je n'ai que l'embarras du choix.

Réconforter des familles dont le fils, le frère, le père est en phase terminale me fait relativiser mon problème cutané. Rassurer une future mère enceinte terrorisée par l'accouchement me fait modérer mon inquiétude. Soutenir une femme de trente ans à qui l'on vient d'annoncer une sclérose en plaques me fait oublier mes tracas.

Et puis, heureusement, une cliente fidèle est passée avant la fermeture de l'officine et son discours a su orienter ma fin de journée vers la bienveillance.

— Vous êtes déjà revenue, Lou ?

— Oui, madame Renard, pourquoi ?

— J'avais cru comprendre que vous sortiez d'une opération du genou ?

— C'est exact. Cinq semaines de rééducation.

— On ne s'imagine pas que votre opération est si récente.

— Je comprends mais vous savez, une ménisectomie partielle, ce n'est pas très grave finalement.

— Ah bon ?

— Oui. Le chirurgien m'avait juré une rémission totale et rapide. Il a tenu sa promesse. Je fais encore attention mais je vous jure que c'est parfait, je ne sens plus aucune douleur.

— Moi qui pensais que vous seriez en arrêt jusqu'à l'été, je suis surprise et bien contente de vous revoir en forme. Cette histoire a été vite réglée.

— Il en faut bien plus pour m'empêcher de marcher, vous savez.

10

Sous le saule

L'horloge indique midi. On est dimanche. Elles vont bientôt arriver. Nous attendons pour le déjeuner les familles de Katia, Gabrielle et Natacha. Les heures de travail et de bonne humeur à la pharmacie partagées avec les filles ont abouti à une réelle amitié que nous entretenons par des barbecues et des raclettes party en fonction des saisons.

Katia viendra avec Ben, son mari. Si Gabrielle fait suivre ses jumeaux, Katia et Ben, eux, ont depuis longtemps laissé leur fille à son indépendance, adulte et vaccinée. Natacha arrivera directement de l'aéroport. Philippe a promis qu'il passerait pour le café.

Aujourd'hui le temps est splendide. Pas un seul nuage ne traverse le ciel d'un indigo intense. Seules de timides lignes blanches transpercent l'azur et révèlent la trajectoire de rares avions, partis rejoindre des destinations inconnues. Un soleil éclatant fait rapidement grimper la température extérieure. Le printemps s'installe.

C'est la première fois que nous accueillons mon équipe de la pharmacie depuis le déménagement. Je suis heureuse de leur faire découvrir mon nouveau cocon, une maison en location certes modeste, mais qui a le mérite d'être spacieuse et de plain-pied, avec un jardin immense de surcroît, la cerise sur le gâteau. Loin d'être malheureux en appartement, mes enfants ne connaissaient pas les joies d'un espace vert et notre terrasse, située au premier étage de notre ancienne habitation, était loin d'avoir autant de succès que ce lopin de terre à notre entière disposition. Ici, les enfants sont tout le temps dehors. Ayant déménagé aux beaux jours, ils arpentent les recoins, inspectent les buissons et laissent libre cours à leur imagination pour élaborer des dizaines de jeux en extérieur.

Natacha arrive la première, déposée par un taxi le long de la clôture.

Je fais pivoter la clef dans la serrure, tourne le verrou et actionne la poignée. Un grincement accompagne l'ouverture de la vieille porte en bois. Debout sur le seuil, je regarde vers la rue. L'un des deux montants du portail est ouvert. Mon amie presse le pas et me tombe rapidement dans les bras. Elle m'embrasse à peine et regarde déjà partout afin de se familiariser avec les lieux.

— Alors c'est ici ton nouveau chez-toi ! C'est grand !

— Oui, pour nous quatre, c'est parfait. Toi aussi, un jour, tu auras…

Natacha tranche ma phrase au cutter vocal.

— Et bien moi, je suis contente de ma liberté. Beaucoup de miles au compteur, mais je vis une expérience professionnelle enrichissante alors pour l'instant, je garde mon vieil appartement à Toulouse comme pied-à-terre et je me concentre sur le boulot. Côté logement et engagement, on verra plus tard. Je laisse ceci à d'autres. D'ailleurs, certaines en sont ravies.

— De qui tu parles ?

— Oups, ma langue a fourché.

— Tu m'en as trop dit, Nat, raconte.

— Non, non, elle va me tuer si tu l'apprends par moi.

— Mais de qui tu parles, à la fin ?

— Demande à Katia.

Soudain, un véhicule klaxonne. Natacha et moi, toujours sur le seuil, levons les yeux vers la rue. Une voiture familiale noire se gare le long de la clôture. Des portières claquent. Un chemin gravillonné d'une dizaine de mètres nous sépare des potentiels visiteurs et, sans surprise, Gabrielle le franchit, les bras chargés de gros cabas aux motifs fleuris, suivie par le reste de son clan. Ses enfants courent, la dépassent et avalent les quatre marches du perron. Après un rapide bonjour sur le pas de ma porte, ils se précipitent dans le jardin à la recherche de mes jeunes aventuriers, partis plus tôt en éclaireurs.

Gaby monte la dernière marche de mon perron, essoufflée par sa lourde cargaison.

— Salut les filles, nous lance-t-elle gaiement en nous faisant deux bises, vous allez bien ?

— Oui, oui, impeccable et toi ?

— Voyage sans encombre, précise Natacha.

— Moi ça va, mais mon copain le tiramisu me supplie de lui mettre les pieds au frais. Je crois qu'il commence à faire la tête et réclame d'urgence une petite place dans ton frigo.

Je la gronde gentiment pendant que Natacha répond à un message sur son téléphone.

— Enfin Gaby, le dessert c'est Katia qui s'en occupe ! Toi, tu te charges de l'entrée, et SEULEMENT de l'entrée, tu te souviens ?

— Je suis au courant de la répartition des différents plats au menu, je te signale.

— Hum hum…

— Le tiramisu au chocolat, c'est juste un petit encas pour le goûter, il fait si chaud, s'excuse-t-elle d'une moue implorante.

— Ah oui ? Et les chocolats, les bonbons et le jus de pomme que je devine au fond de ton sac, c'est pour nourrir les poules, peut-être ?

Prise au piège, l'arnaqueuse au grand cœur ne capitule pas.

— Il est important de varier son alimentation. Il paraît que c'est bon pour la santé.

— Pfff…

— Je voulais être sûre qu'on mange à notre faim.

— Mais c'est Katia qui gère le dessert !

— Ouais, ben avec son nouveau trip « écolo zéro calorie baba cool », on va hériter d'un gâteau au tofu ou d'une tarte à la carotte. La spécialiste en pâtisserie, c'est moi !

— Ah c'est donc ça !

— Hors de question que je torture mon palais avec ses nouvelles lubies et centres d'intérêt. Ils étaient dégueul… heu… vraiment infects, ses paninis végétariens tout verts.

— Elle s'est excusée, c'était une tentative un peu ratée.

— Pas qu'un peu !

— Sois indulgente, elle débute dans ce domaine et voudrait perdre quelques kilos.

— Mais je SUIS indulgente. J'ai juste assuré mes arrières pour le goûter des enfants.

— Tu es vraiment incorrigible, il faut toujours que tu les gâtes, ajoute Natacha.

— Bon, il est où Chris ?

— Il prépare le barbecue au jardin.

Elle me désigne ses cabas des mains.

— Cuisine ?

— À droite.

— Et pour te faire pardonner ton accueil plein de reproches, je veux une visite guidée de la maison dans cinq minutes.

— Promis.

Elle prend un virage serré et transporte ses sacs jusqu'à la table de ma cuisine. Je la suis. À l'aise, elle fait comme chez elle en posant son fardeau sur la table en bois. Elle sort une partie de ses affaires puis ouvre la porte du réfrigérateur. Les jus de pomme trouvent une place entre les lardons et le fromage puis vient le sauvetage du tiramisu, préparé dans un plat recouvert de papier aluminium. Il reprend bientôt vie en poussant les yaourts sur l'étagère la plus basse.

— Alors, cette visite ? réclame-t-elle ensuite.

— Moi aussi, j'attends ! intervient bruyamment Natacha depuis l'entrée.

Je leur présente donc à toutes les deux mon nouveau nid.

Le hall d'entrée est le carrefour de la maison. Trois espaces. Trois portes. La première sur la droite abrite la cuisine, fonctionnelle avec ses meubles en pin et sa fenêtre dévoilant le jardin. La deuxième, au centre, amène notamment à l'espace nuit grâce au couloir qui distribue nos trois chambres, une petite salle de bains et des toilettes dont la température avoisine celle du Groenland, quelle que soit la saison. Enfin, la troisième porte ou plus exactement la double porte de gauche, ouverte pratiquement tous les jours, révèle une pièce tout en longueur, composée d'une salle à manger puis d'un salon. Les menuiseries, dont la peinture écaillée et le manque d'isolation témoignent de leur grand âge, apportent malgré tout une belle luminosité grâce à six vantaux de deux mètres qui arrosent la pièce d'une clarté appréciable. La vue du jardin n'est pas non plus déplaisante avec son massif de jonquilles aux pieds des portes vitrées, son cerisier du Japon au bout de l'allée qui mène au portail, et son saule gigantesque masquant la vue sur la rue en plein milieu du terrain.

De retour sur le pas de la porte d'entrée, les filles me donnent leurs premières impressions.

— C'est fonctionnel et lumineux, commence Natacha, un peu vieux mais ce jardin est immense, ça c'est top ! Par rapport à l'appartement, vous gagnez au change.

— D'ailleurs, je vais attendre les retardataires dehors, si ça ne vous dérange pas, termine Gabrielle.

— Va !

— Attends Gaby, je viens avec toi, dit Natacha en lui emboîtant le pas.

Je les vois s'éloigner vers le portail et, seule sur le perron, mon esprit s'éveille.

Même si nous taquinons Gaby sur ses travers vis-à-vis de ses enfants ou de la pâtisserie, elle est indéniablement l'as de l'organisation et une experte en planification. Pire que moi. Oui c'est possible. Gérer des jumeaux remuants comme Tom et Jules en maman solo et bosser en pharmacie est un sacré sport.

Tout l'inspire. Une affiche publicitaire. Un objet dans une brocante. Un concours de bracelets brésiliens.

Si vous lui confiez un projet, il est probable que celui-ci soit mené sans encombre à condition d'y inclure une bonne dose de surprises et d'initiatives. À l'instar des missions militaires, Gaby œuvre sereinement avec Tom et Jules, armée d'un plan d'action précis qui laisse une grande place à son imagination. Et pourtant, si sa patience est sans limite avec les enfants, il n'en est pas de même avec les adultes, qu'elle n'hésite pas à affronter si besoin avec son caractère trempé et parfois impulsif.

— Lou, Lou, LOU ! me crie une voix familière me sortant de mon imagination.

— Katia, Natacha et moi, on voudrait savoir si tu es avec nous ou pas ? demande Gabrielle, ancrée dans la réalité, sur le seuil de ma porte d'entrée.

À leurs côtés, Katia se tient debout, une bouteille de vin à la main, un sourire béat aux lèvres. Le reste des invités s'est visiblement avancé vers la maison sans que je prenne conscience de leur arrivée. J'étais partie bien loin dans un monde invisible fabriqué de toutes pièces par mon imagination. Enfin presque !

— Bonjour ! Je pose ça où ?

J'embrasse Katia et reprends les choses en main.

— Tu as semé Ben ?

— Non, il est allé directement au barbecue pour voir Christophe. Il s'est laissé guider par la fumée et les premières odeurs de braise.

J'avoue que je ne suis plus très sereine en présence de Ben. Le pauvre n'y est pour rien, mais savoir que Katia a une aventure avec un autre homme portant le même diminutif que lui me met assez mal à l'aise. À la pharmacie, j'ai tendance à m'éloigner lorsqu'elle évoque quelques anecdotes avec ce traître, prétextant du travail en cours.

Comme convenu, nous nous sommes installés au jardin. Après le déjeuner, je prends un moment pour regarder mon environnement. Nous sommes bien sous ce saule haut d'une dizaine de mètres qui, complice de nos repas et de nos siestes, nous offre son ombre sans contrepartie. Ses longues branches nous cachent du soleil et nous apportent une légère fraîcheur. Un vent timide donne vie à cet arbre qui se dandine sagement.

Nous passons à table.

Les hommes évoquent le dernier match du Stade Toulousain contre La Rochelle. Un moment difficile, vécu par les sportifs toulousains face à des adversaires combattifs et déterminés à ne rien laisser passer. Ma fille se faufile près de moi et me murmure à l'oreille.

— Mère, on peut sortir de table, s'te plaît ? On va faire un concours de tir à l'arc près du cerisier.

— OK, pas de problème. Allez vous amuser.

À l'annonce de cette phrase prononcée d'une voix perçante, quatre fusées partent à toute allure en direction du cerisier en fleurs. On entend rire et crier. J'observe des petites jambes hyperactives s'échapper, en quête de liberté et de jeux attractifs.

Le silence qui suit prodigue une autre dynamique à nos conversations, une atmosphère propice aux confidences. Les oreilles indiscrètes étant parties se défouler à l'autre bout du terrain, j'opte pour une question assez directe.

— Katia, tu n'aurais pas quelque chose à nous dire, par hasard ?

— Non.

— Tu es sûre ?

— Rien qui sorte de l'ordinaire, bredouille ma collègue.

— Bon, accouche, il s'agit de quoi ? dis-je impatiente, me rapprochant d'elle en traînant ma chaise.

— Tu ne crois pas si bien dire : je vais être grand-mère !

— Génial ! Félicitations ! s'époumone l'assemblée.

Sa révélation a déclenché un flux d'énergie dans tout mon corps. Je me lève précipitamment et en fais tomber ma chaise. Katia m'offre une grande accolade où je me réfugie sans me faire prier. Nous échangeons un sourire aux couleurs du bonheur.

Katia. Grand-mère. Ça, c'est une sacrée nouvelle !

Chacun de nous vient l'embrasser et féliciter le futur grand-père. Gabrielle demande enfin :

— Ta fille est enceinte de combien ?

— Trois mois et demi, presque quatre. Tout se passe à merveille à part un peu de nausées au réveil ou en matinée. Je suis une mamie complètement gaga ! J'ai déjà acheté un article de plage, une tente de protection anti UV qui s'installe facilement avec quatre piquets dans le sable.

— Tu sais que tu ne pourras la tester que l'été prochain ? Ta fille n'accouchera pas avant plusieurs mois.

— Oui, j'en suis consciente mais une telle protection sera forcément utile lorsqu'elle nous rejoindra en camping, Ben et moi.

Je me froisse à l'énoncé du Ben en question. De quel Ben s'agit-il vraiment ?

Je me dirige vers la maison et lance à mes invités :

— Je vAIs cherCHer les deSSERts. QuELqu'un PrendrA dU caFé ou dU thé ?

— C'est quoi cette voix ? On dirait que tu as avalé un vieux gramophone !

Je sens ma langue ankylosée. Je la gratte plusieurs fois sur la voûte de mon palais, dans l'espoir de lui redonner tout son panache. Je me racle la gorge et reprends.

— Non, non, ça va. Et encore félicitations ! Embrasse les futurs parents de ma part.

— Merci. Je viens t'aider.

Katia me suit dans la cuisine. Je profite de cette promiscuité sans témoin pour lui faire part de mes doutes.

— Lorsque tu parlais de partir avec Ben en camping, tu… tu…

— Je t'écoute.

— Quel Ben ? osé-je demander.

— Mais mon mari bien sûr !

— Ah, c'est nouveau, une si grande évidence ?

— Pardon. C'est possible que tu aies loupé un épisode alors je vais être plus claire. Depuis un moment, c'est plus tout rose avec Benoît. Il n'aime pas sortir, déteste aller se balader ou camper et ne me parle que de sport en salle, d'équilibre alimentaire et de kilos à perdre. Bref, à part le sexe, je ne vois plus très bien ce qui nous lie. Du coup, la révélation de ma fille a sonné comme une évidence, un coup de pied aux fesses dont j'avais véritablement besoin. La famille, la famille d'abord. J'ai rompu avec Benoît. Dans la foulée, j'ai tout révélé à Benjamin. J'ai pleuré, il a pleuré et nous avons parlé une nuit entière. Il a reconnu que lui aussi avait été distant, voire négligent concernant notre couple depuis un moment. Nous nous sommes réconciliés en organisant un week-end en camping près de Nîmes. Nous partons le 28.

— Je suis vraiment heureuse pour toi et Benjamin. Vous savoir ensemble est une deuxième bonne nouvelle après la grossesse de ta fille.

Nous repartons les mains chargées. Katia part devant.

Sur les marches de la maison, je marque une pause. J'observe les enfants qui jouent, l'innocence dans les chaussures. Un bruit de moteur gronde dans la rue ainsi que mes souvenirs qui affluent. Mon enfance refait doucement surface.

Charles-Henri, quatre ans. François-Xavier, six ans. Moi, neuf.

— Combien ? demande Charles-Henri.

— Chut, attends, elle compte, l'interrompt presque François-Xavier.

— Ça fait six bonbons, deux sucettes et quatre caramels chacun, dis-je très solennellement.

— T'es sûre que je peux pas avoir tous les caramels ? Je vous laisse le reste à toi et François-Xavier, propose Charles-Henri.

— Ah non, moi aussi je les aime les caramels ! s'insurge François-Xavier.

— Oui mais c'est moi le plus petit et d'abord c'est à moi que Mamie a donné le sachet en rentrant de la boulangerie Au Pays, donc je…

— STOP, les garçons, ça suffit, dis-je d'une grosse voix. On partage, un point c'est tout. Le premier qui la ramène, je donne sa part aux poissons de la mare, pigé ?

Je reprends le chemin du saule et rejoins mes invités. Katia et moi faisons le service. Ensemble, nous picorons les desserts et évoquons déjà les futures vacances d'été. Gabrielle, qui avait pris soin de ne pas se prononcer sur le sujet, prend la parole d'un ton solennel.

— Les copains, j'ai quelque chose à vous dire.

— Ton air sérieux m'inquiète, lui avoue Natacha. Rien de grave, j'espère ?

— Non, non, s'empresse-t-elle de la rassurer. Il s'agit plutôt de ma vie professionnelle.

— Tu as envoyé un patient à l'hôpital à cause d'une erreur de dosage ? l'interroge Ben.

— Peut-être que Mme Machin s'est plainte de ne pas avoir perdu les trois kilos que tu lui avais promis suite à l'achat d'un de tes produits miracles, spécial minceur ? essaie Christophe.

— Je ne délivre pas de médocs, moi, je ne fais que les ranger alors arrêtez vos bêtises les garçons et laissez-moi parler.

Son visage se voile. Elle renifle et se mordille les lèvres. De quoi a-t-elle si peur de nous parler ? Son regard nous fuit. Personne n'ose émettre de nouvelles hypothèses. Aucun son de notre part ne vient rompre le silence qui s'est installé. Seuls les cris des enfants résonnent au loin ainsi que le moteur de plusieurs voitures qui passent dans la rue et que l'on devine, à travers le grillage de la clôture. Tout le monde s'impatiente. Gabrielle tourne la tête vers la rue, comme si le courage ou l'inspiration pouvaient être captés dans le sillage des automobilistes. Enfin elle se décide. Elle rougit, se frotte les mains sur ses cuisses. Elle nous regarde les uns après les autres dans les yeux et articule :

— Voilà. Je quitte la pharmacie. C'est…

— Hein ! s'insurge Katia au comble de la stupéfaction.

De la main, Gabrielle lui fait signe de ne pas continuer.

— Je suis décidée. Je change définitivement de profession et je vais devenir assistante maternelle.

Elle a lancé les mots comme ça, d'un trait, comme pour se débarrasser d'un poids encombrant.

— Tu vas bosser en crèche ? demande Ben.

— Elle va être nounou si tu préfères, lui explique Natacha.

— Alors ça ! s'esclaffe mon mari, en tapant dans ses mains.

Nous sommes tous surpris par cette annonce. Moi la première, je ne m'y attendais pas. L'intéressée acquiesce à nos regards, un léger sourire aux lèvres. Elle semble apaisée et sereine, déjà en harmonie avec son nouveau choix de vie.

Nous la bombardons de questions, curieux et abasourdis quant aux raisons de ce revirement de situation. Jamais elle n'avait fait allusion à des difficultés professionnelles ou à des envies d'ailleurs. Impossible de feindre l'évidence aujourd'hui. Pourquoi cette décision ? Qu'est-ce qui a déclenché une telle option ? Depuis combien de temps réfléchit-elle à un nouveau parcours ? Est-ce un frénétique coup de tête ou une résolution réfléchie et inévitable ?

Gabrielle prend le temps de répondre à chacun d'entre nous. Elle lève petit à petit le mystère sur plusieurs mois d'hésitation et de remise en cause d'elle-même, de ses convictions, de ses priorités. Elle aspire à une vie plus calme, à l'écoute de ses besoins. Une vie où elle pourrait aller chercher ses enfants à l'école et ne plus les laisser à la garderie, chez la nounou, chez ses voisins, chez leur père. Elle souhaite être davantage présente auprès d'eux, ne plus bosser le soir et le week-end, stopper le stress et la pression patronale. Chaque argument me ramène à la réalité de mon métier, que j'aime pourtant profondément mais qui suscite aussi chez moi de récentes remises en question. Son message fait écho à mes propres désillusions, celles que j'enfouis au plus profond de moi.

Ce travail qui nous lie depuis toutes ces années, Katia, Gaby, Natacha et moi se tache d'ombre et de doute. Le départ de Natacha l'an passé, celui de Philippe sous peu et maintenant le tour de Gabrielle. Dur à encaisser. Ma polyvalence qui me rend autonome, le sentiment de satisfaction que j'éprouve en améliorant la santé collective, l'ambiance conviviale auprès d'une équipe chaleureuse et efficace… Toutes ces réflexions suffisent-elles aujourd'hui à me rendre heureuse ? Depuis presque vingt ans de métier, la donne a-t-elle changé ?

Il faut que je parle à mon frère Charly.

Et puis, bien sûr, Gabrielle a un très bon contact avec les enfants. Les occuper, les choyer, les chouchouter, elle adore ça. Mettre à leur profit son imagination sans limite sera pour eux un vrai cadeau. Je l'imagine déjà au parc, en train de manœuvrer une poussette double abritant deux marmots, surveillant assidument une troisième tête, frisée et rebelle, décidée à descendre le toboggan à toute vitesse, à l'envers.

Elle se confesse, pleine de passion et de détermination. Je lui envie cette fougue retrouvée, une véritable bouffée d'oxygène selon ses dires. Ce projet la ravit, lui redonne foi en elle. Dans ses yeux, je lis l'étincelle qui me manque parfois, bousculée par un quotidien chargé, intense, millimétré.

Il faut ABSOLUMENT que je parle à mon frère Charly.

11

Injustice

— Pourquoi est-elle plus haute que d'habitude ? s'interroge Katia à voix haute.
— Je ne sais pas, dis-je sans lever mon regard de cette neige sucrée.
— Vous croyez qu'elle a changé quelque chose à la recette ? s'inquiète Philippe.

Nous ne pouvons pas détacher nos yeux de cette grosse dame à la mise en pli débordante, les pointes un peu roussies par le chalumeau.

— Rassurez-vous, je n'ai presque pas fait d'entorse à ma recette, chef, s'exclame une voix dans notre dos.

Nous relevons la tête. Dans cette salle des fêtes un peu triste et vide de fioritures, nous n'avons pas entendu Gabrielle arriver à pas de velours au niveau de la table dressée pour l'occasion. Près de nous, les gens bavardent et grignotent autour du sujet central que représente mon patron Philippe. Enfin, je ne devrais plus dire « mon patron » puisqu'à partir de demain, cette distinction sera annulée définitivement.

— Aucune raison de revisiter ma tarte au citron meringuée, elle est parfaite, n'est-ce pas ?

— Oui mais elle semble plus épaisse que d'habitude, réitère Katia en scrutant de nouveau le gâteau.

— Autant pour moi, j'ai un peu forcé sur la dose de meringue, j'ai mis le parquet pour ma dernière avec le chef ! avoue Gabrielle.

— Je n'aime pas quand vous parlez comme ça, j'ai l'impression que nous ne nous reverrons jamais, se renfrogne Katia.

— Ce sera la dernière ici, à la pharmacie de la Halle. Il est possible que j'aie l'occasion de tester les desserts de Gabrielle dans un autre contexte, nous rassure Philippe.

Gabrielle ne peut s'empêcher de jouer les curieuses.

— Vous allez ouvrir une pâtisserie et vous avez besoin d'une apprentie, c'est ça ?

— Mais non.

— Partir sans nous avoir donné votre future destination, ce n'est pas très sympa, chef, lui reproche Gaby.

— Je ne sais pas encore moi-même où je vais poser mes futures valises et il va falloir arrêter de m'appeler chef, les filles.

— Pour nous, vous serez toujours notre chef, chef, précise Katia.

Philippe sourit, il n'est pas très à l'aise avec les témoignages d'affection. D'ordinaire jovial et sûr de lui au comptoir, bavard et commercial, il arbore ce soir une certaine nostalgie qu'on ne lui connaissait pas. Ce n'est pas tous les jours que l'on envisage de changer de vie. Afin de ne pas laisser la conversation virer aux déclarations gênantes, je décide d'orienter la conversation ailleurs.

— Des projets, chef ?

— Pas vraiment, les filles, répond-il plus détendu. Mes années pharmacie sont révolues, ça j'en suis certain et je suis heureux du parcours que j'ai accompli jusqu'ici. Pourtant, même si j'ai envie d'un nouveau projet, j'avoue que je ne sais pas encore dans quel domaine me recycler.

— Un moment de réflexion s'impose, intervient Katia.

— Et de lonnnngues vacances ! ironise le chef.

Après plusieurs semaines de négociation et de visites de l'officine, mon patron a vendu l'établissement à un certain M. Boston que nous avons aperçu prestement entre deux clients au comptoir. Un pot de départ a donc été organisé dans cette salle près de notre lieu de travail et une bonne partie du quartier est présente. Médecins, infirmières, commerçants et clients fidèles boivent un verre de champagne et ingurgitent les petits fours commandés au boulanger en face de la pharmacie.

Le personnel de l'officine est bien sûr convié dans sa totalité, y compris la femme de ménage que je vois croquer dans un roulé à la saucisse près du radiateur. Linda n'a pas souhaité venir. Tant mieux. Natacha a envoyé des fleurs. Katia, Gabrielle et moi avons traversé la rue à la fermeture. Le pot de départ est teinté de nostalgie et de crainte. Qui pourra rivaliser avec Philippe ? De quels changements va décider ce nouveau patron ? Saura-t-il créer cette ambiance conviviale dans laquelle nous avions plaisir à travailler ?

Nous échangeons avec certaines infirmières que nous connaissons bien, habituées à leur délivrer toutes sortes de produits, des plus simples aux plus techniques. Nous saluons Mme De Antonelli, évoquons la gestion de son restaurant aux portes de la ville, puis nous parlons avec Mme Nguyen de sa petite terrasse parfaite pour accueillir les adeptes de ses plats cuisinés sauce soja et sauce thaï. Enfin, nous flattons Mme Renard pour ses divins chocolats offerts de façon récurrente à l'équipe et prenons des nouvelles de son fils que nous avons bien connu, parti travailler en Suisse dans le milieu de l'hôtellerie.

— Comment va votre fils, madame Renard, bien installé ? demande Katia.

— Oui mais son plus grand regret reste le climat en hiver. Il regrette le temps et les températures agréables de la région toulousaine. Il peste souvent contre cette saison qu'il juge trop rude et trop froide à son goût.

— Il va s'habituer, la rassure Gabrielle.

— C'est ce que je n'arrête pas de lui dire mais il entame sa quatrième année là-bas et ne semble pas plus épanoui à la fin des vacances d'été. Vous connaissez la Suisse, peut-être ?

— Pas du tout, indique Gaby avec un mouvement de recul. J'ai juste entendu parler de la Suisse le mois dernier lorsque j'ai commandé des nouveaux sièges là-bas pour mon salon.

Après quelques conversations animées, mon désormais ancien patron prend la parole.

Philippe porte un toast au nom de la pharmacie afin de remercier tous les acteurs qui ont contribué à sa réussite et sa réputation. Il évoque des années d'insouciance grâce à une équipe efficace et fidèle, *nous,* et souligne le partenariat complaisant que représentent les différents métiers du corps médical ici présents. Il félicite nos voisins les commerçants d'avoir contribué à nourrir les troupes, et plus particulièrement certains d'entre eux tels que le boulanger, le gestionnaire de la superette et la propriétaire du restaurant chinois. Les verres ont tinté sans bruit, étouffés par leur surface en plastique mais les visages, eux, ont révélé des sourires sincères et des mines nostalgiques.

— Je terminerai en philosophe, annonce Philippe. Je vous encourage chacun à réaliser vos rêves et à poursuivre vos convictions sans attendre le poids des années et des remords. Merci à tous !

Nous ne nous éclipsons pas trop tard. Nous sommes jeudi et la journée de vendredi se déroulera sous une autre direction, aussi nous voulons faire bonne impression et arriver en forme à l'officine.

Une pharmacie sans Natacha, sans Philippe et bientôt sans Gabrielle, quel cauchemar !

Vendredi, 9 h 00. Habituées à agir seules et en toute autonomie, Gabrielle, Katia et moi procédons à l'ouverture de la pharmacie après un bref salut au nouveau chef des lieux. Ce matin, il pleut, ce qui nous permet d'avoir un début de journée moins envahi par les usagers, parfait pour permettre à M. Boston de se présenter.

Face à nous, il arbore une mine sévère, peu détendue. Le trac, sûrement. La cinquantaine, grand et plutôt bien charpenté, il s'exprime très clairement. Chauve, barbe courte et entretenue, lunettes modernes, costume sans cravate, il me donne bonne impression. En tout cas, son discours se veut rassurant. Il met régulièrement les mains dans ses poches et regarde sa montre nerveusement.

— Je suis impatient de travailler avec vous, mais je vais clarifier quelques points tout de suite. Tout d'abord, j'ai pu constater que votre ancien patron permettait qu'on l'appelle par son prénom. Ce ne sera pas le cas sous ma direction. « Monsieur » ou « monsieur Boston » seront de mise.

— Bien, déclare Gabrielle.

— Ensuite, sachez que je souhaite partir sur des bases de confiance. Aussi, je vous laisse gérer l'officine comme vous en avez l'habitude. Il semble que les méthodes en place fonctionnent, alors je n'ai pas l'intention de pulvériser les emplois du temps ou de désorganiser les affectations de chacune. Votre ancien patron m'a affirmé que vous étiez autonomes et cela me va très bien. Je n'ai pas envie de marcher sur vos plates-bandes. Aussi, ne marchez pas sur les miennes. Compris ?

Nous acquiesçons.

— Ce sera tout pour l'instant. Y a-t-il des questions ?

— Oui, demande Katia. Qui va s'occuper du matériel médical et des livraisons ?

— Moi, affirme M. Boston.

— Bien.

— Allez-vous recruter d'autres personnes ?

— Il est vrai que l'arrêt maladie de Linda Fosset n'est pas très agréable pour la gestion du travail, mais je ne pouvais pas prévoir que mon entretien avec elle, un peu houleux je dois le reconnaître, allait déboucher sur une telle conséquence. L'annonce de son futur licenciement est sans doute à l'origine de sa contrariété désobligeante et de son arrêt. Vous devrez donc faire avec, ou plutôt sans, car je n'ai pas l'intention de recruter une autre pharmacienne assistante dans les prochaines semaines.

Un court silence suit cette dernière réponse. Les regards se croisent, ternis par ce discours. Voyant que plus personne ne demande à s'exprimer, notre nouveau patron poursuit.

— Si vous n'avez pas d'autres interrogations, je vous laisse reprendre le cours de la matinée.

Puis, s'adressant à moi, il conclut.

— Madame Chevalier, suivez-moi dans mon bureau.

Entendre mon nom de famille me trouble. Ici, tout le monde m'appelle Lou depuis toujours, alors je bloque une seconde avant d'obtempérer. Cette interpellation froide et protocolaire met déjà de la distance entre nous, je n'ai pas un bon pressentiment.

J'entends la porte de la pharmacie crisser au sol. Un client arrive. Katia se dirige vers l'espace clientèle pendant que Gabrielle part dans la direction opposée rejoindre son espace de travail au milieu des commandes et des cartons livrés à l'aube.

Dans le bureau qu'occupe maintenant M. Boston, je reste debout. En face de moi, engoncé dans son fauteuil presque trop petit pour lui, il attrape un stylo à sa portée, isolé au milieu de documents recouverts de tableaux et de courbes complexes.

— Madame Chevalier, vous êtes responsable de la qualité et l'audit est prévu en juillet, c'est bien ça ?

— Oui, monsieur.

— Il va falloir me briefer. Je ne veux pas paraître incompétent aux yeux de ces gens venus nous auditer mais je ne porte que peu de crédit à cet aspect de notre métier. Alors vous allez faire concis et efficace en me formant sur les grandes lignes.

— Si vous voulez.

— Je ne suis pas vraiment un homme de terrain et je vous laisse bien volontiers continuer à œuvrer comme vous l'avez fait jusqu'à présent. Les bonnes méthodes de gestion du personnel, de la clientèle, montrer patte blanche, très peu pour moi, j'ai d'autres chats à fouetter.

— OK.

— Je vous avoue aussi que je ne suis pas très doué pour les rapports humains, comme ça les choses sont claires. Vous expliquerez donc avec un grand sourire à ces bureaucrates toutes les justifications qu'ils aiment recevoir et moi, je serai là pour faire prospérer cette entreprise, manier les chiffres et les stratégies. D'ailleurs, ça tombe bien, c'est le domaine dans lequel j'excelle, ajoute-t-il, satisfait.

Je suis piquée par sa sincérité. Pour un début d'entretien, ce personnage un peu froid parle avec franchise, mais semble y ajouter un mélange de dédain et de désinvolture. Il m'agace. Pourtant, comme le disait Gabrielle en arrivant sur le parking ce matin, « malgré son côté bourru au premier abord, laissons-lui une chance de nous prouver qu'il peut être à la hauteur de la Team et du travail qu'on accomplit ici. »

Un bruit me dérange. Depuis quelques minutes, le stylo capturé par M. Boston sur le bureau effectue des rotations autour de son pouce et tombe régulièrement sur les feuilles éparpillées. Lancé à vive allure, il finit sa course dans un vacarme fracassant. Cette manie doit l'aider à canaliser ses idées mais ne fait que m'exaspérer. Ce mouvement perpétuel gène mon champ de vision, je respire profondément pour ne pas m'emparer de cet objet perturbateur.

— Et j'aurais besoin de vous pour me dépanner.

— Heu… oui.

— Pourriez-vous me remplacer une heure ou deux sur la pause midi vendredi prochain ?

— Vous me laisseriez la pharmacie en charge pendant que mes collègues vont déjeuner, c'est bien ça ?

— Oui, juste une heure ou deux que vous pourrez récupérer le soir en quittant plus tôt que le prévoit votre planning ordinaire.

— Heu, oui, si vous voulez.

— Alors c'est réglé, annonce-t-il en posant son stylo et en se redressant sur son siège. Les mains sur les accoudoirs, il s'apprête à se relever lorsque je décide de lui parler d'un sujet qui me tient à cœur.

— Monsieur Boston, j'ai une question assez urgente.

— L'homme reprend, les yeux rivés sur les doubles axels du stylo.

— Je vous écoute.

— Le monte-charge est en panne depuis une semaine et mon patron… heu, mon ancien patron devrais-je dire, m'a assuré que vous alliez prendre les choses en main.

— J'ai vaguement entendu parler de ça… Soyez plus explicite, m'ordonne-t-il en plissant les yeux, toujours accaparé par son don artistique.

— Il faudrait faire intervenir un réparateur dans les meilleurs délais.

— On verra, me répond-il vaguement.

— C'est urgent, monsieur, mes collègues ne pourront pas jouer les déménageurs longtemps, nous nous cassons le dos, les produits sont lourds et le temps perdu à…

— Ce n'est pas ma priorité ! s'écrie tout à coup l'homme au crâne rasé.

Ma remarque a eu le mérite de lui donner envie de détacher son regard du stylo. Je croise donc ses iris remplis de fureur, il n'est visiblement pas content.

— Je viens d'arriver et je n'ai pas l'intention d'engager des frais à outrance, argumente-t-il. Déjà qu'il faut que je licencie la pharmacienne assistante, alors…

— Mais c'est un outil INDISPENSABLE, vous ne pouvez pas remettre en question nos conditions de travail, dis-je, moi aussi prise de colère par son manque de considération.

— Ce n'est pas mon problème, il y a des marches et pas une échelle pour accéder à la réserve que je sache, alors, vous devriez être comblées !

Je n'en reviens pas. La situation a dégénéré en une fraction de seconde et je me demande si je suis vraiment à l'origine de son irritation. Aurais-je employé un ton désinvolte ? N'aurais-je pas formulé correctement ma question ? Après une courte réflexion, je ne pense pas mériter autant de révulsion. Un simple « je ne suis pas disposé à en parler aujourd'hui » aurait suffi. Ce monsieur reste encore un mystère. Après tout, nous nous connaissons à peine. Il a peut-être peur de se faire marcher sur les pieds et préfère aboyer le premier afin de clarifier la hiérarchie. « Je suis le boss, vous êtes l'employé. J'ordonne, vous obéissez. » Je croyais pourtant être sortie de cette vision archaïque de l'entreprise. Travailler en confiance et en équipe faisait partie intégrante de mon quotidien depuis longtemps. Le stress de ces derniers mois semble contredire mon idéal.

Je finis par me convaincre que le moment n'était probablement pas bien choisi pour aborder ce sujet.

— Nous en reparlerons plus tard, je vais vous laisser, dis-je dans le but d'abréger mon exaspération.

Je renonce à ajouter un « Je n'ai pas l'intention de céder », jugé trop audacieux et pourtant, je l'entends bouillir au fond de mon gosier, prêt à bondir suivant sa réaction.

— Avant de partir, sortez-moi les chiffres des dernières ventes des produits conseils de ce mois-ci, je vous prie.

Sa colère est retombée aussi vite qu'elle a explosé. Je m'exécute et sors du bureau avec un goût amer et un avis mitigé. Il va falloir que je prenne du recul si je ne veux pas y laisser des plumes. Ce nouveau challenge devrait m'enchanter mais ce matin, c'est moins sûr.

Mes collègues ont été dubitatives suite à mon récit concernant ce premier entretien.

Je lui donnais une chance,

Katia lui donnait raison,

Je lui donnais du temps,

Gabrielle lui donnait déjà des gifles virtuelles et des noms d'oiseaux.

Les semaines suivantes auraient dû nous permettre de mieux connaître ce personnage mais le surnom du « fantôme », ainsi baptisé par Gabrielle, lui colla hélas rapidement à la peau. Il n'était pas souvent là, mais plutôt en livraison ou en réunion, ici ou à l'extérieur et l'embauche d'une nouvelle pharmacienne assistante à temps partiel n'y changea rien, bien au contraire. Il ne s'intéressait vraisemblablement pas beaucoup aux besoins de la clientèle puisque certains clients fidèles ignoraient encore à quoi ressemblait le nouveau patron plusieurs semaines après le changement de propriétaire. Il faut dire que ses apparitions en public ou au comptoir étaient aussi rares que de nous voir renoncer à ouvrir une boîte de chocolats au coin pause.

Nos besoins en tant qu'employés ne faisaient pas de vagues non plus et mon initiative d'un devis concernant la réparation du monte-charge s'est rapidement soldée par un fiasco. Pourtant, le tarif annoncé par le professionnel aurait dû avoir de l'effet, un montant dérisoire d'à peine deux cents euros, une goutte d'eau au milieu des factures salées des différents secteurs que je manipule tout au long de l'année.

Au lieu de cela, un respectueux « Ça ne vous regarde pas » a été asséné à la lecture du document et un « Bien sûr que si, la qualité c'est ma mission et les outils de travail en font partie » a été étouffé par mes soins. Mon stress a fait un pic et même les « T'inquiète pas, il finira par céder » de mes collègues, ont eu du mal à apaiser mes doutes et ma frustration.

Ne pas rester seule. Eviter de se morfondre. Heureusement, la bonne humeur de mes collègues et la gentillesse de la plupart des patients ont su compenser ces incertitudes. Les commandes de produits solaires viennent de débarquer au déballage, les boîtes minceurs se veulent attrayantes, les anti-moustiques embaument l'air de citronnelle. Les beaux jours arrivent.

Cet après-midi, en bout de paillasse, un classeur ouvert, j'écris. Je profite de la discussion versatile entre Gabrielle et Katia pour mettre à jour de nouveaux protocoles de désinfection, une tâche rébarbative et improductive.

— Ce laboratoire aime à penser qu'il pourrait séduire les dames avec ces promesses, déclare Gabrielle, une boîte à la main, le nez sur les inscriptions écrites en miniature.

— Les valeurs nutritionnelles de l'ail et son atout dans la santé sont prouvés, affirme Katia à ses côtés.

— Elles puent un max tes gélules, grimace Gabrielle après avoir reniflé et posé le flacon sur la paillasse.

— Oh, ça va, on sait ce que ça sent, l'ail, la rabroue Katia.

— Beurk ! Et bien moi je suis comme les gosses, si c'est goût fraise, je suis un malade coopératif, sinon je préfère écouter ma grand-mère.

— Et elle dit quoi ta grand-mère ?

— Que la place de l'ail, c'est dans un bon pot-au-feu, ironise Gabrielle, un sourire jusqu'aux oreilles.

Je pensais avoir pris mes marques dans cette ambiance propice aux controverses quand un appel dépourvu de chaleur humaine me fit lever la tête de mon travail en cours.

— Madame Chevalier, dans mon bureau.

Je repère alors mon patron, à deux mètres de la porte du bureau, en compagnie d'un homme mince et long comme une brindille de bois. Nez aquilin, moustache à l'anglaise, cheveux longs attachés. Je n'ai jamais vu cet homme et pourtant, il semble me dévisager avec dédain lorsque je m'approche de lui.

— Madame Chevalier, je vous présente mon ami, M. Dubois.

— Ami ET pharmacien, précise la brindille.

Notre poignée de mains est franche et appuyée, il veut tout de suite me faire sentir son besoin de prendre le dessus. Des pensées galopantes m'oppressent. Que me veut-il ? Monsieur se délecte de mon air inquiet et ne me quitte pas des yeux. Je fouille son regard à la recherche d'un indice sans grand succès. Le silence s'installe et le malaise qui s'empare de la scène semble lui convenir. Mains unies sur son bas-ventre, il m'observe, caustique. Je scrute alors son voisin, M. Boston, qui a soudain changé d'attitude et fuit mon regard. Je ne lui connaissais pas ce manque de maîtrise. Il est bien plus embarrassé qu'à l'accoutumée, je me demande ce qui peut le mettre dans un tel état. Mon patron aurait-il une faille nommée M. Dubois ?

Pressé de sortir de cet embarras, il m'annonce, non sans un certain trémolo dans la voix, que Monsieur Dubois souhaite s'entretenir avec moi.

— Je lui laisse donc mon bureau afin que vous puissiez parler discrètement.

— Heu… oui, c'est à quel propos ? ose ma voix peu assurée.

— Je vais y venir dans un instant, me répond la brindille.

Monsieur Boston s'éclipse à la manière d'un fantôme, dirait Gabrielle, et disparaît en clientèle. Quel pouvoir possède ce visiteur pour manipuler mon patron au point de l'envoyer en clientèle, le dernier endroit au monde où il souhaiterait se réfugier ? Quels sombres desseins s'apprête-t-il à me révéler ?

— Après vous, m'intime-t-il en m'indiquant l'entrée du bureau d'un signe de la main.

Je le précède et reste debout pendant qu'il contourne les meubles à la recherche du fauteuil du patron. Décidément cette pièce, autrefois accueillante et vivante, ressemble désormais au mieux à un lieu de confession, au pire à un purgatoire. Je préfère être la première à m'exprimer, histoire de lui montrer qu'il ne me fait pas peur.

— Pour quel motif souhaitiez-vous me rencontrer ?

— Nous allons y venir.

— Je voudrais…

— Je sais, mais en attendant, faisons connaissance, insiste-t-il, mystérieux.

— Bien, dis-je méfiante.

Je rabats quelques mèches échappées de mon chignon derrière mes oreilles. Mon interlocuteur s'enfonce dans son siège et croise les jambes.

— Vous êtes ici depuis plusieurs années, n'est-ce pas ?

— Oui.

— Et votre place au sein de cette structure vous plaît ?

— Oui, bien sûr.

— Vous gérez différentes tâches, si j'ai bien compris ?

— Comme mes autres collègues, je suis polyvalente. Je gère la clientèle au comptoir, des commandes, le merchandising de certains rayons, la…

— Et le maintien de la norme qualité ISO 9001, n'est-ce pas ?

— Oui, entre autres.

— Bien, bien, ajoute-t-il, songeur. Les yeux fixés sur le calendrier au mur, il part dans ses pensées.

Mais où veut-il en venir ?

— Je suis pharmacien, poursuit-il plus loquace, je possède une très belle pharmacie au centre-ville de Toulouse. Ernest Boston, votre patron, est aussi bien un ami qu'un redoutable adversaire aux échecs, figurez-vous.

— Ah.

Toujours absorbé par les mois du calendrier, je le laisse continuer.

— Lors de nos rencontres, qui ont lieu une fois par mois, le vendredi midi, nous passons un bon moment autour d'un tournedos maison et d'une partie d'échecs. En effet, le club dont nous faisons partie a élu domicile au bistrot de Michel à quelques kilomètres de Toulouse et ce partenariat enchante toute l'équipe qui se réunit. C'est dommage que le vin rouge ne soit pas toujours à mon goût mais bon, mon palais est habitué à des arômes plus terreux avec un tanin plus prononcé. Que voulez-vous, on ne peut renier la région qui nous a élevé, n'est-ce pas ?

Je ne réponds pas, mais je crois qu'il n'attendait pas de réponse à la fin de ce plaidoyer. Il souffle, décroise ses jambes et se rapproche du bureau. Joignant les mains sur les feuilles en pagaille, son visage se ferme, sa moustache frémit, il s'adresse alors à moi.

— Figurez-vous qu'Ernest et moi étions installés au bistrot vendredi dernier derrière nos pièces noires et blanches. J'évoquais mes vacances programmées à Antibes pendant qu'il me racontait les atouts et les défauts de sa nouvelle acquisition, ici, à la pharmacie de la Halle. Nos verres de vin étaient posés de part et d'autre de la minuterie et je suis persuadé d'avoir pris son cavalier lorsque je lui parlais de la difficulté à recruter du bon personnel de nos jours. Il a mis sa reine à l'abri et m'a avoué être confiant vis-à-vis de son équipe en place. J'ai avancé un pion en lui souhaitant un karma indulgent, et c'est à ce moment-là qu'il m'a confié sa joie d'être là grâce à vous.

Monsieur Dubois se tait un moment. Il me toise d'un air supérieur et attend peut-être une réaction de ma part. Je ne sais pas quoi dire et surtout, je ne sais toujours pas où il veut en venir.

— Bien, dis-je prudente.

— Il n'y a RIEN dans mon discours qui semble vous choquer, on dirait ? rouspète le pharmacien.

— Heu, non, dis-je encore plus anxieuse.

Soudain, il me décoche un regard accusateur. Ses épaules se cabrent et ses sourcils se plissent tellement qu'ils vont bientôt pouvoir se toucher au sommet de l'arête de son nez. Une montée de stress m'envahit aussitôt.

— Et la loi qui stipule que SEUL le pharmacien est autorisé à rester SEUL en officine, ça vous évoque quelque chose ? hurle alors l'homme en se levant précipitamment.

Les pieds de la chaise astiquent bruyamment le sol et les paumes de ses mains brutalisent le bureau de deux coups secs. Je sursaute. Il redouble d'éloquence hargneuse.

— Vous n'êtes pas sans ignorer que le préparateur en pharmacie est sous la RESPONSABILITE du pharmacien en TOUTE circonstance. Il n'a JAMAIS le droit d'être seul dans l'officine !

Choquée par l'attaque qui vient de se produire, je chasse les remords en train de faire surface. Il est certain que cette journée va alimenter mes cauchemars pendant un laps de temps illimité. Ces mots déferlent sur moi comme une pluie de météorites imprévisible et destructrice.

Quelle angoisse face à ces mots, quelle réaction vive de la part de cet individu ! Pour une fois que je marche en dehors des clous. Merde. Dans la vie de tous les jours, je suis seule au comptoir, personne ne me flique, on se fait confiance les uns les autres. Monsieur Boston ne daigne pas montrer sa tête et nous piloter, il a choisi.

Je suis quelqu'un sur qui on peut compter, sinon M. Boston ne m'aurait JAMAIS confié la pharmacie, son gagne-pain, son investissement, son empire. Deux heures une fois par mois, seule en officine, une goutte d'eau dans la mer !

En plus, entre midi et quatorze heures, il n'y a pas un chat, deux habitués et trois clients de passage qui s'arrêtent pour un rhume et une boîte de paracétamol. On ne m'a pas demandé de gérer les comptes ou les stupéfiants !

Je ne vois pas cette prise en charge de la pharmacie comme une incartade, mais il semble que cela en représente une aux yeux de cet homme. Certes, je sais ce que dit la loi. Mais dans la réalité, ce n'est pas toujours aussi strict. Monsieur Boston effectue des livraisons, part chercher son déjeuner ou s'absente pour une course. Il nous laisse parfois seuls.

Je n'ai pas osé dire non, je me suis laissé convaincre. C'était exceptionnel et puis, sans crier gare, c'est devenu un rituel mensuel. Finir à 17 h 30 au lieu de 19 h 30 pour récupérer ces heures effectuées entre midi et deux est comme un cornet de glace face à l'océan, ça ne se refuse pas.

Tel un enfant pris la main dans le sac, je baisse la tête, honteuse et blessée. Je ne sais pas si c'est vraiment le fait d'avoir transgressé la loi qui a le plus énervé la brindille. C'est peut-être dû au fait que son ami Ernest se soit presque vanté de notre arrangement. Mes collègues sont au courant mais ne me jugent pas, enfin je crois. Cependant, je n'imaginais pas que la réaction d'un étranger serait aussi violente car après tout, il se prend pour qui, lui, cet inconnu sorti tout droit d'un film d'horreur ? L'inspecteur de ma conscience ? Le bourreau du redressement des entorses au règlement ?

— Quelle déception d'apprendre que mon ami Ernest est capable de s'affranchir de la loi pour venir nous rejoindre aux échecs, se calme-t-il légèrement.

— Ah, enfin un peu de compassion, je ne suis tout de même pas la seule incriminée dans cette histoire !

— Pourtant, je ne peux que comprendre qu'il soit dans un grand besoin de relâcher l'immense pression qui pèse sur ses épaules. Être chef d'entreprise est épuisant, je sais exactement ce qui nous en coûte.

Il regarde sa montre, asticote sa moustache et se gratte le menton.

— FAUTE GRAVE ! crie-t-il de nouveau.

— Pardon ?

— Vous avez très bien entendu.

— Monsieur Boston est mon supérieur, j'ai pris en charge avec sérieux sa demande, dis-je offusquée.

— Vous auriez dû refuser, vous saviez qu'il est interdit de rester seul sans pharmacien en officine.

— Et bien, désolée.

— C'est un peu tard.

— Je ne peux pas faire mieux que de m'excuser. Vous êtes du conseil de l'Ordre, vous allez me causer des ennuis, peut-être ?

— Non.

Alors de quoi tu te mêles ?

— Ernest et moi en avons discuté. On est prêts à ne pas salir votre réputation en n'ébruitant pas cette faute grave.

Mais j'ai tué personne, faut pas exagérer !

— Vos années sans aucune ombre au tableau vous sauvent la mise car j'avais évoqué le blâme ou la mise à pied. Comme M. Boston est impliqué, je vais faire une exception. Vous pouvez le remercier d'avoir insisté en réclamant ma clémence. Un mot déplacé de votre part et mes foudres s'abattaient sur votre carrière.

Je ne pensais pas que ma modeste carrière pouvait devenir une misérable carrière à cause de deux malheureuses heures par mois passées à faire mon métier en solitaire. Je suis déçue. Je suis écœurée. Si j'avais su que cette situation pouvait prendre de telles dimensions, j'aurais revu ma copie avant. J'ai accepté si vite cette proposition alléchante que j'en ai oublié les conséquences possibles. Je suis jugée, condamnée, et mon avenir a failli être découpé en morceaux.

Monsieur Boston ne risque rien, à part de se faire taper sur les doigts par son ami. Ils sont tous deux pharmaciens et ne risqueraient pas de compromettre l'image de l'officine. Les miens, mes doigts, ont connu un autre sort. Ils ont été écrabouillés au fond de mes poches avec mon honneur et ma crédulité.

12

Soutien fraternel

Je suis au restaurant en compagnie de mon frère Charly. C'est lui qui s'est occupé de la réservation. Mon frère sort beaucoup, il connaît tous les endroits à la mode et je lui ai confié la grande mission de nous dégoter un petit coin de paradis. Il a été surpris par mon invitation. Depuis que je suis maman, je n'ai pas pris le temps de faire ce genre d'escapade avec lui mais ce soir, j'en ai besoin.

J'ai donc sauté dans ma voiture, transformée en sauna après une journée passée en plein soleil. Climatisation à fond, je rejoins directement les quais de la Garonne au centre de Toulouse. Une légère brise enveloppe le début de cette soirée. Je ne porte que mon blouson en jeans sur ma longue robe verte printanière, mais je ne sors jamais sans un foulard. Toulouse aime le vent d'Autan. Mes cervicales beaucoup moins.

Je gare ma voiture en bord de route entre le pont Saint-Pierre et le Pont-Neuf. Le soleil descend à l'horizon, amenant en contrebas de l'ombre sur les berges et les passants, sûrement heureux de pouvoir faire baisser leur température corporelle.

Charly a choisi un petit restaurant du nom de « La paire O ». Un jeu de mot que mon mari pourrait savourer et commenter pendant une heure. Je sors mon téléphone portable afin de prendre un cliché de la devanture, lot de consolation pour ma nounou de ce soir, vite envoyé.

Les panneaux de bois qui recouvrent la façade du restaurant sont abîmés, la peinture bleu ardoise écaillée. Contrairement au riche patrimoine architectural de Toulouse, cet établissement aurait besoin d'un bon coup de ponçage et de peinture. Un tableau noir, neuf, a tout de même été cloué près de la porte, affichant à la craie blanche le nom et le prix de quelques cocktails et plats à la carte.

Nous avions rendez-vous à 20 h 30. Je ne suis pas tellement en retard, la circulation était fluide sur la rocade toulousaine. J'ai juste croisé un énorme camping-car aux allures baba cool dont ma fille aurait rêvé de planifier la visite.

Je demande à la jeune femme qui m'accueille si ma table est prête et si mon frère est déjà arrivé. Elle répond par l'affirmative et m'invite à la suivre en traversant une minuscule salle de restaurant assez vide, dépourvue de charme. Deux ou trois tables et chaises à ma droite, un bar poussiéreux habillé de pierres au fond, dont certaines manquent à l'appel. Un coup d'œil sur la gauche m'arrête sur le papier peint des années soixante qui se décolle. Des dizaines de losanges orange au cœur vert trop criards me donnent la nausée. Mon frère aurait-il totalement perdu la tête ? C'est quoi cet endroit à l'abandon ?

Ma traversée se fait au pas de course. La jeune employée qui me précède fuirait-elle également ce décor pitoyable ? Nous arrivons devant une double porte vitrée en bois grande ouverte. Cette dernière semble avoir été installée depuis peu. Poncée et vernie, elle arbore un joli vert et dénote avec l'intérieur que je viens de sillonner. Une musique branchée arrive à mes oreilles. Ma guide marque une pause sur le seuil. Elle se retourne vers moi.

— Ne mettez pas vos mains sur les portes, s'il vous plaît. La peinture est fraîche de cet après-midi.

— Bien.
— Et faites attention aux marches, madame.
— D'accord.

Elle s'écarte et descend trois larges marches recouvertes de tomettes. Elle chemine plus tranquillement. Sur le seuil, je regarde la vue dégagée qui s'offre à moi. Je découvre alors une adorable cour peuplée de platanes et de tonneaux de vignerons disposés ici et là, en guise de tables. Autour, de hauts tabourets accueillent des gens souriants et enjoués, dans une ambiance feutrée à la lumière de guirlandes colorées accrochées dans les branches des arbres. Je souris du bout des lèvres. Mon frère n'est pas devenu fou.

Obéissante, je suis la jeune femme en respectant les instructions évoquées à l'instant. Prenant le temps de saluer rapidement quelques clients en passant, elle me guide entre les tables et les arbres. La cour est profonde. Ce coin de paradis au grand air est insoupçonnable depuis la rue, caché entre les immeubles qui le surplombent. Les trésors de Toulouse sont nombreux. Il faut seulement savoir les débusquer au détour d'un immeuble banal, derrière une palissade mangée par le jasmin ou au cœur d'un restaurant peu attrayant.

Mon frère Charly m'attend sur son tabouret, le nez sur son téléphone, placide. Une bière fraîche et une coupelle d'olives trônent sur le tonneau de bois. Il est habillé de façon décontractée mais toujours élégante. Pantalon chino couleur crème, polo bordeaux, chaussures beiges. Coiffé de son fidèle chapeau Stetson noir, rayé de fines lamelles blanches, on dirait un gangster des années trente en attente d'un rendez-vous avec ses complices.

Ce soir, sa complice, ce sera moi.

La jeune femme me conduit jusqu'à lui et m'offre le tabouret situé en face en le décalant légèrement de son axe. Je m'assois et la remercie. Elle s'éclipse. Mon frère lève la tête et me sourit.

— Salut sœurette.

— Bonsoir Charly. Je ne t'ai pas fait trop attendre ?

— Non, non, je ne suis pas là depuis longtemps.

Il descend de son perchoir, se penche et me fait la bise avant de retourner à sa place. Il poursuit.

— Alors, comment tu trouves l'endroit ? C'est sympa, hein ?

— Oui, la cour est superbe mais je t'avoue qu'en arrivant, je me suis posé quelques questions.

— Ah ah, tu as raison ! La devanture est assez endommagée par des années sans attention. Ça va changer. Le restaurant est en travaux. Les nouveaux propriétaires sont en train de lui donner un nouveau look.

— Je comprends mieux.

— Le résultat de l'extérieur est bluffant. Je suis certain que le reste sera aussi réussi. Je t'emmènerai cet hiver lorsqu'ils auront fini de rénover l'intérieur si ça te branche.

— On verra.

— J'ai rencontré les propriétaires en prospectant pour de futures dates de concert. Tu sais comment ils s'appellent ?

— Tu te doutes que non.

Il éteint son téléphone, le pose sur le tonneau et finit la dernière gorgée de sa bière.

— Figure-toi que ces deux copains se nomment Owen et Olivier, d'où le nom de cet endroit « La paire O ». Ils ont voulu surprendre leur clientèle qui s'attend davantage à une écriture différente. Tu as compris ?

— Charly, je sais écrire « l'apéro ». Merci.

Mon frère lève les yeux au ciel et pointe du doigt les feuilles aux reflets colorés.

— Regarde, ils ont dissimulé des baffles sur les branches des arbres. Matos discret, musique de fond pas trop forte pour discuter, ils savent recevoir.

Je tends l'oreille. Un chanteur à la voix grave et rauque s'époumone en anglais sur un solo de saxophone.

— Connais pas.

— Ça fait combien de temps que tu n'as pas écouté de musique ?

— Pas le temps. Je pense que…

Je marque une pause. Un serveur, petit tablier noir autour de la taille, rentre dans notre champ de vision. Il pose ses doigts sur le rebord de la table. Je ne vois que son tatouage de dragon sur son avant-bras avant de croiser ses pupilles noires, brûlantes et mystérieuses. Un beau brun, charmant. Je bats des cils. Je me sens idiote. De beaux yeux s'adressent à nous.

— Excusez-moi de vous interrompre madame, monsieur. Souhaitez-vous prendre un apéritif ?

Il repart avec un Virgin mojito sans alcool et un Monaco en commande.

— Tu as l'air en forme, Charly.

— Ça c'est parce que je viens d'émerger d'une sieste réparatrice. J'étais claqué de ma sortie d'hier soir.

— Tu as fait quoi ?

— FX et moi, on est allés applaudir un groupe de musiciens qui reprenait des chansons du groupe Phoenix. « Bonne ambiance, bonne bière, bon concert. »

— Ton cocktail préféré.

— Sans aucun doute. On s'est régalés mais je vieillis, la trentaine est plus rude en ce qui concerne les virées nocturnes. Les lendemains sont remplis de cernes, de migraines et de fatigue.

— Vous étiez en ville ?

— C'était place Saint-Pierre, au « Saint des Seins », tu te souviens ?

— Tu crois que je suis si vieille que ça ! Tu veux me vexer ?

Il rit.

— Bien sûr que je me souviens ! Ma vie de célibataire, ou du moins ma vie de jeune femme n'est pas si loin. OK, je ne sors plus autant en ville depuis que je suis mère. Je n'ai pourtant pas l'impression d'avoir tiré un trait définitif sur les sorties !

— Hé ! Tranquille, sœurette. Je te sens un peu susceptible tout d'un coup. Je n'ai tout de même pas insinué que tu t'amusais au temps des dinosaures !

— Désolée.

— Pourquoi es-tu sur la défensive, qu'est-ce qui t'arrive ?

Je regrette aussitôt de m'être emportée si vite étant donné que mon frère n'a, pour ainsi dire, fait preuve d'aucune hostilité à mon égard. Je ne sais pas vraiment ce qui m'arrive. Je suis bête de réagir agressivement. La honte m'envahit brusquement. Je tente de me faire pardonner.

— Je m'emporte un peu. Tu as raison, j'ai les nerfs à vif. Je suis en pleine réflexion sur mon avenir.

— *That is The good question*, objecte-t-il avec un accent anglais.

Le silence plane un instant au-dessus de notre conversation.

Charly hésite. Il argumente.

— Mon avis est sûrement obsolète car pour moi Christophe est un beau-frère extra. Néanmoins, il n'est peut-être pas le mari idéal ?

Je rougis. Je passe mes mains dans mes cheveux comme des peignes. Je suis mal à l'aise. Je décroche l'élastique que j'ai au poignet droit, je me coiffe grossièrement et j'attache mes cheveux longs en un chignon moderne. Je gagne du temps.

— Heu… Tu es mignon de me confier ton ressenti, dis-je en avalant péniblement ma salive. C'est vrai que… Ne t'inquiète pas pour moi…

— OK.

Je reprends le contrôle de mes émotions.

— Je te parle ici de mon avenir professionnel. Je me pose un tas de questions ces derniers temps et je voulais savoir si tu serais d'accord pour m'aider à remettre mon CV à jour.

— Tu peux compter sur moi, s'empresse de répondre mon interlocuteur, ravi de changer de sujet.

— Surtout pour la mise en page. Les CV ont évolué mais la dernière fois que j'en ai fait un, c'était il y a une éternité. Je suis bien rouillée depuis.

— Les codes de présentation ont un peu changé, c'est vrai. Je te montrerai comment valoriser tes acquis.

— Impeccable. J'ai déjà travaillé un peu dessus, je te montre.

— OK.

J'attrape une feuille de mon sac à main et la tends à Charly. Il l'étudie un moment puis s'exprime.

— Tu n'as rien mis dans la catégorie « centres d'intérêt » ?

— J'ai failli carrément la supprimer. Tu crois que c'est vraiment nécessaire ?

— Oui. Cette rubrique permet d'ouvrir le dialogue avec le recruteur et lui prouve que tu as une vie équilibrée en dehors du travail. C'est un point important, je trouve.

— Mais je ne sais pas quoi mettre.

— J'ai vu, ricane Charly.

— Aide-moi au lieu de rire !

— Tu es bien la seule personne que je connaisse à coincer sur ce paragraphe. Le mien déborde de concerts, de musique, de basse, de surf, de ski, de…

— OK, OK, j'ai compris, dis-je agacée.

— Tu étais sportive avant.

— Le ski. C'est loin tout ça.

— Et bien, tu inventes ! Tu mets « jardinage ».

— Je sais à peine distinguer une rose d'une pivoine.

— « Cuisine »

— Je déteste ça, tu le sais bien, et en plus je suis nulle dans ce domaine. Je risque d'empoisonner un collègue si on me demande de faire un gâteau d'anniversaire.

— Alors tu mets « tricot », c'est moins dangereux.

— Et si jamais on me demande de faire des petits chaussons pour une naissance ou une écharpe pour un collègue, l'angoisse !

— Tu achèteras un truc tout fait et tu diras que c'est toi qui l'as fait, ou bien tu feras le tour des vide-greniers à la recherche des bons vieux pulls ou layettes tricotés par mamie.

— Tu as réponse à tout, on dirait. À part mon boulot, on dirait que je n'ai pas d'autre intérêt dans la vie.

— Te prends pas la tête, sœurette, on trouvera bien un truc. As-tu commencé à écrire un début de lettre de motivation ?

— Pff… dis-je, blasée. J'ai écrit trois lignes. Je n'ai pas la tête à ça et… j'hésite encore.

— Ça fait des mois qu'on en parle, Lou ! s'emporte Charly. Ton excuse de « j'ai pas le temps » ne peut pas toujours être prise en compte.

Je souffle et regarde loin devant moi.

— Tu as raison.

— Il faut dire que j'ai travaillé sur mon parcours récemment alors je devrais pouvoir te servir de mentor, me lance-t-il avec un clin d'œil.

Je lui souris.

— Tu as envie de changer de pharmacie ?

— Possible. Tu sais, depuis quelques temps, ce n'est plus du tout la même ambiance à l'officine. D'abord il y a eu le départ de Natacha, puis l'annonce de celui de Gaby, imminent, et enfin la séquence stress et prise de tête à cause de notre patron qui voulait vendre et de l'assistante qui lui faisait la misère. Ensuite, lorsqu'il a vendu, il a fallu faire connaissance avec la nouvelle hiérarchie.

— Tu aimais bien ton ancien patron, je crois ?

— Oui, on bossait dans de bonnes conditions. Il nous faisait confiance et avait bon caractère, on formait une équipe assez chouette avec la Team. Le pot de départ s'est éternisé.

— Petits fours et champagne, j'espère !

— Oui.

— Qu'est-ce que tu reproches à ton nouveau patron ?

— Absent. Obsédé par les billets de banques qui s'accumulent dans la caisse.

Mon frère siffle et écarquille les yeux.

— Riche le gars ou quoi ?

— Je ne sais pas, on ne risque pas de le savoir.

— Pourquoi ?

— Le nouveau boss est distant et un peu caractériel. J'ai du mal à le cerner et mes collègues aussi. Il est en mode fantôme plusieurs jours et d'un seul coup, il ressemble à Lucifer déversant sa colère en une seconde. On marche souvent sur des œufs.

— Donc soit il râle, soit il est transparent.

— C'est ça, deux options uniquement. Mais je m'en fous, tant qu'il ne me cherche pas, il peut toujours hurler dans son bureau sur son comptable.

— Tu vas t'y faire et lui aussi va se laisser amadouer.

— On verra. Si je ne lui perfore pas le creux de la main au stylo avant.

Charly ricane. Il repositionne son chapeau et se frictionne les mains.

— Raconte, m'ordonne-t-il, diverti.

— Son tic m'énerve. Il passe son temps à faire tourner son stylo autour de son pouce comme une toupie et ça m'agace, dis-je en levant les yeux au ciel.

Nos boissons arrivent et semblent rafraîchissantes. Le serveur au tatouage de dragon aussi.

— Trinquons à notre dîner et à l'avenir, me lance mon frère, son verre triomphant en l'air.

— À la nôtre !

— Tu verras sœurette, les choses vont devenir plus claires au fur et à mesure. Laisse-toi du temps.

Je remercie mon frère. Ses paroles sont réconfortantes et c'est justement ce dont j'ai besoin en ce moment face à mes doutes. Lui aussi a dû affronter de nombreuses inquiétudes ces derniers mois, il connaît bien le sujet.

Durant plusieurs années, il exerçait en tant que technicien dans une filière de l'aérospatiale à Toulouse. Homme d'action, il s'intéressait à toutes les caractéristiques de son poste et a beaucoup appris au contact de ses collègues si bien qu'au fil du temps il s'est fait une place de choix au sein des équipes techniques de climatisation. Son âme de manager et sa capacité à prendre en charge puis régler des situations critiques n'ont pas échappé au regard de sa hiérarchie. L'année dernière, sur le conseil de ses supérieurs, il a postulé à un emploi riche en challenges. Sa candidature ayant été retenue, il a débuté une aventure mêlée de motivation et de problématiques à résoudre. Aujourd'hui plusieurs hommes sont sous ses ordres, son travail de chef d'équipe le passionne et le gratifie à sa juste valeur.

— Tu as su tirer parti de tes années d'expériences sur le terrain. Je suis fière de toi, tu sais.

— Je t'avoue que j'ai même découvert un engouement insoupçonné pour l'aspect commercial de ce nouveau poste, déclare-t-il, pensif.

— La fibre commerciale coule dans nos veines, frérot, dis-je avec humour.

— Ah oui ?

— Regarde à quel point tu es efficace lorsque tu organises des concerts.

— C'est vrai, je n'avais pas pensé à cet aspect-là de ma vie.

Mes frères sont musiciens. FX excelle à la guitare et Charly s'amuse à la basse. Adolescents, ils ont formé leur groupe de rock, « Idle Away » avec la participation de deux autres copains du quartier, Christophe à la batterie et Jessy au chant. Du garage de mes parents aux salles des fêtes de notre région, en passant par les festivals locaux, tout était prétexte à jouer, s'évader, composer. Le public était au rendez-vous et la persévérance de ce jeune groupe en était d'autant plus renforcée. Au sein de cette association de musiciens, mes frères ont trouvé rapidement leur place et moi mon futur mari. Me rappelant ces bons souvenirs, je demande à Charly.

— Tu te souviens des débuts d'« Idle Away » ?

— Lou, tu abuses, c'était un peu chaotique cette période, esquive mon frère.

— Ben, pourquoi ?

— On était jeunes et on se foutait de tout. On arrivait à la bourre aux concerts et on emmerdait tout le voisinage.

— Tu parles des entraînements dans le garage des parents ?

— Oui, c'était un vrai bordel pour les oreilles. On était loin d'être des virtuoses à la Mozart.

— Seul le voisin d'à côté est venu se plaindre sinon le reste du quartier vous encourageait, non ?

— Oui, tu as raison, même M. et Mme Santiago venaient nous voir en concert et nous encourager dans les environs. Des papis mamies super branchés.

— Le seul qui faisait la gueule c'était le voisin de droite, M. Coubard.

— Tu te souviens de son nom ! Ça alors, j'avais complètement zappé.

— Il n'était pas commode. Il était chiant avec tout le monde. FX et moi, on l'appelait « Monsieur Taulard ».

—Ah ah, c'est vrai !

— Il emmerdait tout le voisinage avec ses réflexions, ses idées à la con et son chien qui gueulait tout le temps, même à deux heures du matin. Il allait faire un jour de la prison, c'est sûr. C'est pour ça qu'on le surnommait Monsieur Taulard.

— Il avait débarqué à la maison, un jour où vous répétiez dans le garage.

— Oui, et le Padre l'avait bien reçu.

— Il avait à peine commencé son plaidoyer de reproches que le Padre lui clouait déjà le bec.

Je prends une voix grave et autoritaire afin de donner de la profondeur à la caricature de mon père.

« Je pense que si on laisse un sonomètre refléter la réalité, il est évident que les hurlements de votre chien couplés aux dérapages du scooter de votre fils battent tous les records. Ils sont bien plus dérangeants pour le lotissement que mes adolescents qui expriment leur créativité. Ces jeunes sont sous MON toit et ne traînent pas dehors à pas d'heure, EUX. »

— Dommage que les décibels qu'il y avait dans le garage à ce moment-là nous aient empêchés d'entendre cette conversation. J'aurais trop aimé voir le voisin se démonter devant le Padre.

— Vous vous amusiez bien en tout cas.

— C'est clair. On était à fond dans la musique. Rien d'autre ne comptait.

— FX est rêveur et solitaire de nature, la compo lui va bien. Il fait vibrer votre univers artistique alors que toi, tu es plus sociable et dynamique, tu coordonnes l'ensemble des festivals.

— Il est certain que personne ne peut soupçonner le métier actuel d'FX quand il gratte sa guitare sur scène en jeans troué avec ses anneaux aux oreilles. Les gens ne s'imaginent pas qu'il est clerc de notaire, capable d'enfiler un costume trois pièces tous les lundis matin. La classe le mec !

Charly m'explique qu'organiser un concert ou planifier une réunion de chantier requièrent les mêmes ingrédients. Ce n'est donc pour lui qu'une continuité, une évidence quant au fait de mettre à profit ses compétences de producteur au service de sa carrière.

— Tu veux changer de métier ? me demande-t-il soudain.

— Heu… je ne sais pas vraiment.

— L'homme a besoin d'évoluer. La musique et mon nouveau boulot me stimulent. La monotonie t'empêche parfois de percevoir qu'une voie différente serait plus en harmonie avec tes nouvelles aspirations. Tu en as parlé à Chris ?

— Heu… Joker.

Charly n'insiste pas.

Notre serveur arrive. Il espère obtenir nos souhaits de plats pour dîner. Nous lui avouons que la conversation nous a accaparés et que l'idée de manger n'était alors plus à notre portée. Il nous conseille quelques spécialités de la maison. Mon frère commande un verre de vin rouge puis un plateau de tapas de fromage et de charcuterie. Le serveur parti, je lui demande si le dragon farci fait partie de la famille de la charcuterie. Il rigole. Je salive. Il a faim. Moi aussi.

Les températures se sont radoucies, la nuit tombe tranquillement. La soirée est éclairée aux couleurs des lumières des guirlandes des arbres. Mon regard suit un instant une horde de serveurs qui surgit du restaurant et s'éparpille dans la cour. Ils déposent des lanternes allumées sur les tonneaux. Le brouhaha des tables voisines et le bruit des verres qui se heurtent est agréable. L'ambiance devient cosy. La musique me berce.

— Ton expérience te remplit de philosophie, frérot. Normalement c'est mon rôle de te donner des conseils et pas le contraire, dis-je d'un ton empreint de douceur.

— En tant qu'aînée, tu as souvent dû m'écouter et m'aider à y voir plus clair. Je suis content de pouvoir t'éclairer à mon tour. C'est ce que j'appelle l'esprit de famille et la voie du cœur.

D'aussi loin que je me souvienne, la raison a le monopole de mon écoute au détriment du cœur. Je m'aperçois qu'un cadenas est attaché sur ce dernier depuis longtemps, enfermant profondément mes désirs, mes envies, mes aspirations.

— Oui, c'est tout à fait ça. Une histoire de cœur dont je connais à peine les premières lignes. Mon cœur et ma raison se disputent aujourd'hui la priorité et cette dualité menace mon équilibre.

— Je comprends.

— Ma raison rabâche des arguments tels que « respect du patron », « salaire confortable », « ascension professionnelle », « soutien aux collègues », « remerciements des clients satisfaits » …

— Et ton cœur ? questionne Charly qui me coupe la parole et me décoche un regard malicieux.

— Maintenant… Maintenant que je le laisse murmurer, il rêve d'horaires de bureau, de samedis loin des comptoirs, de réunions sans stress, de journées sans courir, de dossiers sans prise de tête.

— Prends des risques, assume tes sentiments.

— Tu crois ?

— Laisse ta raison vagabonder et écoute ton cœur.

Cette discussion me montre à quel point il a grandi et gagné en maturité. Il restera toujours mon petit frère. Le protéger est un réflexe. Pourtant nos rapports évoluent. Je suis un peu nostalgique de dire adieu à l'ado insouciant, à cheval sur le fait de proscrire tabous et contraintes en toutes circonstances. Cependant, je suis fascinée par l'adulte que je découvre, armé d'une certaine sagesse et de davantage de stabilité. La trentaine lui va bien, c'est indéniable.

Ma mère nous dit souvent que chaque dizaine est un cap, un tournant dans nos vies d'hommes et de femmes. Elle a sûrement raison. Ma quarantaine qui approche révèle en moi des sentiments nouveaux que j'ai du mal à identifier.

À force de faire cent kilomètres par jour, de courir partout, de monter et redescendre des marches, j'en oublie l'essentiel. Moi.

Mon frère sourit. J'ai retrouvé mon calme. Ma polyvalence et mon implication dans mon métier n'ont pas de limites. Sur mon CV, en attendant d'y voir plus clair, je vais rajouter dans la case vide, « Sportive de haut niveau ».

13

Balade tumultueuse

J'ai hâte d'être demain, dimanche. Ce dernier ne ressemblera pas aux autres car nous allons faire un tour à « La Foire des arts » dans un petit village du Quercy. Situé tout en haut d'une colline d'où il surplombe l'horizon, on raconte que la vue de son église, construite en bordure de falaise, offre une vue imprenable sur les vallons des alentours. Le Quercy est parsemé de villages de caractère à l'architecture riche, il regorge de cités médiévales, de ruelles où il fait bon flâner au milieu des vieilles pierres et d'une nature généreuse.

Natacha a raison, Charly aussi : je ne prends pas de temps pour moi. Mon travail et les autres passent toujours avant mon propre bien-être, c'est peut-être une erreur. Je m'essouffle peu à peu, il serait bien de respirer un air nouveau.

J'ai donc décidé d'organiser une activité qui pourrait me plaire, histoire de voir ce qu'elle peut chambouler de positif sur mon esprit et mon entourage.

Dimanche. 12 h. Christophe et moi avons avalé un rapide déjeuner mais nos jeunes orphelins (je les laisse un après-midi ENTIER quand même) ont insisté pour partager leur repas avec leurs nounous. Les enfants seront sous la bonne garde de leurs oncles venus compléter mon organisation. Je fais mes dernières recommandations sur le pas de la porte d'entrée avant d'ancrer mon corps vidé de mon rôle de mère dans la voiture. Si je reste fébrile à l'idée de quitter mon foyer, certains ne se gênent pas pour me mettre dehors.

— La trousse de premiers secours est située sur la première étagère du meuble de la salle de bains.

— Oui… oui, répond vaguement Charly, occupé à chatouiller son neveu.

— Ne t'inquiète pas, on gère, tente de me rassurer FX.

— Pour déjeuner, tu ouvres les placards. Riz, pâtes ou autre, tu vois avec eux.

— Spaghetti bolo et c'est réglé, hein, les zouaves ? ajoute Charly, toujours acharné sur le ventre de Will qui se tord de rire en tentant d'échapper à ses attaques.

— On est joignables. Au moindre problème, vous appelez.

— Oui, répondent mes frères presque en cœur.

— Vous avez vu sur la carte, on ne part pas si loin. On peut rentrer en moins d'une heure en cas d'urgence.

— En cas de chute potentiellement mortelle, déclare Charly, je filerai à l'hôpital Purpan sur la bande d'arrêt d'urgence de l'autoroute direction Toulouse, les cheveux au vent de mon cabriolet BMW 325i. Pied au plancher, ce sera plus rapide que de vous attendre.

— Génial ! crient les enfants surexcités.

— Hein ? m'exclamé-je, les yeux tordus de crainte et la bouche ouverte en un O statufié.

— Les enfants sont grands, Lou, arrête de stresser, décrète FX, adossé dans l'embrasure de la porte.

— Je plaisante, se rattrape Charly. Tu n'as vraiment pas d'humour aujourd'hui.

— Allez mère, tu t'en vas, déclare ma fille en me poussant gentiment vers les marches du perron. On a plein de choses à faire avec Tonton Charly et Tonton FX, alors oust, dehors !

— Je me demande bien ce qui va se passer dans cette maison après notre départ, dit Christophe, déjà en train d'ouvrir les portières de la voiture.

— Moi je sais, moi je sais, s'impatiente Will.

Charly, le regard complice, s'accroupit à la hauteur de son neveu et lui pose directement la question.

— Ah oui, monsieur le fouineur, vous avez une petite idée, paraît-il ?

— J'ai vu les guitares dans la chambre de papa et maman, je suis sûr que vous allez jouer de la musique.

— Il nous faudrait un endroit calme et un assistant efficace pour nous aider à répéter. Vous auriez ça sous la main, monsieur William ?

— Oui, oui, on fait ça ici. Et puis moi je serai un super assistant Tonton. Tu me prends, hein, tu me prends ?

— Tu sais où je peux brancher l'ampli et installer mon matos ?

— Oui, oui, viens, je te montre ! claironne mon fils en tirant la manche de mon frère afin de l'inciter à le suivre à l'intérieur.

— Bien monsieur, je pense que je vais vous prendre à l'essai, dit-il en s'éloignant et en me lançant un signe de la main.

Hors de ma vue, j'entends encore Charly s'exprimer.

— Et les bières, tu sais où les parents les planquent ?

— CHARLY ! dis-je en hurlant en direction du salon, toujours sur le pas de la porte.

— Il rigole, intervient FX. Il me lance un clin d'œil, se penche vers moi et pose sa main sur mon épaule.

— Mouais.

— Allez, va t'aérer les poumons avec Chris. Nous on ne bouge pas d'ici.

— Je cherche une choriste, le poste est payé en BN et bonbons Haribo, quelqu'un serait-il intéressé ? aboie de nouveau Charly au cœur de la maison.

— MOI ! rugit tout à coup Alicia en faisant demi-tour.

Elle se précipite dans la salle à manger. Ses ballerines claquent sur le sol comme un métronome pressé et j'aperçois sa queue de cheval, ballotée de gauche à droite au rythme de ses chaussures. Un « À ce soir ! » accompagne son virage périlleux vers le salon.

Cette animation de printemps plaît beaucoup et nous ne sommes pas surpris de voir autant de monde en arrivant au centre-ville en ce début d'après-midi. Christophe connait déjà le village, il s'oriente sans problème. J'aperçois les installations de la foire au loin jusqu'à ce que mon mari s'engage dans une rue transverse. Outre le fait de pouvoir trouver l'objet qui manque à une collection, dénicher un article original ou éveiller notre palais à des extravagances, l'ambiance conviviale qui semble régner ici sera sûrement une véritable bouffée d'oxygène.

Nous venons de nous garer dans une petite rue plus au nord lorsque les premières gouttes font leur apparition. Il ne fait pas froid. J'ai mis mes baskets en toile, mon foulard et mon blouson en jeans. Mon mari, bien loin d'être frileux, porte un polo manches courtes et sa casquette pour plaquer ses mèches de cheveux rebelles. Il aime porter ce couvre-chef à l'envers, la visière sur la nuque.

Quelques gouttes. Pas de quoi s'affoler. Cela ne signifie pas grand-chose dans ce climat océanique plutôt tempéré et doux, habitué à voir le soleil tout au long de l'année. Le vent, parfois agaçant, est un précieux atout dans l'éradication de potentielles averses, il pousse les nuages plus loin. La matinée a bien débuté, dessinée d'un ciel bleu pâle et d'éclaircies, certes rares, mais nous permettant de présager un après-midi plus clément que la réalité qui s'annonce maintenant.

Je marche le long des étroits trottoirs en direction des festivités. Mon mari me précède. Il a les mains dans les poches et les épaules jusqu'aux oreilles. Les façades aux murs de briques et aux pavés de pierre se succèdent. Une rafale de vent accentue soudain la sensation de pluie sur nos visages. Christophe accélère l'allure. Je le suis et tiens la cadence. Je resserre le col de mon blouson de mes mains et rentre la tête dans mon foulard. Le dos de mon mari semble un rempart dérisoire par rapport aux attaques de gouttelettes en puissance.

— Ça va se calmer, semble-t-il vouloir me convaincre.
— Tu crois ?
— Ouais.
— Je n'en suis pas si sûre. On dirait que le vent redouble de violence depuis notre départ.
— Il va virer la pluie.
— La question c'est QUAND ?
— Un peu d'optimisme, mademoiselle. On n'est pas dans ta Normandie natale.
— On aurait dû prendre un parapluie.
— Mauvais présage.
— Mauvais temps oui !
— Pousse-toi, on va croiser du monde, me recommande-t-il tout à coup.

Deux dames, jupes et cheveux longs nous croisent au pas de courses. L'une derrière l'autre, elles pivotent pour éviter une collision frontale avec nous. En voulant leur laisser plus d'espace, mon épaule droite racle le mur en béton et déclenche un crissement désagréable qui parvient à mes oreilles. J'espère ne pas avoir déchiré le tissu de mon blouson. Je n'ai pas le temps de vérifier cette hypothèse car un fleuve d'eau froide vient de se déverser sur mes jambes. Le Tarn est pourtant situé géographiquement bien plus en contrebas et la pluie actuelle ne paraît pas assez intense pour justifier une crue exceptionnelle.

Aucune inondation en vue : il s'agit seulement du chien tenu en laisse par la deuxième dame. L'animal, qui peine à les suivre, a consciencieusement porté toute sa carcasse sur mon pantalon afin d'éviter la route. Le contact humide de ses poils mouillés me glace les jambes.

Nous continuons notre virée vers le centre-ville. Nous passons devant une blanchisserie, un libraire spécialisé en bandes dessinées et une crêperie. Tous fermés, c'est dimanche. Au détour d'une ancienne boutique transformée en habitation, nous apercevons les premiers exposants et une foule de promeneurs affrontant avec le même optimisme que nous les quelques gouttes de pluie que l'on voudrait qualifier d'insignifiantes. La sensation d'humidité est moins présente ici, comme si tous les visiteurs avaient scellé un pacte pour l'empêcher d'aller jusqu'à la manifestation. On ralentit l'allure.

Les rues accueillent toutes sortes de stands. Des stands propres et bien agencés sur table pliante ou fabriqués au moyen de planches et de tréteaux ainsi que des étalages à même le sol sur de vieilles couvertures. Certains possèdent des parasols ou des barnums, aussi utiles en cas de soleil étouffant que de légère pluie. On passe devant un couple, la cinquantaine, exposant de la vaisselle en porcelaine. Soupières, plats, théières, assiettes décorées de fleurs et de nature printanière. Différents services se succèdent, mis en valeur par des nappes aux couleurs vives. En face, deux hommes ont vidé les fermes des environs : vieux outils de jardinage abîmés par le temps et l'usage, pots en terre cuite, arrosoirs rouillés, seaux en acier galvanisé, brouette ancestrale d'apparence peu attrayante. J'imagine ces objets d'antan, une fois rénovés, retrouver tout leur prestige en jardinières débordant de fleurs vivaces comme des géraniums rouges ou roses.

À côté d'eux, un petit producteur local a positionné deux grosses barriques sur lesquelles il a agencé des cagettes de prunes, des minuscules verres à alcool et des bouteilles d'eau de vie. Les gens s'approchent des stands, curieux ou intéressés, au son d'un saxophone et d'une batterie qui hurlent au loin.

— Allez, m'sieurs dames, on la goûte ma p'tite production artisanale ! Que du bio, du bon, j'vous dis !

— Viens, on va voir, exige mon mari.

— J'arrive, dis-je en évitant de justesse une bande d'ados en rollers zigzagant dans la foule.

Pas besoin de préciser, je sais que Chris parle du bruit des cymbales de la batterie et non de celui des verres d'alcool qui s'entrechoquent.

Christophe et moi passons devant un collectionneur de vinyles et de vieilles cassettes audio, une confectionneuse de savons végétaux aux senteurs légères. Je capte une odeur de vanille tout en ne perdant pas de vue mon mari à l'allure assurée. La musique l'appelle. Une drogue douce, presque envoûtante, qui attire à elle autant mes frères que mon conjoint. C'est d'ailleurs avec ce dernier argument que j'ai su convaincre mon mari de venir jusqu'ici. Une foire, oui, mais animée par un groupe de musique et ses percussionnistes, une valeur sûre pour décider un batteur.

Nous nous enfonçons dans cette atmosphère conviviale au brouhaha sympathique. Je refuse poliment de la main une assiette de saucisson coupé en rondelles que me tend un homme au béret bleu nuit. Il me répond d'une moue chargée de résignation. Tant pis.

Plusieurs mères de famille accompagnées de leurs bolides sont en grande conversation avec une couturière spécialisée dans la garde-robe des tous petits. Son stand contient uniquement des couleurs pastel et des textures douces exposées sur une corde fine à l'aide de pinces à linge en bois. La vue de gigoteuses, de bodys et de bavoirs en coton naturel m'amuse et me replonge dans mes conversations avec Katia et Gaby sur leurs futurs rôles de grand-mère et d'assistante maternelle. Les mères occupent une grande partie de la voie destinée aux visiteurs et admirent différents modèles. Elles ne mesurent pas l'impact de leur cargaison : un embouteillage s'est formé à leur niveau mais les passants n'en semblent pas contrariés. Ici les gens prennent le temps et contournent la poussette et le landau sans aucune remarque désobligeante envers les potentielles acheteuses. La musique prédomine. Elle couvre maintenant les bruits de la foire.

Tout à coup le tonnerre se met à gronder. Il tambourine dans un bruit lourd et menaçant. Mon mari stoppe son ascension. Je fais de même et lève la tête pour quémander un répit. Un éclair traverse les nuages devenus noirs de part en part et déchire le ciel sombre en veines brillantes et éphémères. L'orage rugit plus fort. Avec lui, le ciel crache une pluie puissante qui déferle sur nous comme une furie. Malgré tous nos pronostics favorables, la malicieuse a jeté son dévolu sur les rues bondées de ce village, entraînant une vraie pagaille au sein de cette manifestation en plein air.

La musique se tait.

D'un seul coup, les gens se mettent à courir dans tous les sens. Un enfant, haut comme trois pommes, hurle de frayeur. L'une des mères du stand des bodys s'accroupit aussitôt près de lui, le prend dans ses bras et détale telle une bête apeurée. Les autres mamans prennent congé aussi, très vite. Les ados que j'avais croisés tout à l'heure reprennent la rue en sens inverse. Ils rebroussent chemin, nous dépassent, slaloment, poussent à fond sur les roues des rollers et rabattent tour à tour leurs capuches de sweat sur leurs épaisses chevelures en bataille. Un homme, caché sous un journal qu'il tenait à la main me bouscule. Il s'excuse sans même me regarder et accélère son pas.

Les visiteurs désertent rapidement les ruelles, comme des villageois du Moyen Âge terrifiés par l'arrivée d'un proche assaillant. Les blousons se ferment, les capuches surgissent et les parapluies tentent une apparition avec peu de succès en réalisant l'arrivée d'un vent brusque qui se lève. Leurs toiles plient devant la violence des bourrasques. Les exposants abritent au mieux leurs marchandises à l'aide de bâches vertes et transparentes. Leurs gestes vifs et précis montrent qu'ils sont habitués à gérer les aléas de la météo et les contraintes d'une exposition au grand air en toutes saisons. Les intempéries modifient totalement le programme de notre après-midi.

— On décolle, m'intime Christophe en effectuant un demi-tour. Il me prend le bras en passant devant moi et se dirige à toute allure vers le quartier où nous avons garé la voiture.

— Pas si vite !

— Je suis trempé alors on s'active ! crie le leader.

Mes baskets en toile gorgées d'eau couinent en rythme. Je sens les gouttes s'infiltrer dans mon cou, inopportunes. La visière de la casquette de Christophe sert de tremplin. Un filet de flotte ruissèle depuis le sommet de son crâne et se déverse sur mon pantalon. Je fulmine.

Quel sale temps !

Nous repassons rapidement devant les stands en zigzaguant entre les passants plus lents à réagir. Le bout de la rue me paraît bien plus près qu'à l'aller. Normal vu la vitesse à laquelle nous avons parcouru ces mètres au retour. Les habitants se dispersent vers les rues adjacentes en quête de leur voiture ou de leur logement.

Soudain je trébuche sur les pavés humides. Ils glissent sur notre passage, légèrement en pente et je me sens partir vers une destination peu attrayante nommée trottoir. Mes semelles lisses s'excitent en jappant de désespoir. Elles ont pris le pouvoir et imposent à mes pieds une figure acrobatique inconnue du grand public. In extremis je me rattrape, les deux mains accrochées à la carrure de mon mari et retrouve ma contenance grâce à son aplomb. Ses bras toujours enlacés dans les miens, je capte sa force tranquille. Son regard balaye la rue de gauche à droite. Il traverse en me prenant la main. Il a repéré quelque chose. Je le laisse m'entraîner sous le porche en pierre de la librairie à l'abri des intempéries. La grille aux maillons de métal qui protège la vitrine ne nous donnera pas un refuge plus au sec que celui-ci. Je me contenterai donc de cette île face au naufrage de notre après-midi. Le tonnerre tonne de plus belle. Moi aussi.

— Put… j'ai failli dégringoler.

— J'ai vu ça.

— Quelle merde ces bouts de cailloux par terre !

— Ce n'était pas une feinte pour tenter un rapprochement mutuel par hasard ? dit mon mari, moqueur.

— Pfff, arrête de tout prendre à la dérision, Chris, j'aurais pu me casser une jambe.

— Mais ce n'est pas le cas.

— Oui, ben ce n'était pas loin.

J'éternue deux fois de suite.

— Et un rhume en prime, génial !

— Sois pas défaitiste comme ça. C'est juste un CONTRETEMPS comme il y en a beaucoup dans la vie. Coooool !

— Mais notre après-midi balade et prise d'oxygène tombe à l'eau !

— Quelle inspiration dans tes propos, plaisante Chris.

— Ah, ah, très marrant. Je n'ai même pas fait exprès, dis-je boudeuse. Si tu crois que c'est le moment de faire de l'humour.

Mon mari agrippe son poignet droit avec sa main gauche après avoir fait le tour de mes hanches. Il resserre son étreinte et me regarde tendrement. Les gouttes de pluie perlent sur ses tempes et ses joues humides tandis qu'un charmant sourire se dessine au-dessus de son menton mal rasé.

— Mais il n'y a pas de moment opportun pour rigoler, tu sais ! La vie est une farce dont il faut déceler les plaisanteries sinon tu finiras comme une vieille râleuse.

— Tu sais ce qu'elle te dit, la râleuse qui barbote sous la pluie ?

— Qu'il est temps de prendre du temps pour nous avant de nous détester ?

— Mouais, possible, dis-je vaincue.

— Alors tout va bien.

— On va faire quoi maintenant ? dis-je d'un ton plus doux. Un ciné ?

— Si tu veux. Ou bien on se fait inviter chez Ahmed pour un café et un thé vert au citron.

— On ne va pas continuer la journée comme ça.

— C'est-à-dire ?

— On est un peu trempés quand même.

— Ça, ce n'est pas un obstacle, c'est une opportunité, déclare Christophe en prenant une voix mystérieuse.

Ses yeux en fente perdus dans ses pensées et son sourire toujours béat ne me donnent pas beaucoup d'indices.

— Tu restes là, à l'abri. Je reviens dans moins de cinq minutes.

— Mais je…

Il relâche son étreinte et part sous la pluie en direction de la foire que nous venions de fuir. Il court sous ce déluge orageux. Quelle idée lui passe encore par la tête ? Je lui envie cette capacité d'adaptation à toutes les situations que lui impose son existence, le tout avec sa bonne humeur habituelle.

Il a ce grain de folie et cette légèreté qui me font cruellement défaut. Les opposés s'attirent, c'est bien connu.

À l'instant présent, son humour ne me dit rien qui vaille, bien que cette qualité surpasse à mes yeux son romantisme. Heureusement, le romantisme chez les hommes, avec ses codes et ses manières m'ennuie terriblement. Les bouquets de roses et les poèmes liquoreux, ce n'est vraiment pas pour moi. Tout ce mielleux qui déborde de sucre et d'alexandrins me donne la nausée et me coupe l'appétit. Je ne suis vraiment pas gourmande. Ce n'est pas avec de bons petits plats et des discours raffinés que Christophe m'a séduite, il y a si longtemps.

J'en profite pour faire le point sur la situation. J'ai les chaussures baptisées à l'eau claire. Les pieds détrempés. Mon blouson en jeans a quelque peu protégé mon tee-shirt relativement épargné. Quoi que. Je me débarrasse de mon foulard mouillé, l'accroche à l'une des alvéoles de la grille de la librairie et bascule mes cheveux mi-longs sur le devant de mes épaules. La tête penchée sur le côté, j'essore les mèches du mieux que je peux, entre mes doigts glissants. Il ne fait pas trop froid, c'est déjà ça.

Cinq minutes se sont écoulées. L'intensité de la pluie commence à diminuer. Le vent se calme. Le ciel se dégage. Statique, je claque maintenant des dents, engoncée dans mes vêtements mouillés. Le froid attaque mon épiderme pendant que mes poils se hérissent. Un ruisselet d'eau dégouline le long de ma tempe droite et se dirige directement dans mon cou. Mon corps se raidit et je sens mes poings se serrer par réflexe. Dans l'optique de focaliser mon attention ailleurs que sur mon squelette en détresse, je regarde au loin les stands de la foire vidés de leurs visiteurs.

Les vendeurs sont restés, fidèles à leurs postes, peu enclins à fuir devant une météo capricieuse. Il en fallait bien plus pour les amener à renoncer. Une fois leurs marchandises couvertes, les professionnels dépourvus de protection se sont réfugiés chez leurs confrères équipés d'abris. La solidarité est de mise entre eux. Un exemple pour bon nombre d'entre nous. Les gouttelettes de pluie réfléchissent la lumière et confèrent aux bâches recouvrant les étals des éclats brillants. Mes yeux se plissent en rencontrant ces halos de lumière aveuglants.

Mais où donc est passé mon mari ?

Je me hisse sur la pointe des pieds et me grandis un maximum en tentant de l'apercevoir plus haut dans la rue. Aucune casquette en vue. Juste quelques poignées d'audacieux décidés à venir faire de bonnes affaires après cet intermède orageux. Je compte quelques parapluies à l'horizon. La vie reprend déjà dans les ruelles.

Après de longues minutes de patience, j'aperçois enfin Christophe revenir en petites foulées vers moi, les bras chargés d'un gros sac en plastique blanc.

— C'est quoi ce polochon géant ?

Christophe ne me répond pas. Il respire vite. Il malmène le sac et en extirpe un large tissu. Il le parachute dans mes bras d'un geste vif, si bien qu'il manque de m'échapper et de finir sa course dans les flaques d'eau. Après avoir renoué grossièrement les anses du sac en plastique, il le jette près de mes pieds négligemment pendant que j'inspecte ma prise. Du bout des doigts, je la déplie devant moi et reste interloquée en découvrant les détails du produit : au bas du tissu éponge rose pâle, une broderie au fil gris foncé affiche le prénom « Lydia » suivi d'un papillon de la même couleur.

Loin des dernières gouttes de pluie du centre-ville, Christophe reprend son souffle sous notre préau improvisé. Les mains sur les cuisses, il respire rapidement, les yeux rivés sur le sol marbré. Je patiente.

Face à mon peu d'enthousiasme, il retire sa casquette qui goutte au sol, me la tend et sans attendre mon aval, m'arrache la serviette de toilette des mains. Je prends sa casquette, sceptique, et lui décoche un regard interrogateur.

— Démonstration ! claironne-t-il.

Il frictionne son visage puis sa chevelure détrempée à l'aide de la serviette rose. Je reçois d'infimes gouttes d'eau sur le front que j'essuie avec le revers de ma main.

— Bonne idée, cet achat impulsif.

— Ah, tu vois. Il vaut mieux avoir été pris au dépourvu par le temps ici, plutôt que durant un concert au milieu d'un grand champ labouré. Les pieds dans la boue, ruisselants de pluie, on aurait perdu la musique et notre euphorie, tous les deux annulés par les intempéries.

— Tu es un drôle de bonhomme, Christophe Chevalier.

— Je sais. Alors que là, on se sèche car on trouve des solutions sur place. Tiens, c'est ton tour.

Il me jette le tissu moite et poursuit.

— Et puis, on continue notre journée avec un programme tout aussi intéressant.

— Ah oui, on fait quoi, alors ?

Je lui rends sa casquette et sèche ma chevelure à présent bien emmêlée.

— Tu verras.

— Et qu'est-ce qu'il y a dans ce gros sac ?

— Les opportunités dont je t'ai parlé tout à l'heure. Allez suis-moi, on bouge.

Il remet sa casquette, attrape l'encombrant bagage, le met à califourchon sur son épaule et me prend la main en me tirant vers la rue. Je le suis quelques pas avant de renoncer.

— Attends, lui dis-je en lâchant sa main.

Il s'arrête, me scrute sans comprendre pendant que je retourne sous le porche de la librairie. J'installe la serviette éponge autour de mon cou puis soulève ma chevelure pour qu'elle déborde par-dessus. Une véritable sportive après un match de boxe, forcément perdu face à un adversaire naturel hors catégorie. Je récupère mon foulard agrippé à la grille, le fourre dans ma poche de blouson et cours glisser à nouveau ma main dans celle de Chris, robuste et surtout enfin sèche.

La pluie est devenue fine et silencieuse, caressant la ville après un affront plus redoutable il y a à peine une demi-heure, comme pour s'excuser d'avoir semé le chaos dans nos emplois du temps. Le vent est tombé. Les nuages noirs ayant été balayés vers une autre destination, la couleur du ciel gagne en luminosité. Je pourrais qualifier cette clarté de maigre consolation face à notre virée chez les artisans anéantie par les chutes du Niagara, mais mon expérience auprès de Christophe m'intime de croire que son imagination et sa positive attitude auront le dernier mot. Que manigance-t-il ?

Nous prenons à gauche à l'angle de la cordonnerie, puis tout de suite à droite sur un grand axe de plusieurs centaines de mètres. Nous progressons tous les deux, main dans la main en évitant les bains d'eau supplémentaires proposés par l'architecture de la ville. Les corniches ruissellent sur les murs de pierre et de brique. Je tente d'esquiver les flaques d'eau au sol tandis que mon mari prend un malin plaisir à choisir celles qui semblent les plus profondes afin de marcher dedans. Qui sait, une petite madeleine de Proust refait peut-être surface en cet après-midi pluvieux ?

Nous arrivons sur une grande place dont les pavés de pierre luisants me rappellent ma dernière glissade, grotesque, à la sortie de la foire. Je prends donc toutes les précautions pour ralentir notre allure. Christophe se laisse faire sans la moindre protestation. En l'absence de circulation, nous marchons sur la chaussée afin d'éviter les éclaboussures des gouttières des immeubles. Je n'ai pas la moindre idée de notre destination. La visite culturelle de ce village sous une pluie fine, sans parapluie ni vêtements adaptés, me paraît peu probable.

Le bruit d'une sonnette attire tout à coup notre attention. Trois fois elle retentit dans le calme de la rue, nous obligeant à nous arrêter et nous retourner. Une femme en vélo pédale dans notre direction. Equipée d'une cape de pluie jaune bouton d'or, on voit à peine son visage, dissimulé sous une large capuche. De rares mèches de cheveux roux s'échappent et tourbillonnent dans l'air à leur guise.

D'un geste rapide de la main, elle lâche le guidon, tire d'un coup sec sur sa coiffe, puis ramène de nouveau sa main sur la poignée du vélo. À croire qu'elle m'a entendue. Une longue chevelure rousse, ondulée, jaillit en tombant de part et d'autre de son joli visage ovale parsemé de taches de rousseurs. Ses lèvres fines et rosées ressortent sur sa peau claire et son petit nez retroussé lui donne un air enfantin. Droite comme un piquet, sa grande toile cirée vole autour d'elle tandis que l'eau éclabousse de part et d'autre de ses pneus sur la chaussée. Nous nous écartons d'un pas en arrière et remontons sur le trottoir afin de laisser circuler la passagère et sa bicyclette.

— On se pousse, joli p'tit cul, lance-telle en rabattant sensuellement une mèche de cheveux derrière son oreille, un clin d'œil complice vers Christophe.

— À vos ordres, énigmatique inconnue, lui répond-il.

— Merci Beau brun! s'exclame-t-elle en enveloppant sa voix de chaleur, un regard langoureux vers mon mari.

— De rien Belle Demoiselle ! lui crie-t-il, radieux.

— Mais surtout faites comme si je n'étais pas là !

Je peste ouvertement envers mon mari, retirant ma main de la sienne. La bicyclette s'éloigne déjà.

— Tu ne vas pas jouer les jalouses ? fait-il, taquin.

— Je ne suis pas jalouse.

— Ah oui, et cette fausse mine contrariée, elle vient d'où ?

— Tu n'es pas un gentleman !

— Non. C'est un fait que je ne revendique pas, c'est certain. Beaucoup trop coincé à mon goût.

— Et tu préfères me blesser ?

— Tout de suite les grands mots… Je suis flatté, c'est tout. Tu sais bien que tout ceci n'est qu'une farce.

— Oui et bien ce n'est vraiment pas drôle car c'est moi le dindon de la farce !

Mon mari éclata de rire. Il balance sa tête en arrière, sa casquette tombe sur le sol. Son pied heurte la bordure du trottoir et l'appel du vide est instantané. Il manque de perdre l'équilibre, son lourd sac en plastique toujours vissé sur l'épaule mais ne semble pas perturbé pour autant. Il rit à gorge déployée et se délecte de ce moment que je lui offre sur un plateau.

Serais-je comique sans le savoir ? Sûrement pas.

Le sérieux est mon corset de chaque instant et me coupe même parfois la respiration. « Un peu de tenue, ma petite-fille ! » me rabâcherait ma grand-mère.

En notant sur mon visage mes traits crispés et mon regard ravageur, il sortira sûrement de sa bulle comique assez rapidement. Il se penche, ramasse sa casquette entre deux rires et m'entraîne sous les arcades situées à deux pas de nous afin d'échapper aux gouttes de pluie fines. Les piliers et les colonnes s'alignent tout autour de la place et abritent toutes sortes de commerces pour la plupart fermés en ce jour dominical.

La demoiselle et son destrier sont déjà loin, mais je suis presque sûre de l'avoir entendue glousser de plaisir avant de s'échapper, satisfaite de sa répartie. La garce ! Je suis certaine qu'elle a fait exprès. Il ne pouvait pas en être autrement. Elle ne pouvait feindre de ne pas avoir remarqué que Christophe et moi arpentions la chaussée main dans la main. La rue est longue et droite, sans ruelles d'où elle aurait pu débouler. De son perchoir et sur plusieurs mètres, elle avait bien calculé son coup et préparé sa réplique pour me mettre dans l'embarras. C'est gagné, je marche au quart de tour, je cours, même. Je déteste ne pas maîtriser une situation, surtout un imprévu d'un mètre quatre-vingts aux cheveux de feu.

À propos de feu, le mien se lit à ce moment-là dans les yeux que je destine au beau brun. Les narines frémissantes, je le fusille du regard. Il s'amuse. Mon mari est un intarissable joueur dont la vie est un monstrueux prétexte à la plaisanterie. Détecter des opportunités et les exploiter. Voilà dans quoi il excelle. Trouver des pirouettes et des jeux de mots, faire résonner les percussions de sa batterie et la magie des phrases qui vous font ressentir des émotions. Voilà ce qui l'inspire. Prendre une situation inopinée, désastreuse aux premiers abords et y ajouter un peu de distraction. Voilà ce qu'il aime. Oui c'est ça, un brin de désinvolture pour un brun au séduisant postérieur. Rien ne pouvait lui faire plus honneur que deux jeunes femmes à ses pieds, en compétition pour mériter son attention et ses faveurs.

Et puis quoi encore, elle peut se rhabiller cette rouquine en toile cirée aux allures de peau de banane géante ! Je vais lui balancer un caillou dans les rayons de ses roues de vélo et on va voir si elle le garde encore longtemps, son joli minois de prétentieuse ! Au programme : un vol plané sur cinq mètres, suivi d'un atterrissage sur les dents couplé d'un ravalement de façade au sol sur trois mètres et enfin un crash à travers la vitrine située en bas de la rue. Pourraient donc se succéder pour mon plus grand plaisir, un démêlant à l'eau boueuse, un détartrage au bitume, un soin décapant des ongles au sable noir, un gommage aux gravillons et verre pilé, un masque désincrustant au ciment, petite variante de la formule au charbon et oust, finie la belle gueule d'ange aux intentions de furie captivante.

Mon mari rit toujours. Son rire résonne désormais sous les arcades et amplifie mon mal-être. Soudain, il se tait. De sa main libre, il tire sur la taille de son pantalon comme si sa ceinture ne remplissait plus sa fonction puis pose sa lourde charge à terre feignant de refaire son lacet. Tactique évidente de retranchement face à une possible attaque par le feu.

Mon mari compose avec mes défauts, il sait combien mon humour et ma flexibilité sont limités. Si bien qu'en apercevant l'embrasement de mes yeux encore en activité après plusieurs minutes, il se doute que ce feu pourrait désormais jaillir par ma bouche en fournaise ardente, comme un dragon furieux. Des paroles brûlantes, dont je me sentirais prisonnière, émaneraient de ma colère tant que je serais dans cet état d'esprit. Le problème résiderait dans les futurs regrets, amers et récurrents après la bataille. Je remercie intérieurement mon mari d'avoir reconnu les signes de mon agacement. Il sait que cette folie colérique s'empare d'une partie de moi et prend le contrôle de ma raison, désespérée de ne plus être aux commandes.

— On est bientôt arrivés, objecte Christophe sur un ton neutre en remettant sa casquette en place.

Mon mari ne s'excuse jamais. Moi non plus d'ailleurs. Une fois la tempête passée, le soleil refait son apparition, tout simplement.

Christophe récupère son fardeau et m'attrape la main. Il contourne des tables et des chaises bistrot en acier noir entassées contre la devanture d'un café. Fermé. De grosses chaînes aux maillons soudés les gardent captives jusqu'au retour du propriétaire des lieux. Nous marchons droit devant, protégés par ces arcs en pierre réguliers, magnifiques, d'un autre temps. Un travail qui touche à la perfection quand on pense aux moyens dérisoires que possédaient jadis les bâtisseurs comparativement à notre époque moderne. Des génies de la maçonnerie cintrée ont donné des allures de cathédrale à une simple allée bordant la place principale.

De ma position, je ne vois pas encore le bout du tunnel qui repart forcément vers la gauche à un moment donné, puisqu'il en fait le tour sans discontinuité. Je ne distingue qu'un trou noir minuscule au bout de mon horizon. Au-dessus de nos têtes, une alternance de formes blanches et de lignes géométriques rouge brique s'alignent les unes derrière les autres, créant une atmosphère à la fois reposante et rassurante, comme si l'infini se dressait devant nous, à notre portée. Je m'impatiente.

— On va où ?

— Chez un copain.

— Tu en as des milliers, lequel ?

— Tu ne le connais pas, c'est un ancien collègue de boulot.

— De quel boulot tu parles, Chris ? Tu en as eu des dizaines.

— N'exagère pas, tout de même. Je n'ai pas eu tant de jobs différents, si ?

— Tu es un véritable caméléon, un génie qui peut prendre n'importe quelle identité.

— Je vais gonfler des chevilles avec un tel compliment, claironne-t-il sans ralentir.

Une chanson vient à mes oreilles. Un son aux tonalités chaudes chargées de soleil, de tambours et d'instruments à cordes. Une voix féminine court dans les aigus et résonne sous les arcades. Les rues sont plutôt désertes depuis le début de l'orage. Nous n'avons aperçu que de rares badauds dans les ruelles, pressés de rentrer chez eux. Si le reste des boutiques, closes en ce jour de pluie, demeure sage et inanimé, il n'en est vraisemblablement pas question tout au bout des arcades.

La musique provient bien de l'animation que je devine au loin. À mesure que nous nous rapprochons de cette musique orientale dépaysante, je perçois la présence de plusieurs personnes sous les arcs et une partie de la place, au grand air. De petites silhouettes s'animent et gesticulent dans tous les sens, y compris sous la pluie, tandis que de plus grandes restent immobiles à l'abri. Nous marchons droit dans leur direction. L'endroit recherché par Christophe doit se trouver au-delà de ce rassemblement. Nous devrons sûrement le traverser.

Quelques pas. Ma vision se clarifie. Des enfants dansent au son de cette musique forte, des femmes vêtues de vêtements aux drapés voluptueux sont assises autour de petites tables rondes. Encore quelques pas.

Les températures sont douces mais je n'arrive plus à apprécier cette sortie virant au fiasco. À cause de l'humidité prête à me glacer le sang et les veines, je commence à regretter d'avoir organisé un tel bain de foule devenu un bain de flotte sans crier gare. Me priver de mes enfants, avec lesquels je me flagelle de ne pas passer assez de temps, et sortir de mes habitudes était déjà une épreuve en soi mais, je ne m'attendais pas à ce que les évènements prennent cette tournure-là ! Je me répète que c'est pour le bien de notre couple. Pour mon bien.

Une sensation glaciale pénètre doucement mes os en profondeur pendant que ma peau en surface se hérisse, paniquée, de façon fulgurante. La chair de poule m'envahit, n'épargnant aucune zone de mon organisme. Ce réflexe pilo-moteur est-il dû uniquement aux conditions météorologiques à l'extérieur de mon corps ou bien également au chamboulement en cours à l'intérieur ? Le mot « échec » résonne dans ma tête et je tente désespérément de le chasser. Je commence à avoir très froid, en proie à ces vêtements mouillés et ces chaussures détrempées dont je me serais bien démunie au profit d'un bon vieux jogging chaud et moelleux ainsi que de grosses chaussettes en laine de mouton.

Voilà, c'est ça, je suis recroquevillée dans un chalet en haute montagne, les pieds coincés dans les gros coussins rouges à liserés dorés d'un confortable canapé. Ces larges bras charnus me réchauffent et me revigorent après cette journée dans la neige. Face à moi, une cheminée habillée de pierres blondes naturelles et des meubles en bois brut donnent un cachet rustique à la pièce. Le charme authentique et chaleureux du chalet contraste avec le vent glacial qui siffle au dehors. La neige s'est installée sur la station de montagne et je me repose devant un bon feu de cheminée, une tasse de chocolat chaud à la main.

— C'est là, revendique Christophe, me faisant reprendre pied dans la réalité.

Je regarde attentivement devant moi. Des enfants dansent et chantent en s'échangeant des regards amusés, s'éclaboussant avec les flaques d'eau laissées par l'averse. Certains déambulent même sous la fine pluie en dehors des arcades, les cheveux suivant leurs déplacements rapides et harmonieux. Robes, bermudas, tongs. Pas de vêtement de pluie, pas de chaussures fermées, aucune protection contre les intempéries. J'hallucine ! Insouciants, ils écartent les bras en étoile de mer et tournoient la tête levée vers le ciel. Je suis partagée entre le plaisir de les voir ainsi et la frustration de vouloir les vêtir plus chaudement de toute urgence. Non mais ça ne va pas la tête de laisser ces pauvres gamins dehors, sous la pluie, sans tenue et godasses adaptées à la météo ! Elles sont où, les mères ? Ils vont s'enrhumer ou attraper mal, les parents sont inconscients ! J'entends leurs rires couvrir le son de la musique qui résonne.

Elle provient d'un vieux poste de radio posé sur des étagères derrière la devanture d'une épicerie. « Ouvert » d'après le message du panneau accroché à quelques centimètres du transistor. La porte du magasin est ouverte en grand, ce qui permet à la musique de retentir au dehors avec plus d'intensité pour accompagner les danses des enfants. Quatre femmes, sûrement les mamans, discutent devant un service à thé vert et or posé sur des tables rondes. Elles portent des djellabas longues et amples, de différentes nuances de rose et d'orange, un vrai dégradé de coucher de soleil en plein été. Je ne peux pas m'empêcher de penser que ces robes et ces foulards drapés leur permettent de ne pas avoir froid. Elles ont de la chance, j'envie leurs jolies tenues, souples, pratiques et surtout sèches !

Je reconnais la langue arabe en arrivant à leur niveau, quand notre progression rectiligne et rythmée est soudain interrompue par un changement de cap abrupt sur la droite. Mon mari vient d'effectuer un virage à quatre-vingt-dix degrés. Certes tout en maîtrise, il me rend pourtant momentanément chancelante, le temps de retrouver tous mes appuis.

Il vient d'entrer dans l'épicerie d'un pas décidé, après avoir salué les dames devant l'entrée d'un signe de tête. Je me laisse guider et ne pose aucune question. Enfin presque.

— Mais qu'est-ce qu'on fabrique ici ?
— On va voir un copain, je te l'ai déjà dit.
— Mais il fait ses courses ici, ton…
— Lou, arrête avec tes questions, me reproche Christophe.

Un tantinet excédé, il lâche son baluchon à mes pieds puis s'enfonce dans le magasin en me laissant sur place en proie à mes élucubrations les plus farfelues.

— Je n'y comprends rien, dis-je plaintive en le voyant s'éloigner de moi.
— Alors ne dis rien et laisse couler…, supplie presque le meneur.

Christophe déteste lorsque je lui demande plusieurs renseignements à la suite. « Où va-t-on ? Combien serons-nous ? Et il y aura qui ? On mangera quoi ? On rentrera à quelle heure ? C'est quoi le programme de la soirée ? » Il s'agace de devoir justifier mes interrogations et me répète inlassablement que la vie n'est pas un immense planning à définir en permanence. Il ne fonctionne pas comme moi et aime s'abandonner au destin. Il pense que je me gâche la vie avec tous ces facteurs impossibles à maîtriser en permanence et que réfléchir à tous ces paramètres est une perte de temps et d'énergie.

Mais j'en ai à revendre de l'énergie ! Et puis je suis comme ça, j'ai toujours été comme ça. La rigueur et l'organisation me rassurent et me permettent d'appréhender le monde avec plus de visibilité.

La boutique est incroyablement sens dessus dessous. Un bazar à l'état pur. Des étagères bondées de milliers d'articles jonchent la totalité des murs de ce parallélépipède, sans oublier la vitrine, agencée selon la même stratégie de rangement. En levant les yeux, je remarque même des banderoles en corde sillonnant le plafond, accrochées par je ne sais quelle technique adaptée à l'infrastructure. Une succession de paniers, dessous de plat, corbeilles en osiers menace de tomber du plafond, accrochée par des cordes tendues. Toutes les tailles et toutes les formes sont de mise. Des lianes utilisées pour exposer ce grand déballage de vanneries dont certaines traditionnelles cohabitent avec des modèles plus modernes.

Chaque centimètre carré est exploité, aucun endroit n'est vacant. Devant la vitrine s'entassent des boîtes de conserve. À côté, un meuble haut contient des gâteaux, des sucreries et des barres de céréales. Au sommet trône le poste de radio, un tas de papier cornés et des prospectus prenant la poussière. La musique s'embourbe dans la boutique à défaut de la luminosité. Seul un faible halo de lumière arrive à passer à travers la vitrine transformée en barricade.

L'atmosphère est peu rassurante. Lugubre est le mot qui me vient. Sur la gauche et jusqu'au plafond, on aperçoit des boîtes en cartons et des sachets. Riz, semoule, farine, sucre… C'est fou de stocker autant dans un si petit commerce de proximité.

Une vraie caverne d'Ali Baba au milieu de laquelle plusieurs étalages de thé, de miel et d'épices occupent l'espace au sol sur des meubles encombrants. L'air se remplit de senteurs de l'Orient et mes yeux s'arrêtent sur un assemblage de couleurs digne d'une palette de peinture. Les épices se succèdent dans des sacs ouverts à la vue de tous, gingembre, safran, curcuma, paprika… Ces odeurs chatouillent mon nez peu habitué à voyager dans de nouvelles contrées. Les souks marocains se sont invités ici, les notes de musique et la chanteuse envoûtante parachèvent ce tableau dépaysant à souhait. L'inconnu me met mal à l'aise. Mais pourquoi sommes-nous ici ?

Comme si Christophe captait mes réticences et mon embarras grandissants du fond du magasin, il réapparaît à peine quelques minutes plus tard, accompagné d'un homme qui se veut accueillant grâce à son sourire figé. La trentaine. Sourcils noirs brossés en fines virgules. Cheveux noirs, en brosse sur le dessus du crâne mais rasés sur la nuque et autour des oreilles, accentuant leur léger décollement. Yeux noirs et brillants capables de vous hypnotiser. Du noir, encore du noir. Cette couleur, sombre et dure pour la plupart des mortels, projette sur lui un magnétisme et un charme fous. Son teint halé met en valeur cette couleur profonde qui lui va si bien.

— Lou, je te présente mon ami et ancien collègue de travail Ahmed.

— Bonjour, je suis heureux de faire ta connaissance, énonce le jeune homme en me tendant une main amicale. Bienvenue dans l'épicerie de mon père.

— Merci monsieur, dis-je en la serrant.

— C'est Ahmed, juste Ahmed si tu n'y vois pas d'inconvénient. En plus, je suis presque sûr de t'avoir déjà croisée.

— Ah bon, mais où ? intervient Chris.

— Hum hum... marmonne-t-il un doigt sur ses lèvres ourlées.

En proie à un exercice de remémoration, je surprends ses billes noires partir loin derrière moi, à la recherche rapide d'un évènement passé enfoui.

— Tu crois ?

Christophe met les mains dans les poches arrière de son jean et transfère tout son poids sur une jambe, un véritable touriste attendant son train sur le quai de la gare. Nous n'osons pas intervenir davantage et gardons la pose quelques secondes. Le train des souvenirs ne se fait pas attendre longtemps, pile à l'heure.

— Ça y est, claironne-t-il, je sais ! Le dernier festival Garorock. Tu étais venue déposer Chris chez mon cousin Walid avec tout son matériel de camping à dix kilomètres d'ici. On partait avec son van et des provisions à profusion pour un week-end de musique non-stop.

— Mais oui, s'exclame soudain mon partenaire en se flagellant le front d'une modeste gifle. Le festival ! J'avais complètement zappé ! Charly et FX nous avaient rejoints là-bas avec la vieille Ford bariolée de FX.

— Ils avaient même oublié de prendre une tente pour la nuit.

— C'est ça et ils avaient fini par dormir à bord de cette charrette des années twist. Ils s'étaient réveillés avec des courbatures partout et la tête à l'ouest.

— Tout comme ton cajón qui n'avait pas été calé correctement au fond du van et qui a eu droit à un vol plané durant le trajet du retour. Est-ce qu'il s'en est bien remis, au fait ?

— Il a toujours un bon son lorsque je tape dessus mais je t'avoue qu'il a gardé une cicatrice de ce périple entre copains.

— Mince alors, je suis désolé, se chagrine Ahmed.

— Ce n'est pas de ta faute, arrête, le défend son interlocuteur.

— C'était quand même le van de mon cousin. J'aurais pu vérifier le chargement.

— Ne t'inquiète pas, c'est oublié. Et puis d'ailleurs, lorsque je passe les doigts sur le trou laissé par l'impact, je ne peux m'empêcher de me remémorer ce week-end de folie passé ensemble. Nos cris dans le public, nos montages de tentes épiques, nos échanges apocalyptiques en anglais avec nos voisins sidérés par notre richesse de vocabulaire se résumant à

« *drink, eat and sleep* ». Tu imagines tout ce qu'on peut créer à partir d'un simple morceau de bois ? De la musique, des émotions, des rencontres.

— Finalement, il est bien où il est, cet accroc.

— Tout à fait mon ami. Nous sommes tous des cajóns uniques, un peu cabossés par la vie mais remplis d'une musicalité et d'une créativité prêtes à être révélées selon les envies, le parcours et la sensibilité de chacun.

— J'aime bien ton image.

— Je me sens inspiré aujourd'hui, tu as vu ça !

— Lou doit se sentir un peu seule face à notre conversation de vieux nostalgiques, ajoute-t-il à mon égard.

— D'ailleurs on aurait pu t'éviter cette discussion, dit mon homme en posant sa main sur mon épaule. Nous nous sommes vus avec Ahmed pas plus tard que la semaine dernière lors du stage de percussions organisé par Darryl et l'ancien batteur du groupe « Les Musicos clandestins »

— Ce gars a un rythme d'enfer avec des baguettes dans les mains, ajoute Ahmed.

— Je te le confirme, me dit Chris d'un ton mordant, il n'y a pas que dans la musique qu'il sait tenir des baguettes.

Je ne réagis pas. Comme d'habitude, j'ai manqué un truc. Je sens bien que quelque chose m'échappe lorsque mon regard se pose sur le visage indéchiffrable de mon homme. Ahmed, au contraire, gonfle la poitrine, pouffe de rire et tape aussitôt dans le dos de Christophe avant de rétorquer :

— Ah, toi et tes jeux de mots ! Tu pourrais en faire des sketches !

Mais qu'est-ce que j'ai encore loupé ? Je me noie dans un océan de questions, les traits tendus, le regard impassible. Le blagueur a enfin pitié de moi et m'attrape vigoureusement les deux épaules pour me connecter à lui. Lorsque nos regards se croisent, il en vient aux aveux :

— Ce batteur est à la tête d'une chaîne de boulangerie ! Les baguettes, c'est son rayon, autant dans la musique que dans son boulot.

Ahmed rit nerveusement, sûrement à cause de ma tête déconfite. Je me sens un peu bête mais ces deux-là ne m'en tiennent pas rigueur. Afin de briser la glace, je tente une excuse de circonstance.

— Mes neurones ne s'activent plus à cause du froid et de l'humidité imprégnés dans mes vêtements.

Ahmed nous dévisage de la tête aux pieds et prend conscience de notre accoutrement.

— J'étais tellement content de votre visite que je n'avais pas vraiment réalisé, mais vous êtes trempés, c'est vrai ! Vous ne pouvez pas rester comme ça, je vais demander à…

— Je sais que tu as le cœur sur la main, le coupe Christophe, mais j'ai tout prévu, sauf un coin au sec pour se changer. Tu aurais ça sous la main ?

— C'est la boutique de mon père, mais j'en connais tous les recoins. Je sais où vous pourrez être à l'abri des regards. La réserve fera l'affaire. Suivez-moi.

Ahmed se dirige vers le fond du magasin. Christophe charge son lourd colis et nous lui emboîtons le pas en bredouillant un « merci », trop heureux d'entrevoir enfin une issue à notre balade sans parapluie. Je retrouve la sensation de mes pieds appuyant sur mes semelles spongieuses et le couinement de la gomme sur le lino défraîchi. J'ai hâte de prendre une douche bien chaude.

À défaut de salle de bain, Ahmed nous fait passer sur la gauche, derrière un grand comptoir.

Un vieil homme apparaît.

— Je me suis dit que tu avais peut-être besoin d'aide, dit-il en s'approchant.

— Ce sont des amis, Papa.

— Le thé est froid.

— Je le réchaufferai tout à l'heure.

— Ta mère s'impatiente. Tes tantes voudraient te dire au revoir avant d'être raccompagnées à la gare.

— J'arrive dans un instant. En attendant, je te présente mes amis, Christophe et sa femme Lou. Ils ont été surpris par l'orage et la pluie ne les a pas épargnés.

Lorsque ce petit homme lève les yeux sur nous, un regard doux et une attitude empathique gomment tout de suite l'intonation sévère entendue quelques instants plus tôt. Il nous tend une main empreinte de fragiles ridules et se redresse.

— Bonjour. Soyez les bienvenus dans ma boutique. Je ne savais pas que mon fils avait de la visite sinon je vous aurais proposé de venir boire le thé en notre compagnie. La maman et les tantes d'Ahmed sont installées dans notre appartement, juste derrière la porte que je viens d'emprunter, après la colonne de lait. Pouvoir travailler et vivre au même endroit est une chance. Mais vous êtes trempés ! réalise-t-il tout à coup.

— Oui, nous avons…

— Ahmed, me coupe-t-il furibond, la main de madame est glacée ! Tu ne peux pas laisser tes amis dans un tel état, voyons ! Quelle éducation nous t'avons donnée, enfin, ta mère et moi !

— Calme-toi, Papa. J'étais justement en train de les installer dans la réserve pour leur permettre de se changer et de…

— Va donc les installer dans l'appartement et donne-leur des vêtements propres, je te prie.

— Oui Papa.

— Je tiens la boutique, va !

— Merci pour votre accueil, intervient Christophe.

— Oui, merci beaucoup, monsieur.

Comme pour chasser les mouches, il agite ses mains en l'air à notre attention et dessine une furtive grimace sur son visage, puis se dirige vers un présentoir où il redresse certaines affiches malmenées par des doigts indélicats.

Ahmed nous fait signe de la tête et nous nous dirigeons vers l'entrée de l'appartement, cachée par deux ou trois rangées de paniers en osiers aux lanières de cuir. Nous passons devant la balance et l'ordinateur, devant le vieux et le jeune. L'expérience et la jeunesse semblent se côtoyer et s'accommoder l'un, l'autre.

Après un étroit sas dans lequel s'accumule un nombre non négligeable de cartons et de bouteilles en tout genre, Ahmed ouvre une porte donnant sur une petite cuisine dont on devine le salon en prolongement.

— Ahmed ! s'exclame une dame en train de manipuler une bouilloire sur le gaz. Enfin te voilà !

Chris se déchausse, je suis le mouvement. Ahmed nous présente sa mère, sa sœur et ses tantes assises au salon. Il échange quelques mots sur la situation et nous conduit dans ce qui ressemble à l'espace nuit. Mes pieds ronronnent en piétinant les tapis épais aux couleurs chaudes qui nous amènent jusqu'à une chambre assez étriquée, équipée de deux lits simples et décorée modestement.

— Voici ma chambre et celle de mon frère. Je n'y dors plus très souvent car j'ai un studio pas très loin d'ici, mais c'est très pratique lorsque je travaille à la boutique.

— Tu as laissé tomber ton boulot ? demande Christophe en posant son encombrant fardeau sur l'un des lits.

— Non, non pas du tout. Je fais toujours des remplacements, mais j'aide aussi papa à la boutique dès qu'il est possible de me libérer. Mon frère est parti faire ses études sur Limoges. Il ne peut plus donner un coup de main le week-end.

— Je comprends.

— Papa n'est plus tout jeune, vous savez mais il n'est pas prêt à réduire les heures d'ouverture de la boutique !

— Il semble savoir ce qu'il veut, dis-je prudemment.
— Oh oui ! Un homme parfois rustre mais juste, un vaillant travailleur.
— Merci encore, Ahmed, de nous ouvrir ton repère familial.
— Avec plaisir, mon ami. Souhaitez-vous des habits propres ? Ma commode est derrière toi, Chris et je peux demander à ma mère d'emprunter une tenue de la garde-robe de ma sœur pour ton épouse ?
— Ce n'est pas la peine, j'ai tout prévu.
— Alors je vous laisse vous changer. Je retourne à l'épicerie au cas où papa aurait besoin de moi. Même si c'est dimanche, nous avons des habitués qui aiment passer et discuter du temps qui passe… et qui mouille ! ajoute-t-il avec un grand sourire.

Il s'éclipse et ferme la porte derrière lui. Je lorgne sur le trésor de Christophe. Il ne me faut pas longtemps pour comprendre ce que contient ce sac lorsqu'il décide de me faire l'inventaire. Je vais émousser les sentiments qui naissent à la vue de l'imprimé du tee-shirt et de son inscription que je contemple, médusée. Dans un premier temps, je ne me formalise pas de ce que je découvre, trop heureuse de me débarrasser de mes vêtements humides. J'enfile ce qu'il me tend sans prêter attention à ses choix de styliste intérimaire. Je n'ose pas imaginer le résultat final mais je suis au sec, enfin, et c'est bien là le principal. Quelle journée ! Une sortie artisanale gâchée, un temps épouvantable et maintenant ça ! Un défilé digne du pire carnaval au monde, merci Christophe, vraiment MERCI !

— Il va falloir organiser ma détention dans cet endroit confiné, dis-je sérieusement en regardant les murs.
— Hein, qu'est-ce que tu dis ? demande mon partenaire occupé à bourrer son polochon de nos affaires souillées.

— Des repas sur plateaux servis en chambre, un chargeur de téléphone et une petite télévision feront l'affaire. Sûre que je pourrai tenir des mois ici, si nécessaire.

Chris finalise sa tâche par un gros nœud renfermant nos guenilles. Il lève la tête et me regarde, dubitatif.

— Tu veux rester ici ?
— Tu as vu à quoi je ressemble ?
— Je ne vois vraiment pas ce qui te déplaît. Nous sommes assortis et je nous trouve au top de la mode, ironise le coupable.

Christophe porte un pantalon vert foncé et un tee-shirt de Pink Floyd. Il s'empare de ma main, la lève au-dessus de moi et me fait tourner sur moi-même tel un danseur confirmé. J'agrippe de justesse le polyester au niveau de mes cuisses et accepte de me prêter au jeu. Il observe maintenant le résultat.

— Parfait, annonce-t-il.

Je vois la malice pétiller sur ses iris et son rire bouillonner dans ses zygomatiques. Il pouffe, charge son bagage sur son épaule et attrape la poignée de la porte. Il ne me laisse pas revenir à la charge et, en quelques pas, retourne dans la pièce de vie. Je lève les yeux au ciel. Je tire sur les couvre-lits d'une seule main, afin qu'ils retrouvent toute leur prestance. L'autre est incrustée dans le polyester qui couvre ma hanche gauche. Si je lâche le tissu, mon pantalon s'effondre sur mes chevilles. Je respire un grand bol d'air et décide ensuite de rejoindre les autres au salon. Ils sont tous debout en train de converser avec Christophe autour de la table basse.

— Comment ça, elle ne se trouve pas jolie ? interroge la propriétaire des lieux.
— Bizarre, se méfie son fils Ahmed.
— Une si charmante jeune fille, revendique une des tantes.

Je les entends faire des commentaires me concernant.

Mon arrivée, avachie sur moi-même, les genoux arc-boutés, provoque un malaise car les paroles de l'assemblée se fondent rapidement entre les fils de laine des tapis situés au sol. Tous les regards convergent bientôt vers moi. Personne ne bouge. Je fais la moue. Je ne pensais pas que le ridicule avait le pouvoir de figer les gens. Malheureusement ce pouvoir est temporaire. Je voudrais moi aussi être engloutie par ce tapis oriental moelleux et d'aspect réconfortant.

Ahmed ricane, encouragé par Christophe. Les femmes ne savent pas vraiment quelle attitude adopter.

— Ce n'est pas si mal, ose la maman d'Ahmed.

J'agrippe alors mon pantalon vert bouteille de mes deux mains au niveau des hanches et étire le tissu vers l'extérieur. Il s'étire à l'infini. Les jambes bouffantes de ce pantalon pourraient facilement contenir deux bestioles comme moi. En me redressant, je laisse apparaître l'image incrustée sur mon tee-shirt blanc.

Les femmes sourient avec affection. Les garçons ne ménagent pas leurs compliments, entre deux rires.

— Moi, j'adore, affirme Christophe.

— Une vraie originalité, c'est indéniable ! le soutient Ahmed, rieur.

— Il suffit d'ajouter une ceinture et le tour est joué, argumente la maman d'Ahmed en joignant le geste à la parole.

Elle s'éclipse quelques secondes dans le couloir qui mène aux chambres et revient munie d'un cercle de cuir couleur cognac.

— Puis-je ? me demande-t-elle avant d'intervenir sur mon cas désespéré.

— Avec plaisir, si vous pouvez faire quelque chose, je suis preneuse ! dis-je d'un air penaud.

— Viens m'aider, ordonne-t-elle à sa fille.

Les hommes en profitent pour discuter entre eux. Leur conversation doit sûrement impliquer des tambours ou des percussions.

Je ne sais plus si je dois remercier Christophe pour sa gentillesse et son initiative d'avoir pu nous dégoter de nouveaux habits ou si je dois lui tordre le cou d'avoir agi de façon sarcastique. Je vais jouer les mantes religieuses, l'embrasser avant de le décapiter, l'enlacer avant de le dévorer.

Des mains précautionneuses et attentionnées s'approchent, tirent, défroissent, positionnent, ajustent, égalisent, repositionnent. Elles s'appliquent et terminent leur ouvrage en une dizaine de minutes lorsque je peux enfin retrouver l'usage de mes deux mains sans que mon pantalon ne finisse en bas sur mes chevilles. Gênée, je me confonds en louanges.

— Vous avez sauvé mon honneur, mesdames, je vous remercie infiniment.

— Ce n'est pas grand-chose, à vrai dire, relativise la maman.

Un sourire à peine visible fend le visage de la sœur d'Ahmed. Depuis le début de notre rencontre, elle oscille entre timidité et mutisme. En tout cas sa discrétion me touche, moi qui ne pourrais pas vivre seule et sans voix.

— Je prendrai le temps de vous ramener la ceinture.

— Oh, ce n'est pas grave si vous la gardez. Elle traîne au fond du placard de mon fils cadet depuis son départ et ne sert à personne désormais. Je suis contente qu'elle puisse vous dépanner.

Un sifflement se fait entendre de la cuisine. Je lève les yeux sans en déterminer l'origine. Je regarde ma montre. Déjà 14 h 45. J'ai l'impression d'avoir perdu du temps à gérer ces imprévus et pourtant ici, je me sens bien, c'est étrange.

— Une boisson chaude ? demande Ahmed qui s'est approché. Ma tante Leila a fait chauffer de l'eau pour le thé.

— Non, c'est gentil, répond Christophe, le sac déjà sur le dos. Nous risquons d'être en retard pour la suite de notre journée en duo sans enfants.

— Vous avez des enfants ? s'enquiert la maman, en montant dans les aigus.

— Oui. Deux frimousses de cinq et huit ans.

— Oh, mais il faudra nous les amener lors de votre prochaine visite, ajoute-t-elle guillerette.

— Promis.

— Je suis déçue que vous partiez déjà. Nous n'avons pas pu faire connaissance et boire le thé ensemble.

— La prochaine fois, nous resterons plus longtemps, promis, affirme Chris.

— Quand vous reviendrez nous voir, je vous ferai un plat de chez nous. C'est important de bien manger. Je me demande d'ailleurs si vous mangez assez car j'ai dû serrer votre ceinture bien trop à mon goût. Vous devriez prendre quelques gâteaux avant de partir. Leila va en apporter avec le thé.

— Arrête d'insister, Maman, ils t'ont promis de rester davantage une autre fois.

— D'accord, d'accord, je n'insiste pas mais je suis une mère, c'est normal de vérifier si vous vous nourrissez correctement.

— On ne pourrait pas se passer de toi et de ton excellente cuisine, Maman, la complimente Ahmed en lui déposant un baiser sur la joue. Allez, libérons nos visiteurs.

Les adieux me sidèrent. Comme si nous quittions des membres de notre famille, les uns et les autres prennent le temps de nous souhaiter bonne route, bonne chance ou bon appétit, soulignant ces mots par des embrassades enthousiastes. Seule la sœur d'Ahmed est restée muette et discrète mais son langage corporel parlait de lui-même, à la fois pudique et gai.

Ahmed nous raccompagne dans la boutique de son père que nous saluons respectueusement avant de sortir au grand air. Sur le seuil, nous observons le reste des flaques d'eau hypocrites, la clarté du jour retrouvée, la quiétude de notre après-midi en devenir.

Les dernières gouttes de pluie ont laissé place à un ciel dégagé et de timides éclaircies. Le changement de météo peut être radical en un laps de temps très court dans cette région de France. Les enfants ont chiné la danse sous la pluie contre une partie de touche-touche. Ils sont toujours pour la plupart pieds nus et peu vêtus. Je passe devant les femmes attablées, quitte les arcades et fais quelques pas sur le parvis de la place. Ce grand retour à la luminosité me fait cligner des yeux à peine un instant.

Je remarque un tas de chaussures de petites pointures dans un coin, au pied d'une énorme jardinière en béton noir. Un ou deux gilets gris et une veste rayée mauve et blanc tiennent lieu de couverture au massif de fleurs fraîchement arrosé. Leurs mères ne connaissent pas l'existence des bottes en caoutchouc et des cirés, c'est dingue !

Une dernière accolade avec Ahmed et nous voilà de nouveau en train de sillonner les rues du village. Nos styles sont totalement saugrenus mais la perspective de pouvoir repartir dans des vêtements secs l'emporte sur la gêne. Chris et moi sommes assortis. Pantalons verts. Tee-shirts imprimés. Chaussures de cuir. Des jumeaux dont la fantaisie est d'être habillés pareils.

Nous récupérons la voiture garée à trois rues de notre position. Christophe jette son baluchon dans le coffre et s'installe à la place du conducteur. Je rentre dans le véhicule côté passager et attache machinalement ma ceinture. Au lieu de démarrer tout de suite, Christophe sort son téléphone portable de sa poche. Il m'intrigue.

— Tu fais quoi ?
— Un truc, me répond-il sans lever les yeux de son écran.
— Et… ?
— Je vérifie une info et on y va.
— OK.

Je déteste ne rien savoir. Comme s'il allait m'organiser une surprise incroyable, du genre « départ à Roissy Charles de Gaulle en direction des Maldives ». Je n'aime pas les surprises, je préfère savoir à quoi m'attendre et préparer le terrain. Il est certain qu'avoir les cartes en main est davantage ma tasse de thé. Il a fini. Il dépose son téléphone dans un vide-poche situé entre les deux sièges, actionne les essuie-glaces et entrouvre la fenêtre côté conducteur. Juste deux centimètres afin d'éviter la condensation et aérer l'habitacle. Clignotant à droite. Nous remontons la grande avenue jusqu'à la sortie du village.

La campagne s'ouvre devant nos pneus. Des champs. Des lisières de forêt. Des barrières s'accommodant de fils de fer barbelé. Un troupeau de vaches. Des champs. Encore des champs. Quelques vieilles bâtisses jonchent notre parcours avant de retrouver petit à petit une civilisation plus affirmée. Un concessionnaire d'une grande marque automobile et son parc de voitures. Un magasin de bricolage aux dimensions hors norme. Des véhicules de plus en plus nombreux sur la chaussée. Un éclairage public prêt à remplir sa fonction à la tombée de la nuit.

Une douce voix, mélodieuse et agréable, cloue le bec au chanteur du poste de radio.

— Il peut pas le mettre son clignotant, l'imbécile dans sa fourgonnette ? Allez Ginette, avance !

Christophe s'énerve sur le premier badaud incapable de rivaliser avec un inspecteur du code de la route. C'est toujours la même histoire, mon mari n'a qu'une patience très limitée au volant. La ville apparaît et regorge de tous types de conducteurs.

Un premier rond-point difficile à traverser tant la circulation s'est densifiée. Un deuxième, un troisième et nous voilà sur le parking d'un gros bâtiment aux lettres rouges.

— On est arrivés ?

— Affirmatif, la curieuse, me nargue mon chauffeur en arrêtant le moteur, son coup de gueule déjà loin.

— Ce plan B est une bonne idée.

— Mais je n'ai QUE de bonnes idées.

Nous sortons de la voiture. J'ai un peu de mal à marcher avec ces chaussures mais je n'en fais pas la remarque à haute voix et me dirige le plus naturellement possible vers l'entrée aux côtés de Christophe. Pas sûr que ma démarche soit très éloignée de celle d'un chat en chaussettes.

Je lève la tête. Des affiches aux tailles disproportionnées annoncent les multiples mondes dans lesquels nous réfugier en ce dimanche après-midi.

La sélection est vite analysée, nous connaissons par cœur nos appétences cinématographiques respectives.

Notre dévolu se jette sur un film d'action porté par des acteurs confirmés, dont l'histoire se déroule en grande partie dans le désert. Cet aspect n'est pas anodin quant au choix du film, il est évident que nous cherchons chaleur et dépaysement coûte que coûte. Loin du marasme de la météo du début d'après-midi, il fait bon et j'espère que les paysages de sable fin sauront définitivement nous réchauffer.

Notre budget cinéma est d'habitude proche de zéro. Nous achetons donc exceptionnellement aujourd'hui deux billets et un cornet de pop-corn. Nous déambulons au hasard dans le cinéma, la femme du guichet nous a annoncé vingt minutes d'attente avant notre séance, il va falloir patienter.

Nous restons un moment devant les bandes-annonces des prochains films à l'affiche qui défilent sur des écrans de télévision disséminés dans le hall. À la troisième diffusion en boucle, nous changeons d'activité. Des cris et des rires nous poussent à changer de secteur. Ceux-ci proviennent d'un coin jeux entièrement dédié aux adolescents, près des caisses de l'entrée. On tourne les talons, je manque de perdre une chaussure et rejoins Christophe d'une démarche prudente et animale. Une bande de copains se sont lancés dans une partie de flipper. Ils s'exclament à chaque fois que la bille actionne une clochette, ce qui encourage le joueur, bonnet orange fluo vissé sur la tête, à continuer ses exploits. Les jeunes nous laissent approcher.

— À gauche, à gauche ! hurle Midinette en short, collants et rangers.

— Tu vas pulvériser la machine, Tim, encore un bonus de 150 ! s'enflamme Salopette en jeans.

— Pousse toi, Ka, laisse-moi respirer, le remballe Bonnet fluo.

— Non, non, pas par-là, putain ! vocifère Pantalon cargo multipoches.

— Fermez-la, tente de se concentrer Bonnet fluo.

— Continue, tu vas tout exploser ! aboie Christophe.

Le cornet de pop-corn ne verra pas la salle de projection. Cette authentique scène de théâtre urbain nous a tenus en alerte et notre stock de maïs soufflé n'a pas survécu à l'attaque de deux téléspectateurs affamés. Bonnet fluo savoure son score, il entame une danse de la victoire en remuant son fessier de gauche à droite et tous ses copains l'accompagnent en frappant dans leurs mains en rythme. Mon mari se joint à eux pendant que je racle le fond du cornet de pop-corn. Je ne savais pas qu'il y avait une première partie au cinéma.

Après un court récital, les adolescents se font un check, incluent Chris dans leur rituel et ramassent leurs sacs à dos avant de s'éloigner vers la sortie.

Nous en profitons pour rejoindre notre salle de projection. Elle est assez pleine, surtout la partie haute. Nous nous frayons un passage vers le fond, montons deux ou trois grandes marches et glissons entre deux rangées de fauteuils, tentant de nous placer au centre pour être face à l'écran. Debout, je frôle les genoux d'un groupe de garçons installés et bavards.

— Pardon, pardon, dis-je à chaque enjambée.

— Je te dis qu'elle a pris mon numéro.
— Tu me fais marcher.
— J'te jure, elle a dit qu'elle m'inviterait à son annif samedi.
— Tu te fais des illusions, mec.
— T'es jaloux, c'est tout.
— Nan, c'est pas ça…

Personne ne me répond. Je poursuis ma traversée.

— Pardon, pardon, excusez-moi.
— Pas de souci, me répond enfin l'un d'entre eux.

Il me scrute rapidement de la tête aux pieds. Je lui lance un regard noir. Il détourne la tête dans l'espoir de se greffer à nouveau à la conversation en cours auprès de ses amis et éviter ainsi ma prochaine attaque verbale.

Les deux places que Christophe convoitait nous accueillent avec leur housse rouge au toucher velours. Je m'installe confortablement et effectue un rapide contrôle de mes messages au cas où mes frères auraient laissé une demande urgente concernant les enfants.

Je ne suis pas déçue. Une notification apparaît. Une once d'inquiétude s'engouffre le long de ma colonne vertébrale et se loge dans mon cerveau. Je clique sur le message. Une image s'affiche et un symbole m'invite à lancer une vidéo.

Des hurlements. Mon cœur s'emballe. Je découvre alors des traces de sang, de longues traces rouges que la caméra suit sur plusieurs centimètres. Je n'arrive plus à déglutir. Mon Dieu, que s'est-il passé ? Lequel de mes deux enfants est en train de se vider de son sang ? Un cauchemar et moi, mère indigne, je suis là à me bercer d'illusions sur ces sièges rembourrés au lieu de protéger mes petits. Quelle horreur ! Je me déteste. Quand je pense que j'ai confié la garde de mes enfants à deux éternels adolescents aux mœurs parfois douteuses, non mais qu'est-ce qui m'est passé par la tête pour devenir aussi inconsciente ? Changer mes habitudes et prendre du temps pour moi, et bien voilà le résultat, une visite guidée des urgences et l'Oscar de la culpabilité en prime. Bravo Lou !

Une blessure au couteau sans doute. Je suis sûre que Charly a autorisé les enfants à manipuler ses instruments de mort ce midi. Ils ont dû l'amadouer, comme d'habitude et lui, pauvre tonton sans expérience, il s'est fait berner comme un parent novice.

La caméra suit les traces qui s'élargissent et deviennent une mare de sang, élevant les blessures de ma progéniture au rang d'hémorragies caractéristiques. Des cris. Mon cœur résonne dans mes tempes. La caméra fait enfin un plan plus large et je découvre encore plus de sang. Mon Dieu, ils doivent être dans un sale état mes anges blessés, FX sûrement occupé à établir des points de compression en attendant l'arrivée des pompiers.

Je croyais que j'avais vécu un après-midi cauchemardesque après les ravages de la pluie sur notre organisation, l'humiliation par miss Pouffiasse sur son vélo et ma nouvelle tenue digne d'un numéro de cirque et bien ce n'est rien en comparaison de cette scène d'horreur filmée par mon frère. Je suis prête à bondir.

La caméra bouge à nouveau et s'oriente désormais vers le salon où les cris redoublent d'intensité. Elle confesse alors une réalité toute aussi difficile à voir qu'à entendre : mes deux enfants et FX, filmés par Charly, s'époumonent au milieu du salon. FX, sur une chaise, laisse sa guitare électrique rugir à sa guise et les mains de mes deux jeunes compositeurs virevoltent dans tous les sens pour atterrir sur notre cajón et notre djembé dans un bruit fracassant. Les trois artistes, totalement immergés dans leur créativité inaudible, ne prennent pas conscience de la présence de la caméra embarquée de Charly. Des paroles incompréhensibles d'une chanson, d'un rituel indien ou d'une incantation chamanique, que sais-je, complètent ce tableau assourdissant.

Pas de sang, pas de blessures en jeu, sinon celles de mes oreilles écorchées vives et mon arythmie consécutive au choc des premières images. De la sauce tomate, juste de la sauce tomate. La vidéo dure deux minutes et dix-sept secondes. Elle se termine en plein concert mais je souligne très singulièrement le petit rire crétin de Charly en toute fin de film. Il n'a pas pu s'empêcher de me piéger car il connaît mieux que personne le potentiel de ma crédulité.

Les paroles échangées sur le pas de la porte de la maison ce matin me reviennent en tête. « Spaghettis bolo, et c'est réglé ». Charly s'est inspiré du déjeuner pour m'orienter vers un film d'horreur spécial « maman qui flippe » avec, dans le rôle principal, d'innocents musiciens.

Charly me le payera. Ma tension retombe, ainsi que ma naïveté bien accrochée. Cette dernière cherche désormais un trou de souris dans lequel elle pourrait se cacher, dans l'espoir d'échapper à de plates remontrances envers moi-même.

Je jette un coup d'œil à mon voisin. Christophe surfe encore sur son portable, je vois son doigt établir une gymnastique rodée, en cadence, posé à intervalles réguliers sur l'écran. Je n'ai pas envie de lui parler de cette vidéo. Il donnera raison à Charly d'avoir testé les limites de ma crédulité et se bidonnera de rire à mon égard, non merci.

Sans même répondre à mon bourreau, j'éteins donc mon téléphone portable que je plonge dans ma poche de pantalon. Vu la taille de cette dernière, je devrais parler de coffre plutôt que de poche. Les dimensions généreuses du tissu ont au moins le mérite d'être utiles et fonctionnelles, à défaut d'être esthétiques. Je réfléchis au nombre de points d'exclamation que contiendra mon prochain message à l'attention de mon frère cadet quand la lumière se tamise progressivement. Christophe éteint son téléphone à son tour et étire ses jambes le plus possible sous le siège avant ainsi que ses bras sur les côtés, coudes pointés, mains sur les tempes. Cela ne me dit rien qui vaille. Pourtant, je vais cacher mes pieds sous une épaisse couche de sable fin du désert d'Almeria, le film va commencer.

Les minutes défilent et me relaxent. Le scénario est prenant, le risque d'incident diplomatique est rapidement prédominant mais c'est sans compter sur l'intervention d'un espion de la CIA et son équipe aux talents multiples capable de trouver des solutions à chaque imprévu. J'aimerais les inviter dans ma vie réelle.

Un bruit lourd et régulier attire soudain mon attention. Sur ma droite, Christophe s'est endormi. Même s'il lui plaît de nier cette évidence, je sais bien que les écrans ont un pouvoir d'hypnose sur lui, tant les années à ses côtés m'ont permis de vérifier ce phénomène à l'infini. Voilà pourquoi notre budget cinéma est quasiment nul !

Le retour en voiture vers la maison a été rapide, peu de monde à déplorer sur les routes en cette fin de dimanche maussade. Je suis heureuse de retrouver les enfants après une journée animée et bien différente de ma routine. On peut dire que pour une première escapade, les émotions ont été comme des montagnes russes, si bien que je ne saurais dire si j'ai adoré ou si j'ai détesté ces moments incongrus.

En arrivant dans le hall d'entrée, un petit bonhomme haut comme trois pommes se précipite à ma rencontre. Je m'accroupis pour l'enlacer et à la suite d'une rapide étreinte, les mots se précipitent dans sa bouche.

— M'man, c'était trop bien avec mes tontons, on a fait un super concert dans le salon. On disait qu'on était dans une grande salle de spectacle et que tous nos fans, ils venaient nous applaudir.

— Génial mon fils.

— Et toi, c'était chouette avec papa ?

— Oui, on s'est amusés, dis-je la main déjà sur ses joues afin d'éliminer le sucre des bonbons encore présent.

— Il est où papa ? demande Will en passant sa frimousse au-dessus de mon épaule.

— Il ferme le portail, il arrive.

Rassuré, il reprend sa conversation avec moi.

— Et après, on a été aux jeux, tu sais, ceux où y'a le toboggan.

— Oui.

— On s'est marrés parce que le toboggan était trempé et moi j'ai fait des glissades de malade comme si j'avais un surf, ajoute Will intarissable.

— Ah ! Ce qui explique que tu n'aies pas la même tenue que ce matin peut-être.

— Oui, Tonton Charly il a dit « c'est pas grave, on profite et après on se changera ». Mais toi aussi, t'es pas pareil que avant !

— C'est vrai, dis-je un peu agacée.

Mon fils baisse les yeux.

— Elles sont bizarres tes chaussures, précise-t-il d'un air sérieux.

Je me relève d'un coup et pousse affectueusement l'observateur vers le centre de la pièce, à la recherche des autres membres de cette famille.

William part comme une flèche. Je quitte le hall et transite par la salle à manger pour me rendre au salon. Je ne peux m'empêcher de vérifier l'état de la table du déjeuner en jetant un coup d'œil furtif sur son contenu. Un sac de sport ouvert, une bouteille d'eau entamée et une pile de partitions éparpillée. Rien qui ne laisse deviner la présence d'une scène de crime quelques heures plus tôt. Aucune trace de sang ou de couteau tranchant, les apparences ont été très bien maquillées, mes frères sont des pros.

Le reste de la troupe est regroupé autour de la table basse du salon. Des effluves de sucre caractérisés remplissent l'atmosphère à mon arrivée avant que mon regard ne tombe sur du rouge à portée de main. Décidément, c'est vraiment la couleur de la journée ! Les instruments de musique sont dispersés autour du mobilier et les nombreux câbles électriques jonchent le sol tels des serpents ayant pris le contrôle de mon espace de vie. Alicia et Charly occupent le canapé, Will est à califourchon sur l'accoudoir et FX leur fait face sur une chaise de la salle à manger. Tous à la merci d'une partie de cartes, ils restent concentrés et ne lèvent même pas la tête pour me saluer.

— Bonsoir, mère. Je suis sur le point de mettre la pâtée à ces deux adultes prétentieux, désolée de ne pas être plus expressive à l'annonce de ton retour, annonce ma fille une main pleine de cartes, l'autre au fond d'un saladier de fraises Tagada.

— C'est ce qu'on va voir, petite chipie, la houspille gentiment FX.

Un ballet de cartes passe sur la table puis de main en main à toute vitesse. Chacun semble se débarrasser au plus vite de certaines pour en conquérir d'autres.

— Alors sœurette, sympa votre virée en duo ? m'interroge Charly en jetant deux valets.

— Disons que nous avons dû revoir un peu notre programme de base.

— Rien de dramatique j'espère ? rétorque-t-il toujours absorbé par la partie en cours.

— Non, nous avons survécu à tout. Et ici, rien d'insurmontable ?

— Rien qui nous oblige à débouler aux urgences, couverts de sang, si je puis m'exprimer ainsi, glousse mon frère cadet, un rictus aux coins des lèvres.

— Alors c'est parfait ! dis-je le plus naturellement possible.

— KEMS ! hurle FX.

— NON ! crie Alicia enragée.

— PU… naise, il me manquait un six ! ajoute Charly sur le même ton en jetant nerveusement ses cartes sur la table basse.

Je profite du manque d'intérêt des joueurs pour faire demi-tour.

— Tu vas où ? demande Will.

— Je vais me changer.

— Encore ! s'exclame Will en me faisant part de son regard d'incompréhension.

Sur le chemin je croise Christophe qui ferme le verrou de la porte principale et essuie vigoureusement ses semelles sur le paillasson. Il jette ses clefs de voiture sur la petite console en face de lui et manque de me télescoper au passage.

— Désolé, clame-t-il enjoué, j'ai failli t'incruster l'empreinte de ma clef de bagnole sur la joue !

— Cette douce attention serait l'apothéose de cette formidable journée !

— Tu vas où comme ça ?

— Je vais me changer.

— Encore ? s'étonne mon mari.

Au bout du couloir, une chambre spacieuse révèle un lit double enclavé entre deux tables de nuit assorties ainsi qu'une armoire massive habillée de deux généreux miroirs. Je rentre dans mon espace privé, me dirige vers l'armoire et fais glisser l'un des panneaux sur la droite. Mon choix se porte sur un pantalon en toile beige, une ceinture boucle acier, un pull noir léger col en V et une paire de chaussettes unie. J'envoie valser ces vêtements au pied du lit et referme la porte coulissante sur ma propre image prisonnière du miroir.

Je porte un pantalon ressemblant vaguement à celui d'Aladin, bien trop grand pour moi, bouffant, à la coupe inclassable et pour mettre en valeur ce vert foncé, je suis chaussée de babouches rouges, incrustées de faux diamants au bout pointu. Mon tee-shirt affiche la tête d'une licorne dont l'imprimé brille au contact de la lumière et au-dessous de laquelle figure une inscription des plus inspirantes : « Mets des paillettes dans ta vie ».

Aucun doute, je me change, encore.
.

14

Au-delà des limites

— Salut Gabrielle.
— Bonjour Lou. Tu as pris les deux boîtes de lait infantile premier âge que j'avais mis sur ce ticket ?
Elle brandit un carré de feuille d'environ dix centimètres devant mes yeux ébahis.
— Non, non, ça ne me dit rien.
— QUI a osé venir ici pour ME dérober les deux boîtes de Mme Garcia ? bêle-t-elle en prenant garde de ne pas trop hausser le volume.
La clientèle de la pharmacie en espace vente, de l'autre côté des étagères, n'a pas besoin de connaître tous les rouages du système, y compris ceux qui sont moins bien huilés ce matin.
— Pas vu, lance Katia en repartant en direction des comptoirs de vente, deux flacons de sérum physiologique calés sur sa poitrine par son coude gauche.
— Aucune idée, clame la pharmacienne assistante, une ordonnance à la main.
— Tu as demandé au patron ?

— Il est parti en livraison. La cliente est censée se pointer à 11 h 30, grogne Gabrielle en me mettant de nouveau le papier sous le nez.

Elle enchaîne.

— Tu vois, c'est écrit et souligné en fluo, m'indique-t-elle de son index.

Je regarde l'horloge murale au-dessus des toilettes au fond de la pharmacie. 11 h 15, presque 16. Je comprends l'empressement et l'attitude antipathique de ma collègue. Je frotte mes mains et essaie de la rassurer.

— Rien ne se perd, rien ne se crée, tout se transforme.

— Ta théorie fumeuse ne va pas m'aider à remettre la main dessus d'ici moins de quinze minutes.

— Ce que je veux dire, c'est qu'une disparition est impossible, ces boîtes de lait en poudre sont forcément quelque part. On va les retrouver. Tu es sûre de les avoir posées là, sur la paillasse centrale ?

Mes mains indiquent l'endroit supposé, près d'autres articles en attente de leurs propriétaires. Son regard noir et ses cornes de taureau imaginaires prêtes à m'étriper m'en disent suffisamment sur sa réponse.

— OK, donc la scène de crime se situe ici. Je te propose d'aller voir au rayon bébé. Il est possible que quelqu'un d'entre nous ait machinalement rangé ces boîtes de lait en pensant bien faire. Tu sais combien nous manipulons d'objets par jour, il est possible que nous n'ayons pas fait attention à ce petit bout de papier posé au milieu de bien d'autres produits.

— Mouais, marmonne mademoiselle Sceptique.

Ignorant sa mine renfrognée, je file vers l'entrée de l'officine, me faufile entre les présentoirs des produits minceur, longe les crèmes solaires et me plante devant le rayon. Je l'inspecte en détail, regarde dans le tiroir de réserve situé au ras du sol sous les premières boîtes de boudoirs sans sucre et sans lactose. Rien. Pas de trace de nos deux déserteurs. Je reviens bredouille à mon point de départ.

— Le rayon bébé ne détient pas la clef du mystère. Je n'ai pas trouvé de trace de tes boîtes de lait.

— Ce n'est pas possible ! s'emporte-t-elle de rage en balançant un coup de pied dans le frigo situé sous la paillasse.

— On ne va quand même pas se prendre la tête pour deux boîtes de lait ! dis-je excédée à mon tour par son harcèlement.

Nous sommes à présent toutes les deux stressées et énervées par les évènements, pourtant sans grande gravité si on analyse les faits avec sagesse. Seulement voilà, la colère de Gabrielle est contagieuse et la fatigue de ces derniers jours ne me donne plus le recul nécessaire pour relativiser.

— Et je lui dis quoi, moi, à la maman, enchaîne Gaby. Je lui dis de cuisiner un jambon/coquillettes à ses jumeaux de deux mois ?

Je réalise alors la bêtise de ma réponse précédente sans me départir de ma colère.

— Pas de panique, on trouvera bien une solution.

— Ah oui ?

— Si elle vient, je verrai s'il y a moyen de lui conseiller autre chose et puis c'est tout !

— Ne te fatigue pas, Katia a déjà essayé de lui vendre notre marque de lait hypoallergénique hier et c'est peine perdue. Elle n'a confiance que dans cette marque de bébé totalement inconnue du grand public mais conseillée par son pédiatre à l'hôpital.

— Ça sent la visite de courtoisie du service de pédiatrie par ce laboratoire à plein nez.

— Possible.

— Bon, pas la peine de tergiverser, j'improviserai.

— Et moi je vais refaire le tour de la pharmacie. Peut-être qu'en revenant sur mes pas, je me souviendrai d'avoir posé ces deux emmerdeuses dans un endroit improbable.

— OK, dis-je d'un ton sec et peu aimable.

Le départ de Gabrielle me pousse à relativiser mais je n'ai pas le temps de l'aider davantage car une musique déplaisante exaspère tout à coup mes tympans. Je tourne la tête. Le frottement régulier des portes coulissantes s'est transformé en une succession vive de frottements de gomme criarde. La gomme passe et repasse si rapidement au même endroit qu'un bruit irritant s'en échappe. C'est la conséquence d'un trop grand nombre d'entrées et de sorties de notre clientèle. En étirant mon corps sur la pointe des pieds, j'aperçois une quantité non négligeable de clients sous les néons des rayons en libre-service. Je me dirige vers les comptoirs pour prêter main-forte à mes collègues déjà en place.

Un traitement anti-poux. Une allergie solaire. Une constipation passagère. Un renouvellement de pilule contraceptive. Des besoins différents pour des gens aux profils divers et variés. Mes clients s'enchaînent, les minutes aussi.

Je croise Katia au niveau des tiroirs des médicaments et je ne peux que remarquer qu'elle évite mon regard. Elle se plonge dans son ordonnance de façon tellement studieuse que cela en devient suspect. Je l'observe discrètement en attrapant un tube effervescent de ranitidine puis, ne la lâchant pas des yeux, je l'attaque.

— Qu'est-ce que tu as dans la bouche ?

— Moi ?

— Fais pas ta maline, je vois bien que tu te caches derrière ta feuille.

— Tu dois rêver.

— Maintenant que j'ai l'odeur de chocolat qui frétille dans mes narines, j'ai ma réponse.

Elle glousse de plaisir, avale son dernier morceau et me toise d'un air moqueur.

— Madame Renard, chuchote-t-elle dans la confidence, une main en porte-voix.

— Comment ça madame Renard ? dis-je blasée.

— Il n'y aura pas d'autres indices, me défie-t-elle.

Une information chemine, sinueuse, entre les synapses de mes neurones toujours en ébullition. Madame Renard… Enfin, une étincelle implose.

— Tu veux parler de LA madame Renard et de LA boîte de chocolats qu'elle ramène de Suisse à chaque fois qu'elle se rend chez son fils ? Ceux qui sont dans la jolie boîte métallique bleue avec un gros nœud argenté ?

Elle hoche la tête en signe de confirmation et repart servir son client, le sourire aux lèvres et la bouche pleine, les bras chargés de sachets de poudre de permanganate de potassium.

Je n'y crois pas, elle a ouvert la boîte de Mme Renard en douce ! On avait dit qu'on la garderait pour un évènement tel qu'une fête ou un anniversaire, mais pas évident de résister aux spécialités suisses.

Je termine ma vente et me rends au fond de l'officine, je dois aller vérifier la qualité des chocolats. Après tout la responsable qualité ici, c'est moi ! J'y retrouve Gabrielle qui hésite entre un dôme drapé ou un carré en forme de damier.

— Alors, ça y est, tu as surpris Katia ? me demande-t-elle.

— Pas très discrète, la gourmande.

Je choisis un carré noir saupoudré d'or à ma portée. Gabrielle m'accoste à nouveau.

— Au fait, la cliente du lait infantile ne s'est pas pointée, tu as vu ?

— Ah oui, j'étais déjà passée à autre chose mais tu as raison, il est 12 h 15 et pas de mère de jumeaux à l'horizon.

— Ça valait bien la peine que je me prenne la tête avec cette histoire de disparition, ressasse-t-elle, hargneuse. Quand je pense que j'ai failli mettre la pharmacie sens dessus dessous rien que pour satisfaire une cliente imaginaire.

— Avec des jumeaux, elle ne doit pas chômer, peut-être qu'elle a eu un contretemps ?

— C'est ici la chocolaterie ? se renseigne l'assistante, joviale, qui vient d'arriver.

— Oui madame.

— Faites les malignes, les minettes, mais début juillet, je sens que les remords vont pleuvoir. Chaque année c'est la même histoire, dis-je d'une voix découragée.

— Le chocolat, c'est bon pour le moral, un point c'est tout, résume Gaby en se léchant les doigts.

— Arrêtez de me vendre vos salades, vous êtes des arnaqueuses.

— Remettre en question la consommation de chocolat de cette équipe peut être un motif de licenciement alors gare à toi ! me menace amicalement Gabrielle.

En fin d'année, certains clients, fidèles ou pas, nous offrent des assortiments de chocolats de toutes tailles et de tous parfums. L'hiver est un long défilé de douceurs chaleureuses et d'arômes ensorcelants qui égayent l'officine en cette période de froid et de grisaille. Madame Renard est la seule à nous en offrir quelle que soit la saison.

L'équipe disserte sur les bienfaits du chocolat quand la porte de derrière s'ouvre et se referme brusquement. Notre patron apparaît, sac en bandoulière, chemise en sueur, un bac vide bleu à la main droite, un petit paquet cartonné dans l'autre. Il se déleste de ce dernier sur le poste de travail du déballage, s'avance vers la paillasse centrale, croise Gabrielle et lui colle le bac dans les bras sans un mot.

Notre supérieur hiérarchique n'est pas très loquace, tout le contraire de mon ancien patron que je regrette amèrement. On ne peut pas dire que le nouveau dirigeant soit tyrannique, mais son manque de dynamisme et de convivialité nous afflige. Il ne nous interdit pas de nous réunir au coin pause pour goûter ou boire le café, il ne s'énerve pas lorsque les bavardages vont bon train, il ne s'offusque pas du désordre mais il oscille entre silence et colère.

Dès son arrivée, nous avons su que plus rien ne serait comme avant au niveau de l'ambiance. Il est tellement discret que personne ne peut compter sur lui. Il est en réunion avec son banquier et son comptable, ou en livraison à domicile, ou encore dans son bureau et ne veut être dérangé sous AUCUN prétexte. Il scrute les chiffres, les chiffres, et encore les chiffres, le nez dans son ordinateur. Voilà ses occupations principales. Ce n'est pas un patron, c'est un investisseur. Bref, s'il n'est pas envahissant, il n'en demeure pas moins absent en tant que partenaire auprès de la clientèle et reste ostensiblement à l'écart de nos problématiques diverses. Son soutien est une option inexistante dans les tâches quotidiennes, alors nous apprenons à faire sans.

— Mesdames, nous salue-t-il.
— Bonjour patron, ça va ? questionne Gabrielle.
— Oui.

Il enlève la sacoche en cuir contenant catalogues et ordonnances de matériel médical qu'il porte en bandoulière. Ses bras levés au-dessus de sa tête révèlent deux grosses auréoles au niveau de ses aisselles. Sa peau est moite et son crâne brille en l'absence de cheveux. Il essuie sa courte barbe avec la manche de son avant-bras. On sent ses lunettes glisser le long de son arête nasale à cause d'une sudation excessive. Il les recadre plusieurs fois avant d'extirper quelques documents de sa sacoche.

— La livraison du petit papi rue des églantines s'est bien passée ? lui demande Gaby.
— Oui.

Gabrielle fait exprès d'interpeller notre supérieur. Le manque de développement de ses réponses exaspère notre grande bavarde autant qu'il l'amuse.

— Pas trop durs, les deux étages ?
— Si, râle l'homme. J'ai dû aider l'installateur à porter une partie du matériel médical au deuxième étage sans ascenseur, la misère avec cette chaleur. Cette livraison m'a coûté une chemise.

— Cet après-midi, ce sera plus facile. Un fauteuil à livrer dans une résidence tout confort, la climatisation sera de mise.

— Tant mieux.
— Vous voulez un verre d'eau ?
— Non merci. La responsable de ma dernière livraison s'en est chargée.

Gabrielle le fixe de ses deux yeux ronds, incrédule.

— Vous étiez chez qui ?
— La mère des jumeaux pour le lait hypoallergénique.

Je stoppe mes investigations et me tourne aussitôt vers mon patron et ma collègue. Je suis pratiquement dans le même état que Gabrielle. Ses yeux changent brusquement d'angle pour devenir deux fentes noires prêtes à lancer des flèches empoisonnées. Ses narines se dilatent, son dos s'arrondit, ses poings se ferment et, à défaut de pouvoir déverser toute la foudre de l'enfer que je note dans son attitude *et dans la mienne*, elle débite avec froideur :

— Les deux boîtes de lait premier âge posées sur la paillasse ce matin, peut-être ?

— Oui.
— Et ? s'impatiente Dracula.

— Et j'ai livré la mère des jumeaux qui habite dans le même immeuble que M. Trivial, ça pose un problème à quelqu'un ? s'agace notre patron en haussant le ton.

Les mots « communication » et « travail d'équipe » se précipitent au bord de mes lèvres sans pouvoir en franchir le seuil, pris de vitesse par la délicatesse de Gabrielle.

— Ce ne serait pas trop vous demander de nous donner l'info avant de partir ? expose-t-elle d'un ton pincé. Histoire de ne pas mettre la pharmacie sens dessus dessous à l'annonce de la disparition de deux laits en poudre responsables de la survie de deux nouveau-nés.

— Il fallait demander, répond sèchement l'accusé.

— Comment vouliez-vous que je devine que c'était vous ? Vous êtes parti…

— Il fallait demander ! crie plus fort le maître des lieux qui n'aime pas perdre la main. Colis livré. Le sujet est clos. Faites-moi le plaisir d'aller expédier le paquet que j'ai laissé au déballage avant la fermeture de la poste, un bon bol d'air vous fera le plus grand bien.

Le visage fermé, les mains sur les hanches, son discours est sans équivoque. Cet homme est vraiment bourru et dépourvu d'empathie, difficile de travailler dans un climat détendu. Il regarde chacune d'entre nous d'un air presque hautain.

— Vous à la poste, madame Chevalier, dans mon bureau !

Tout le monde s'exécute. Je ne peux m'empêcher de noter le sourire hypocrite ouvertement lancé par Gabrielle au dirigeant en partant vers son espace de travail, elle n'a peur de rien. Lui, ne se formalise pas, tant que chacun sait rester à sa place, tout va bien.

Il tourne les talons, pénètre dans la pièce derrière lui et tourne la clef de l'armoire positionnée le long du mur. Un deuxième meuble, identique, orne le mur opposé, séparé par un bureau imposant. Les deux armoires sont fermées à double tour en permanence et les clefs ne quittent pas les poches du pantalon de M. Boston. L'homme semble un brin paranoïaque. Quand je pense qu'avec l'ancienne direction, tout était toujours ouvert, en accès libre. Les dossiers du personnel ou les derniers bilans financiers n'étaient vraisemblablement pas une menace à l'époque.

L'homme attrape une chemise propre dans la partie dressing, encore sous le film de protection du pressing. Il la harponne à une patère sur le mur et s'assoit derrière son ordinateur. Redressant ses lunettes, il choisit un stylo de sa main droite et le fait tourner sur ses doigts en tentant des figures à 360° autour de son pouce. C'est sa manière de réfléchir, cette manie doit lui permettre de se concentrer ou de se détendre, les deux lui étant apparemment nécessaires tant il peut être déconnecté de notre quotidien animé au comptoir. Aucune chaise n'est à la disposition d'un éventuel visiteur comme moi, détail qui prouve à quel point il aime nous rappeler qui est le chef, ici.

Debout, les mains dans le dos, je tape discrètement du pied, impatiente de repartir vers la civilisation.

— Madame Chevalier, l'auditeur arrive dans moins d'une semaine, tout est prêt ? questionne-t-il poliment.

— Pratiquement, monsieur.

— Pratiquement n'est pas suffisant. Je suis là depuis peu et je veux faire bonne impression quant aux exigences de la norme alors pas question de faire de votre mieux. Vous devez être à 150 % de vos capacités.

— Je dois aussi gérer la clientèle, certains laboratoires et des rayons spécifiques alors c'est difficile d'être partout. Laissez-moi ces prochains jours à la qualité exclusivement et je pourrai me consacrer uniquement à ce domaine.

— Hors de question.

— Seulement cette semaine, dis-je en sentant la pression monter.

— Impossible. Qui va vous remplacer ?

— De façon exceptionnelle, vous pourriez donner un coup de main au comptoir. Si vous me soulagez un peu, j'aurai le temps de présenter un meilleur travail.

— Je n'ai pas que ça à faire ! s'exclame-t-il aigri. Et puis, vous faisiez déjà comme ça avant ma venue, n'est-ce pas ? Mon prédécesseur m'a dit que vous aviez plusieurs facettes et que vous étiez en mesure de tout gérer. Alors vous y arriverez, n'est-ce pas ?

— Oui, oui, dis-je stressée.

Réjoui par mon approbation, il se détend un peu. Le stylo est tombé plusieurs fois au cours de notre entretien mais téméraire, il reprend sa place au creux de la main de mon patron et continue ses rotations nerveuses du bout des doigts. Que ce tic m'agace !

— Je veux les dernières statistiques des ventes en parapharmacie sur les quatre dernières semaines.

— Vous me réclamez régulièrement ces chiffres donc je vous propose de vous montrer comment les afficher directement sur votre ordinateur.

—Pourquoi une telle idée ? interroge mon patron médusé.

— Parce que j'ai des milliers de choses à faire et que vous pourriez être autonome sur cet exercice, dis-je en tentant d'effacer mon exaspération. Vous verrez, c'est très facile à paramétrer, je peux même vous rédiger un protocole pour suivre la trame.

— J'en n'ai rien à cirer que ce soit simple ou pas. Sortez-moi cette liste sur l'un des postes de travail et apportez-la moi, s'agace-t-il en jetant son stylo au milieu des papiers du bureau. J'ai besoin d'être seul pour analyser l'entreprise.

Il se lève, m'indiquant ainsi que notre discussion est terminée. Il bombe le torse tel un mâle dominant et me montre la porte restée ouverte d'un signe de la main. L'expression de son visage est austère. Je n'ai pas l'impression de progresser dans le domaine de la communication et du partage des tâches avec lui. Je me demande s'il a l'intention d'intégrer un jour cette brigade d'une façon ou d'une autre. J'ai travaillé en collaboration avec différents personnages, mais tous étaient investis à leur manière aux côtés de leur équipe. Lui, il fuit la clientèle, le contact humain et ne se soucie pas de l'amélioration des conditions de travail, seuls ses chiffres comptent.

Un pas. Je franchis la porte et pivote vers la gauche quand tout à coup un poignard transperce mon genou gauche, le rendant inapte à supporter mon poids corporel. Je laisse échapper un cri de douleur et m'écroule au sol dans un bruit précipité. Au passage, je me cogne le coude contre le meuble de la photocopieuse et manque d'arracher le capot du plateau avant, sorti avec ses rallonges. Au même moment, à travers les étagères qui nous séparent de l'espace vente, la voix de Katia retentit.

— Monsieur Boston, le comptable vous attend au comptoir.

— J'arrive, dites-lui de patienter ! crie-t-il à Katia, cachée par les sirops. Et vous, ajoute-t-il à mon intention, vous n'allez quand même pas mourir ici ?

Il croit que je simule ou quoi ? De sa hauteur, il pourrait m'écraser comme un microbe. Son ton désinvolte me blesse. Dans la mesure où je suis tombée à ses pieds sur le seuil de son bureau, je bloque la sortie. Je pensais bêtement qu'il allait m'aider à me relever ou prendre des nouvelles de ma santé après une telle chute sous ses yeux, mais pas du tout. L'homme me toise avec dédain et m'enjambe comme un vulgaire sac de sable participant uniquement au ciment de son ascension professionnelle.

— Retrouvez vite vos esprits, vous avez du boulot ! me lance-t-il avant de disparaître dans l'espace vente.

Je suis sidérée. « Je ne suis pas doué pour les rapports humains », m'avait-il confié lors de nos premières heures de travail ensemble. À cette époque, j'étais navrée pour lui. J'éprouvais une sincère compassion envers ce patron loyal, pouvant reconnaître ses limites. Les fesses toujours par terre, je me demande aujourd'hui si cet aveu n'est pas tout simplement une excuse pour ne pas faire d'efforts vis-à-vis de la race humaine, une sorte d'égoïsme volontaire.

Inutile de trouver une explication rationnelle à ce manque d'empathie, j'ai d'autres priorités actuellement. Pas de blessure à l'arme blanche lors de mes premières constatations mais une douleur vive et déchirante irradie mon genou en continu. Toujours au sol, je me redresse contre le meuble de la photocopieuse en grimaçant de douleur. La position assise n'est pas très confortable mais c'est toujours mieux que de ressembler à un paillasson sur lequel mon patron pourrait s'essuyer les pieds à son retour. Mon cri a alerté Katia que je vois débouler, inquiète. Elle s'agenouille à mon niveau et pose sa main sur mon épaule.

— Il t'a marché dessus le boss, ou quoi ?
— Non, non, je me suis écroulée ici, mon genou m'a lâché.
— Lequel ?
— Le gauche.
— Hein, le genou qui a déjà subi une méniscectomie ?
— Oui.
— Mais je croyais que tu n'avais plus de ménisque ?
— Il m'en reste un tout petit morceau, si je me souviens bien du compte-rendu du chirurgien.
— Ça n'a peut-être rien à voir avec le ménisque.
— Je n'en sais rien mais si je devais comparer les anciennes douleurs du printemps et celles-ci, je dirais qu'elles sont identiques.
— Tu peux te lever ?
— Je vais essayer.

Katia me donne la main et se relève doucement. Je me courbe, prends appui sur mon genou droit et me hisse grâce à son aide. Debout, je pose délicatement mon pied gauche à terre et commence à déterminer quels sont les dégâts après cette chute. La douleur est intense lorsque je prends appui sur ma jambe gauche, mon genou n'a pas l'intention de remplir son rôle à plein temps dans les prochaines minutes. Je plisse les yeux, ma mâchoire se contracte. Un sifflement douillet perce entre mes dents quand je décide de faire quelques pas au bras de Katia.

Devant ma mine angoissée, elle prend des initiatives.

— On contourne la paillasse centrale et tu pourras t'asseoir sur la chaise de bureau de l'autre côté. Tu crois que tu peux marcher jusque-là ?

— Il en faut bien plus pour m'empêcher de marcher, dis-je avec un léger rictus.

— Si tu voulais te faire remarquer, c'est gagné ! ironise-t-elle timidement.

Je ne pensais pas me réjouir autant en voyant la chaise se rapprocher de moi. Elle est haute, tout comme le bureau que l'on peut utiliser debout. Un ordinateur sur la gauche, des étagères contenant papiers et documents administratifs, un plan de travail dégagé à droite. Cet endroit sert à la fois de secrétariat et de centre logistique, il nous permet de travailler en toute discrétion derrière les grandes étagères nous séparant de l'espace vente.

Mes pas sont lents et, même si la douleur semble moins intense, il est certain qu'il s'est passé quelque chose au milieu de cette articulation auparavant digne de confiance. Une fois en sécurité sur le tissu rembourré, Katia me lâche définitivement et s'apprête à me parler. Nous sommes alors interrompues par l'irruption du comptable en cravate à pois précédé de notre patron. Ils passent de l'autre côté de la paillasse mais ne peuvent pas ignorer notre présence. Levant les yeux vers nous, M. Boston nous interpelle.

— Il y a du monde devant, je vous veux aux comptoirs, mesdames.

— Oui, monsieur, lui répond Katia.

— Exécution ! ajoute-t-il avant de disparaître dans son bureau avec son partenaire financier.

La porte claque dans un bruit sourd et sec. Le téléphone se met à sonner et j'aperçois Gabrielle rentrer dans mon champ de vision.

— Finie, la balade à la poste ? la questionne Katia.

— Oui et finalement c'était une bonne idée cette promenade car il fait un temps magnifique. Dommage que le soleil ne puisse pas se frayer un chemin à l'intérieur de l'officine, ça me manque parfois. J'ai surtout oublié le fantôme un moment, et ça, ça fait du bien.

— Je te confie Lou, lui indique Katia, je vais servir quelques clients.

— Pourquoi ?

— Elle t'expliquera.

Elle fait demi-tour et se dirige vers l'espace dédié à la clientèle. Le téléphone sonne toujours.

— Je réponds au téléphone, je vais boire un verre d'eau et tu me racontes ce que j'ai loupé.

— Va te rafraîchir, je prends cet appel.

— Merci.

Pour la première fois, je n'obéis pas à mon supérieur. Je reste sur mon perchoir. Je rassure mon interlocuteur par téléphone sur l'association possible entre du paracétamol et de l'ibuprofène.

Katia est passée me voir entre deux clients. Elle craint le pire. Je ne l'écoute pas. À son retour, je raconte mes misères à Gabrielle. Plus pragmatique, elle me propose d'appeler de charmants pompiers. Je refuse.

Je repose mon genou pendant que Gabrielle continue son travail. Elle pose sa pochette de dossiers en cours de traitement sur le bureau et commence à les feuilleter. Assise, je n'ai pratiquement plus mal.

— Tu veux mon siège, Gaby ?

— Très drôle, et toi, tu t'assois par terre !

— Je ne vais pas m'éterniser sur cette chaise et vous regarder travailler le reste de la journée.

— Laisse-moi quelques minutes, quémande ma collègue.

Gabrielle virevolte, déplace ses feuilles, fait des tas, attrape un classeur bleu, puis un rouge, pioche une pochette cartonnée sur la première étagère, s'étale sur l'ensemble de la paillasse. Elle s'empare d'un stylo et griffonne des annotations en marge, épingle deux feuilles de soins près de l'ordinateur et vérifie un montant à la calculatrice.

Ne rien faire ne me ressemble pas, je m'impatiente.

— Ça y est ?

— Oui, oui, ne sois pas si pressée ! Ta santé avant tout si tu veux t'occuper de celle des autres, me sermonne-t-elle.

Elle suspend son activité, se tourne, se colle à moi et enfin annonce solennellement :

— Bon, je t'aide et on prend une décision.

— OK.

— Dernier essai avant l'amputation, plaisante ma collègue.

— Je préfère encore ta proposition d'accueillir de beaux pompiers !

Je fais donc une nouvelle tentative, non sans une certaine appréhension, et quitte mon siège avec prudence en présence de Gabrielle. Ma main sur son avant-bras, je bascule sur mes jambes. Un pas. Un seul pas me ramène à une triste réalité : je ne vais pas m'en tirer avec un simple hématome. Je dévie aussitôt de ma trajectoire, un semblant de pirouette réceptionné et stoppé par une aide précieuse. Une évidence traverse nos regards soucieux lorsqu'ils se croisent.

— Je vais chercher des béquilles.

— Merci Gaby.

J'ai pris la relève de Gabrielle. Je suis restée assise à gérer le pôle administratif et les appels téléphoniques, lui laissant du temps pour mettre de l'ordre dans les commandes livrées et entassées au fond de l'officine. Le secrétariat est un poste que j'ai déjà occupé étant plus jeune. J'en maîtrise encore les rudiments et réclame des explications plus détaillées à Gaby sur les dossiers litigieux ou délicats.

Mes autres collègues ont été compréhensives, mon patron un peu moins. Déambuler en béquilles à la sortie de son entretien avec le comptable n'a pas eu l'air de le réjouir. Lui exposer les faits, non plus.

Après avoir reconduit l'homme à la cravate à pois au seuil de la pharmacie, il prend connaissance de la situation et ne dissimule pas son désarroi.

— Comment une telle chose est-elle possible ! s'offusque-t-il en faisant de grands gestes. Vous avez été opérée juste avant mon arrivée, le problème était réglé, non ?

— Oui, monsieur, tout allait bien.

— Et maintenant ?

— On dirait que quelque chose a craqué à l'intérieur, la douleur reste vive et intense à la marche. Au repos, mon genou va mieux.

— On est début juillet, vont se succéder l'audit qualité et les départs en vacances du personnel, ça ne pouvait pas plus mal tomber ! hurle de nouveau mon patron.

— Je vais tenir jusqu'au jour de l'audit, si c'est ça qui vous inquiète, monsieur Boston.

— C'est ça et travailler en béquilles correspond à des conditions de travail optimales peut-être ? On défend une charte de qualité je vous le rappelle !

— Ce ne sera que pour six malheureux jours, dis-je d'un ton suppliant.

— Je ne veux pas avoir l'inspection du travail sur le dos dans un second temps, ajoute-t-il sans même m'avoir écoutée. Vous allez rentrer chez vous et me prendre ce genou en main en urgence. Je vous veux sur pieds au plus vite alors médecin, chirurgien, kiné ou ostéopathe, je m'en fous, trouvez une solution.

— Oui, monsieur.

— Vous n'allez pas pouvoir conduire ! réalise-t-il tout à coup, excédé.

— Si je me cale sur les horaires de Gabrielle, elle pourra faire un crochet et me ramener.

— Voilà, on fait comme ça, se calme-t-il, distrait.

Il regarde sa montre, met la main dans sa poche et en extirpe son téléphone portable. Il l'allume et examine son contenu par pression de son pouce sur l'écran tactile. Soulagé par je ne sais quelle information émanant de sa manipulation, il s'apaise. À chaque fois c'est la même musique, sa colère disparaît aussi vite qu'elle s'est immiscée dans la conversation. Heureusement, sinon le quotidien serait invivable. Il me quitte avec une dernière recommandation.

— Et ne vous pointez pas au comptoir avec des béquilles. Hors de question qu'on m'accuse d'abuser de mon personnel.

— Je suis bien occupée ici à faire avancer ces dossiers, dis-je en brandissant des documents pris au hasard sur le plan de travail, un demi-sourire aux lèvres.

— Parfait.

Il repart le nez dans son téléphone et me laisse à mon poste, désœuvrée à l'idée de devoir recontacter le chirurgien responsable de mon opération trois mois plus tôt. Décidément, moi qui déteste les surprises et être sur la touche, je suis servie. La vie n'est pas un long fleuve tranquille mais j'ai bien l'intention de jouer les marins audacieux.

15

Une gifle méritée

Suite aux examens exigés par le chirurgien, le verdict est tombé. Cliché en main, ce dernier n'a pas eu d'autre choix que de m'annoncer une nouvelle opération. « Deux méniscectomies la même année et sur le même genou, ce n'est pas banal. Rare. » a-t-il affirmé sans se départir de sa mine désolée.

Je ne me suis pas effondrée, ce n'est pas mon genre, mais j'avoue que ma patience a été mise à rude épreuve. Faute de disposer intégralement de cette qualité, il est même possible que je sois devenue parfois une emmerdeuse professionnelle pour mon entourage. J'ai hâte de retrouver la pharmacie et mes collègues.

J'ai donc été prise en charge au bloc opératoire par le chirurgien et son équipe en fin d'été et je dois dire que, comme la première fois, tout s'est bien passé.

En béquilles depuis plus de deux mois, je croise les doigts ce matin pour que ce futur entretien avec mon spécialiste débouche sur plus d'autonomie et de liberté.

La salle d'attente n'a rien perdu de sa convivialité. Un vrai camping en plein été. Les rayons du soleil qui traversent les fenêtres du premier étage nourrissent le sol de l'ombre des meubles rencontrés sur leur passage en ce début de matinée.

Debout, sécurisée par mes béquilles, je m'arrête un instant dans un bain de lumière. Je sens la chaleur étreindre mon pantalon noir et faire monter la température. Ce remède agréable a peut-être la vertu de rendre mon genou plus conciliant, qui sait.

À chacun de mes rendez-vous, je me régale à observer ces gens qui, a priori, ne se connaissent pas mais semblent pouvoir en ces lieux tisser des liens facilement. Une sorte de solidarité relie ces êtres un peu abîmés dont je fais aujourd'hui partie. Je balaye mon regard de droite à gauche, toujours autant de monde agglutiné dans si peu d'espace et pourtant, personne ne paraît s'en plaindre, comme en témoigne un monsieur en chemise hawaïenne assis sur l'avant-bras d'un fauteuil faute de place vacante. En discussion avec son voisin de gauche coiffé en brosse, il parle avec de nombreux gestes pendant que la locataire de son fauteuil, elle, expose sa manucure rouge à une femme d'origine asiatique assise à sa droite, admirative.

Décidément, j'ai peine à croire que nous soyons dans l'enceinte d'un hôpital. Face à tant d'individus décontractés, on pourrait penser que l'homme que nous attendons tous est un brillant acteur plutôt qu'un notable chirurgien orthopédiste. Son succès est rassurant pour la prise en charge de mon genou même si je trouve que ma place est ailleurs. Pas le temps de rester invalide trop longtemps, j'ai un travail qui m'attend, une vie familiale bien remplie, une vie sociale à maintenir.

Arrivée en béquilles à la hauteur des patients, un homme assis sur une chaise dans l'angle de la salle d'attente me fait signe. Une attèle au poignet, il se lève sur ses deux appuis sans problème. Essoufflée, je le remercie de me laisser son siège et me pose avec le plus de discrétion possible. Sur ma gauche, deux mamies sont en pleine conversation de recettes.

— Je préfère la charlotte aux fraises.
— Trop classique pour moi.
— Aux poires alors ?

— Non. La charlotte au chocolat est la seule à être indétrônable selon moi.

— Oui, pourquoi pas, mais moi, j'aime les fruits.

— Et tu y mets quoi, de la crème fraiche ?

— Oui, liquide et allégée.

— Grand Dieu, non ! grimace la dame. Un bon équilibre, c'est crème fraîche épaisse et mascarpone.

— Bonjour les calories, l'accuse sa voisine. Ma fille met des yaourts nature, c'est assez bon aussi.

Près de moi, une porte indiquant « Accès privé » s'entrouvre. Des voix résonnent de façon excessive et inondent ce coin de la salle d'attente. Je tourne la tête dans leur direction. Également surprises, les mamies ainsi que les personnes à proximité interrompent leurs échanges.

— Je te dis de me foutre la paix ! crie une voix féminine.

— C'est un malentendu, mon Ange, je t'assure, essaie de la calmer une voix masculine.

— Je ne suis pas cruche, arrête ton baratin !

— Mais…

— Comment ai-je pu être aussi idiote, croire à ton histoire de célibat, à mon âge !

— Je te dis que le divorce est en cours.

— Ce n'est pas la version de ta femme, tu sais l'hôtesse de l'air décolorée avec qui tu crèches !

— Je ne voulais pas t'inquiéter avec ces détails.

— Tu n'es qu'un sale menteur !

— Mais je te dis que c'est fini, mon Ange.

— Ah, oui, je te confirme, c'est bien fini ! ricane la voix pleine d'animosité avant de nous permettre d'en apercevoir le profil anatomique. La porte s'ouvre alors brusquement et une infirmière surgit, filiforme, un homme en blouse, stéthoscope autour du cou, sur ses talons. Tous les deux plutôt jeunes, ils arborent des mines paradoxales qui m'interpellent. Elle, semble très énervée et prête à exploser, lui, livide, marche derrière elle avec une certaine atonie.

Tandis que le fond de la salle continue à bavarder en toute impunité, mes homologues et moi-même attendons sagement de connaître la suite des évènements.

— Je vais me rattraper, mon Ange, promet l'homme démuni, que veux-tu que je…

Tout à coup, sans que nous soupçonnions son geste, l'infirmière se retourne, le toise et lui décoche une gifle monumentale. Face à une assemblée médusée, l'homme se tient aussitôt la joue et la regarde, interdit, les yeux exorbités comme passés dans les rouages d'une machine à sous. Jackpot.

— Est-ce que ça répond à ta question ! lui hurle la responsable avant de tourner les talons et de partir d'un pas décidé en direction du couloir des ascenseurs.

Les gens n'ont pas osé bouger. Ils dévisagent ce pauvre martyr sans un mot et je dois dire que je fais de même.

Pas toujours facile de maîtriser ses émotions en public.

Pas toujours évident de cacher l'existence d'une femme mariée à sa maîtresse.

Pas toujours élégant d'être rassuré de ne pas être impliqué dans cette histoire.

L'homme est atterré. Il reste là, au milieu de notre bande à contempler la trace de la haine prise dans le sillage de l'infirmière. Au bout de quelques secondes, il semble reprendre ses esprits, se gratte le cuir chevelu et décide de partir dans une autre direction.

Je le suis du regard.

Après quelques pas, il croise une grande brune arrivant vers nous, sur laquelle il se retourne pour détailler ses formes. Robe moulante, talons aiguilles, lissage parfait. Don Juan ne prend pas la peine d'être discret, il sourit bêtement et lorsqu'il est de nouveau de dos, le mot « goujat » semble s'être imprimé sur ses omoplates.

Je suis restée plus d'une heure à écouter les conversations de mon entourage sur les progrès de l'aérospatiale et les avancées de la cuisine moléculaire venue ternir les recettes ancestrales des anciennes générations.

Me retrouver derrière le bureau du chirurgien a été une délivrance bien que l'évolution de mon genou m'inquiète un peu.

À la suite d'une auscultation et de plusieurs exercices, nous faisons le point.

— Je ne vois pas de complication particulière liée à ce genou. Il est vrai que je note malgré tout une nette fatigue musculaire entravant certains mouvements répétitifs.

— Ah.

— Je pense que vous en avez trop fait.

— C'est possible, j'ai fait mon maximum pour récupérer plus vite. On fait quoi alors ?

Il pose ses coudes sur son bureau, prend sa tête entre ses deux mains, souffle, relâche ses épaules. Le bout de ses index et de ses majeurs appuie et masse doucement ses tempes par de petits cercles successifs. Il ferme les yeux un instant. Il bâille, reste en apnée deux secondes puis regagne la lumière. Il me reconsidère alors, face à lui, et attrape un crayon à papier placé dans sa poche de blouse entrouverte.

Pourvu qu'il ne décide pas de lui faire faire du rodéo autour de son pouce !

Il mordille l'extrémité en bois et plisse les yeux un moment, ce qui fait ressortir les rides sur son front et accentue ses cernes déjà bien visibles.

— On arrête tout, tranche-t-il soudain.

— Quoi ?

— Repos total.

— Repos total ?
— Pas de rééducation, pas de kiné, pas de vélo. Nichts. Nada. Nothing.
— La solution, c'est donc de ne plus solliciter mon genou.
— On va essayer. Il y a quelque chose qui m'échappe mais pour l'instant, le plus probable, c'est que vous ayez trop forcé, donc vous reprenez les béquilles à plein temps.

Je sors du bureau du chirurgien un peu déçue.

Ce soir, je dîne au restaurant en compagnie d'une partie de la Team, Katia, Gabrielle, Natacha et moi. Les filles se sont mises sur leur trente et un, surtout Gaby. On fête son départ. Robe noire étriquée, maquillage de circonstance, talons hauts que je lui envie aussitôt. Des semaines que je n'ai pas chaussé de chaussures élégantes surélevées ni porté de jupe, ces marques de féminité me manquent de plus en plus. Gabrielle n'est pas très grande et ces chaussures lui donnent, à la minute où elle les enfile, une allure de mannequin.

Il va falloir revoir mon stock de bottes et d'escarpins. Mes chaussures sont toutes surélevées alors que mon genou me rappelle sans cesse, selon plusieurs essais infructueux sanctionnés par des douleurs et des tiraillements, que la terre ferme est l'unique option du moment. Le chirurgien a affirmé que je pourrai de nouveau porter des talons à condition que la hauteur soit croissante et progressive. J'ai hâte d'en être à cette étape.

En attendant, ma mère m'a proposé, dès ma première opération, une paire de ballerines qui traînait au fond d'un tiroir. Je l'ai bien sûr remerciée de cette délicate attention en omettant de lui dire que sans talons, j'ai l'impression d'évoluer en pantoufles. Elles me dépannent bien, je le reconnais, mais je n'ai jamais eu jusqu'à présent de ballerines ni aucune paire de godasses au ras du sol dans mes placards. Trop fades, trop banales, à la limite du disgracieux. Ces chaussures plates représentent, selon moi, le confort sans élégance.

Notre table est au fond de la salle du restaurant.

Derrière une avancée en briquettes, les musiciens ont pris possession de la scène et diffusent une musique mélodieuse, mise en valeur par un chanteur au timbre de voix à la fois suave et rugueux.

L'atmosphère reste feutrée grâce à l'éclairage tamisé accentué par des bougies allumées sur les tables des convives. La décoration est simple, des épis de blés dans un vase fuselé, des sets de table tissés en jacinthe d'eau et une flamme qui ondule au gré de ses envies. Notre table embaume l'orange et les agrumes, un parfum qui s'évapore de la bougie et rejoint d'autres odeurs plus agressives, détectées au centre de la pièce. Une odeur de feu de bois, je pense.

Menus en mains, nous étudions les spécialités du chef entre deux conversations sur le physique des musiciens et les premiers pas de Gabrielle dans sa nouvelle vie de nounou.

— Pas de vacances pour moi, snif, se plaint Gabrielle.

— Comment c'est possible ? s'étonne Natacha.

— Je suis assistante maternelle depuis un mois, je ne vais quand même pas réclamer des vacances aux parents tout de suite, ils vont me détester.

— Aucun scrupule, revendique Natacha.

— Heureusement que tu avais fait le plein de congés en août, avant de partir, dis-je, plus compréhensive.

— Oui.

— Et au fait, ta démission n'a pas été un sujet trop épineux pour M. Boston ? Je n'étais pas là pour voir ça cet été.

— Ça t'apprendra à te péter le genou une deuxième fois. Trois mois sans terrain, une éternité sans potin !

J'envoie une grimace à Gaby. Elle me la rend aussitôt.

— Il ne l'a pas mal pris, je crois, nous interrompt Katia.

— D'abord en colère vis-à-vis de la « possible déstructuration logistique de l'équipe durant les vacances d'été programmées », vous le connaissez, il aboie fort mais ne mord pas souvent. Il me fallait au moins le reste du mois d'août pour terminer les modifications de mon domicile car je dois maintenant répondre aux contraintes et aux normes exigées par la PMI, la Protection Maternelle et Infantile. Je voulais que tout soit prêt pour accueillir une petite fille en garde en septembre.

— Déjà un contrat, c'est super !

— Oui, les choses s'accélèrent. Et toi, Lou, la reprise, c'est pour quand ?

À l'évocation de cette échéance, je lacère mes légumes au moyen d'une fourchette aux dents larges. Ma vision se noie dans les sillons d'un champ bien labouré aux couleurs jaunes et vertes et, au bout de plusieurs va-et-vient sur la parcelle, les dents finissent par grincer sur la faïence. Mon mutisme interpelle rapidement mon entourage, peu habitué à me voir fâchée contre le bavardage.

— Lou, ça va ? me relance Gaby.

— Oui, oui, finis-je par bougonner. Je visualise la reprise.

— Tu es incassable, ma parole ! décrète Katia.

— Ce doit être à cause de mon nom de famille et de mon prénom aussi. « Louise » est d'origine germanique, il signifie « illustre au combat ».

Je joue toujours avec ma fourchette, les yeux sur les champs de brocolis et de pommes de terre. Mon visage doit transpirer de lassitude.

— Tu n'as pas l'air dans ton assiette ! s'insurge la nounou.

— Je ne suis pas faite pour être femme au foyer, tous ces trucs sans intérêt, ça commence à m'ennuyer.

— De quoi tu parles ?

— Mon quotidien est sans intérêt, je ne suis pas faite pour rester à la maison handicapée avec des béquilles. Certaines s'épanouissent, moi pas. Ma place est à la pharmacie avec vous. Je suis une femme active, j'ai hâte de retrouver mon univers.

— Je te signale qu'il ne reste que Katia à l'officine, les désertions pleuvent.

— Ne me lâche pas, me supplie Katia, on a déjà dû accepter de perdre le chef, Gabrielle et Natacha.

— Mais vous ne m'avez pas perdue puisque je suis là ! se froisse la dame aux centaines de miles, les paumes de mains en l'air en guise de manifestation.

— Oui, oui, enfin, je me comprends… alors Lou, bouge-toi !

— çA nE risQUE pAs.

— Hein ?

Je m'éclaircis la gorge.

— Je disais, ça ne risque pas.

— Pourquoi ?

— J'ai ordre de reprendre les béquilles à plein temps pendant quinze jours sans effort physique ni kiné. Le chirurgien pense qu'en mettant tout mon corps au repos il pourrait plus facilement se remettre d'avoir été trop sollicité ces dernières semaines en rééducation.

— Pff… Limite c'est de ta faute ! s'insurge Gaby.

— Je suis épuisée, j'ai mal partout comme si j'étais passée dans un compresseur géant. Il n'a donc peut-être pas tort. Je ne suis pas du genre à m'écouter.

— Alors repose-toi quinze jours comme il te l'a conseillé.

— Oui, je ferai TOUT en béquilles sans poser le pied gauche par terre pendant deux semaines.

— C'est ça que tu appelles te reposer ?

16

Une surprise de taille

Je n'ai pas besoin d'impressionner un inspecteur dans le but de réussir mon permis de conduire, il est donc inenvisageable que je me gare dans cette grande rue. Les voitures roulent à vive allure et les places pour stationner le long de la route sont minuscules. Manœuvrer ici avec mon talent inouï de conductrice serait préjudiciable au contribuable : il faudrait bloquer la chaussée durant plusieurs heures. Je décide donc de rabattre mon choix sur les rues adjacentes, à la circulation plus tranquille. À cette heure de la matinée, les travailleurs ont déserté leurs domiciles, libérant ainsi les places habituelles de leurs propres véhicules.

Je choisis un endroit facile d'accès, sans manœuvre athlétique, non loin du cabinet devant lequel je suis passée il y a quelques secondes.

Je ferme la voiture et me dirige en béquilles vers l'intersection que je viens d'emprunter. Tous ces déplacements à pied me coûtent car même si mes premiers pas sont énergiques, un rapide rituel me rattrape : au fur et à mesure que je me rapproche du bâtiment en briques rose trônant en haut de la rue, je m'essouffle, j'ai mal aux bras, mes jambes se crispent et mon cœur s'emballe, rendant la progression vers mon objectif difficile. Il faudra refaire le point avec le chirurgien. Mon genou ne devrait pas générer tant de confusion à travers tout mon corps, ce n'est pas normal.

Chaque chose en son temps. Aujourd'hui, je vais consacrer ma prochaine heure à découvrir et comprendre ce que ma peau souhaite me dire. Nous sommes fin octobre. Presque un an pour décrocher un rendez-vous avec le docteur Largo, alors cet éminent dermatologue a intérêt à être à la hauteur de sa réputation. Il va trouver la solution à ce pelage rouge et écarlate. Ras-le-bol de ressembler à une écrevisse depuis des mois. Je croise les doigts, il va être ultra compétent.

Le cabinet de médecins dans lequel il exerce bénéficie d'un ascenseur, un réel atout pour mon corps en quête d'accalmie. Un simple premier étage me conduit à la salle d'attente dans laquelle une seule personne patiente sur une chaise en bois. Rester dans cette pièce ne devrait pas être bien long, surtout que j'aperçois trois portes ornées de plaques métalliques différentes : plusieurs médecins se partagent la salle d'attente. Le monsieur coiffé d'un trilby gris guette peut-être, l'arrivée d'un autre professionnel que le mien. Je m'assois en face de lui. Je fauche mon téléphone portable au milieu du bric-à-brac de mon sac à dos et je consulte mes messages écrits.

— Salut Lou, je suis de l'autre côté de l'Atlantique, la vie est belle ma Belle ?

— Salut Nat, ça va bien et toi ?

Génial elle est en ligne.

— Mais ouiiiiiii, hôtel 4 * avec piscine intérieure et vue de dingue sur la ville, je kiffe !

— Il est où cet endroit de rêve ?

— À San Francisco, je suis sur Howard Street et toi ?

— Je suis chez un dermatologue.

— Toujours tes plaques rouges qui te gênent ?

— Je vois un super spécialiste ce matin, bientôt de l'histoire ancienne ! Raconte ton voyage.

— Décollage avant-hier soir Orly 6 h 50 + onze heures de vol et bim ! San Francisco.

— Dur le décalage horaire ?

— Je gère !

— Le vol ?

— Impeccable, pas eu de turbulences.

— On s'en fout. Quoi d'autre ???

— Peut-être ce jeune cadre. Costard bleu marine. Cravate en soie. Parfum envoûtant. Assez beau garçon au 7B.

— Toi t'étais assise où ?

— 7A.

— Nat !!!!!

— Quoi ?

— La suite !!!

— Juste Boris, 36 ans, 1m70, fan de moto-cross.

— Pas beau gosse ?

— Si, si, du charme, drague ouverte de sa part.

— Tu lui as dit quoi ?

— Que j'allais rejoindre Brian, 41 ans, fan de golf.

— Lol ! Pourquoi un tel mensonge, Mme difficile ?

— Je suis pas difficile, je suis juste réaliste.

— Raconte stp !!!

— 7B me parle de sa sœur qui venait de se marier. Calèche pour les mariés à la sortie de la mairie, le truc parfait.

— Et…

— Le cocher a lancé son fouet sur le cheval, les invités ont applaudi et des petits malins ont lancé un hymne à la cornemuse. La pauvre bête a paniqué à mort !

— Non ! La boulette.

— MEGA boulette ! Course-poursuite dans les rues du village avec ce cortège fou.

— Ça s'est bien terminé ?

— Oui, course sauvage arrêtée par sang-froid du cocher et vieille blessure à la cheville de l'animal.

— Quelle animation ! lol !

— 7B m'a fait bcp rire, il mimait avec de grands gestes et en rajoutait des tonnes.

— À quel moment ça a basculé ?

— Quand il m'a parlé de moto-cross, de moteurs qui hurlent, de bières aux stands, de bottes pleines de boue et de compétitions dehors par tous les temps.

— Pas ton genre. Snif !

— J'te laisse, j'ai rdv au bar de l'hôtel avec le responsable de la com, Jordan, la quarantaine, 1m80, fan d'échecs.

— Tu ne paies rien pour attendre

— Moi aussi je t'adore ma Belle. Célibataire ou non ton dermatologue ?

— Tais-toi, j'suis mariée.

— On s'en fout.

— T'es incorrigible.

— Kiss ma Belle.

— Bises.

Ma conversation avec mon amie Natacha m'a transportée aux confins d'un cosmos foisonnant de célibat, de passion professionnelle, de nouveautés perpétuelles, tout le contraire de ma petite vie bien rangée. Son quotidien est rempli d'opportunités et de caprices assouvis. Elle voyage beaucoup et rencontre des gens intéressants, s'amuse en amour comme en amitié, sans compter, puisqu'elle en découvre à chaque nouvelle escale. Elle mange uniquement ce qui lui donne envie. Au restaurant, elle est capable de faire ramener un plat en cuisine simplement parce que le cuisinier a été trop généreux sur les épices ou les herbes aromatiques et tout ça avec le plus beau sourire des environs.

Ce grand sourire, c'est sa marque de fabrique, et quand elle le combine avec sa franchise à toute épreuve, elle dérange respectueusement les conventions. Sa capacité à vous dire non de façon si directe, si polie, sans détour et sans oublier bien sûr les arguments incontestables qui le justifient me laisse toujours bouche bée. J'admire sa manière de faire, partagée entre confusion et fascination.

Elle assume ses choix.
Elle revendique le plaisir.
J'assume ma routine.
Je revendique une trêve.

Je pourrais presque dire que ces mois d'été en arrêt représentent une pause inespérée malgré les circonstances. Je ne sais pas si j'ai vraiment profité de cette liberté, accrochée à mes béquilles, mais pouvoir VRAIMENT me poser après toutes ces années a été une parenthèse assez plaisante.

Profiter de mes enfants sans regarder ma montre, parler à mon mari autrement que par SMS, participer aux anniversaires des amis pas seulement à travers des cartes animées, répondre « oui » à chaque invitation plutôt que « non, je travaille », partir en vacances sans stress, tout ceci est peut-être passager, un peu jouissif aussi, cela fait cependant du bien de recharger les batteries avant de replonger dans la routine infernale de ma petite vie toute planifiée.

Un grincement lent et strident m'abîme les oreilles, ce bruit fort désagréable me pousse à tourner la tête. Une porte s'ouvre, laissant apparaître un homme, visage fermé, au physique agréable. Sa calvitie naissante, son front large et haut lui donnent des airs d'acteurs américains célèbres tandis que son polo couleur prune, ajusté, marque sa carrure.

Il laisse sortir une dame accompagnée d'une jeune adolescente boudeuse. La potentielle mère de famille parle fort, son élocution est rapide, elle semble intarissable. En face d'elle, le dermatologue acquiesce, inspecte régulièrement ses pieds et me regarde comme une bouée de sauvetage. Son corps tout entier invite la pipelette à battre en retraite mais aucun signal n'atteint cette grande blonde à la chevelure lissée, très apprêtée. Sa fille, un chewing-gum à la bouche, se présente sous un autre jour. Sa moue impassible, sa peau brillante et ses cheveux gras ne lui confèrent pas un air très avenant. En outre, elle nage dans sa salopette kaki bien trop large pour elle.

Il est certain que l'allure négligée de l'adolescente contraste avec l'excessive toilette de sa mère. L'une a de toute évidence la main lourde sur le maquillage et les artifices tandis que l'autre ignore manifestement l'emplacement de la salle de bain.

Ce petit manège m'amuse en dépit de la situation peu confortable pour ce pauvre mâle en péril. À ce stade de la scène, je décode une scabreuse tentative de drague de la part de cette actrice ambitieuse, ce qui gêne outrageusement le médecin et exaspère au possible la jeune fille dégingandée. Jacasser ne lui permettant pas d'arriver à ses fins, voilà notre diva qui s'autorise des gestes affectifs. Et que je te touche le bras et que je te caresse l'épaule et que je pose ma main délicate sur ton torse. Sur ses talons vernis de hauteur vertigineuse, elle jubile devant sa proie aux arrêts.

— Souvenez-vous de ce que je vous ai dit Docteur Largo, vous êtes le bienvenu à n'importe quelle heure de la journée.

Et de la nuit, non ?

— Mais je n'ai…

— Pas le temps, pas le temps, pas le temps. Je sais, je sais. Vous devez bien vous nourrir, tout de même ? Je vais vous réserver un petit créneau à midi vendredi. Vous venez à l'institut et nous irons tester un charmant restaurant tout près de mon salon. Son menu appétissant m'attire énormément.

Comme vous, non ?

— C'est hors de question, j'ai des patients à recevoir et je ne…

— Vous êtes votre propre patron, vous aussi, vous pouvez donc vous éclipser comme bon vous semble.

— Je suis trop fatigué pour…

— Vous avez raison, ça ne peut plus durer, vous vous épuisez au travail. En tant que femme d'affaires, je connais bien le sujet. Croyez-moi, il est urgent que je vous réserve un massage après le déjeuner. Je vais demander à Mylène de se libérer. Elle n'est plus toute jeune, par contre elle a des mains de déesse, vous m'en direz des nouvelles. Le salon d'esthétique se situe rue des Violettes, à deux pas de la rue Gambetta. La devanture a été refaite au mois de juin avant l'ouverture de mon deuxième salon dans la zone nord de Montauban.

— Je ne connais pas bien le centre-ville, pas sûr que j'arrive jusqu'à vous.

— Ah mais ce n'est pas un souci, je peux passer vous prendre à votre cabinet, cela ne me dérange pas le moins du monde !

Non ! Pas possible. Quelle générosité !

Outré et quelque peu paniqué, le médecin abdique en me jetant un regard désespéré.

— NON, NON, surtout pas, euh… Ne mélangeons pas le boulot et… le reste. Je viendrai vendredi.

— Parfait, parfait docteur, c'est bien que vous soyez un peu raisonnable, je sais pertinemment ce qu'il vous faut. C'est ça l'instinct féminin, lui annonce l'espiègle baratineuse avec un clin d'œil coquin et une tentative de caresse sur la joue. L'instinct masculin, lui, a l'air suffisamment aiguisé pour répondre aux attaques des hystériques en chaleur : le docteur s'esquive prestement sur le côté, évitant ainsi la main trop entreprenante lancée vers son visage. L'homme est d'une souplesse déconcertante lorsqu'il s'agit de sa propre survie.

— Allons, allons Mme Martin, il est temps de nous dire adieu, euh… au revoir, pardon. Ma nouvelle patiente est arrivée, ajoute-t-il en me désignant d'un geste de la tête. Vous qui avez une clientèle à gérer, vous savez sans aucun doute ce que doit faire tout bon chef d'entreprise qui se respecte : l'accueil, le sens du relationnel, le tact, l'écoute…

— Oui bien sûr, je manque à mes devoirs et à mes plus grandes qualités, se justifie-t-elle en me scrutant. Nous avions des choses capitales à régler, le docteur Largo et moi, lance-t-elle à mon attention, mais voilà, nous avons pu tout mettre au clair, je vous tire à tous ma révérence. Allez Faustine, on y va.

— Mouais, c'est pas trop tôt.

— Faustine, ton langage ! Ah, ces ados !

— Mouais c'est bon, j'arrive.

— À vendredi Docteur, n'oubliez pas !

— C'est noté Mme Martin, rentrez bien.

Et ne revenez jamais, non ?

La mère et la fille traversent la salle d'attente, se dirigent vers l'ascenseur et appuient sur le bouton d'appel. Je n'entends pas leur conversation (ou plutôt le monologue de la mère) mais une chose est sûre, ses paroles ont pour effet d'excéder l'adolescente qui semble subir ses dernières minutes. À défaut de prononcer des mots, son visage exaspéré trahit son mépris. Les lèvres pincées et les yeux levés au ciel, elle prend de profondes inspirations pour ne pas craquer et déverser toute la haine que je lis sur les traits de sa frimousse.

Les portes de l'ascenseur s'ouvrent en couinant, laissant petit à petit entrevoir un espace vide et sombre. Les lumières ne se sont pas activées ou ne fonctionnent plus. L'énergie négative dégagée par ces futurs touristes pourrait-elle influencer la technologie ? Cette réflexion absurde de ma part chaperonne la famille Martin qui entre dans l'ascenseur sans aucune appréhension. Les portes se referment sur un silence appréciable. Le dermatologue s'adresse alors à moi.

— Mme Chevalier ? demande-t-il en regardant dans ma direction, sa main toujours sur la poignée de la porte entrouverte.

Il ne prend pas beaucoup de risques à tenter de démasquer l'inconnue assise en salle d'attente : je suis la seule femme ! Je me lève en glissant discrètement mon téléphone dans une poche de mon sac à dos, puis réponds au médecin tout en récupérant mes béquilles posées à terre.

— Oui, c'est moi.

— Je vous invite à entrer. Pardon pour mon retard, ces personnes ont quelque peu accaparé mon espace et votre temps, je m'en excuse, plaide-t-il en m'invitant à entrer d'un signe de la main.

— Excuses acceptées, Docteur.

Je jette mon sac à dos sur mes épaules, redresse mes béquilles et me dirige vers lui.

Son cabinet est bien agencé. Un coin bureau à l'entrée, doté d'un ordinateur et de quelques photos de famille. Une table d'examen au fond ainsi qu'un long meuble envahi de tiroirs et une paillasse bien rangée sur laquelle sont exposés toutes sortes d'accessoires de soins.

En contournant le bureau, ma vue capte par inadvertance la photo d'un des cadres aux contours d'argent. Un frisson me glace le sang. Une sensation de froid traverse mon corps du sommet de mon crâne jusqu'aux bouts de mes orteils, en une seconde à peine. Je n'ai jamais ressenti un tel phénomène parcourir mon organisme. D'où vient cette tristesse infinie qui m'envahit tout à coup ? Pourtant, je ne connais pas ce jeune garçon au sourire éclatant encadré sur le bureau. Une photo de classe vraisemblablement, le photographe sait bien cadrer. Son visage angélique me transperce.

Je n'ai pas peur, je ne suis pas inquiète. Je suis suspendue à un fil et le temps s'arrête quelques secondes seulement. Je sens quelque chose d'une profondeur intense faire surface alors que la tristesse qui vient de s'installer en moi laisse doucement place à une paix infinie.

En levant les yeux vers le praticien, je distingue cette tristesse cachée judicieusement au fond de son regard avant de me retourner à nouveau vers le portrait du jeune garçon. À son contact, je lis cette paix infinie chez l'enfant. Je suis alors troublée par cette intuition à la fois nouvelle et étrange. En même temps une partie de moi est sereine, comme si tout ce que je venais de vivre était une véritable évidence.

Je sens qu'il s'est passé quelque chose de grave, d'intense dans la vie de ce petit garçon et de surcroît dans l'existence de cet homme. Une partie de moi sait ce que signifient tous ces sentiments mais ma raison refuse de valider l'inacceptable. Elle laisse juste mon corps ressentir cette sensation profonde de plénitude. Cette dernière est presque lumineuse, elle remplit le visage de l'enfant d'une douceur inépuisable. Je n'ai pas peur. Je suis là où je dois être en cet instant suspendu.

Le dermatologue ne perçoit pas mon trouble. Il m'interpelle tout à coup et me coupe instantanément de cette parenthèse. Mes deux pieds sont de nouveau bien ancrés au sol.

— Veuillez-vous asseoir, madame Chevalier, me demande-t-il en s'installant sur son fauteuil, derrière le bureau.

— Merci Docteur.

Comme un réflexe, je cale mes béquilles sous mon assise, au sol, entre les barreaux de ma chaise. Je dépose mon sac à dos sur la deuxième chaise. Qu'il est moche ce sac à dos ! Certes, il est pratique, je ne peux que le reconnaître, mais la féminité de mon sac à main me manque. Le reste aussi.

Le praticien commence.

— Expliquez-moi la raison de votre visite à mon cabinet.

Je pose mes deux mains bien à plat sur son bureau, face à lui. Il se penche légèrement pour avoir une meilleure vue, les étudie à peine et revient vers moi lorsque je commence mon discours.

— Je viens vous voir, docteur, car des taches rouges sont apparues il y a quelques mois sur mes mains et mon visage. Ces rougeurs, au début assez petites, ont fini par recouvrir le dessus de ma main, mes paupières, mes joues et envahissent aujourd'hui mon décolleté.

— Vous avez déjà consulté ?

— Oui, bien sûr. J'ai pris rendez-vous auprès de votre secrétaire il y a dix mois alors vous vous doutez que j'ai demandé d'autres avis lorsque je me suis rendu compte que les symptômes évoluaient.

— Qui avez-vous rencontré ?

— J'ai vu mon médecin généraliste, deux fois au moins pour ces raisons, et un autre dermatologue, mais aucune crème n'a été efficace. Personne n'a vraiment pu établir un diagnostic précis.

— Et bien moi je vais pouvoir.

— Etablir un diagnostic ?

— Oui.

— Sérieusement ?

— Sérieusement. Les béquilles, c'est à cause de douleurs musculaires ?

— Oui, euh, non. Enfin ça n'a rien à voir avec ma peau. J'ai eu une première méniscectomie partielle, puis une deuxième, donc plutôt une méniscectomie totale à présent et je suis en rééducation.

— Depuis combien de temps ?

— J'ai été opérée une première fois au mois d'avril, puis une seconde fois en juillet, il y a deux mois environ.

— Et ça va mieux, vous récupérez ?

— La première opération s'est passée en coup de vent. En cinq semaines, mon genou avait retrouvé toutes ses facultés comme si rien n'était arrivé. Cette deuxième opération semble plus capricieuse.

— C'est-à-dire ?

— La rééducation est un peu difficile. L'opération s'est bien déroulée, aucune complication liée à la chirurgie. Par contre, quelques semaines plus tard, aucun progrès n'avait montré le bout de son nez. Mon genou était aux abonnés absents. Le chirurgien a décidé qu'il fallait mettre en place une phase intensive, doubler les exercices, renforcer le programme des séances de kiné et, malgré toute ma bonne volonté, les progrès ont été minimes. J'ai même des douleurs au genou droit maintenant. Il a donc changé depuis peu de protocole, lors de notre dernière visite. Je dois reprendre les béquilles à plein temps et stopper toute activité physique. J'en ai peut-être fait un peu trop. C'est vrai que je suis du genre à pousser mon corps sans trop réfléchir.

— Vous avez des douleurs ailleurs ?

— Oui, j'ai mal aux bras et aux poignets par exemple, mais c'est normal si vous comptez tous ces kilomètres en béquilles.

— Etes-vous essoufflée ?

— Oui. C'est la galère de tout gérer quand vos jambes ne vous portent plus totalement. Mais quel est le rapport avec ma peau, Docteur ?

— Je sais de quoi vous souffrez.

— Et bien je vous écoute, dis-je enchantée. Je suis curieuse et impatiente de savoir quel traitement va me guérir enfin.

— Ce n'est pas aussi simple qu'il n'y paraît.

— Comment ça ?

Il se rassoit au fond de son siège. On dirait qu'il se prépare à affronter un ennemi invisible. Pourtant son visage est détendu, il me fixe d'un regard enveloppant rempli de force tranquille et d'assurance. Perdu dans ses pensées, il réfléchit à une stratégie ou prépare ses réponses, je ne sais pas. Je patiente sans dire un mot.

Le calme ne dure que trois secondes à peine, pourtant, je sens qu'il veut choisir ses mots tel un élève sérieux et bien attentionné. Il ramène alors ses fesses au bord de son fauteuil, pose ses coudes sur le sous-main en cuir de son bureau puis joint ses mains tout en les frottant ensemble avant d'articuler posément.

— L'érythème cutané que je peux observer sur votre épiderme couplé à votre faiblesse musculaire apparente sont caractéristiques d'une dermatopolymyosite.

— Une quoi ?

— Une dermatopolymyosite. Il s'agit d'une maladie auto-immune qui provoque principalement des inflammations cutanées et des troubles musculaires.

Mon sang se glace dans mes veines. La tête me tourne. Je manque de vaciller. « Auto-immune ». Je répète ce mot intérieurement, histoire de tenter d'assimiler la nouvelle. Il se trompe, bien sûr. Mon corps tout entier ne semble pas de cet avis. Que se passe-t-il ?

— Cela signifie que votre système immunitaire ne fonctionne plus correctement, enchaîne le docteur, imperturbable.

— …

Je voudrais lui dire « je travaille en pharmacie, je sais ce qu'est une maladie auto-immune » mais aucun son ne sort de ma bouche. Impossible de m'exprimer avec des mots pour l'instant.

Le dermatologue poursuit.

— Vos propres anticorps s'attaquent à vos muscles au lieu de s'occuper exclusivement de la défense de votre organisme, entraînant faiblesse musculaire, douleurs et brûlures. Cette maladie s'accompagne de signes cutanés, sous forme de rougeurs localisées dans un premier temps, puis les muscles sont atteints de façon progressive. Au début, on a du mal à descendre les escaliers, à monter dans le bus ou à se redresser si on est accroupi, ensuite, si la maladie n'est pas soignée, les gestes du quotidien deviennent difficiles. Entrer ou sortir de sa voiture, manipuler des objets, etc. Si les muscles moteurs sont atteints, les muscles internes ne sont souvent pas en reste, d'où vos essoufflements. Je crains que les poumons, le cœur voire le système digestif soient déjà en train de souffrir de cette situation qui s'installe. Mme Chevalier, vous m'écoutez ?

— …

J'entends son discours, j'assimile ces informations qui partent se perdre dans mon cerveau mais impossible de dire quoi que ce soit, les mots sont coincés dans ma gorge à la recherche d'oxygène pour sortir.

Un vide immense m'habite.

Un voile opaque se met sur mes émotions.

Un vent violent secoue tout mon être.

Mon interlocuteur insiste.

— Mme Chevalier, ça va ? Vous m'entendez ?

Je hoche péniblement la tête de haut en bas. Mon regard s'obscurcit et se perd au loin, au-dessus des épaules du médecin. Satisfait de ma maigre réponse, il enchaîne.

— Donc, je vous disais que cette maladie évolutive est grave mais la bonne nouvelle, c'est qu'elle possède un traitement. Ce dernier sera long et commencera à l'hôpital dans un premier temps. Je ne vous cache pas que les prochains mois vont être difficiles et que votre famille sera impactée par ces changements. Il existe aussi un risque de cancer associé, vous aurez donc un certain nombre d'examens à passer afin d'écarter cette possibilité. Mme Chevalier, vous êtes sûre que ça va ?

Si ça va ? SI ÇA VA ? Vous venez de foutre ma vie en l'air à l'aide de mots atroces tels que « maladie auto-immune » ou « cancer » et vous me demandez si ça va ? Non, NON ça ne va pas. Ça ne va pas, ça ne va pas du tout même ! C'est irréel, je suis en plein cauchemar et je vais me réveiller dans mon lit, à la maison, contre mon oreiller. C'est juste un mauvais rêve qui va s'estomper dans quelques minutes. Je ne réponds toujours pas, accablée par ces nouvelles alarmantes. Le docteur revient à la charge.

— Mme Chevalier, je vous sens ailleurs. Vous êtes sûre d'être encore avec moi ?

Non, je suis partie me réfugier au plus profond de moi-même. Je cherche désespérément un endroit où je pourrai me cacher, à l'abri du danger qui menace toute mon existence. Je lève les yeux. La lumière et la clarté de la pièce ont démissionné au profit d'un ciel rempli de ténèbres. Tout est noir, silencieux, vide. Qui a éteint la lumière ? Je m'enfonce dans cette nuit sans repère. Je ne ressens rien.

Je ne suis pas armée pour accueillir un tel programme dans ma vie. Ce médecin se trompe. Plein de bonne volonté, il souhaite trouver une raison cohérente à mes symptômes, c'est très gentil de sa part mais il n'y en a pas, en tous cas pas de ce genre. Rien d'aussi obscur ne peut expliquer ce qui m'arrive depuis plusieurs mois.

Il a voulu bien faire, ce brave docteur, se sentir utile et original à la fois. C'est vrai qu'avec un délai aussi long pour obtenir un rendez-vous, il doit être à la hauteur de sa réputation le monsieur, pas question de décevoir son public. Nombre de ses confrères ayant déjà succombé à toutes les hypothèses les plus logiques, les plus simples, il veut m'impressionner par ses connaissances, paraître plus intelligent que les autres qui n'ont rien trouvé de plus original qu'une allergie ou de l'eczéma.

Il faut reconnaître qu'il a beaucoup d'imagination. Une dermato-je ne sais quoi couplée d'un cancer, normal de retenir toute mon attention. Quant à des séjours hospitaliers et puis quoi encore ! Je n'ai pas le temps pour ça, moi, j'ai une vie à cent à l'heure !

C'est ça, Monsieur fait du zèle, dix mois pour obtenir un rendez-vous, ses patients méritent bien quelques surprises.

Son visage se crispe, il plisse le front. Ses yeux inquisiteurs tentent de percer le secret de mon silence. Inutile de chercher. Je n'ai pas peur, je ne suis pas triste, je ne ressens rien. Sachant par ce regard insistant qu'il ne poursuivra pas son discours sans un signe d'humanité, j'esquisse un sourire fade et plaintif, l'invitant à m'achever. Il me répond d'un pincement de lèvres compréhensif. Une légère désolation passe sur sa figure avant de reprendre sa constante maîtrise de lui-même.

— Aujourd'hui, nous allons procéder à deux étapes essentielles. La première est la confirmation de mon diagnostic.

Une lueur éclaire soudain mon regard : il y a donc une chance qui annoncerait un tout autre scénario à celui-ci. Je le savais, ce dermatologue imagine le pire mais tout cela n'est vraiment pas pour moi. Je n'ai pas le temps, j'ai des dizaines de choses à faire avant de courir à l'école. Le docteur Largo remarque ce net changement dans mon attitude et se reprend aussitôt.

— Je devine une illumination dans vos yeux qui, selon toute vraisemblance, signifie que vous ne croyez pas encore à mon diagnostic de médecin alarmiste, mais je vous l'affirme à nouveau madame Chevalier, je n'ai AUCUN doute sur la nature des faits évoqués à l'instant. Cette dermatopolymyosite est bel et bien présente, que vous le vouliez ou non. Voyez cette confirmation de diagnostic comme une routine administrative ou bien… la première étape d'une nouvelle vie.

Mais je n'en veux pas de votre nouvelle vie ! Elle parle d'inflammations et d'hôpitaux, ce sont des choses qui font parties de la vie de MES patients, ceux qui sont derrière le comptoir de la pharmacie, ceux qui viennent chercher du réconfort et des médicaments. Moi, je suis celle qui rassure et qui explique les traitements, celle qui relativise les mots et soulage les maux. Ce docteur se trompe, je ne suis pas malade, je suis de l'autre côté du comptoir.

Malgré mon manque de réaction, il continue.

— Je vais donc procéder à une petite biopsie de ces taches rouges. Posez vos mains devant moi, sur le bureau, comme tout à l'heure.

Je suis un pantin sans émotion, exécutant machinalement les ordres de son maître, cette personne qui tire les ficelles et me manipule à sa guise. Le langage verbal de compassion me semble de toute façon inutile puisqu'à cet instant, ses yeux abritent tant d'humanité qu'aucun langage ne pourrait la traduire avec des mots. Je vois la bonté, je puise l'espoir qui me fait défaut dans son regard pour ne pas m'écrouler là, tout de suite, aux pieds de son bureau. Il m'indique un endroit précis sur ma main tout en continuant ses explications.

— Je vais anesthésier localement cette zone au niveau des articulations métacarpo-phalangiennes. À cet endroit l'inflammation est plus intense et devrait révéler facilement ce que je recherche : des papules de Gottron, ces minuscules cercles rouges que l'on devinerait déjà à la loupe. Ils représentent incontestablement l'une des premières caractéristiques de votre maladie. Vous les voyez, ces ronds vascularisés qui forment cet érythème inflammatoire au niveau des saillies osseuses de la main ?

— Mhm... est le seul bruit que je réussis à articuler.

Le médecin met en action sa remarque concernant l'observation de mes lésions. Au milieu des stylos regroupés sur son bureau, il attrape le manche d'une loupe. Il positionne l'objet à quelques millimètres de ma main, ferme un œil, s'approche de la lentille convexe et constate la réalité. Il m'invite alors à faire de même.

Après cet exercice visuel, le médecin me fait signe de me lever. Je l'accompagne vers l'espace de soins situé derrière moi.

— Allongez-vous sur la table d'examen, ce sera plus confortable pour nous deux.

De quoi parle-t-il ?... Lou, arrête de fantasmer, ce n'est vraiment pas le moment !

Pourquoi appeler ce meuble une « table d'examen » alors que de toute évidence, il s'agit plus logiquement d'un lit ou d'un divan rembourré sur lequel de bonnes siestes, crapuleuses ou non, pourraient avoir lieu ?

Je m'exécute sans protester et m'allonge confortablement sur l'épais matelas bleu nuit.

Nous patientons en attendant que l'anesthésie fasse effet. Il me parle de ses dernières vacances en Sardaigne dans un hôtel possédant une piscine hors norme à cent mètres de la plage en contrebas. Sa visite préférée ? Une fromagerie à Alghero, avec dégustation de pecorino accompagné de bons vins au cœur d'une exploitation artisanale locale. Le médecin m'explique que le plus difficile a été de supporter l'odeur du fromage durant le voyage retour. Il en avait acheté quatre kilos.

Docteur Largo termine son récit de voyage pour troquer son couteau à fromage contre un scalpel tout aussi aiguisé. Je détourne les yeux et laisse ma main aux bons soins du docteur.

Quelques minutes passent.

— Voilà, j'ai fini, déclare-t-il prestement. Je n'ai fait que deux points de suture discrets que vous garderez une quinzaine de jours sous ce pansement. Je vous enlèverai les fils au terme de ce délai, lors de notre prochain rendez-vous et j'en profiterai pour vous donner les résultats de la biopsie que je devrais avoir reçus d'ici-là. Ça va Mme Chevalier ?

Je hoche la tête pour dire oui. Il poursuit en mettant de l'ordre sur la paillasse à roulettes.

— La deuxième étape est la mise en contact avec le monde médical. Vous devez être prise en charge rapidement car d'après les symptômes que nous avons mis en évidence ce matin, je crois fermement que votre état de santé nécessite la programmation d'une hospitalisation. Avez-vous des fausses routes ? Est-ce que vous vous étouffez parfois avec de la nourriture ces derniers temps ?

Je hoche la tête de façon négative. L'écart entre mes sourcils se rétrécit. Les yeux froncés, les pommettes relevées, mon corps parle un langage familier auquel le dermatologue répond.

— Pourquoi cette question me direz-vous ? Et bien il s'agit là d'un problème de muscles internes. Dans le cas de la dermatopolymyosite, les muscles moteurs fatiguent mais les muscles des organes internes eux aussi souffrent, si bien que la trachée et les cordes vocales finissent par être touchées et entraînent des troubles de la parole et de la déglutition. Vous êtes sûre de ne pas avoir avalé de travers ces derniers temps ?

Je réitère un non de la tête.

— Une boisson qui arrive trop vite, un morceau de pain coincé ?

— …

— Non, rien ? Tant mieux. Nous arrivons dans la course avant de devoir gérer des choses plus complexes, c'est déjà ça.

Les soins terminés, nous allons nous rasseoir à son bureau afin d'établir la suite des prochaines réjouissances.

— Bon, je vais passer un coup de fil au professeur Hooper à l'hôpital Larrey de Toulouse. J'ai travaillé à ses côtés durant une partie de mes stages en médecine. C'est pour cette raison que votre maladie, certes rare pour le commun des mortels, est une pathologie que j'ai déjà vue et étudiée. Vous verrez, le professeur Hooper est un homme compétent et sympathique, vous serez entre de bonnes mains dans son service.

À la parole, il joint le geste. Il attrape le combiné du téléphone fixe d'une main ferme et tapote des touches à la va-vite de l'autre après avoir jeté un rapide coup d'œil sur son ordinateur. Deux sonneries suffisent à trouver un interlocuteur ou une interlocutrice au bout du fil.

— Bonjour, ici le docteur Largo, dermatologue à Montauban. Je souhaiterai m'entretenir avec le professeur Hooper s'il vous plaît mademoiselle… Oui, je comprends… Non, je sais, il faut… Je… oui, oui, mais… je… Dites-lui que j'ai une DM… Oui, oui, juste ça. Vous lui dites que j'ai une DM, il comprendra… OK, je patiente.

Le docteur Largo en profite pour faire pivoter son fauteuil vers la gauche. Il jette un coup d'œil dehors. La fenêtre donne sur une avenue nourrie de circulation et d'activité.

J'aperçois une boulangerie, dotée d'une enseigne au croissant doré et d'une façade aux briques rouges. Une femme, bonnet en laine beige à grosses mailles et écharpe assortie, sort de la boutique en poussant la porte. Elle croise un vieux monsieur au béret bleu, lui tient l'un des battants de la double porte encombrée de ses baguettes, le salue succinctement d'un signe de la tête et, enfin sur le trottoir, remonte l'avenue à vive allure. Me replonger dans des activités simples comme aller chercher du pain à la boulangerie m'apaise un instant. Le cauchemar que je vis ce matin n'est finalement pas si loin du monde réel, il suffit de regarder en bas, juste au coin de la rue.

Je me raccroche à cette réalité rassurante pendant que le docteur Largo alarme l'hôpital avec mon tas de symptômes encombrants.

Deux adolescentes, des sœurs, des voisines ou des copines peut-être, marchent en direction de la boulangerie bras dessus, bras dessous. Je peux deviner leur bonne humeur à leurs réactions vives et leur foulée cadencée. L'une est intarissable en paroles, l'autre écoute et rit de bon cœur à intervalle régulier. Stoppées devant la devanture, elles attrapent chacune une barre de tirage sans cesser leur manège et pénètrent avec entrain dans l'établissement.

— Bonjour professeur. Frédéric Largo à l'appareil, comment allez-vous ?... Je suis ravi de l'entendre… Bien… Oui, une DM… Premiers symptômes cutanés classiques et évolutifs depuis dix mois… Oui… érythème périorbitaire, malaire, décolleté et… Oui, prélèvement ce matin… Non, stade avancé, je dirais… Oui c'est ça, atteinte musculaire… Un peu sonnée, mais ça va… vasculopathie…

J'ai décroché à « vasculopathie ».

Je suis à la boulangerie. Je commande une baguette chaude et croustillante qui sort du four à pain à la vendeuse habillée d'un tablier noir, couvert de farine. Je ferme les yeux. Une odeur réconfortante de pain frais et de viennoiserie me ramène en enfance. J'ai dix ans, tout va bien. C'est l'heure de goûter et j'hésite encore entre un chausson aux pommes et un pain aux raisins. Le mercredi, papa nous ramène des beignets, deux au chocolat pour Charly et moi, un aux pommes pour FX mais aujourd'hui j'ai dix ans et je suis suffisamment grande pour me rendre à la boulangerie seule. Je palpe les pièces de monnaie glissées dans la poche de ma robe vichy. Je me sens bien.

Un goûter, même imaginaire, a le pouvoir de ragaillardir notre enfant intérieur.

— Mme Chevalier, vous êtes de nouveau parmi nous ?

Non, je suis sur la planète des bonnes nouvelles, loin de tout ça, où vous n'êtes évidemment pas autorisé à atterrir.

Le docteur Largo me ramène en ce monde. Il capte mon attention du regard et m'explique les grandes lignes de son entretien téléphonique avec l'hôpital Larrey.

— Mme Chevalier, vous avez rendez-vous au cabinet du professeur Hooper dans quinze jours. Son bureau est au rez-de-chaussée de l'hôpital Larrey à Toulouse. C'est l'ancien hôpital militaire situé sur les hauteurs de la ville rose, non loin de Rangueil. Quant à moi, je vous revois ici juste avant, le temps de recevoir les résultats de la biopsie et de procéder à l'ablation des points de suture de votre main. Etes-vous disponible le vendredi 26 ?

Après l'accalmie de douceur gourmande qui a réveillé ma salive, je retrouve aussi l'usage de la parole.

— Cela ne m'arrange pas car je travaille tous les vendredis mais…

— Vous n'êtes pas en arrêt de travail ? me coupe le médecin avec stupeur sans me laisser finir ma phrase.

— Heu… si, dis-je en me rendant compte de mon étourderie.

Je sens mes joues s'empourprer et je tente de retomber sur mes deux pieds en ajoutant :

— Il faut croire que j'ai oublié ce détail important.

— Cette maladie est une alarme dont le son risque de vous faire vriller le tympan, Mme Chevalier, vous ne risquerez pas d'oublier les prochains mois de votre existence, ne vous inquiétez pas. Alors, on dit vendredi, 11 h ?

— Oui, c'est d'accord.

— Voulez-vous que je vous note ce rendez-vous sur un papier afin de vous en rappeler ?

— Je pense que je ne risque pas d'oublier notre entretien et son intense contenu, dis-je en écarquillant de grands yeux tout en lâchant un profond soupir.

— Il est vrai que notre entrevue était un peu chargée en informations… de toutes sortes.

— Un euphémisme, dirais-je.

— Oui. Vous allez pouvoir vous préparer à la suite et vous organiser auprès de vos proches durant les prochains jours. Les étapes vont se mettre en place petit à petit, ne vous inquiétez pas trop et surtout, évitez de regarder sur internet ce que l'on raconte sur la dermatopolymyosite. Il vaut mieux en parler de vive voix avec les professionnels que vous allez rencontrer ces prochaines semaines.

— Vous avez raison, les gens ont tendance à s'inquiéter pour rien.

Et je suis sûre que c'est votre cas !

17

Un brouillard épais

La première chose que j'ai faite en rentrant chez moi a inévitablement été de me connecter sur internet. Le temps des encyclopédies est révolu, la possibilité d'avoir un mari médecin aussi, il ne me reste que l'ordinateur pour avoir un accès rapide à des informations scientifiques. Je ne suis pas déçue de mon incursion sur la toile. J'y retrouve les grandes lignes évoquées au cabinet de dermatologie : « Maladie auto-immune rare, atteinte inflammatoire des muscles et de la peau… »

J'ai commencé à avoir des sueurs froides en découvrant les mots « complications sévères » et « atteintes pulmonaires ». Mon cœur s'est emballé en lisant « handicap », puis « cancer ». J'ai cligné des yeux de douleur en examinant des photos de peaux rougies, brûlées... Stop. J'ai rabattu violemment l'écran de mon ordinateur portable. Je me suis levée si vite que la chaise sur laquelle je me trouvais a basculé par terre dans un bruit sourd, agressif.

Pendant quinze jours, j'ai vécu dans le brouillard, le silence et l'incompréhension. J'ai poursuivi mon quotidien de convalescente post-méniscectomie, comme si le monde continuait de tourner rond. Mais mon monde à moi s'est arrêté net, pétrifié par une force inconnue qui me dépasse. Je ne devrais pas m'en faire, je sais que les médecins sont parfois alarmistes. Ils veulent faire au mieux et pensent parfois au pire alors que la vie continue la plupart du temps avec des solutions à tout problème.

Je n'ai rien à craindre, je vais bien.

Je garde les yeux ouverts en pleine obscurité. Je tente de percer ce noir dans lequel la vie, soudainement avide d'originalité, m'a plongée quelques jours plus tôt.

Ma tête est une bibliothèque géante aux boiseries anciennes et au parquet massif d'origine, dans laquelle les livres de ma vie sont bien rangés, les anecdotes bien classées, les années bien répertoriées. Chaque fiche qui arrive ici trouve sa place au milieu des milliers de volumes qui résument mon histoire. Je suis une bibliothécaire à l'aise dans ces rayons, capable de m'orienter les yeux fermés, tant je connais cet univers dont je maîtrise tous les rouages.

Néanmoins, les dernières informations compilées par le docteur Largo n'ont pas encore trouvé leur place et errent dans les anfractuosités de mon esprit. Une vague d'obscurité semble vouloir prendre le contrôle de cet endroit familier. J'ai pourtant appuyé sur l'interrupteur pour rallumer après une première attaque dans le bureau du docteur mais la lumière, autrefois si intense, s'est tamisée. Des feuilles virevoltent dans l'air pendant que d'autres gisent au sol, dépitées de ne pas rejoindre la grande famille de mes expériences passées. Le bois des colonnes craque. Je suis inquiète. Ces évènements ne se sont jamais produits auparavant. Que se passe-t-il au cœur de mon univers ?

Le dermatologue m'annoncera bientôt que le pire diagnostic évoqué était tout simplement erroné. Je n'ai pas le temps de bouleverser mes habitudes, je vis à cent à l'heure.

J'avoue que j'ai failli y croire, les symptômes pouvaient effectivement prêter à confusion, mais il est temps de revenir sur terre. Je suis en pleine rééducation de mon genou après deux opérations presque consécutives, il est donc bien naturel de laisser mon corps récupérer à sa vitesse. Ma peau claire et sensible m'a, quant à elle, déjà joué quelques vilains tours depuis mon enfance.

Pourtant, à ma connaissance, rien n'a jamais été insurmontable. Même lorsque j'ai décidé contre toute intelligence d'exposer ma peau au rayonnement des UV sans protection solaire.

Quand, adolescente, j'ai pris conscience de ma peau fade, y compris l'été au soleil, il m'est venu l'idée folle et irresponsable de confronter ces deux ennemis une bonne fois pour toutes afin de provoquer une hypothétique réconciliation. Chacun sait que le soleil et les peaux claires ne sont pas bonnes amies, mais à l'époque, ma détermination à prouver le contraire au monde entier a été plus forte que ma raison. Mon bon sens et ma mère me criaient de mettre de la crème solaire depuis mon plus jeune âge seulement voilà, je rentrais dans l'adolescence, cette période très particulière où TOUS nos principes sont remis en cause et réévalués. Face à mes copines bronzées et mes copains dorés, je me sentais différente et mal dans ma peau. Les parents partis pour une excursion touristique, mes frères au club enfants, je traînais sur la plage avec un groupe de jeunes, encadré par le club ado du camping.

Quatorze ans. Plage de Royan au bord de l'Océan Atlantique.

— Tu attends quoi pour te mettre au soleil ?

— Je peux pas, j'ai oublié la crème solaire.

— On dirait un cachet d'aspirine, arrête la crème solaire sinon tu vas finir par devenir transparente.

— Je bronze pas, c'est comme ça.

— Les gens qui ne bronzent pas, ça n'existe pas, c'est que tu n'as pas encore essayé. Allez, fonce !

Déjà fan de biologie, je me persuade qu'une heure sur le ventre puis une heure sur le dos ne peuvent que stimuler ma mélanine et engendrer un début de bronzage. J'installe ma serviette de plage à côté de celle d'Émilie, jette mon tee-shirt dans le sable, vérifie mon maillot de bain et m'allonge pleine d'entrain. Le soleil tape fort et le ciel d'un bleu intense semble nous dire qu'aucun nuage ne viendra ternir notre séance de bronzette. Seraient-ils tous les deux complices du reste de ma bande pour me faire basculer vers la tentation d'un corps plus hâlé ? Il faut croire qu'une partie de mon cerveau était encore éclairée puisque cette dernière a eu la prudence de me convaincre de garder mon paréo noué de ma taille jusqu'à mes chevilles.

Le bilan de cet après-midi fut sans appel : ces deux heures de total lâcher-prise m'ont valu des brûlures de second degré sur la moitié supérieure du corps, c'est-à-dire le tronc, les bras, les épaules et le visage. Sans oublier les pieds, laissés également en insouciante liberté.

Les jours, et surtout les nuits qui suivirent cette bêtise puérile ont été une expérience dont je me souviens encore péniblement. Le plus dur à supporter, outre la douleur qui irradiait la moitié de mon corps, fut le cruel manque de sommeil. Il était illusoire de croire que je pouvais m'endormir puisqu'aucune position n'était envisageable. Au mieux, je m'assoupissais d'épuisement entre deux gémissements suivis par les gloussements de mes frères, hilares au fond de leurs duvets. Poser mes épaules sur un quelconque support était très douloureux, que je sois allongée sur le dos, sur le ventre ou en chien de fusil.

Venant à mon secours, ma mère finit par m'installer assise dans le lit, le dos calé avec des petits coussins qui ne touchaient SURTOUT PAS mes épaules ou mes omoplates brûlées. Ma tête posée sur un édredon écrasé au mur complétait cette maigre consolation. Cette position étudiée me laissa somnoler un minimum pour ne pas perdre la boule.

Mon intelligence était la seule à se marrer de l'intérieur, ravie d'avoir eu le dernier mot. Elle fredonnait une pénible rengaine du genre « À brûler les interdits, te voilà comme un rôti ». Charmant.

Mes copains du club ado et mes frères ont bien rigolé en me voyant de la sorte. Matthieu m'a demandé si j'avais atterri dans le pot de peinture rouge destiné à repeindre la coque du bateau de son oncle. Émilie a soupçonné que je me sois malencontreusement cachée dans le grille-pain pour faire une blague à mes frères pendant que ces deux canailles, FX et Charly, me proposaient de me badigeonner les pieds de guacamole pour que mon costume de feu tricolore soit complet. Charmant.

18

Une vérité douloureuse

Je suis assise, seule, sur une chaise de la cuisine. Nous avons fini de dîner. Christophe est parti gérer les lavages de dents et la mise en pyjama de nos deux enfants. J'entends le son de leurs voix au fond du couloir, l'eau coule, les placards claquent.

Je n'ai parlé de mes deux rendez-vous chez le dermatologue à personne. J'avais décidé de garder l'intégralité de ces informations pour moi et d'éviter de retourner bêtement sur internet. Assez de lignes alarmantes et de photos écœurantes ont défilé devant mes yeux.

Aujourd'hui c'est différent, je sais.

À notre deuxième rendez-vous, le dermatologue m'a laissé quitter son cabinet à la condition expresse de prévenir mon mari sur-le-champ. Il m'a souhaité bonne chance et un courage d'acier pour affronter une course d'obstacles non identifiés. J'avais l'impression de saluer un coach sportif capable de m'envoyer à une compétition de 400 mètres haies sans aucune préparation physique et psychologique.

Aujourd'hui, je sais.

Si mon genou était en rééducation pour une raison tout à fait légitime, je ne comprenais pas vraiment pourquoi le reste de mon corps l'était aussi. Je m'étais convaincue d'une sorte de coalition des différentes parties de mon anatomie. Dorénavant je comprends mieux pourquoi mon verre d'eau est trop lourd, pourquoi je peine à sortir les courses du coffre de la voiture, pourquoi étendre mon linge ou ranger les commissions ressemble à la progression d'un marathon sans fin. En sueur et essoufflée, mon cœur bat à toute allure après ces efforts compliqués et j'en connais enfin la raison : mes muscles sont soumis à des attaques d'anticorps en permanence. Mon corps mène depuis plusieurs mois un véritable combat intérieur dont j'ai maintenant l'explication.

Je perçois aujourd'hui son soulagement d'avoir été entendu. Comme s'il me parlait depuis tout ce temps et que je faisais la sourde oreille, comme s'il m'alarmait sur une urgence que j'avais toujours réfutée.

Le couvercle râpe ma main meurtrie lors de la manipulation d'une boîte d'haricots verts, à l'endroit même où le dermatologue a enlevé les fils de suture. J'émets un léger chuintement et pose ma main valide sur la blessée tel un pansement de fortune : ces deux-là font preuve de solidarité depuis toujours, c'est admirable.

Il va falloir que je mette Christophe dans la confidence. Mes parents aussi. Mes frères. Mes collègues. Mes…

J'ai besoin d'air. Je souffle un bon coup. Je ne ressens rien.
Ni peur, ni inquiétude, ni colère.
Pas de révolte, pas d'accablement, pas de crainte.
Aucune tristesse, aucune amertume, aucune angoisse.
J'ai pris toutes ces émotions naissantes, aussi terrifiantes les unes que les autres, je les ai déposées dans une boîte dont j'ai fermé la serrure à double tour. J'ai jeté la clef et caché le coffret tout au fond de mon être. Les yeux clos, je plisse les paupières le plus fort possible jusqu'à ce que la tête me tourne. Pourrais-je alors perdre définitivement la clef de mes émotions, condamnée à rester égarée dans les méandres de mon esprit ?

Tout le monde le sait, ouvrir la boîte de Pandore expose à des évènements apocalyptiques sans précédent. Mon monde s'est arrêté de tourner, il a été projeté dans des limbes profondes donc inutile d'aggraver la situation avec une explosion incontrôlable de sensations qui me dépassent.

Gérer l'intégration des données médicales reçues ces derniers jours est suffisamment difficile à accepter, explorer les émotions qui en résultent serait trop lourd à porter seule. Aucun doute que cela m'achèverait définitivement. Or, actuellement, j'ai besoin de toute ma lucidité pour faire face, de toute ma rationalité pour tenir bon, rester debout, rester en vie. Je m'occuperai de ces ressentis plus tard ou bien jamais, qui sait. La clef et la boîte de Pandore sont peut-être suffisamment engloutis pour ne JAMAIS refaire surface.

Un combat à la fois, cela suffira amplement.

Les enfants couchés, nous sommes installés devant la télévision. Le film de ce soir, sans intérêt, ne m'aide pas à m'évader.

Il va falloir lui dire.

C'est décidé, c'est ce soir. Le générique de fin défile sur l'écran au son familier d'une musique orchestrale. Mon mal de ventre apparu en début de soirée s'est estompé, je me sens mieux. Je me lève en prenant appui sur mes bras et sur le canapé, je transfère mes mains sur mes cuisses, genoux fléchis tel un rugbyman en plein haka et me déplie autant que nécessaire afin de retrouver une position verticale la plus stable possible. Un exercice de plus en plus compliqué à réaliser au fil des jours. Je respire vite, comme si je venais d'effectuer un footing. Je stabilise et consolide mon équilibre, fauche mon téléphone puis la télécommande de la télévision sur la table basse et appuie sur le bouton « off ».

Christophe s'est assoupi et reprend vie au bruit de mes différentes actions. Nous n'avions allumé ni la lumière du séjour, ni la lampe située sur la commode du salon. À 22 h 45, je me retrouve donc dans l'obscurité. Ça tombe bien, c'est le même décor à l'intérieur de moi-même, des limbes énigmatiques dépourvues d'humanité.

Je devrais éviter de m'y embourber trop longtemps.

— T'arrives pas à écouter les acteurs du film ? Je ronfle, c'est ça ? demande Christophe dans un demi-sommeil.

— Non, non, j'ai pu regarder la fin au calme.

— C'est déjà fini ?

— Oui.

Un « boum » réveille complètement mon homme.

— Merde ! grince-t-il.

— Quoi ?

— J'ai fait tomber mon portable.

— Il devrait dormir sur la table plutôt que sur tes genoux.

— Ça va, éclaire devant le canapé, au lieu de me faire la morale, râle-t-il.

Je manipule mon téléphone. Une lumière aveuglante s'échappe aussitôt de ma main pour caresser le sol d'un halo puissant. Les mains de Christophe tâtonnent sous le canapé et entre les pieds de la table basse. Je déploie mes recherches en reculant précautionneusement de trois pas. Le fugueur est vite repéré à un mètre sur ma gauche, le long de la baie vitrée qui donne sur le jardin.

— Ah, le voilà ! proclame Chris, vainqueur.

— Opération réussie, Colonel. Des dommages ?

— Aucun, avoue Chris en examinant son téléphone sous tous les angles.

— Extraction des lieux ?

— Parfait, Major. Vous êtes autorisée à quitter la base pour un bon lit douillet dans vos quartiers, continue-t-il d'ironiser.

— Alors passe-moi mes béquilles, s'il te plaît.

— Blessée au combat ?

— On pourrait dire ça.

L'obscurité m'arrange. Elle masque mon embarras à l'évocation d'une possible attaque avec de fâcheuses conséquences à assumer. Je ne bouge pas. Christophe s'impatiente.

— Elle sont où tes béquilles ?

— Angle du canapé et du mur, derrière toi.

Il jette un œil dans cette direction puis tourne sa tête vers moi.

— Donne-moi ton tél.

Je lui tends l'objet et le rayon de lumière se déplace sur le plaid ramené d'une main malhabile en boule sur le flanc, puis sur l'emballage de la tablette de chocolat qui elle, a disparu, et enfin sur les gros coussins du canapé. Au sommet, on aperçoit l'appui brachial de chacune de mes béquilles en plastique bleu. Chris se déplace, recueille le papier aluminium dans sa main, le froisse et le met dans sa poche. Il attrape ensuite mes béquilles qui effectuent un 180° au-dessus du sofa puis revient sur ses pas, me les donne et ouvre la marche en direction de l'espace nuit.

Nous traversons le reste de la maison au moyen de cette lanterne improvisée. Bref passage aux toilettes. Lavage de dents à la salle de bains. Inspection rapide des chambres des enfants enveloppés dans leurs couettes.

Je ferme la porte de notre chambre derrière nous et contourne le lit. Je pose mes fesses sur le rebord et libère mes pieds de mes chaussons. Je glisse mes béquilles par terre, le long du sommier. Christophe me confie mon téléphone et fait le tour du lit en bâillant. Je sens dans mon dos son énergie quand il étire la couette d'un geste ample et brusque. Assis, il se cale sous les draps en une seconde, lâche un soupir de soulagement. J'imagine aussitôt son corps se détendre sur les oreillers en place.

J'allume la lampe de chevet. J'éteins la lumière de mon téléphone.

Je réveille mon courage. J'étouffe mes craintes.

À ses côtés, je me mets au chaud sous la couette recouverte d'une housse décorée de plumes blanches saupoudrées de gris. Nous sommes tels deux trains roulant dans la même direction. Cela sera-t-il encore le cas dans quelques minutes ? Une fois ancrée dans le matelas, je n'arrête pas de jouer avec mes doigts et de retarder l'inévitable. C'est ce soir. La dernière fois que j'étais nerveuse comme ça, c'était pour demander une augmentation à ma hiérarchie.

Je bouillonne. Chris s'exprime.

— Au fait, j'ai vu Ahmed aujourd'hui, il est passé au boulot. Nous avons déjeuné ensemble, il était dans le coin. Il t'envoie le bonjour.

— Ah, dis-je sans trop d'ardeur.

— Je lui ai rendu la ceinture que sa mère t'avait prêtée le jour de notre virée pluvieuse à la Foire des arts. Il m'a dit que nous étions les bienvenus, quel que soit le moment.

Je n'en peux plus, le bouillon va déborder.

— Chris, j'ai quelque chose à te dire.

— Oui, j't'écoute.

— C'est au sujet de… mon travail, dis-je hésitante.

— Ah, s'extasie-t-il, tu vas sauter le pas et t'orienter vers un autre destin professionnel ? argue-t-il enjoué.

— Euh… disons que je vais devoir faire un break, je…

— Tu as raison ! me coupe-t-il sans se départir de son enthousiasme légendaire. La pharmacie est ton seul refuge depuis toujours alors que la vie regorge de tant de possibilités, comme apprendre des métiers différents afin de s'enrichir.

— J'aime ce que je fais, c'est tout, dis-je têtue, presque soulagée de changer de sujet.

— Oui mais « c'est tout » c'est limitant, non ?

— La routine me rassure, je ne suis pas comme toi.

— Je ne critique rien, j'observe. Tu es à cran depuis que tu as accepté ce poste de responsable qualité. Je sais que tu veux bien faire, mais à quel prix ? Tu flippes pour des statistiques et des audits alors que tu te consacrais jusqu'à présent au bien-être et à la santé des patients. Nous étions d'accord sur ces valeurs. Moi, ça me déroute cette façon moderne de gérer les entreprises. Mais tu fais comme tu veux, c'est ton job, pas le mien.

— Katia a gardé ces valeurs, elle travaille vite ET bien. C'est une arme redoutable au comptoir. À chaque fois que je la vois, je ne peux pas m'empêcher de penser : c'est une tueuse !

— Pas de clients, j'espère ! ironise Chris.

— Mais non, tu penses ! Ce que je veux dire c'est que ma collègue est une vraie machine. Elle est capable de servir un adolescent venu chercher une boîte de préservatifs, puis une mamie diabétique qui lui présente une ordonnance de dix références différentes et enfin un homme de quarante ans qui vient chercher une ceinture lombaire. Ce ballet se déroule à deux pas du pharmacien, en train de papoter avec un seul et même client depuis dix minutes. Ma collègue gère trois patients quand le pharmacien est encore en train de définir le besoin du sien. Si j'étais l'agent sportif de Katia, c'est sur ce potentiel d'efficacité et de rapidité que je vendrais ses mérites.

— Bref, Katia est un bon élément, résume Christophe.

— Oui, elle est extra. Je pourrais négocier son contrat à la hausse en évoquant mes courbes et mes tableaux de rentabilité !

— Donne-moi quelques chiffres.

Christophe attrape son téléphone portable et pianote à la recherche... d'une calculatrice. Je lui annonce quelques statistiques. Le doigt pointé vers moi, il m'expose sa théorie le plus précisément possible puis partage son écran avec moi.

— Regarde.

— Deux cent mille !

— Et encore, j'ai tout arrondi, si bien que la réalité dépasse ces résultats. Tu as délivré plus de deux cent mille ordonnances depuis tes premiers pas en pharmacie, dit mon homme, plutôt content de sa démarche scientifique. Alors, c'est trop ou pas assez ? ajoute-t-il, un soupçon narquois.

Je n'aurais jamais eu l'idée de calculer une telle productivité. Enfin, c'est mon métier depuis toujours, c'est vrai, mais les clients ne sont pas des chiffres, les ordonnances ne sont pas de vulgaires bouts de papier que l'on essaie de faire rentrer dans des colonnes et les médicaments ne sont pas seulement des boîtes en carton que l'on inscrit sur des registres de traçabilité. Il y a des hommes, des femmes, des familles derrière ces numéros, des traitements qui sauvent et qui soulagent derrière ces ordonnances, des principes actifs précieux derrière ces packagings pharmaceutiques.

Je me rends compte des limites de ce nouveau métier que j'endosse depuis ces derniers mois. L'étude de ces documents sous le seul angle de l'amélioration de la qualité de service me déconnecte de mon métier sur le terrain, m'éloigne de mes collègues, me détourne des réels besoins des patients.

Peu importe le temps passé auprès de chaque personne, l'important est la qualité de nos échanges et la capacité à rendre le client satisfait, à sculpter de meilleures conditions de travail avec nos collaborateurs, quel que soit le temps passé en leur compagnie. Aucun chiffre ne peut mesurer la valeur humaine de nos échanges. Inutile de se morfondre pour autant, chaque métier a ses limites et ses inconvénients.

Ce constat me dérange.

Silencieuse, je me concentre un moment sur mes mains, que je passe lentement sur mon visage puis dans mes cheveux. La boule qui grossit dans ma gorge commence à me gêner. Une profonde inspiration. Une longue expiration. C'est maintenant.

— Chris, ma vie professionnelle risque d'être chamboulée parce que ma santé VA la chambouler, dis-je d'un trait, comme une urgence bloquée quelques instants auparavant dans ma gorge.

— C'est-à-dire ? demande mon homme, dubitatif.

— Tu as vu que mon genou ne se remet pas aussi vite que lors de ma première opération ?

— Peut-être, dit-il sans trop de conviction.

— Cinq semaines d'arrêt pour ma première intervention, si tu veux que je te rafraîchisse la mémoire. Et là, plus de trois mois de galère. Impossible de marcher depuis le mois de juillet.

— Mais c'est normal, tu n'as pas été opérée tout de suite. En pleines vacances d'été, tu as dû patienter pour un scanner ou une IRM, je ne sais plus et ensuite le professeur est parti en congé. On ne peut pas aller plus vite que la musique.

— Tu as raison pour ces contretemps, mais ça n'empêche pas mes difficultés actuelles à retrouver l'usage de mon genou et du reste. Je suis essoufflée à chaque effort, mon cœur s'emballe comme si j'étais sur un ring et mes muscles me font de plus en plus souffrir.

— Qu'est-ce que tu essaies de me dire ?

— Que les choses devraient s'améliorer alors que le chirurgien qui a opéré mon genou, dit que mon état de santé se dégrade. J'ai même bafouillé hier soir au dîner, tu n'as pas vu comment était ma voix, dans les aigus, enrayée ?

— Quel est le rapport entre ton extinction de voix d'hier et ton genou ? Ça n'a rien à voir, désapprouve Chris.

— Si justement, le docteur Largo dit que tout est lié. Il y a une explication à tous ces symptômes.

— Qui est le docteur Largo ? s'impatiente Chris.

— Le dermatologue que j'ai consulté il y a deux semaines environ.

— Je n'y comprends rien, pourquoi un dermatologue dans toute cette histoire ?

— Je vais t'expliquer. La dermatopolymyosite s'est invitée dans ma vie.

Avouer à mon mari la maladie qui me ronge n'a pas été aussi difficile que je me l'étais imaginé. Fidèle à lui-même, Christophe est resté stoïque, tel un philosophe baigné de sagesse. Comme il intériorise tout, je ne sais pas s'il est abattu par ces nouvelles ou sidéré par mes paroles. En tout cas, il ne laisse pas la panique ou l'inquiétude transparaître. Lui qui d'habitude est si railleur me laisse raconter mon histoire sans m'interrompre et paraît redécouvrir cette dernière année de vie commune sous un angle nouveau.

Il n'y a pas vraiment eu de secrets ou de mensonges entre nous, mais la dermatopolymyosite s'est insinuée sans crier gare. Une fumée sans feu s'imprégnant petit à petit dans notre quotidien, incapable de nous avoir alertés, ni lui, ni moi.

J'ai laissé des silences entre mes différentes explications afin de lui permettre de réaliser petit à petit la situation. Il a posé une ou deux questions auxquelles j'ai répondu avec le plus de tact possible. Quand je pense aux milliers d'interrogations qui traînent encore dans ma tête, je ne comprends pas comment il fait pour rester si calme.

— C'est quand, ton rendez-vous avec le professeur machin-chose ?

— Demain.

— Si vite ? Veux-tu que je vienne ?

— Non. Je vais y aller seule.

— OK.

— Le dermatologue me parle d'hospitalisation mais peut-être qu'il se trompe et que le professeur aura une autre approche de tout ça. Attendons de voir quelles sont les règles du jeu.

Je tente de convaincre Christophe à voix haute mais en prononçant cette phrase à propos d'une future visite à l'hôpital, je m'aperçois qu'elle sonne faux et que je n'y crois pas non plus. Je pense qu'il s'est rendu compte de mon effort de persuasion déchu lorsque j'éteins la lumière de ma lampe de chevet et m'allonge la tête sur l'oreiller, le visage tourné vers le mur.

Quelques minutes s'écoulent puis il s'allonge, se presse contre mon dos et passe ses bras autour de moi. Il plaque son visage contre le mien et me chuchote à l'oreille. « Au Scrabble, je ferais un max de points avec un nom pareil ».

19

Princesse de la mode

10 h. Les enfants sont à l'école, Christophe travaille. Je me rends à l'hôpital Larrey sur les coteaux de Toulouse. N'ayant jamais mis les pieds dans le quartier où se trouve cet établissement, j'ai allumé le GPS. La circulation est dense sur la ville rose mais je ne suis pas pressée, j'ai pris suffisamment d'avance pour acheter un croissant à la boulangerie avant d'arriver. Quelques rayons de soleil accompagnent mon ascension vers une destination que j'aurais souhaité ne jamais connaître. C'était sans compter sur les surprises de la vie. Je déteste les surprises. On ne maîtrise ni le lieu, ni le temps, ni l'organisation, ce n'est vraiment pas mon genre.

Le parking est en bordure de forêt et de nombreux arbres délimitent les places des véhicules. J'enfourne la voiture sous un platane et me dirige vers les portes battantes automatiques.

Le hall dessert, sur ma gauche, un guichet principal et deux secondaires placés dans son prolongement. Sur la droite, la cafétéria, d'où s'élève une odeur agréable de café chaud et de viennoiserie. Je traverse entre les patients qui attendent leur tour aux différents pôles administratifs, longe les distributeurs de boissons et de confiseries et tourne à gauche avant les ascenseurs.

Je lève les yeux, les panneaux me confirment que je suis sur la bonne voie. Le docteur Largo a été précis dans son itinéraire. « Ne donnez pas votre signalement dès l'entrée du bâtiment et tracez directement en face de vous. Dès que vous voyez des ascenseurs, prenez à gauche, c'est indiqué. »

Une porte battante. Une deuxième. Une odeur d'asepsie plane dans les couloirs. Je croise plusieurs membres du personnel en tenue blanche, une femme et son fils, une tétine dans la bouche et un petit monsieur en déambulateur.

Je me surprends à le dépasser dans un large virage.

Je vais pouvoir m'inscrire aux Jeux paralympiques.

« Consultations dermatologie ». Je suis au bon endroit. Une des secrétaires termine avec un monsieur à qui elle remet une feuille fraîchement sortie de son imprimante. Elle accueille un couple de sexagénaires d'un large sourire et leur intime dans la foulée de lui fournir une pièce d'identité ainsi que la carte vitale de la personne venue consulter.

Soudain, un bruit sec, étouffé me fait pivoter. Tandis que je patiente au comptoir, haletante, le cœur tambourinant à toute vitesse du haut de mes béquilles, une infirmière emplafonne les portes battantes d'une double gifle pour les ouvrir. Elle s'engouffre dans le couloir que je viens d'emprunter mais avant de disparaître, je la vois s'immobiliser contre l'un des battants ouverts. Le petit papi du couloir entre dans la pièce et fait claquer son déambulateur sur le sol lisse. Un son métallique et monotone émane de son moyen de transport et résonne autour de nous. Finalement, il n'était pas nécessaire que je me presse, doubler ce monsieur dans sa course n'a fait qu'augmenter ma fatigue en brûlant une copieuse énergie sans retarder l'inévitable.

Rien ne sert de courir…

— Madame… MADAME ! crie une femme dans mon dos.

Je percute vite. Je tourne la tête. Cette intonation sévère s'adresse à moi.

— Euh oui, excusez-moi, dis-je d'une mine déconfite à l'attention de la dame en blouse blanche. Derrière son ordinateur, elle soupire d'agacement. Je tangue jusqu'au comptoir du secrétariat et cale mes deux béquilles dans ma main droite afin de libérer l'autre. J'agrippe mon sac à dos, bloque les béquilles avec mes hanches sur le meuble, ouvre la fermeture éclair et lui tends différents éléments administratifs. Ses yeux sont des lasers de reconnaissance capables de trouver une information en un temps dérisoire. Elle fait le tri dans les documents et m'en représente la plupart que je plonge dans mon sac en toile bleu.

— Vous avez rendez-vous ? demande-t-elle poliment.

— Oui, avec le professeur Hooper.

Elle scrute un listing qu'elle attrape d'une main et le pointe à l'aide d'un stylo quatre couleurs, parcourant rapidement les colonnes que je devine. Du haut de ma hauteur, je vois le début d'un tableau rempli de noms et de chiffres que je suppose être des heures et des salles. Sa main s'arrête net en pleine recherche.

— C'est exact, je vous ai ! clame-t-elle, victorieuse.

— Bonne nouvelle.

— Vous pouvez aller vous asseoir, le professeur viendra à votre rencontre, m'intime-t-elle en me désignant un grand U parcouru de chaises en plastique rouge.

— Merci.

Je pivote sur mes quatre jambes et accède aux sièges en quelques claquements au sol. Une colonie d'yeux curieux m'observe aller m'installer. J'ai repéré une chaise proche d'un angle de mur nu, parfait pour positionner mes béquilles en équilibre. Les poser par terre risquerait de faire chuter l'une des personnes ici présentes, peu attentives à mes copines encombrantes.

Assise, je dépose mon sac à dos sur mes genoux et tente de remettre de l'ordre au milieu des feuilles rendues par la secrétaire. Cette attente me permet aussi de reprendre mon souffle et, à l'aide d'un certain nombre de respirations, de retrouver des battements de cœur plus calmes et moins rapides. Je me sens épiée. Je finis de refermer la fermeture éclair et abandonne mon dos en arrière sur le dossier. Un instant passe. Je me sens toujours épiée et jette un regard sur ma gauche.

Ma voisine, qui doit avoir six ou sept ans, me dévisage avec désinvolture. Ses yeux trahissent une gaieté prête à déborder mais son attitude se veut empreinte d'une certaine majesté. Pieds croisés, dos droit, nuque raide, elle réajuste le col claudine de son chemisier blanc sur son blazer noir avant de rabattre son attention vers moi. Jupe champagne en tulle à volants. Collants opaques. Bottines vernies. Rien ne manque à la panoplie de la parfaite petite fille en société. Elle délie soudain ses pieds et balance ses jambes d'avant en arrière sous sa chaise, les mains agrippées au rebord.

Elle doit sûrement se demander pourquoi je boite et pour quelle raison je suis ici aujourd'hui. La curiosité des enfants est touchante, tandis que la société bannit celle des adultes dans un revers difficile à comprendre. Face à tant d'insistance visuelle, je tente une approche amicale.

— Salut.
— Salut, me répond aussitôt la demoiselle.
— Ça va ?
— Oui, moi ça va, mais toi ça va pas. Tes jambes sont cassées, mais c'est pas ça le plus grave.

Surprise par un tel aplomb, mes abdominaux se contractent et mon corps émet un léger recul. Trois secondes s'égrènent puis, masochiste à mes heures perdues, je décide de relancer ma voisine clairvoyante.

— Et peut-on savoir ce qu'il y a de plus grave, alors ?

— Ton sac est absolument horrible. Un sac à dos en plus, même pas un sac à main de fille ! s'offusque la petite fille.

Je ne vais pas me défaire du sourire qui vient de se coller sur mon visage avant un bon moment tant il fait du bien ! Je remue la tête de sidération. Une nouvelle amie est entrée dans ma vie. « Mademoiselle sans filtre » est même bien partie pour devenir numéro un sur la liste de mes meilleures copines.

— Tu as absolument raison, lui dis-je sur le ton de la confidence. Je pense que j'aurais besoin d'une spécialiste de la mode pour relever le niveau.

— Ça tombe bien, je suis une experte et je pourrais t'aider, concède-t-elle ravie. Être sur scène et porter de jolies tenues, c'est facile pour moi. Maman dit que je suis née pour ça.

— Ah bon !

— Oui, tu es à côté d'une professionnelle.

— J'ai drôlement de la chance.

— Regarde ma coiffure : deux heures sans bouger pour faire toutes ces tresses. Une belle robe et j'ai l'air d'une vraie princesse, dit toujours Maman.

— C'est exact.

— J'ai fini le tournage d'une publicité pour des gâteaux super bons et avant j'ai fait des photos pour le catalogue des fêtes de Noël d'une marque de vêtements. Ils avaient des beaux sacs, autre chose que ce truc que tu as sur l'épaule.

— Bien. Je vais prendre des notes.

Les doigts serrés en extension, je fais semblant d'écrire sur la paume de ma main gauche et mime un crayon imaginaire avec l'autre. Amusée, « Mademoiselle sans filtre » entame un discours qui se veut à la fois convaincant et très sérieux.

— Alors, le sac à main doit pas être trop gros pour ne pas voler la vedette aux habits, ni trop petit. S'il se voit pas, il sert à rien. L'idéal, c'est qu'il rappelle la tenue, comme au shooting photo d'Agen par exemple. La dernière robe que j'ai mise avait des paillettes sur un gros nœud et le sac à main rond assorti avait le même nœud en plus petit, c'était joli.

— Je vois.

— MONSIEUR CHAMBRIER ! appelle une infirmière au centre de la salle d'attente.

Un homme d'une cinquantaine d'année à chevelure poivre et sel se lève et marche vers son guide. À peine ont-ils disparu qu'une autre infirmière, chignon bouffant, fait son entrée.

— MADAME FOISSARD ! articule-t-elle.

— Oui, je suis là, assure une voix fluette sur ma gauche.

Une vieille dame voûtée s'extirpe difficilement de sa chaise et rejoint l'infirmière d'un pas lent et peu assuré. Cette dernière propose son bras à la dame et les deux femmes quittent la salle ensemble, au son silencieux de leurs sabots respectifs.

— Bon, je n'ai rien contre les sacs à dos, ne crois pas le contraire ! reprend la fillette.

— Moi non plus mais là, je n'ai pas vraiment le choix.

— Pourquoi ?

— Disons qu'avec les béquilles, mon sac à main en bandoulière sur une épaule, ce n'est absolument pas pratique. Il est grand et trop lourd. Il glisse le long de mon bras ou tombe régulièrement de mon épaule, trop ballotté par mes sauts de biche, tu comprends ?

— Oui, me répond-elle songeuse, les bras croisés sur son blazer.

Une pincée de silence passe.

— Tu pourrais simplement prendre un sac un peu plat et mettre la bandoulière en travers de ton ventre, comme l'écharpe de « Miss France », m'expose-t-elle en décroisant ses bras.

— Ah.

Est-elle déjà styliste chez Jean Paul Gaultier ?

— C'est juste que tu pourrais le choisir avec du style.

— Une idée ?

— Avec des fleurs ou des papillons ou… du cuir qui brille, ça c'est la classe ! claironne-t-elle.

— Chut ! vocifère la dame en talons aiguilles à ses côtés. Alice, parle moins fort ! exige-t-elle avant de poursuivre sa conversation avec une femme située près d'elle.

L'enfant se tortille sur place et plaque aussitôt sa main devant sa bouche en guise d'abdication. Ses billes chocolat brillent d'espièglerie en me regardant.

— C'est noté, dis-je doucement en me penchant vers elle, sans pouvoir me départir de mon sourire de façade. Merci pour ces bons conseils.

Un petit rire étouffé me répond au travers de ses minuscules phalanges rosées.

Je m'apprête à sortir mon téléphone portable à la recherche de photos de sacs à dos sur le net lorsqu'une voix rugit.

— MADAME CHEVALIER !

— Je crois qu'on m'appelle, dis-je à ma meilleure amie du moment. Je te souhaite une bonne journée.

— Et n'oublie pas de changer ce sac, m'ordonne-t-elle en fronçant les sourcils, bras croisés, un petit sourire au coin des lèvres.

— Je ne manquerai pas de réfléchir à la question !

Je ramasse mon sac moche, mes béquilles et rejoins le couple en tenue d'hôpital. Deux personnes m'attendent à l'entrée du couloir desservant, comme je le vois en m'approchant, plusieurs portes assez massives.

— Bonjour madame Chevalier, je suis le professeur Hooper. Je vous présente mon interne, le docteur Wu, s'empresse de m'indiquer un monsieur mince de taille moyenne aux lunettes rondes.

Grisonnant. Front haut marqué par quelques rides. Voici l'homme intelligent, chef du service de dermatologie, à qui je dois confier ma santé défaillante. Celui qui, par sa longue expérience et l'étendue de ses connaissances, est censé répondre à mes questions et solutionner mes problématiques diverses. Ses yeux, légèrement enfoncés, ont un regard doux perdu entre deux sourcils touffus et arqués. Mes deux nouvelles rencontres portent des blouses blanches mais, certainement à cause d'une histoire de hiérarchie ou que sais-je, la blouse du professeur est ouverte dans un semblant de décontraction, tandis que celle de l'interne est fermée sur une tenue que l'on devine aussi stricte que sa coupe de cheveux à la garçonne. Les boutons pressions de sa blouse montent vers un col officier et sont bouclés jusqu'au dernier. Seul trait de fantaisie, une paire de boucles d'oreilles pendantes sur lesquelles des cristaux autrichiens réfléchissent la lumière et se bousculent lors de chaque mouvement de son propriétaire.

— Bonjour Professeur… Madame.

Vite à court d'air, je les salue d'un signe de tête et fais claquer mes béquilles sur le sol. À leur niveau, je pivote instinctivement sur ma droite.

Nous parcourons une dizaine de mètres sous la lumière aveuglante des néons au plafond. Cet éclairage artificiel compense le manque de jour tout au long de ce canyon de béton peu attrayant, dont les couleurs fades doivent être tout à fait assorties au teint blafard que j'ai aperçu dans le miroir de la salle de bain avant de partir ce matin.

Après avoir dépassé trois ou quatre portes lors de notre marche ainsi que trois dames en blouse blanches, l'interne est la première à franchir le seuil de notre salle d'examen.

Spacieuse, elle possède une grande fenêtre habillée de stores tordus, sûrement inutilisables, mais le peu de clarté qui inonde la pièce est appréciable. Un bureau très encombré contre le mur, une table d'examen munie d'un marchepied, deux chaises et un petit tabouret rond occupent ces mètres carrés. Le temps que je rejoigne mes prédécesseurs, l'interne a réuni les chaises et le tabouret près du bureau en un petit comité d'accueil. Sans vraiment demander la permission, je m'assois sur l'une des chaises pour reprendre mon souffle et pose mes béquilles et mon sac par terre. L'interne s'assoit en face de moi. Le professeur, après avoir refermé la porte de la salle, s'approche d'elle et pose sa main sur le dossier de sa chaise. Ignorant le tabouret, il reste debout et s'adresse à moi d'une voix douce et claire.

— Madame Chevalier, le docteur Wu va dans un premier temps prendre un certain nombre de renseignements administratifs et personnels, puis nous étudierons ensemble le but de votre visite. Est-ce que ça vous va ?

Je hoche la tête en guise d'approbation, pas encore capable d'aligner trois mots sans les espacer de respirations bruyantes. Perspicace, le professeur poursuit.

— Je vois bien que l'énergie vous manque et que la fatigue musculaire est avérée. Je vais donc garder la parole afin de vous laisser le temps de retrouver vos capacités d'élocution. Tout d'abord, je voulais vous dire que je suis très content de vous voir arriver sur vos deux jambes, si fatiguées soient-elles, car j'ai le regret de vous dire que cette maladie étant rare et difficile à diagnostiquer, la plupart de mes patients atteints de dermatopolymyosite arrivent souvent dans mon service dans un état bien plus grave. Ils sont généralement à l'horizontale, escortés par des brancardiers, incapables de marcher, et leur système respiratoire essuie de réelles complications. Les assister en oxygène est parfois nécessaire. Je suis donc heureux que le docteur Largo ait pris les choses en main avec ce coup de fil et qu'il ait pu établir un diagnostic précis, fondé sur ces nombreuses heures passées dans mon service il y a un certain temps déjà. Comment vous sentez-vous, maintenant ?

Durant ce monologue, mon cœur a ralenti, mes poumons se sont calmés. Je tente de répondre avec le plus d'aplomb possible, mais je ne suis pas à l'aise. Ces deux professionnels jettent leur regard interrogateur au fond de mes pupilles peu rassurées. À quelle sauce vont-ils me manger ?

Contrairement à mes habitudes en public, je marmonne du bout des lèvres.

— Ça va un peu mieux… Merci.

— Impeccable. Docteur Wu, vous commencez ? demande le professeur à son acolyte.

— Oui bien sûr, lui répond-elle en tournant la tête vers l'ordinateur du bureau.

Elle fait gigoter la souris de sa main droite sur un support en cuir. L'écran noir se réveille aussitôt, s'anime de couleurs vives et ses doigts se mettent à pianoter sur le clavier en plastique. Après quelques clics, empêchée de voir correctement, elle dégage des mèches de sa frange. Ses boucles d'oreilles se balancent. La lumière s'y reflète et me renvoie des cercles scintillants par intermittence.

— Alors, votre nom c'est Chevalier, C-H-E-V-A-L-I-E-R, c'est bien ça ? reprend-elle en se reculant sur sa chaise, ses deux mains agrippées sur l'ossature du siège.

Elle rapproche ensuite l'assise du bureau et l'on entend les pieds crisser sur le sol indélicat. Mes oreilles toussent d'inconfort.

— Oui.

— Prénom : Louise-Marie. Mariée ?

— Oui.

— Des enfants ?

— Oui, deux.

— Travaillez-vous en ce moment ?

— Non. Je suis en arrêt depuis le 3 juillet.

— OK, je note… 3 juillet…

Rester dans la même position longtemps devient périlleux depuis quelques temps. Le questionnaire semble à rallonge, je vais donc changer mes appuis. Mes avant-bras s'écrasent sur mes cuisses, je redresse puis j'allonge mes jambes devant moi pour les caler, les talons ancrés au sol et les pointes de pieds levées vers le ciel. Le nez toujours collé à l'écran lumineux, l'interne poursuit sa quête de renseignements.

— Personne de confiance, vous aviez noté votre mari, c'est exact ?
— Oui.
— Avez-vous perdu en autonomie ?
— Oui.
— Est-ce que…
— Excusez-moi de vous interrompre, docteur Wu, s'enquiert le professeur jusqu'alors silencieux, mais je ne vois pas l'appareil photo.

À ces mots, l'interne se redresse sur son siège et marque un arrêt en tournant son buste vers l'homme aux lunettes rondes. Il éparpille son regard de long en large de la pièce, farfouille de ses longues mains fines les recoins du bureau à la recherche de l'objet en question. Rien sur le bureau. Rien non plus sur la table d'examen.

— Terminez tranquillement le questionnaire de Mme Chevalier pendant que je vais emprunter un appareil photo dans un box voisin, annonce le professeur.

La lourde porte claque à peine tant le professeur prend des précautions pour la refermer doucement. Nous restons un instant silencieuses, puis l'interne me propose de continuer de répondre à ses questions. Un véritable interrogatoire de garde à vue. Si elle me demande un alibi pour la disparition de l'appareil photo, je réclame la présence de mon avocat.

Au bout d'une dizaine de minutes supplémentaires occupées à répondre à de nouvelles questions, un nouveau coup à la porte, court et bref celui-ci. La personne responsable du bruit n'attend pas le consentement de l'interne et rentre énergiquement dans la salle d'examen aussitôt après son estocade. Le professeur

Hooper est de retour, un appareil photo muni d'un objectif et d'une lanière en tissu épaisse et noire sur l'épaule.

L'interne et moi stoppons nos investigations pour regarder le professeur réinvestir les lieux.

— Alors, mesdames, avez-vous eu le temps de mettre au clair les premiers éléments du dossier ? se renseigne-t-il en posant l'objet de sa quête sur le bureau.

— Oui, nous avons fini d'évoquer les grandes lignes, se justifie le docteur Wu en se levant de sa chaise. On va pouvoir passer à la suite.

— Bien, acquiesce l'homme en blouse. Madame Chevalier, vous est-il possible de venir vous assoir sur la table d'examen ?

— Heu, oui, dis-je en cherchant maladroitement mes béquilles dans la foulée. Le corps courbé et balancé de gauche à droite, les bras pendants, je cherche à tâtons ces deux demoiselles.

— Je peux vous aider de mon bras, comme ça vous ne touchez pas à vos béquilles, qu'en pensez-vous ?

— Heu, oui, balbutié-je.

Mon regard se tourne vers des yeux rétrécis et un visage bienveillant. L'homme joint le geste à la parole. Nous avançons avec prudence jusqu'à la table d'examen située le long du mur opposé au bureau.

Mes cuisses me tirent, des sortes de cailloux remplacent mes mollets et mes chevilles. Stoppée aux pieds par deux marches, je lâche le bras du professeur et pose mes mains sur le lit rembourré. Changement d'appuis opéré. Je foule la première marche du petit escalier, me hisse sur mes bras branlants et fais faire un demi-tour à mon postérieur. Mes fesses atterrissent lourdement sur la banquette. Je suis face au professeur Hooper, presque fière de ce numéro digne d'un équilibriste en formation car réalisé sans béquilles ni aide extérieure.

Aujourd'hui, je me contente de petites victoires.

Le docteur Wu s'est levée de sa chaise. Je la devine sur la gauche du professeur, légèrement en retrait. Elle se fait discrète mais ne manque pas une miette de notre conversation.

— Le docteur Largo vous a expliqué de quoi vous souffrez, je crois ?

— Oui, d'une dermatopolymyosite.

— En effet, c'est une inflammation de la peau et des muscles suite à un dérèglement du système immunitaire. On parle de maladie auto-immune. Dans ce cas, on ne combat pas de virus, ni de bactérie ou autre parasite. Pour faire simple, vos propres défenses naturelles prennent votre organisme pour cible au lieu de le défendre des agressions extérieures. Ici, à l'hôpital, nous allons éviter que les choses deviennent plus graves qu'une perte motrice.

— Quelles sont les autres complications ?

— Les muscles moteurs sont atteints, on le voit bien lors de vos déplacements. Il y a également une atteinte des muscles lisses, les muscles viscéraux si vous préférez, ainsi que du myocarde qui entoure le cœur. À votre essoufflement, je devine que ces muscles internes commencent à fatiguer eux aussi. Votre cœur s'emballe-t-il souvent ?

— Oui, il accélère au moindre effort.

— Je m'en doutais.

— Et la voix ?

— Comment ça, la voix ?

— Les cordes vocales sont également des muscles et lorsque la fatigue musculaire atteint la sphère ORL, le premier signe est une modification de l'élocution.

— Maintenant que vous m'en parlez, il est vrai que j'ai eu récemment la voix rauque à plusieurs reprises, mais je pensais à un léger enrouement car ça finit toujours par passer.

— Oui, avec du repos, les muscles reprennent leur activité.

Le professeur met les mains dans ses poches.

— Bon, je constate que tout ceci ne vous ébranle pas, c'est bien car vous allez avoir besoin de patience et de courage dans les prochains mois. Mon équipe et moi-même serons à vos côtés à chaque étape. Pour revenir à l'ORL, comment se passe la déglutition ?

— Là aussi, il y a des problèmes ?

— Les muscles, les muscles, toujours les muscles, madame Chevalier ! scande-t-il dans les aigus.

— Rien.

— Pas de fausse route ? Pas de toux due au mauvais virage d'un aliment ?

— Non.

— Aucun trouble de la déglutition, vous êtes sûre ?

Mais qu'est-ce qu'ils ont tous avec ma façon d'avaler ? J'ai d'autres galères à gérer, ils ne vont tout de même pas m'inventer d'autres symptômes. Les miens, bien présents et ancrés depuis plusieurs mois me suffisent amplement !

Mon silence ne les satisfait pas.

— Alors madame Chevalier ? Pas de problème de déglutition, vous confirmez ?

— Heu… J'ai souvent mal au ventre après le repas depuis quelques temps.

— Sûrement un symptôme aussi. Il faut comprendre que vous marchez sur des œufs en ce moment et que la situation peut vite dégénérer, tempère le professeur.

— Je serai prudente.

— Bien, passons à autre chose.

L'homme en blouse glisse sa main droite dans sa poche afin d'en extirper une loupe. Il redresse ses lunettes sur son nez et m'intime de fermer les yeux. Je m'exécute et l'autorise à examiner mes paupières grâce à cet instrument d'optique. Les petites billes de mon admirateur se plongent dans la lentille et examinent avec minutie la texture de la peau de mon visage, puis de ma main.

— De toute façon, je vous examinerai de la tête aux pieds lors de votre prochaine hospitalisation, d'ici peu, décrète le professeur.

Il passe machinalement la main sur son front et s'adresse ensuite à son interne.

— Docteur Wu ?

— Oui, professeur, s'anime la jeune femme.

— Prenez le matériel adapté et joignez-vous à nous pour votre propre expertise.

L'interne brandit aussitôt une loupe de sa poche. Décidément, je croyais que le stéthoscope était l'outil de prédilection des médecins, mais il faut croire que dans le secteur de la dermatologie, l'arme la plus adéquate est plutôt la loupe !

Le professeur, intarissable, continue ses explications tout en cédant sa place à la jeune femme impatiente, au regard de sa démarche, de se faire une idée de l'aspect de mes rougeurs localisées. Je referme les yeux instinctivement.

Je patiente en silence pendant que l'interne réitère les mêmes gestes que le professeur. Je croise ses yeux bridés soulignés par un trait de liner noir, j'y capte de la fascination et une once d'euphorie au moment où elle termine son inspection.

Je suis une œuvre d'art si rare que l'on m'étudie sous toutes les coutures, minutieusement.

— Bien, parlons maintenant de votre future hospitalisation, déclare le professeur en reprenant sa place en face de moi suite à l'évincement discret du docteur Wu d'une main légère. Une question, peut-être ?

— Euh, non. *Des milliers plutôt !*

— Bien.

— Merci.

— Ne me remerciez pas. Vous me remercierez lorsque je vous aurai sortie d'affaire et stabilisée.

— C'est donc la vraie galère ?

— Cette maladie est à la fois rare et grave, mais je connais bien la bête. Faites-moi confiance, on va la dompter.

— Le traitement sera lourd ?

— Plus ou moins, ça dépend de la tolérance de chacun, il…

Sa voix se noie dans les méandres de mon esprit. Quelque chose est en train de bouillir en moi. Toutes ces informations tentent de trouver une place dans ma tête. Mon cerveau fait des recoupements avec les informations antérieures données par le docteur Largo et des articles du net. Je m'enfonce dans un vrai trou noir, je ne reconnais plus l'espace en moi, d'habitude rangé et classé dans les moindres recoins.

Mon cerveau est une bibliothèque géante dans laquelle chaque ouvrage est à sa place, chaque colonne est définie, chaque endroit est répertorié. Elle retrace mon existence depuis ma naissance et s'est agrandie à chaque nouveau chapitre de ma vie pour être aujourd'hui une immense bibliothèque dont les étagères en bois montent jusqu'au plafond, dont le parquet usé, foulé par des milliers de pas dynamiques atteste de mon dévouement à cet archivage méthodique. Des pas réglés comme les aiguilles de cette majestueuse horloge fixée au mur de la salle et qui reste le témoin du temps qui s'écoule, régulier, familier, au son des secondes qui dansent en cercle toujours et encore. Le résumé de ma vie est là, entre ces livres aux reliures d'or bercés de la lumière artificielle de lustres d'un autre temps.

Seulement voilà, je me sens perdue dans cet univers pourtant si proche. Les lampes des lustres ont été remplacées par des bougies dont les flammes vacillent autant que mes jambes et mon moral ces derniers jours. Que se passe-t-il ? Qui est en train de souffler sur ce feu sacré au point d'éteindre mon monde ? D'où vient cette anarchie de rangement soudaine ?

À cet instant, je n'arrive pas à intégrer ces nouvelles informations. En fait, cela dure depuis mon premier rendez-vous avec le docteur Largo. Elles ne se classent nulle part et traînent entre les étagères, à la dérive. Plus les informations sont nombreuses, plus elles encombrent l'espace, jusqu'à présent si fluide, entre ces étagères. J'ai beau regarder ce décor fait de milliers d'ouvrages de ma vie, je ne vois aucune place pour de tels évènements.

Les feuilles qui traînaient au sol depuis plusieurs jours sont rejointes par des centaines d'autres qui virevoltent et obstruent la visibilité de mon monde. Des faits accablants, des hurlements qui ne sortent pas, des questions que je me pose, des photos d'internet, des images de mon corps, décousu, démusclé, déstabilisé, dépouillé. Avant, elles s'archivaient dans le bon livre, sur la bonne étagère, sur la bonne colonne. L'histoire de ma vie en dix mille volumes.

Mon pouls s'accélère. Ma température monte d'un cran. La clarté de la bibliothèque se fait la malle au fur et à mesure que les bougies s'éteignent. Qui ose souffler dessus ? Qu'est-ce qui perturbe la gestion de cet endroit sous mon contrôle depuis la nuit des temps ? Le manque d'éclairage me plonge petit à petit dans l'obscurité, les ténèbres semblent vouloir s'emparer des lieux malgré ma volonté. Finis les kilomètres engloutis à vive allure, terminée la marche dynamique infatigable, on parle maintenant de boiter en allongeant le pas, de claudiquer en devinant les silhouettes devant moi.

La nuit tombe sans crier gare. À l'image de ses bougies fragiles, mon monde, que je croyais indestructible s'éteint au fur et à mesure que les termes médicaux me concernant affluent dans ma vie, dans ma tête. C'est une sensation d'inconfort qui hérisse tout mon être de l'intérieur. Mon estomac se noue. J'ai chaud. J'étouffe mes émotions le plus profondément possible, je dois affronter ces mots et leurs futures conséquences dans mon quotidien, une chose à gérer à la fois. Je ne peux plus reculer, je sens mes muscles si tendus, si crispés depuis des semaines. Apparemment ma volonté de fer et mon assiduité à faire marcher ce genou endolori ne suffiront pas. Pas cette fois-ci. Les choses prennent un nouveau cap.

Un virage dangereux pour mon corps.

Un tournant capital pour mon esprit.

Une courbe inconnue pour mon âme.

Rejetant alors les images anarchiques et perturbantes qui s'imposent à moi sur l'instant, à fleur de peau, je coupe la parole au maître des lieux sans ménagement.

— Je ne recherche pas le réconfort, j'aspire juste à la vérité, si belle, si dure soit-elle.

— Deux ans.

— Quoi ? dis-je la gorge serrée.

— Deux ans pour retrouver une autonomie disons… correcte, ou acceptable, si vous voulez.

L'autonomie, cette chose si simple, si évidente, si précieuse que tout le monde prend toujours pour acquise est en train de me glisser des doigts. Je sens mon corps fondre comme neige au soleil. Il ne répond plus de façon automatique. La fluidité de mes mouvements a quitté mon enveloppe charnelle et chaque jour, de nouveaux mouvements ne sont plus à ma portée.

Voilà, c'est cela qui se passe depuis des semaines, depuis des mois. Le professeur a raison, il met des mots sur mes maux et tout a enfin un sens. Mes forces qui décroissent, mes essoufflements quotidiens, mon cœur qui s'emballe à chaque effort, ma peau qui n'a pas trouvé de solution. Tout s'emboîte. Ce n'est pas UN patient qui demeure derrière le comptoir de la pharmacie et me raconte son épreuve de la journée, aujourd'hui c'est moi LE patient perdu dans des limbes sombres. Devant mon visage troublé, le professeur développe.

— Vous ne serez pas à l'hôpital pendant ces deux ans, madame Chevalier, rassurez-vous. Vous devrez faire des séjours réguliers de plusieurs jours toutes les quatre semaines pour commencer puis, suivant l'évolution de la maladie, nous adapterons un planning plus souple en envisageant six semaines par exemple. En outre, une corticothérapie et un traitement médicamenteux seront instaurés ainsi qu'un suivi en kinésithérapie et orthophonie. Voilà les grandes étapes pour commencer.

— Bien, dis-je timidement.

— Il existe des bonnes nouvelles, édulcore le professeur.

— Lesquelles ?

— La dermatopolymyosite, la DM, n'est pas transmise génétiquement. Vous ne l'avez donc pas cédée à vos enfants.

— Ah ! dis-je avec effroi.

— Pour finir cet entretien, je vais vous demander de bien vouloir vous installer dos au mur, près de la porte, là-bas, montre-t-il du doigt. Le docteur Wu va prendre quelques clichés des rougeurs sur votre peau. Cela nous donnera une image de base afin de voir l'évolution de la pathologie dont vous souffrez.

Le professeur me guide avec prudence jusqu'au mur jouxtant la porte d'entrée et entame un demi-tour en arrivant devant. Pendant ce temps, je sens l'interne s'activer dans mon dos, sûrement en train d'aller récupérer l'appareil photo posé sur le bureau. Dos au mur, je sens le professeur relâcher son biceps.

— Je peux vous laisser debout sans béquilles une minute ? questionne le professeur en accostant.

— Oui, ça ira.

Après un début de baisemain tout à l'heure, un début de shooting photo. Décidément, je suis une vraie star adulée par les paparazzis aujourd'hui. Dommage que le maquillage ait été proscrit, j'aurais fait un malheur dans la presse locale.

J'entends les talons des escarpins se rapprocher de ma longue anatomie. Je prends soin de ne pas bouger et inspire profondément, comme pour digérer les dernières minutes de notre entretien. Un éclair surgit dans le noir.

L'interne mitraille la star déchue. Le flash part instantanément, plusieurs fois et m'aveugle. Je vois alors des taches d'or et de lumière à chaque nouveau clignement d'yeux. Ses boucles d'oreilles suivent le mouvement lorsqu'elle penche la tête sur la fenêtre du viseur. Les prismes dodelinent.

— Voilà, c'est fini.

— Impeccable, merci docteur Wu, ajoute le professeur à l'attention de l'interne, les bras chargés de mes béquilles et de mon sac à dos.

Il prend alors le temps de me présenter mes deux compères à la verticale, droits et prêts à accomplir leur devoir de soutien. J'empoigne les béquilles et bascule une partie de mon poids du corps sur elles, déchargeant ainsi la tension d'un nombre considérable de muscles ravis. Puis, les mains dans ses poches, le professeur s'adresse à moi clairement.

— Madame Chevalier, nous en avons fini pour aujourd'hui. Je vous libère et vous invite à regagner votre domicile avec ces premières constatations. Informez vos proches de la situation et préparez une valise dans les prochains jours mais…

Il suspend sa phrase.

— Quoi ?

— Je ne suis pas serein, reprend-il après quelques pas dans la pièce, les yeux dans le vague.

Tel un maître d'école en pleine recommandation, il capte désormais mon regard. Ses billes noires sont remplies d'une inquiétude palpable. Il pointe son index en me prenant pour cible. Son ton est grave. Ce qui va suivre ne me dit rien qui vaille.

— Je ne suis pas serein car ces récentes modifications de voix me font déduire que les troubles digestifs ne sont vraisemblablement pas loin. Je veux que vous me promettiez que vous serez vigilante. À la moindre alerte du système digestif, au moindre doute, vous appelez mon cabinet, est-ce que c'est clair ?

— Oui, réponds-je du bout des lèvres.

— De l'eau qui fait fausse route, une cacahuète avalée de travers, peu importe, vous m'avisez.

— C'est entendu.

— Il n'est pas question que je vous ramasse à la petite cuillère ou que vous finissiez en réanimation, suis-je assez explicite ?

— Oui, professeur.

— Bien. Nous nous voyons donc comme convenu dans deux semaines dans mon service et je vous souhaite par ailleurs une bonne fin de journée, réplique-t-il sur un ton beaucoup plus enjoué et détaché.

La fin de notre entretien a sonné. Le professeur ouvre la porte de la salle d'examen et un brouhaha tout proche arrive aussitôt à nos oreilles. La salle d'attente et le secrétariat regorgent d'activité et de gens de tous horizons, chacun avec son histoire et son parcours.

Je suis un grain de sable dans l'univers.

20

Un cri bestial

J'ai attendu vingt-quatre heures avant de faire ma valise, comme recommandé par le professeur Hooper et vingt-quatre heures de plus pour prévenir mes parents, mes frères et la pharmacie. Comme si jouer avec les heures pouvait me rendre maître du temps afin de laver à grandes eaux ces derniers jours et faire disparaître toute trace de ce cauchemar éveillé. Après la pluie, l'orage et la tempête, quelles que soient l'attente et l'énergie que l'on déploie pour influencer les éléments, le beau temps se dessine toujours.

Je suis impatiente de changer de météo.

Préparer ma valise à l'avance me rappelle mes dernières semaines de grossesse il y a plus de cinq et huit ans. Par deux fois, j'ai participé à cette expérience, ce moment où « il peut arriver n'importe quoi, n'importe quand ». Alors on anticipe et on balance deux ou trois tenues, une brosse à cheveux et une brosse à dents au fond d'un sac, histoire de partir dans les plus brefs délais au moment où la Nature aura décidé de mener à bien son projet de procréation. J'ai l'impression d'aller accoucher une troisième fois, hantée par l'inconnu.

Il me faut une dose de courage en plus.

— Salut Natacha, ça va ?

— Salut ma Belle, oui, mon rhume est de l'histoire ancienne, il fallait absolument que j'assure pour la conférence avec les Canadiens. Il est quelle heure en France ?

— 15 h. Et toi ?

— 10 h du matin, je suis encore en peignoir, un croissant dans une main et quelques raisins dans l'autre.

— Et qui tient le téléphone ?

— Attends, glousse-t-elle au bout du fil.

J'entends plusieurs bruits. Un objet qui tombe. Des tintements de vaisselle. Un frottement continu.

— Me voilà dans la véranda. Du blanc et encore du blanc à perte de vue. La neige, ici, ça ne rigole pas !

— La chance ! dis-je boudeuse.

— Ah oui, c'est vrai que ça fait un bail que tu n'as pas vu de neige, de ski, de pente, de luge, d'esquimau et tout et tout, ma pauvre chérie, raille-t-elle au bout du fil.

— Oh ça va, ma vie n'est pas simple.

— Ce qui est simple aux yeux des uns ne l'est pas aux yeux des autres.

— Tu joues les psys maintenant ?

— Quand docteur Freud mesure un mètre quatre-vingt-cinq, que son sourire est si lumineux que la blancheur de ses dents se confond avec le blanc de la neige et que je peux m'accrocher à ses épaules en prétextant vouloir éviter une éventuelle chute sur les trottoirs verglacés de Montréal, je trouve soudain un grand intérêt à explorer mon moi profond.

— Tu es incorrigible.

— Tu comprends, avec tous ces voyages, c'est difficile de ne pas perdre ses repères.

Je t'assure qu'il n'est pas nécessaire de voyager pour qu'ils disparaissent.

— C'est lui qui a dit ça ?

— Oui, c'est lui l'expert !

— Il t'a donc aidée à trouver tes marques dans sa belle villa avec véranda.

— C'est plutôt un manoir en pierres digne d'un conte de fées. Tu devrais voir ce truc de malade ! Au centre, un grand corps de logis et autour, une sorte de donjon et des dépendances avec des dizaines de petites fenêtres et des toits biscornus. Il y a des pentes de toit dans tous les sens, si tu préfères. Le charpentier a dû s'en donner à cœur joie en découvrant les plans de l'architecte !

— J'imagine.

— Le parc est entretenu par un paysagiste et un jardinier. Pas une herbe ne dépasse d'un millimètre, tout est taillé à la perfection, ma Belle.

— Comment peux-tu voir de l'herbe ? Tu me parles de neige à profusion !

— Les photos ! Elles sont accrochées sur le mur d'un des longs couloirs de la bâtisse. Bon, je suis vite passée sur les photos de ses gosses faisant un bonhomme de neige ou en train de confectionner un tipi avec des branches d'arbres, mais je t'assure que cette baraque est grandiose.

— Il est marié ?

— Non, divorcé. Deux garçons dont la mère a la garde.

— Vous avez la maison pour vous, alors ?

— Oui, il a pensé que je serais mieux ici que dans une chambre d'hôtel sans âme et sans extérieur.

— Quel homme prévenant !

— Oui, Brian a eu pitié de ma pauvre condition de femme désorientée dans ce pays si froid en cette saison.

— Brian, tiens donc ! Et il est venu sauver ta condition de femme désorientée dans quelles circonstances, ce charmant Canadien ?

— Laisse-moi te narrer le meilleur.

— Je t'écoute.

— À la descente de l'avion, il y a trois jours, j'étais morte de faim. J'ai tellement pioncé dans l'avion que j'ai loupé les plateaux repas. Du coup, je me suis ruée chez Archibald à mon arrivée à l'aéroport de Montréal. Un endroit original avec de vieilles raquettes à neige disposées au plafond, des têtes d'élans empaillés aux murs et du bois partout, comme dans un chalet de trappeur. Je me suis trouvé un petit coin près de la cheminée. J'ai avalé un plat chaud et d'un regard esseulé mais non farouche, j'ai ratissé mon voisinage en retardant le moment d'affronter le triplé gagnant taxi/neige/vent glacial. Soudain je l'ai vu. Chemise de bûcheron sur corps de rêve, jeans fuselé, bottes de neige velues : l'archétype même du chasseur cherchant sa proie. Ce qu'il ne savait pas encore, c'était que Bichette était tout simplement mon deuxième prénom.

— Biche aux aguets, oreilles dressées, c'est tout toi, effectivement.

— Ne sous-estime pas le pouvoir de la Nature, sombre pessimiste !

— La suite, Nat, la suite.

— Une œillade insistante vers ce grand gaillard planté au bar, une bière à la main, a fini par payer. Son regard indécent a averti mon cerveau que les draps froids de mon futur hôtel ne le resteraient peut-être pas longtemps.

— Tu sais y faire, c'est pas croyable !

— Je l'ai laissé venir jusqu'à moi, un sourire sensuel au coin des lèvres. Il s'est installé dans le fauteuil capitonné qui lui tendait les bras sans me demander la permission. J'ai adoré cet affront viril, ça a fait grimper ma libido.

— Oh ! Ne me donne pas autant de détails Nat !

— Arrête d'être aussi sage Lou, ça te changerait un peu.

— Bon et alors, vous êtes allés à ton hôtel, oui ou non ?

— Attends un peu ma vieille, je ne suis pas une fille aussi facile que tu sembles le prétendre.

— J'ai pas dit ça.

— Toujours est-il que mon bûcheron en chasse s'est intéressé au contenu de mon dernier festin. C'est avec un plaisir non dissimulé que je lui ai fait remarquer que je n'avais pas pris de dessert et que j'allais finir esseulée dans une chambre d'hôtel pathétique au cœur de Montréal.

— Mais bien sûr… je connais le standing de tes chambres à coucher, va !

— Il me fallait bien des arguments pour inciter le chasseur à se lancer.

— Mouais !

— Le champ était libre, il l'avait bien compris. Je l'ai vu dans ses deux grands yeux camel, lorsque ses iris se sont enflammés. J'ai, par mégarde, indiqué que j'avais déjà réglé mon dîner. Il m'a gentiment proposé de venir manger une crème glacée aux pépites de chocolat ou vanille noix de pécan, au choix, dans sa demeure située quelques kilomètres plus au nord. Je l'ai cuisiné pour savoir si je devais annuler ma réservation à l'hôtel. La vitesse à laquelle il s'est emparé de ma main pour m'extraire de mon siège et rejoindre la sortie m'a paru une réponse assez claire. J'ai décommandé ma chambre en roulant vers ma crème glacée.

— Et bien, Madame est joueuse !

— Tu connais les addictions aux jeux, un vrai fléau.

— Cela nécessite une vraie volonté d'abandon, je sais.

— Pas prête, la Bichette.

— Tu joues les châtelaines depuis trois jours ?

— Oui, il n'a pas les enfants ce week-end alors je profite encore un peu de ce cadre et de ces prestations parfaites. Et toi, tu es chez toi ?

— Oui, j'ai éteint la télévision après m'être vidé la tête. Qu'est-ce qu'il y a comme bêtises à cette heure-ci, et sur toutes les chaînes d'ailleurs, pas une pour rattraper l'autre.

— Tu as mis le nez dehors aujourd'hui ?

— Non.

— Et hier ?

— Non plus, c'est Chris qui gère, il était en formation, ses horaires collaient avec ceux de la garderie.

— Ouh la la, c'est quoi ce petit coup de mou ? Raconte-moi tous tes tracas que je remette de l'ordre dans tout ça.

— Je suis allée voir le dermatologue dont je t'ai parlé. Tu sais, le rendez-vous pris l'an dernier à la même saison.

— Oui, pour tes trucs rouges sur la peau qui ne veulent pas se barrer ? Tu m'avais dit que tu allais voir un gars genre Einstein ? Alors crèmes, bains moussants aux huiles essentielles et séances de massages tantriques comme je t'avais conseillé ou pas ? plaisante-t-elle de l'autre côté de la planète.

— Il m'a envoyée voir un professeur au service de dermatologie de l'hôpital Larrey à Toulouse.

— Hein ? C'est quoi le lien avec l'hôpital ?

— C'est compliqué, dis-je blasée après un long soupir.

— Oh la, ça ne me plaît pas tout, ça. Raconte et n'oublie rien surtout ! m'ordonne-t-elle prestement.

Je lui fais le résumé de ces trois dernières semaines. Le rendez-vous avec le docteur Largo. Son intime conviction d'une forte corrélation entre tous mes symptômes. Erythème cutané. Fatigue et douleurs musculaires. Essoufflements du cœur et des poumons. Atteinte prochaine des cordes vocales et du système digestif. La forte suspicion d'une maladie auto-immune. La biopsie de la main. L'attente de quinze jours dans le brouillard. L'annonce de la dermatopolymyosite. Le rendez-vous chez le professeur Hooper à Toulouse. Le programme réjouissant de ces deux prochaines années.

— Nat, tu es toujours là ?
— Tu as fini ? demande-t-elle timidement.
— Oui.
— Attends, j'arrive.

J'entends des grésillements sur la ligne. Qu'est-ce qu'elle fabrique ? Je suis sûre qu'elle n'est pas seule et que je ne tombe pas forcément au bon moment, mais il y a longtemps que je surfe avec le planning anarchique de la voyageuse.

Le mot d'ordre, c'est : « Appelle quand tu veux et ne te soucie JAMAIS de savoir si tu tombes mal ou pas, notre amitié passera toujours avant ma vie trépidante mais décousue ». Voilà les arguments qu'elle m'a donnés face à mes excuses toujours plus édulcorées les unes que les autres de ne pas vouloir la déranger.

Je ne me formalise donc pas de ce contretemps.

Un blanc. Un long blanc.

Soudain.

Je fais un bond. Un cri sauvage, d'une intensité remarquable déchire cette pause de l'autre côté du téléphone. Un bruit étouffé mais continu, qui me fait sursauter du canapé. Un grognement de caribou contrarié ? Un grondement d'ours coléreux ? Une plainte vertigineuse résonne dans mes pavillons. Ils ont vraiment de drôles de bêtes sauvages au Canada. Le chant se tarit au bout d'une dizaine de secondes.

— Nat, ça va ?
— …
— NAT ?
— Oui, oui, je suis là.
— Tout va bien ?
— Oui, lance-t-elle entre deux souffles distincts.
— J'ai cru entendre un animal hurler dehors.
— L'animal, c'était moi !
— Ah, dis-je embarrassée.

— Expulser sa colère et sa frustration, c'est thérapeutique, tu devrais essayer, enrage-t-elle. J'avais la tête dans un coussin. D'habitude j'aime ça, mais là…

— Ça va mieux ?

— Oui, mais t'es dingue, c'est à toi qu'il faut poser la question ! hurle-t-elle. C'est une histoire de fou, c'est pas possible ! Il doit y avoir une erreur, un autre diagnostic moins noir ! Ils planent à dix mille dans le Sud-Ouest de la France ! Je vais te dégoter un ponte sur Paris ou Montréal. Ou bien sur Boston, tiens, j'ai un pote, Joe, un amour, soit dit en passant, il est au conseil d'administration et fera n'importe quoi si je lui passe un coup de fil. Tu vas…

— Natacha !

— Quoi, Natacha ? Tu crois que je peux me taire après ton monologue super flippant ! Je connais plein de monde, tu sais. On va trouver une solution qui me permette de redescendre sur terre parce que là, je ne suis pas prête à te voir dépérir avec des tuyaux partout en blouse blanche quasi transparente. De toutes façons le blanc ne te va pas du tout au teint, il est donc hors de question que tu deviennes l'ombre de toi-même à l'âge que tu as, shootée aux médocs et aux piqûres. Je refuse de te voir comme ça. Oh mon Dieu, j'imagine le décor glauque de « Grey's anatomy » mais SANS les beaux docteurs ultra sexys et la musique rassurante du générique...

— Nat, tu ne vas…

— Heureusement que j'en ai un sous la main pour me rattraper, je vais m'effondrer dans ses bras à la suite de notre conversation, tu sais ! Un psy, mon Dieu, c'était un signe. Il doit sûrement avoir des phrases toutes prêtes adaptées à la situation, susceptibles de m'éviter de m'envoyer à la dérive. Je n'ai plus l'habitude de gérer des crises médicales comme toi au comptoir, c'est ton truc, mais moi maintenant je sèche, je suis larguée, je panique !

— Je…
— NON MAIS JE SUIS HORRIBLE ! crache-t-elle encore. Quelle amie se plaint au lieu de soutenir la malade ? Et moi qui suis à l'autre bout du globe en train de me la couler douce dans les bras d'un charmant chasseur de gibier… J'ARRIVE ! Voilà, c'est ça. Il faut que je sois là pour te soutenir, ma place est auprès de toi et des tiens ! T'inquiète pas, je prends le premier avion et je rentre illico sur le continent européen.
— Natacha, STOP !
— Quoi ?
— Arrête ton délire, je ne suis pas encore à l'article de la mort !
— Oui, ben tu t'en approches dangereusement d'après les faits et tu vas en chier grave, si je comprends l'essentiel.
— Tu vois, quand tu veux, tu peux être pertinente.
— Tu veux que je vienne ? se radoucit-elle.
— Non, surtout pas.
— T'es sûre ?
— Sûre et certaine. Allonge juste ton forfait au maximum.
— Ton numéro sera en illimité, promis.
— Merci.

Un silence furtif traverse les ondes. Nous reprenons chacune nos esprits et tentons de réaliser l'étendue des dégâts dans lesquels je suis embourbée.

— Putain de bordel de merde ! vocifère la Canadienne.
— Tu l'as dit.
— Tu tiens le coup ?
— Je crois que je ne réalise pas. Je suis soulagée de savoir enfin pourquoi ça ne tourne pas rond chez moi depuis un an, mais l'annonce de tout ceci est un choc. Je ne m'y attendais pas du tout.
— Tu la connais cette maladie, cette dermatruc ?
— Non, jamais entendu parler.

— Au boulot, ils en disent quoi, ils connaissent ?

— Non plus. Les maladies auto-immunes, on connaît. Polyarthrite, sclérose en plaques… Mais là, c'est une révélation pour tout le monde. J'ai eu mon patron, puis Katia au téléphone ce matin, j'ai dû lui épeler le mot pour qu'elle puisse l'écrire correctement dans le moteur de recherche d'internet. Elle voulait se renseigner. Elle ne va pas être déçue du contenu.

— Je le savais, c'est pire que ce que tu dis, je suis sûre que tu nous ménages. Comment tu peux rester tranquille après une telle nouvelle ?

— Je ne suis pas tranquille, je bous de l'intérieur mais si je craque maintenant, je n'aurai pas la force de me battre, de préparer les enfants à ces changements, de préserver ma famille, dis-je la gorge nouée.

— Je comprends, tu te protèges et tu protèges ton nid, normal pour une mère.

— Oui, je ne peux pas laisser toutes les émotions qui tambourinent à ma porte se déverser maintenant, j'ai besoin de ma lucidité pour faire face, de mon courage pour résister, de mes ressources pour affronter la bataille. Le reste, on verra plus tard.

— Ton hospitalisation c'est quand, tu m'as dit ?

— Dans moins de deux SemAIneS, déBUt DécEMbrE.

— Tu te reposes, hein ?

— Oui, DOcTeuR.

— T'es enrouée ?

Je racle le fond de mon gosier, dans lequel un disque rayé vient d'être pris en flagrant délit de lecture.

— Ce sont les muscles des cordes vocales, ils fatiguent car on parle depuis un moment. Cet élément fait partie des symptômes de la MAlaDie. Te TRAcassE pAs.

Nouveau raclement. Je tousse aussi, sans trop savoir si c'est la bonne technique dans ces circonstances. Il faudra que je me renseigne auprès du professeur, il doit avoir un avis sur la question. Natacha patiente en silence pendant ce nouvel interlude.

— Ne te fatigue pas trop, ma Belle, radote-t-elle, tu vas avoir besoin de repos et d'aide pour affronter tout ça. Je serai toujours là pour toi, tu le sais, alors n'hésite pas à me faire signe et je débarque aussitôt.

— OK, ça marche.

— Je rentre bientôt, je te fais signe très vite. Tu es aussi résistante que les caribous qui vivent ici, ça va aller.

— Oui, ça va aller.

Je vivote au milieu d'un univers sans lumière. Ma bibliothèque auparavant si bien ordonnée, dans laquelle chaque chose était à sa place, chaque feuille hiérarchisée, chaque livre référencé, a carrément disparu des radars. Je ne vois même plus l'anarchie qui règne désormais dans les rayons. Les dernières bougies ont été soufflées au fur et à mesure que je rapportais les faits autour de moi, au fil des coups de téléphone passés. Je suis plongée dans une obscurité profonde, dans des abysses inconnues et déroutantes.

Mes parents ont écouté en silence. Mes beaux-parents ont proposé leur aide. Mes frères ont posé beaucoup de questions. Mes collègues ont crié et injurié la vie. Mon patron a dédramatisé : « la médecine a réponse à tout ».

Je me sens seule. Je cherche mes premiers guides dans cet univers où j'erre dorénavant en aveugle et sans repères, dans cette nuit qui n'en finit pas.

21

La boulette

Mercredi. 13 h. D'habitude, à cette heure-ci, je fais la sieste. Telle une enfant épuisée par un rythme intense depuis 7 h du matin, je recharge les batteries sur le canapé au son de la télévision ou bien sous la couette, dans mon lit. Les enfants sont à la garderie. Aujourd'hui, ce sera différent.

Gabrielle et Katia vont passer me voir à la maison pendant leur jour de congé. Enfin, ce n'est pas tout à fait exact. Gabrielle était censée travailler, mais la petite fille qu'elle garde avait de la fièvre et son père est venu la récupérer. Elle va donc chercher Katia à son domicile, et toutes deux vont bientôt atterrir sur le paillasson de mon entrée. Je n'ai pas eu mon mot à dire dans cette initiative. Ce n'est pas dans mes habitudes de ne pas être aux commandes, je dois reconnaître que c'est un exercice difficile pour moi de me laisser porter.

— On amène à déjeuner ! avait claironné Gaby au téléphone.

— Non, mais…

— Et tu ne prépares rien, on va jouer les restaurateurs à domicile avec Katia, on arrive, avait-elle ajouté sans me laisser le temps de refuser.

— Vous n'êtes pas obligées de…

— Ta-ta-ta, Madame la préparatrice, vous êtes hors circuit. Arrêt de travail égale arrêt de négociation. Katia et moi, on s'invite chez toi et il n'y a pas de discussion possible.

— Merci les filles.

— C'est Katia qui gère le repas puisque je bossais ce matin, alors avant de remercier la cuisinière, attends un peu de voir ce qu'elle nous met dans l'assiette ! Je te laisse. À tout à l'heure !

Je suis heureuse que mes collègues aient pris cette initiative. Cela fait deux semaines que nous ne nous sommes pas vues et, même si le téléphone nous permet de garder le contact, rien ne remplace la chaleur humaine et leurs mines joyeuses.

D'habitude, à l'annonce d'une future visite, j'aurais établi un listing de tâches précises comprenant le rangement et le ménage rapide de la maison, un saut chez le boulanger, le dressage de la table et un passage obligé à la salle de bain.

Aujourd'hui, je n'ai pas le courage d'accomplir toutes ces actions à la suite. Une seule d'entre elles me demanderait un effort intense qui se solderait en fatigue, essoufflement et palpitations cardiaques.

Mon quotidien est fait de choix cornéliens.

Il y a des semaines que je ne me maquille plus. J'avais déjà lâché du lest avec mes problèmes de rougeurs cutanées puis, étant seule à la maison la plupart du temps, je n'y ai plus vu grand intérêt. Mes jupes fétiches sont également au placard et me supplient à chaque ouverture des portes de ma penderie de prendre un nouvel envol.

Mes efforts étant comptés, celui de la féminité n'a pas survécu. Son déclin a commencé après ma deuxième opération du genou, en août. Essayez de porter des jupes et des collants avec une jambe en convalescence ! Ou d'enfiler des bas de contention avec des muscles grabataires ! Il faut une sacrée énergie et des muscles valides pour manipuler ces dispositifs médicaux conçus pour améliorer la circulation sanguine des membres inférieurs.

Le bas de jogging est donc devenu spontanément un élément indispensable de ma garde-robe. Mes tenues strictes ont été délaissées au profit de vêtements confortables et souples, en totale adéquation avec mon quotidien pauvre en activité et en vie sociale.

Apeurée à l'idée de perdre des forces à cause d'une fantaisie vestimentaire ou d'un problème de logistique, mon choix était fait. J'allais attendre mes collègues en tenue décontractée. Une première. Survêtement de sport. Cheveux sommairement attachés par une grosse pince à cheveux. Espadrilles aux pieds. Afin de profiter de leur présence, je déploierais en temps voulu le peu de forces dont mon corps serait pourvu à leur arrivée.

— Salut l'éclopée, me lance Gabrielle en avalant la volée de marches de mon perron, les bras chargés d'une baguette, d'une bouteille de rosé, d'un coussin marron glacé et de son sac à main.

— Attends-moi ! tempête Katia encore au milieu du chemin de gravillons menant chez moi.

Son visage est caché par un monticule de boîtes en plastique à fermeture hermétique couronné d'un plat à tarte recouvert d'un torchon en vichy rouge et blanc. Son pas, loin d'être assuré, peine à garder l'équilibre sur la longueur restante.

Mes béquilles et mon impatience poireautent sur le seuil de la porte d'entrée, ouverte. Le ciel est un monochrome de gris fade et terne, à mon image.

— J'arrive ! hurle Gabrielle sans se retourner.

Une bise furtive sur mes deux joues et la voilà qui se précipite à l'intérieur à grandes enjambées. Le hall, puis la salle à manger sur la gauche. Elle connaît la maison par cœur. Ses talons embrassent le parquet au rythme d'un claquement assourdissant. Les bras délestés de ses achats sur la lourde table ronde, la furie repart aussitôt dans la direction opposée. Au passage, elle me frôle. Je me plaque contre les menuiseries et sens la poignée écraser mes reins.

— Ne glisse pas sur le paillasson, dis-je à son attention.

— J'arriiiiive ! répète-t-elle d'une voix forte vers le jardin.

À l'instar d'une proie traquée par un prédateur, la gazelle saute par-dessus l'obstacle aux poils rêches à toute vitesse et dévale les marches en une seconde. Comment fait-elle pour maîtriser sa trajectoire à une telle vitesse en talons ?

Mes respects.

— Allez, donne-moi une partie de ton chargement, ordonne-t-elle à Katia.

— Prends le plat et les deux boîtes du haut, s'te plaît.

Lesdites boîtes changent de main. Je peux alors découvrir le visage radieux de Katia braqué sur moi.

— Bonjour Lou. On ne t'amène pas le soleil mais de bonnes choses à manger et à boire, tu vas voir.

— Elle ne sait pas picoler, c'est nous qui allons boire, rectifie Gaby en marchant d'une allure plus modérée qu'à l'aller.

— On boira à sa santé.

— Oh, ne t'inquiète pas, enchaîne Gaby, je n'ai pas du tout l'intention de culpabiliser en ouvrant la bouteille.

— Natacha veut qu'on lui garde la fin de la bouteille, elle voulait le goûter à son retour du Canada, déclare Katia.

— Dans ses rêves.

— Juste un verre ! la supplie Katia.

— Pour ça, elle aurait dû ramener ses fesses ici, la rabroue Miss talons.

— Elle bosse, ce n'est pas de sa faute.

— Mouais, on verra, tranche la vipère.

— Au fait, merci pour le coussin, dis-je pour rendre la conversation plus légère.

— De rien, s'illumine Gabrielle. Comme je te l'ai expliqué par téléphone, il était rangé au fond d'un placard, inutile dans ma nouvelle déco, alors quand tu m'as parlé de ton besoin de coussins, j'ai tilté : il va avoir une nouvelle vie chez toi.

— Il me servira, tu peux en être sûre.

— Tant mieux.

Mes deux invitées traversent le seuil sans que la conversation se tarisse. La bise de Katia sur ma joue ne les stoppe pas dans leur élan et elles pénètrent dans la pièce à vivre après un bref brossage des semelles de leurs chaussures sur mon paillasson. Impossible de les empêcher de parler.

Il est bien courageux, celui qui réussira à leur piquer la vedette ou à leur faire rabattre leur caquet. Il faut dire que nous formons une sacrée équipe de pipelettes avec Natacha. Nous ne sommes jamais à court de sujets de conversations quel que soit le contexte, à la pharmacie ou dans nos sorties ensemble, si bien que les avoir aujourd'hui pour le déjeuner est une véritable bouffée d'oxygène.

Les deux mois d'été ont été animés. Les enfants présents en permanence à mes côtés ont rendu ces murs impénétrables au silence. En revanche, la rentrée scolaire a évidemment changé la donne et ces deux mois de septembre et octobre se sont transformés en cure de mutisme.

Subir cet exercice forcé n'est pas une mince affaire pour une bavarde chevronnée comme moi, croyez-moi ! Bercées par le calme et le silence de cette maison, les journées sont longues, loin de ma vie active et du tumulte de la pharmacie. Bien que les filles soient passées de temps en temps, elles travaillent, prennent soin de leurs familles et ne peuvent donc pas me tenir compagnie en continu. Aussi, je compte bien profiter de cette agitation amicale comme d'une parenthèse agréable dans mon quotidien ralenti.

Je referme la porte derrière mes invitées. Elle claque bruyamment au contact de la gâche fixée au chambranle. Un tour de clef. Un tour de verrou.

— On met la table où, questionne Katia, ici ?

— Ici ou dans la cuisine, ça m'est égal, dis-je en haussant les épaules.

— La cuisine, tu y manges tous les jours avec ton mari et les gosses. Nous, on est le beau monde alors je vote pour la salle à manger, argumente Gabrielle.

— Je vote aussi pour la grande salle. Elle donne sur le jardin et avec les portes-fenêtres vintage en bois, c'est chouette, indique Katia.

— Bon, c'est d'accord, je vais préparer des plateaux pour amener la vaisselle jusqu'ici, dis-je en balançant mes béquilles en avant.

— Non, non, non, toi tu joues les chefs d'orchestre, m'ordonne Gabrielle.

Elle s'empare d'une chaise chassée sous la table, la cale dans le pli de mes genoux et poursuit, exigeante.

— Tu t'assois et tu ne fais RIEN. Katia et moi, on va farfouiller dans tes placards de cuisine et en cas de besoin, on beugle !

À ces mots, elle quitte la salle, précédée de Katia qui me décoche un clin d'œil rieur avant de disparaître de ma vue. Les instants qui suivent sont émaillés d'un joyeux tintamarre. Assiettes qui cognent. Portes qui frappent. Eau qui coule.

— Une pelle à tarte, tu as ça ? hurle ma cuisine.

— Tiroir près du micro-ondes ! dis-je en poussant ma voix dans les aigus.

Suite à cette agitation bruyante, je vois réapparaître mes deux invitées munies de tout le nécessaire pour un déjeuner entre amis. La pièce est lumineuse, malgré la grisaille. Nous nous installons autour de la table du salon, ronde et imposante, en chêne massif.

Katia installe la vaisselle réquisitionnée en cuisine, Gabrielle ouvre la bouteille, je coupe le pain. Katia ouvre ses boîtes hermétiques, Gabrielle sert le vin, je partage la quiche en quarts. Pas besoin de parler pour répartir les tâches, chacune sait ce qu'elle a à faire. Sans crier gare, la Team reprend du service, efficace et fluide comme dans mes meilleurs souvenirs. Curieuse, je lorgne sur le contenu du déjeuner apporté. Salade verte, tomates, mozzarella, quiche lorraine froide, salade de fruits et un morceau de cake. Me prenant sur le fait, Katia s'adresse à moi.

— Le cake est à l'orange et aux noix. Avec l'aide de ma fille, j'ai expérimenté une nouvelle recette, j'espère que ça vous plaira.

Je croise la grimace de Gabrielle, peu encline à soutenir son initiative.

— Je suis sûre que ce sera une bonne surprise, dis-je dans un élan de conviction.

— Tu es mignonne, Lou. On envoie une photo à Natacha, les filles, avant d'attaquer le repas ?

— Oui, bonne idée, répond Gabrielle. On prend mon téléphone, il fait des super clichés.

Elle sort l'appareil de sa poche arrière et tapote dessus. L'écran s'allume, elle se penche vers moi, les yeux rivés dessus, puis passe son bras autour de mon cou dans un début d'accolade.

— Ramène ta fraise, commande-t-elle à Katia d'un rapide regard dans sa direction.

Katia se rapproche et prend la pose. Je me fige. Un clic retentit instantanément, indiquant la réussite de la mission. Gabrielle se détache alors de moi pour fouiller son répertoire et envoyer la photo à la plus baroudeuse d'entre nous, restée au front sous la neige canadienne.

— Je prendrais bien une photo de notre dessert, histoire de compléter mon envoi à Natacha.

— D'où te vient cette manie de photographier la pâtisserie ? questionne Katia. La moitié des messages que tu nous envoies sont des photos de bouffe.

— Je ne sais pas, j'aime manger, j'imagine que c'est la principale raison.

— Une vraie gourmande, on sait.

— Je trouve aussi que c'est de l'art, parfois, ajoute-t-elle songeuse.

— Comment ça ? l'interroge Katia.

— Un chocolat liégeois dans une longue coupe à glace, crème chantilly en tourbillon, coulis de chocolat chaud, pépites de noisette, cigarette russe et ombrelle à cocktail, c'est la classe, non ?

— Miam !

— C'est aussi beau que bon, non ?

Gabrielle range son téléphone et poursuit.

— La pâtisserie est un art pour beaucoup d'amateurs. Regarde comment marchent les ventes de magazines consacrés à la gastronomie… Et les émissions de cuisine à la mode pour s'affronter aux fourneaux ou récompenser le meilleur pâtissier… Les français adorent manger, c'est comme ça, c'est dans leurs gènes, conclut Gaby.

Chacune se sert directement dans les boîtes hermétiques. Aujourd'hui, pas de grand restaurant, ni de petits plats dans les grands. Je n'ai pas assez d'énergie pour recevoir mes collègues comme des reines mais la convivialité est de mise, c'est le principal. Il est temps que je revoie mes principes à la baisse. Je suis un peu gênée de les recevoir sans maquillage, sans maison lustrée, sans festin dressé mais ce n'est finalement pas le plus important. Il faut que je refasse le point sur mes valeurs si je veux tenir sur la longueur.

Ma nouvelle vie va me demander quelques ajustements.

En confirmant leur venue, les filles m'ont promis de ne pas parler de ma maladie. Nous parlons donc de la pluie et du beau temps, du contenu de nos assiettes, du nouveau boulot de Gabrielle auprès des enfants et de pharmacie, bien sûr ! Elles évoquent ce que j'ai manqué comme si j'étais partie en vacances et que mon retour était imminent. J'ai presque envie d'y croire.

— Katia, ta quiche est excellente, déclare Gabrielle.

— Merci.

— Il y a un petit goût que je ne connais pas… C'est étrange, mais c'est bon.

— Je pense que c'est le lait, souffle Katia d'un pincement de lèvres.

— Ah oui ?

— J'ai remplacé le lait de vache par du lait de coco, plus digeste et moins gras.

— Non ! s'étonne Gaby, les sourcils arqués.

— Tu as bien fait de ne pas lui dire avant, dis-je entre deux bouchées, elle aurait été capable de refuser d'y goûter.

— C'est clair ! avoue l'intéressée.

— Tu vois que toutes mes tentatives de nouveaux plats ne sont pas vaines !

— OK, je reconnais que cette fois, tu m'as bluffée avec ta quiche.

— Ah, je suis bien contente ! fanfaronne la cuisinière.

— C'est… différent sans être différent.

— Voilà tout le génie. Savoir apporter du changement sans qu'on puisse voir le changement. J'ai souvent lu que dans une recette, il ne faut modifier qu'un aliment à la fois pour éviter un loupé.

— Je ne vois pas comment le chocolat liégeois pourrait être détourné de sa recette initiale, mais pour la quiche, je veux bien avoir l'esprit ouvert. Et puis, il faut bien des cobayes afin de tester les nouvelles recettes de Katia. On prend des risques, Lou et moi.

— Quels risques ?

— Une intoxication alimentaire est vite arrivée…

— Ben voyons ! s'offusque la cuisinière.

— Tous ces trucs bizarres ne sont peut-être pas sans danger sur la santé.

— Ah, dis-je amusée.

— Tu veux m'envoyer les services sanitaires, pendant que tu y es ? vocifère Katia en tapant sur la table d'un poing presque enragé.

— Oh, ça va, on te charrie, Madame lait de coco.

Gabrielle pouffe de rire et cherche mon soutien du regard. Mes abdominaux se crispent, ils veulent se joindre à cette bonne ambiance. Je manque de très près d'emboîter le pas à Gabrielle quand mes yeux croisent le visage renfrogné de Katia. De toute façon, j'ai déjà mal au ventre. Une pitié enjôleuse s'empare de moi et je préfère orienter la conversation vers une trêve salvatrice.

— Promis, on goûtera ton dessert avec beaucoup d'ouverture d'esprit et de bon sens, n'est-ce pas Gabrielle ?

Mes yeux s'agrandissent à l'attention de Gabrielle qui émet un soupir révélateur. Les bras croisés sur la table au bord de son assiette, elle capitule.

— Je bossais ce matin alors je n'ai pas pu faire de dessert, mais c'est exceptionnel. La pâtissière de la Team, c'est moi, hein ?

— Je te laisse ma place sans souci, admet Katia. Ce déjeuner est effectivement une exception. Même si tu n'as pas gagné le concours avec le chef étoilé des Jardins de l'Opéra, tu restes notre référente en pâtisserie, ne t'inquiète pas.

— C'est de l'histoire ancienne.

Gabrielle se lève, embarque les assiettes sales et contourne la table d'un pas décidé. Pendant ce temps, Katia coupe le cake et mélange la salade de fruits.

— Tiens, sers-moi un verre d'eau, Lou. J'arrête le vin. C'est moi qui conduis et si je veux éviter de faire la sieste sur ton canapé, je dois rester raisonnable.

— Je te laisserai te servir juste après ton épreuve de bûcheronnage de cake, si tu le permets.

— Ne joue pas trop les princesses quand même. La bouteille est juste à côté de toi, je te signale.

— La bouteille est trop lourde, Katia, dis-je en détournant le regard.

— Heu... prononce-t-elle confuse. Désolée, je n'avais pas saisi.

— Ah non, ne t'excuse pas, s'il te plaît, dis-je tout aussi gênée.

Gabrielle réapparaît, les mains pleines, mettant fin à cette scène embarrassante. Sur la table, elle pose la pile de petites assiettes au fond de laquelle retentit le cliquetis de plusieurs cuillères qui s'entrechoquent. Katia commence le service et partage les derniers plats entre nous trois.

Un bip suivi d'un sursaut de Gabrielle attire notre attention.

— Quoi ? lance Katia.

— Mes fesses ont vibré d'un seul coup, j'ai cru faire une crise cardiaque.

— Pff, t'es bête !

Gabrielle extirpe son téléphone portable de son jeans puis porte un verre de vin à ses lèvres.

— C'était Natacha, elle est en pause et vient de voir la photo que je lui ai envoyée. Elle nous remercie de la soutenir au bout du monde et me demande si on se régale car elle est en train de manger une salade César plutôt bof. Le commis de cuisine a dû trop forcer sur le vinaigre, elle fait la grimace.

— Dis-lui qu'on pense à elle.

— OK.

— Alors, mon dessert ?

— C'est bon. Ton cake se marie bien avec les fruits, dis-je la bouche pleine.

— Attends, laisse-moi goûter, je te donnerai mon avis sur ma première bouchée, répond Gabrielle, sa main troquant le téléphone contre la petite cuillère.

Nous patientons devant nos assiettes colorées par des morceaux d'ananas, de raisin, de pommes et de kiwis. La senteur d'orange du cake s'invite à table et accompagne nos papilles stimulées par des saveurs acidulées et sucrées.

— Mais c'est pas mal du tout ! décrète Gabrielle, les yeux écarquillés, accompagnant sa remarque d'un signe de tête vers Katia.

Ravie du compliment, cette dernière gonfle la poitrine et redresse son buste de fierté.

— Je ne dis pas que ça peut battre un chocolat liégeois, mais je suis agréablement surprise par le mariage improbable de la noix et de…

Un bruit carabiné déchire soudain la pièce, interrompant Gaby avant la fin de sa phrase. Agressif. Explosif. Intempestif. Mes deux visiteuses ont stoppé tout mouvement. Leur attention est braquée sur moi car ce bruit émane bien de moi, en train de cracher mes poumons. Une vive toux s'est emparée de ma gorge et je peine à trouver mon souffle, empêtrée dans un jus sucré et une pulpe gluante.

Je prends rapidement conscience que je viens d'avaler un grain de raisin de travers, tandis que mon système digestif se demande comment un si petit aliment mâchouillé peut entraîner une telle anarchie corporelle. Les secondes me paraissent des minutes tant il m'est difficile de capter quelques rares millimètres cubes d'air entre deux expectorations. Malgré mes tentatives de régurgitation forcée, rien ne sort, à part ces sons gras et rocailleux. Je sens mon visage rougir et mon œsophage en feu. Je finis par gigoter sur ma chaise, suppliant mon corps tout entier de venir en aide à ma trachée. Malmenant ma chaise, j'entends ses pieds boxer le sol à chacun de mes soubresauts, ainsi que le son vague et lointain de mes collègues anxieuses.

Une main se pose sur mon omoplate. Elle se met à taper mon dos, doucement dans un premier temps. N'obtenant aucun résultat satisfaisant, les claques se font plus fortes et plus rythmées. Enfin, après un temps qui m'a semblé une éternité, mes spasmes se calment, l'air rentre à nouveau de manière plus continue dans mes alvéoles pulmonaires, mon corps se détend, la main dans mon dos s'immobilise.

— Lou, ça va ? questionne Katia, le teint blanc et livide.

— Tu nous a fait une sacrée peur, ajoute Gaby, la mine déconfite.

— C'était… une sacrée toux, dis-je entre deux respirations.

Les coudes sur la table, les mains soutenant ma tête, je reprends mes esprits. L'air afflue comme un sauveur, aussi efficace qu'une lance à incendie venue éteindre un feu ardent.

— Tu es sûre que ça va ? répète Katia.

— Un verre d'eau, peut-être ? ose Gaby.

J'attends un instant avant de répondre. Je sonde chaque morceau de moi-même à la recherche de réponses, à la recherche du dysfonctionnement à l'origine de cette scène violente. Apparemment, tout va bien. Rien de coincé dans ma trachée, pas de poumon exterminé par la pression, pas de déplacement de mon larynx. Mes collègues, aux aguets, guettent le moindre de mes gestes. Je me sens épiée et lâche quelques mots entre deux légères toux pour rassurer mon entourage.

— C'était intense… ça va… OK pour le verre.

— D'eau ou de vin ? plaisante Gabrielle, une main sur chacune des bouteilles, prête à passer à l'action.

— Ce n'est pas le moment, Gabrielle, la rabroue Katia, on a failli appeler les pompiers.

— Pas pour une méchante toux, tu rigoles !

— Elle était au bord de l'asphyxie, je te signale ! insiste Katia, le regard noir.

Légèrement haletante, je souhaite mettre rapidement fin à cet échange incisif.

— Tranquille, les filles… je retrouve ma respiration… Fausse alerte, je ne vais pas mourir aujourd'hui.

— Ah, tu vois ! tape Gaby sur la table, pas la peine de dramatiser.

— OK, OK, lui lance Katia les mains en l'air, paumes en avant, en signe de soumission. Je suis trop émotive, désolée.

— Mais c'était quoi, au juste, une fausse route ?

Je toussote de nouveau, mon poing levé à hauteur de ma bouche. Je me redresse sur ma chaise et boxe mes muscles pectoraux sans trop savoir s'ils peuvent me donner un coup de main dans cette histoire.

— J'ai avalé un grain de raisin de travers.

— Si ce n'est que ça, ce n'est pas grave, ça peut arriver à tout le monde, nous informe Gabrielle, rassurée.

— Puisque tu tousses encore, tu devrais faire une pause et te taire. Je ne voudrais pas qu'il y ait un deuxième round, ajoute sa voisine, pas encore tout à fait sereine.

— Tiens, tu devrais lui parler de ta stagiaire de la semaine dernière, propose Gabrielle à Katia, un geste furtif du menton en avant à son intention.

— Voilà une excellente idée, c'est moi qui raconte et pendant ce temps-là, tu te tais. Tu vas voir, la pharmacie sans vous, ce n'est pas triste !

Ma collègue s'étire sur sa chaise, les bras en croix, bâille la bouche grande ouverte, puis pose ses coudes sur la table. Elle joint ses mains et m'annonce d'un ton mélodieux.

— Il était une fois, une stagiaire nommée Kimberley venue effectuer un stage de trois semaines dans le cadre de sa formation en BTS commerce et vente. Une grande brune aux cheveux si longs qu'ils ont donné lieu à une première remarque sarcastique de notre patron dès la fin de sa deuxième journée.

Katia prend une longue et profonde inspiration, me pointe du doigt avec son index et fronce les sourcils de réprimande. Nous sentons qu'elle va se lancer dans l'une de ces imitations dont elle a le secret. Reproduire les voix des personnages et les incarner suivant leur personnalité l'amuse. Le timbre grave et le ton autoritaire, elle commence :

« Vous êtes là pour un stage de technicien de surface ou d'agent commercial, Mademoiselle ? » La jeune fille interloquée a bredouillé « Heu, je suis là à cause de l'aspect commercial de votre entreprise… » « Bonne réponse ! », a déclaré son supérieur hiérarchique, « Alors vous conviendrez que faire le ménage sur les comptoirs et les paillasses avec vos cheveux en guise de plumeau n'est pas vraiment convenable. » Kimberley a rougi, sa mâchoire a frémi et un pâle « Heu, oui monsieur » est sorti de sa bouche. « Bien, vous établirez quelques recherches ce soir et vous me ferez un exposé sur la coiffure la plus adaptée à notre profession dès demain matin, preuves et coiffure à l'appui, suis-je clair ? » Le visage de cette pauvre fille exprimait incontestablement le désir de disparaître sur-le-champ, mais aucun miracle ne se produisit. Un dernier « Oui, monsieur » a clôturé l'entretien. »

— Toujours aussi courtois, cet homme, précise Gabrielle.

— Elle était livide à la fin de leur conversation. Mais c'est vrai que ses mèches de cheveux, longues jusqu'à ses cuisses, se baladaient un peu partout. Moi j'avais surtout peur qu'elle coince ses cheveux dans les tiroirs, j'ai failli lui faire un scalp plus d'une fois !

— Les risques du métier ! renchérit Gaby.

— Bon, disons que la Kimberley, elle était plutôt dégourdie, et pas bête en plus. Elle pigeait vite et écoutait nos recommandations. Intelligente, du genre première de la classe, tu vois. Donc, après l'avoir laissée plusieurs jours en back officine, derrière, on lui a proposé de passer au comptoir pour être enfin en contact avec la clientèle. Après tout, elle était là pour s'imprégner de tous les aspects de notre métier. Un jour, on l'a laissée nous préparer quelques ordonnances, encaisser des ventes rapides lorsque la pharmacie était pleine. Par exemple, lorsqu'elle avait fini d'aller chercher tous les produits d'une prescription, elle nous faisait signe et on venait vérifier, expliquer et finaliser avec le patient. Les premiers clients étaient plutôt satisfaits jusqu'à…

— Jusqu'à quoi ?

— Jusqu'à M. Janvier. Kimberley l'a salué poliment, s'est emparée de son ordonnance et lui a indiqué qu'elle allait chercher son traitement. À ce moment-là, j'étais accroupie en train de faire le plein de sirops, devant les tiroirs qui s'étendent jusqu'au plafond. J'entendais leurs claquements derrière mon dos, clac, clac, ça s'ouvrait, ça se refermait… Je sentais le souffle de l'air déplacé par les allées et venues de l'équipe, toujours en mouvement, toujours pressée… La routine, quoi ! Soudain, une question a fusé à travers la pharmacie, d'une voix claire, stridente et qui portait loin : « Le Viagra, je vous mets la petite ou la grande boîte ? »

À ces mots, mes yeux brillent et s'élargissent comme des soucoupes.

— L'assemblée s'est figée, poursuit Katia. Le silence est tombé immédiatement entre les murs, à l'exception de deux tiroirs qui ont pris le temps de finir leur course contre la butée du meuble dans un bruit sec. Je me suis redressée sur mes deux jambes, j'ai fait demi-tour et là, j'ai vu Kimberley, le bras tendu comme la statue de la liberté, la main levée, tenant deux boîtes du bout des doigts. Personne ne bougeait, tout le monde semblait hypnotisé par une force invisible. Le silence. J'ai passé la tête de l'autre côté des étagères que je chargeais et, en balayant du regard l'espace vente derrière les comptoirs, je me suis arrêtée sur M. Janvier. Visiblement piqué au vif par cette phrase, il avait l'air tellement sidéré qu'on comprenait tout de suite qu'elle s'adressait à lui. Sur sa gauche, deux dames le dévisageaient, les mains dans le présentoir des pinces à épiler. Sur sa droite, un homme mal rasé mâchait un chewing-gum, les bras croisés, lorgnant aussi son voisin. J'étais trop loin pour distinguer plus de détails. Je n'étais pas convaincue que ces personnes aient entendu quoi que ce soit, mais ce qui était certain, c'était que la voix de Kimberley s'était envolée au moins jusqu'à M. Janvier et aux clients qui l'entouraient. Avec le recul, je pense que Kimberley a mal interprété son regard ahuri. Elle a dû imaginer qu'il ne l'avait pas entendue. Le silence s'est prolongé trois secondes, mais ça n'a pas mis la puce à l'oreille de Kimberley. Le regard toujours tourné vers l'espace vente, elle a réitéré sa question en prenant la précaution ultime de monter le volume au maximum. « Le VIAGRA, je vous mets une PETITE ou une GROSSE ? »

— Non ! dis-je stupéfaite.

La narratrice ne s'arrête pas devant mon visage tendu par le botox de l'info. Elle enfourne une bouchée de cake, l'avale goulûment et continue son récit.

— J'ai eu le réflexe de me planquer derrière les étagères avant de plaquer mes mains sur ma bouche pour exploser de rire en étouffant le bruit. Le nouveau préparateur pouffait discrètement. La pharmacienne assistante se tenait le ventre et pinçait ses lèvres sur son rouge à lèvres « Sweet cherry » – que j'adore car, soit dit en passant, il n'est pas rare que je lui emprunte à la fermeture de la pharmacie quand je pars directement au restaurant rejoindre Benoît. Il est mat et sa longue tenue me…

— Katia, tu t'éloignes de l'histoire ! la gronde Gabrielle en commençant à rassembler les couverts et les assiettes en une seule pile dans un tintement de vaisselle tonitruant.

— Pardon, pardon… Revenons à notre étoile montante vers l'expulsion.

— N'exagère pas, elle est stagiaire, elle est en entreprise pour apprendre, c'est normal qu'elle fasse des bourdes !

— Et bien celle-là, elle est bien rondelette. Lorsque j'ai croisé de nouveau la tête de M. Janvier après avoir retrouvé mon sérieux, j'ai cru qu'il allait faire une attaque. Il balbutiait, rouge comme un extincteur prêt à exploser sous la pression, caressait nerveusement son ventre grassouillet et regardait, paniqué autour de lui. Soudain, comme un rugbyman sorti de nulle part, M. Boston, notre patron adoré, a slalomé entre les cartons à terre et ses employés pour plaquer au sol l'adversaire.

— Sérieux ? Il l'a plaquée au sol ?

— Non, c'est une image, mais en considérant la vitesse avec laquelle M. Boston a parcouru les mètres qui le séparaient de Kimberley, je peux te dire que j'ai eu un doute sur sa capacité de décélération. Son visage tendu affichait un regard fou de rage que Kimberley a rencontré au moment où son bras et le reste de son corps ont été propulsés vers l'espace vente. Le fantôme a pris les choses en mains, à commencer par la stagiaire visiblement. On sentait qu'il n'avait pas envie qu'un carnage au sein d'un établissement de santé fasse les gros titres des journaux du soir… Tous deux se sont dirigés vers le comptoir le plus éloigné des autres clients afin de retrouver une certaine intimité. Monsieur Janvier ne s'est pas fait prier, il les a rejoints en claudiquant à vive allure, prouvant ainsi que boiter et courir sont deux types de déplacement parfaitement compatibles. Face à l'homme au visage troublé, M. Boston servait son sourire le plus mielleux. Il réajustait son regard et passait en mode courroucé lorsqu'il s'adressait à la stagiaire, perdue dans un discours commercial ou médical qui, visiblement, la dépassait. Bouche ouverte, elle semblait avoir du mal à comprendre la situation. Je te laisse deviner que cette incompréhension s'est vite dissipée au fil de la conversation. Le buste en avant, la main posée furtivement sur le bras du patient, le fantôme se donnait du mal pour atténuer la gravité de la situation et reconquérir la confiance de M. Janvier. Certes, il n'y avait pas mort d'homme, mais la dignité de ce client avait failli basculer dans le vide et il fallait réparer les torts, même s'ils ne venaient pas de lui, mais d'une stagiaire écervelée. L'image de son commerce et sa réputation étant en jeu, il devait jouer serré. Tu sais à quel point il peut être efficace dans ce genre de situation complexe où il aime avoir le dernier mot… Le léger sourire que j'ai vu apparaître sur le visage plus détendu de M. Janvier au bout de quelques minutes me l'a confirmé une fois de plus. Le fantôme est fort à ce jeu-là et M. Janvier a pu repartir le cœur plus léger.

— Mon Dieu, quelle histoire !
— Attends, je n'ai pas fini. Tu te doutes bien que le patron ne s'est pas contenté de réparer les bêtises de la stagiaire, elle n'allait pas s'en tirer comme ça ! Après le départ de M. Janvier, M. Boston et Kimberley ont rasé les murs, le premier rongé par la colère, le regard noir, la deuxième par la honte, les yeux vitreux. Ils se sont réfugiés dans le bureau à toute vitesse. Comme il est en face des tiroirs, de l'autre côté de la paillasse centrale, il n'est pas à l'abri des oreilles indiscrètes, alors autant

te dire qu'avec la porte poussée mais pas fermée, nous étions aux premières loges.

Katia se lance alors dans une imitation comme elle sait si bien le faire, en mimant de façon exagérée les traits de caractère des deux protagonistes.

« Vous avez perdu la tête, à hurler le traitement du patient dans la pharmacie à qui veut bien l'entendre ? On n'est pas des poissonniers à brader les meilleures prises ! vociférait le fantôme.

— Je suis désolée, bredouillait Kim.

— Aucun discernement, aucune discrétion ! C'est un scandale ! Et le secret professionnel lié à notre corps de métier, je vous l'ai pourtant expliqué lors de votre entretien d'embauche, non ?

— Heu, oui, monsieur.

— C'est une obligation déontologique qui implique une responsabilité pénale, afin de lutter contre la divulgation d'informations confidentielles. Ça vous parle, le mot « confidentiel » ?

— Oui, oui, murmura mollement Kim.

— On ne vend pas des téléphones portables ou des baguettes de pain, la discrétion est de mise. Vous imaginez les dommages si le patient porte plainte ? »

Simple question rhétorique puisque le pharmacien n'attendait pas de réponse de la stagiaire. Il enchaîna donc.

« Nous encourons une peine d'un an d'emprisonnement et quinze mille euros d'amende, sans parler de la mauvaise publicité qui pourrait mettre fin à la confiance de l'ensemble de notre clientèle.

— Je suis désolée, se lamentait Kim.

— Votre joli parcours chez nous depuis quinze jours n'excuse pas votre énorme bourde. Je vous conseille de réfléchir à tout ceci d'ici la fin de la journée et je ne veux plus voir votre minois à moins de cinq mètres de mes clients. Allez donner un coup de main au déballage ou en réserve. Je vous conseille de ne pas être dans mes pattes jusqu'à ce que ma colère s'estompe.

— Oui, monsieur.

— Oust, dehors ! »

Katia boit une gorgée d'eau et poursuit.

— Monsieur Boston est resté un long moment dans le bureau, seul. Ma main à couper qu'il laissait retomber son mécontentement et réalisait que le pire était derrière lui. Quant à Kimberley, je l'ai vue traîner ses pieds et sa maladresse jusqu'au fond de la pharmacie. Elle a mis une éternité pour parcourir les quelques mètres qui l'en séparaient. Elle devait penser que c'était la dernière fois qu'elle aurait une ordonnance entre les mains – une perspective effectivement peu gratifiante.

— La pauvre ! lâche Gaby.

— Compte tenu de la porte ouverte et des décibels qui s'étaient échappés du bureau du patron, elle n'était pas dupe et savait que le reste du personnel avait entendu ce règlement de compte houleux. Elle gardait sa mine déconfite en arrivant vers moi. Un carton ouvert était posé sur une chaise entre nous deux. Je comptais les flacons d'aloe vera reçus du laboratoire Naturka. À vrai dire, plus préoccupée par le sort de la demoiselle que par le contenu du carton, je les recomptais pour la troisième fois. Elle regardait l'écran de l'ordinateur les yeux dans le vague, le relâchement des muscles de son visage lui donnait l'air d'un chien battu. Après quelques minutes, j'ai remarqué des larmes retenues au bord de la falaise. Je n'ai pas osé dire quoi que ce soit sur l'épisode en question. Je préférais la laisser s'exprimer en premier mais en la voyant prête à craquer, je me suis dit qu'il fallait que je raconte rapidement autre chose.

— Elle devait te faire de la peine, cette gamine...

— Oui. Après tout, elle ne l'avait pas fait exprès. Elle avait encaissé les remarques de Boston sans broncher et M. Janvier était sorti de l'établissement satisfait. Il n'y avait donc plus de raison de continuer à torturer cette pauvre fille qui, soit dit en passant, était la stagiaire la plus compétente et réactive qu'on ait eue. Bref, j'allais sortir une connerie sur la responsabilité du dentier de Mme Janvier dans le traitement de M. Janvier quand Kimberley m'a prise de court : « Finalement, ça sert à quoi le Viagra ? »

J'ai failli exploser de rire. Gaby aussi.

— Elle ignorait l'indication de cette spécialité !

— Tu parles d'une boulette.

— Son regard s'est illuminé au moment où je lui ai parlé de troubles de l'érection et de problème d'impuissance sexuelle. Elle a hésité entre gêne et dérision puis elle m'a promis qu'elle ne ferait plus jamais d'appel au micro concernant les traitements des patients. Nous avons passé le reste de l'après-midi ensemble. Comme je vous l'ai déjà dit tout à l'heure, elle travaille de façon rapide et efficace. Malgré sa triste expérience, je suis contente qu'elle soit venue m'épauler. J'avais la commande du soir à ranger, deux laboratoires à contrôler, et pour couronner le tout, l'assistante m'avait demandé d'aller à la réserve chercher le présentoir des bouillottes avant de me recoller au comptoir. Bref, j'étais débordée alors, comme elle était bannie des ventes jusqu'à nouvel ordre, elle a été la bienvenue dans mon espace noyé sous les cartons.

— Elle est restée punie longtemps ? dis-je prudemment entre deux respirations.

— Seulement deux jours de plus. Le patron était en colère, mais il est loin d'être idiot. Une aide comme elle, ça ne se refuse pas aux heures de pointe, la pharmacie bondée. La tension retombée, elle a été réclamée par Boston au comptoir et a pu finir son stage – certes en marchant sur des œufs – en ayant accès à l'ensemble des postes de travail.

Je commence à fatiguer, assise sur ma chaise depuis plus d'une heure. Mon lit me manque déjà. Je déteste avoir cette pensée, mais mon corps a plutôt réussi à avoir le dessus ces derniers temps et j'ai l'impression de lutter en permanence pour repousser mes limites. Mon dos me fait mal, mes bras me tirent, ma nuque éprouve une raideur désagréable. Je ne dis rien. J'ai déjà l'impression de passer pour une malade imaginaire puisque la maladie ne se voit pas, alors assumer ces faiblesses me coûte.

Tant pis, je me reposerai plus tard.

Katia termine son récit sur l'entretien de Kimberley avec son maître de stage, M. Boston et le professeur principal de son établissement scolaire. Entre compliments et reproches, ces derniers ont été plutôt satisfaits de l'expérience et des apprentissages abordés. À la suite de son entretien, Kimberley est venue voir Katia pour lui faire part de son soulagement et lui demander comment remercier l'équipe de son accueil durant ces trois semaines.

Un encas à base de croissants frais du boulanger du coin fut l'inspiration du moment.

— Lou, on va te laisser te reposer.

— Oui, on y va.

Les filles prennent congé.

Ma carcasse est engourdie, les sensations de mon corps sont indéfinissables. On dirait que certaines fonctions sont désactivées. Je suis une vieille machine rouillée que l'on déploie après un repos proche de l'éternité. Je pivote tant bien que mal sur moi-même. Du bout de mes doigts pour éviter un pas supplémentaire, je m'équipe de mes béquilles abandonnées dans l'angle du mur derrière moi.

Je plonge le maximum de poids dessus et libère ainsi une partie de celui qui reposait sur mes jambes. Retrouver ma posture debout est devenu un exercice de musculation intense. J'ai l'impression de peser le triple de mon poids lorsque je dois pousser sur mes avant-bras. Je gigote doucement, le bas de mon organisme peine à reprendre vie. Balancées de droite à gauche, mes hanches rouspètent, mes genoux rouscaillent, mes chevilles boudent.

Nous nous remercions dix fois mutuellement sur le pas de la porte, promettons de prendre des nouvelles, supplions de garder le cap, quoi qu'il arrive. Pour une fois, les bises sont couplées de câlins réconfortants et de mots hésitants. Nous sommes conscientes, par notre métier et nos recherches respectives sur la maladie, que la prochaine étape de ma vie ne sera pas simple à accepter ni à vivre. Je regarde mes deux collègues s'éloigner sur le chemin de gravillons menant au portail puis à la route. Avant de disparaître, leurs précieux sourires, leurs grands gestes de la main seront mes derniers cadeaux, une force dont je pourrai aussi me servir sans compter.

Je ferme la porte d'entrée le cœur lourd.

Le départ de mes collègues est un déchirement. Pour mon petit cœur d'une part, ne sachant dans combien de temps aura lieu notre prochaine rencontre à l'approche de ma future hospitalisation et du saut dans le grand bain du combat contre la maladie. Pour mon corps, d'autre part, loin de penser qu'il serait aussi fatigué et courbaturé après seulement quelques heures sur une chaise autour d'un déjeuner. Comment un simple repas chez moi peut-il engendrer autant d'asthénie ? Je n'ai pas fait à manger. Je n'ai pas mis la table. Je n'ai pas débarrassé. Je suis restée assise tout le temps !

Malgré ces ménagements de la part de mes deux visiteuses, il faut croire que plusieurs heures dans la même position déplaisent fortement à mes muscles, qui me font actuellement comprendre qu'un tel exercice est le maximum que mon corps peut encaisser. Ce dernier s'est contracté au fil des heures, transformant mes muscles en pierres compactes et lourdes. Je faisais la sourde oreille afin de profiter de ces bons moments de convivialité mais je n'étais pas dupe, mon corps s'incrustait de plus en plus dans l'assise en paille. Me lever de ma chaise à la fin du déjeuner a été une épreuve. Me déplacer dans la foulée a été pénible. J'avais l'impression de traîner des membres endormis, des poids morts partiellement ramenés à la vie.

22

Départ précipité

Le lendemain matin, tout le monde est parti tôt. Christophe est en formation. Il a déposé les enfants à la garderie avant de rejoindre Toulouse, espérant parvenir à destination sans être pris dans les embouteillages quotidiens de cette grande ville aux heures de pointe.

Seule à la table de ma cuisine, je mâche ma tartine devant un bol de lait lorsque tout à coup, j'étouffe. Je sens mon corps se crisper pour tenter de dégager ma trachée. Un spasme imprévu s'empare de mon ventre. Que m'arrive-t-il ? Ma respiration lente, naturelle et limpide a disparu. Je suis en apnée. Longtemps. Trop longtemps. Mes yeux papillonnent. Je m'écarte de la table comme pour donner plus d'espace à mes poumons comprimés. À l'échelle de mon bol de lait, ce geste brusque provoque un tsunami qui inonde la table d'un liquide tiède et marron. La chaleur agréable et enveloppante du chocolat chaud au contact de ma peau, est aux antipodes du feu qui s'empare de mon visage et de ma poitrine. Il se diffuse et se concentre essentiellement sur mon torse et mes joues rouges, enflammées.

La panique s'empare de moi. Mon pouls se met à battre la chamade, je le sens cogner dans mes tempes. Je suis seule et je vais mourir étranglée sans connaître mon agresseur, quand brutalement la situation bascule. Je tousse. Enfin ! Je tousse et tousse encore, à ne plus pouvoir m'arrêter.

L'air défie cette synchronisation laborieuse et se fraie un passage en urgence vers mes bronches. Entre deux quintes caverneuses, je crache des miettes ainsi qu'une fine bouillie de sucre et de matières grasses. Elles s'éparpillent sur la table et dans le bol, transformant mon petit-déjeuner en champ de bataille et mon moral en désert émotionnel. La tartine étant identifiée comme ennemi, elle est aussitôt reclassée en agent menaçant potentiellement mortel.

Je reprends enfin mes esprits et mon souffle. Ma toux se calme. De profondes inspirations et expirations permettent à mon organisme de retrouver petit à petit ses fonctions principales. Je reste là quelques secondes, à savourer le plaisir de sentir l'air entrer et sortir de mes poumons. Un plaisir simple, vital. Je constate ensuite les dégâts matériels et reconnais qu'avec un rapide coup d'éponge, le carnage sera oublié. Quelle pagaille ! Qui aurait cru qu'un moment aussi banal pourrait se changer en catastrophe ?

Aux abois, la terreur monte d'un cran lorsque je prends conscience que c'est la troisième fois que je fais une fausse route. Hier midi en compagnie de mes collègues Gabrielle et Katia, un grain de raisin a joué les perturbateurs. Hier soir, lors du dîner familial, une gorgée d'eau a fait du zèle et maintenant ce morceau de pain qui bloque le fonctionnement normal de la déglutition. Les paroles du professeur Hooper me reviennent en mémoire : « À la moindre alerte… il ne faut pas prendre les choses à la légère… C'est un danger imminent… »

Lou, arrête de t'inquiéter, c'est sûrement une coïncidence. Tout le monde peut avaler de travers de temps en temps sans que cela soit forcément une urgence médicale. Tranquillise-toi et arrête d'imaginer le pire.

Je me lève et me tourne vers l'évier. J'attrape l'éponge et m'affaire à remettre la table de la cuisine en ordre. M'occuper m'évitera de penser à toutes ces idées qui me traversent l'esprit.

Le lave-vaisselle est ma prochaine mission. Le vider me permet de relativiser. Entendre la vaisselle s'entrechoquer me rassure : ce bruit familier soulage et sécurise mon cerveau. Je scanne mon corps. Aucun autre symptôme inquiétant, les choses sont rentrées dans l'ordre. Tu vois, Lou, ce n'était pas si méchant. Une simple erreur d'aiguillage comme il peut se produire chez des milliers de personnes en bonne santé.

J'ai à peine fini de vider le lave-vaisselle – mon seul grand exploit de la matinée – quand mon corps décide de me jouer encore un tour.

Je tousse. Une petite toux sans artifice et sans gravité, puisqu'aucune partie de mon corps ne semble souffrir de cette situation forcée. Je toussote quelques secondes, le temps de réaliser que j'ai avalé ma salive de travers. Ce n'est rien face aux désagréments de ces vingt-quatre dernières heures, cependant, cette expectoration ridicule me met la puce à l'oreille.

Si même ma propre salive ne suit plus le chemin indiqué depuis toujours, qu'en est-il du reste de mes fonctions vitales ? Si j'en suis réduite à ne plus avaler correctement ma salive, que va-t-il se passer lors de mon prochain repas, lorsque ma langue amènera vers mon tube digestif toutes sortes de textures et de tailles d'aliments ? Trois fausses routes en trois repas consécutifs, plus un quatrième épisode en bonus, le tout en moins de vingt-quatre heures, ne me paraissent finalement pas aussi bénins que j'aimerais le croire. La peur m'envahit. Je la fais fuir aussitôt en la plongeant dans l'eau bouillante de mon esprit. Une évidence me saute maintenant aux yeux.

Je dois appeler l'hôpital.

— Allo ?

— Oui, bonjour, ici MaDAme Chevalier, je souhaiTErais parler au pROfesseur Hooper si c'est possible.

Je me racle la gorge.

— Le professeur est en consultation, puis-je vous aider ? demande une dame pleine de courtoisie.

Je prends le temps de placer des mots tels que « dermatopolymyosite », « professeur », « urgence » et « déglutition » dans la même phrase. J'évoque ma visite récente dans le service de dermatologie de l'hôpital, en rendez-vous au cabinet de Monsieur Hooper. Je parle d'un air détaché, comme si tout ceci concernait une autre personne.

L'urgence concerne l'impression du professeur mais certainement pas la mienne. Il suffit que le professeur me rassure et je pourrai attendre notre rendez-vous avec beaucoup plus de sérénité. Mon interlocutrice prend le temps de m'écouter avec discernement. Elle ne m'interrompt pas, ne me demande pas de précision, ne pose aucune question. Lorsque j'ai terminé, elle énonce d'une voix claire qu'elle va prendre mes coordonnées, s'entretenir avec le professeur dès la fin de sa consultation en cours et revenir vers moi.

Voilà, il ne reste plus qu'à patienter. Dans un temps tout à fait raisonnable, une personne qualifiée me rappellera pour me dire de ne pas m'inquiéter, que les caprices du corps humain sont parfois tortueux mais qu'il n'y a rien à faire puisque tout est redevenu normal et stable.

Dix minutes plus tard, la même voix au bout du fil m'annonce que je suis attendue dans moins de deux heures à l'hôpital Larrey. Un taxi a été prévenu et se mettra en route vers mon domicile dans les meilleurs délais.

Je déglutis difficilement.

Je dois prévenir Christophe. J'envoie un SMS sur mon téléphone portable en lui demandant de me rappeler rapidement. En attendant son appel, je prépare un message à mes frères, mes parents et la Team. Je ne sais pas trop comment tourner mes phrases. La tâche est difficile car j'ai toujours tendance à en écrire des tonnes, être concise est un exercice peu aisé pour moi. D'autre part, comment dire la vérité sans inquiéter mon entourage ? Il me faut au moins un quart d'heure pour venir à bout de cette corvée. Une sonnerie familière transperce le silence de la pièce.

— Allo, Chris ?
— Oui.
— Ça va ?
— Oui, et toi, besoin de quelque chose ?

Mon mari travaille beaucoup et le déranger pendant ses heures de travail peut me mettre dans une position délicate. Il déteste être interrompu, sauf s'il s'agit d'un cas de force majeure aromatisé à l'urgence ou à la détresse humaine. On a l'impression de l'empoisonner si on n'a pas une raison impérative de menacer son planning souvent surchargé.

— Désolée de te déranger et de bousculer ta journée mais je vais devoir m'absenter.
— C'est quoi cette histoire ? s'égosille-t-il sans me laisser terminer ma phrase. Je t'ai prévenue que le jeudi je quitte tard. J'ai des rendez-vous prévus !
— Je…
— Non, non, je ne veux rien savoir, rouspète-t-il, tu annules ton truc, ce que tu as en tête peut sûrement attendre.
— Chris, je dois aller à l'hôpital ! dis-je comme un cri de souffrance.
— Quoi ? se radoucit-il aussitôt.

— Je viens d'avoir une infirmière au téléphone et je dois être hospitalisée dans la journée. Un TAxi vient me CHercher. Mon COrps est en TRain de lâCHer.

— …

— ChRIs, ça Va allER ?

— Oui. Je vais me débrouiller.

Je dois laisser la maison sans l'impression d'un départ précipité. Ce coup de téléphone me coupe littéralement l'appétit. J'étais déjà frileuse à l'idée de risquer un nouvel étouffement par absorption d'aliments de différentes natures mais là, m'entendre d'une voix claire annoncer l'arrivée du chauffeur réquisitionné pour m'emmener à l'hôpital donne un réalisme brutal à ma situation.

L'hôpital va rentrer dans ma vie.

11 h. Le chauffeur du VSL se gare devant la maison et sort de son véhicule. Vêtu d'un pantalon bleu marine serré à la taille par une ceinture en cuir marron foncé, il doit avoir la cinquantaine. Ses chaussures également en cuir sont impeccables. Une chemise blanche dont il a retroussé les manches longues termine sa tenue. Je ne l'avais pas imaginé aussi distingué au volant de sa Mercedes Benz Classe E noire alliant inévitablement vitesse et élégance.

Son élocution franche, assurée me réconforte. L'image stricte et angoissante d'un potentiel ambulancier en blouse blanche s'évapore aussitôt de mon esprit. Je suis au moins rassurée sur ce point.

Il est rasé de près et arbore un large sourire sur son visage rond au moment où nos regards se croisent. Ses grands yeux noisette me regardent presque affectueusement derrière ses lunettes aux montures d'acier.

— Bonjour Mme Chevalier ! me lance-t-il d'une voix enjouée.

— BONjour MONsieur.

— Appelez-moi Thomas, je vous prie, ça fait plus jeune et plus branché, je préfère. C'est pas la grande forme. Les béquilles et votre respiration saccadée m'ont un peu mis sur la voie. À moins que ce ne soit le nombre indécent d'allers-retours aux hôpitaux depuis le début de ma carrière ? enchaîne-t-il ironiquement. La surprise imprévue responsable de notre rencontre a-t-elle un nom, par hasard ?

— Dermatopolymyosite. De toute façon, personne ne connaît cette maladie.

— Elle est comme vous, unique au monde, tente de dédramatiser le chauffeur.

— C'est sûREment ça.

— C'est peut-être un peu banal ce que je vais vous dire, mais dans la vie, rien ne dure vraiment. La vie c'est l'impermanence à part entière. Vous prenez un chemin et hop, elle choisit de vous faire faire quelques détours imprévus et vous garde certaines surprises sous le coude.

— Je n'AIme pas les SUrprises.

— Un jour, mon fils a voulu me faire une surprise et…

La tête appuyée contre la vitre, le paysage défile autant que ses paroles. Je me déconnecte de son récit, mais le son et le rythme de sa voix me bercent pendant que j'observe les voitures sur la rocade. Le temps est fade comme cette journée. Le soleil est timide, les nuages passent et repassent devant mes yeux.

Après avoir laissé la voiture en double file au bas du bâtiment, Thomas m'aide à accéder au cinquième étage de l'hôpital grâce à un ascenseur aux secousses saccadées. Les portes s'ouvrent sur un petit hall vide habillé de deux grandes fenêtres donnant sur le parking plein à craquer, juste derrière la ville qui s'agite en ce début d'après-midi maussade.

La forêt au dernier plan est inattendue. Je ne savais pas que Toulouse pouvait avoir dans ses atouts autant de verdure à portée de main. Le cinquième étage, c'est haut, mais c'est encore plus haut quand l'hôpital est construit au sommet d'une colline. Je comprends mieux pourquoi mon chauffeur est resté aussi longtemps en première tout à l'heure dans la voiture. J'ai même cru qu'il s'était trompé de route avec cette grimpette vertigineuse qui semblait ne jamais finir. Aujourd'hui, il ne fait pas très beau mais j'imagine que le paysage doit être tout autre lors des visites du soleil.

Thomas me conduit jusqu'au secrétariat du service de dermatologie et interpelle la dame derrière le comptoir.

— Bonjour Noëlle, ça va ?
— Figure-toi que je n'ai toujours pas pris ma pause !
— Ah !

Mon chauffeur me salue avant de repartir s'occuper d'autres clients.

Noëlle, cheveux courts, porte l'uniforme conventionnel des hôpitaux : pantalon et tunique en coton blanc. Je devine ses baskets confortables qui dépassent sous le bureau et j'arrive à compter six stylos débordant d'une poche sur sa poitrine. Accrochés dangereusement, ils sont visiblement prêts à faire un ultime plongeon dans le vide. Concentrée sur son ordinateur, elle met du temps avant de lever la tête vers moi.

Noëlle me fait remplir plusieurs formulaires, m'attache un bracelet à la main avec mon identité comme pour marquer du bétail et s'empare de mon sac de sport. Impatiente de découvrir mes nouveaux quartiers, je ramasse mes béquilles, mon satané sac à dos et mon courage.

La chambre, pas très spacieuse, contient quand même deux lits répartis dans deux espaces bien définis, séparables au besoin par un rideau que mon accompagnatrice tire après m'avoir brièvement présentée à ma voisine de chambre. Arrivée la première, on lui a confié le lit côté fenêtre, vraisemblablement le seul privilège de la pièce. Chaque espace contient un lit, une table de nuit, une télévision au mur, une table sur roulettes à hauteur du lit et une chaise.

Noëlle m'indique l'emplacement de la penderie, y dépose mes affaires et s'éclipse pour me laisser m'installer. Je cale les béquilles dans un angle de la pièce, fais quelques pas jusqu'au lit et m'allonge aussitôt. Cette ascension à plus de deux cents mètres d'altitude va me demander un peu de repos.

Je suis au bon endroit.

Pas le temps de faire connaissance avec ma voisine. À peine quelques minutes plus tard, une dame entre en poussant un ordinateur sur un chariot roulant. Une jeune fille la suit avec une machine aux multiples fils pendant tels des tentacules.

— Bonjour Mme Chevalier, je suis Nora, une des infirmières du service de dermatologie et je vous présente Julie, étudiante. Seriez-vous d'accord pour qu'elle puisse vous prendre différentes constantes ?

— Oui, BIen sûr.

Nora est une femme à la fois grande et solidement charpentée, d'origine africaine. Belle, aux formes généreuses et dotée d'une musculature visible, nécessaire dans ce métier parfois physique. Ses nombreuses tresses ramenées en un énorme chignon trônent au-dessus d'un large bandeau fleuri qui dégage son visage impassible, mais serein. L'étudiante semble minuscule, voire insignifiante face à cette force de la Nature à disposition de la médecine.

Tension, saturation, pesée, prise de température, les mesures s'enchaînent et s'achèvent sur un questionnaire ô combien précis.

— Avez-vous des douleurs ?

— Oui.

— Sur une échelle de 0 à 10, vous diriez que la douleur est à combien ?

— 5.

— Avez-vous des prothèses dentaires ou auditives ?
— Non. *(Je n'ai pas cent ans non plus !)*
— Vous vivez dans une maison ou un appartement ?
— Une maisON. *(Quel rapport avec ma santé ?)*
— Vous êtes en couple, célibataire ou autre ?
— En cOUple. *(Autre ? Ça existe ?)*
— Pacsée, mariée peut-être ?
— Mariée. *(Je sais, totalement démodé et vieux jeu, c'est tout moi.)*
— Ah, je vois que c'est lui qui est votre personne de confiance, c'est exact ?
— Oui. *(Alors pourquoi les précédentes questions ?)*
— C'est une bonne chose.
— ... *(Je ne qualifierais pas forcément de « bonne chose » l'action qui consiste à mettre ma vie entre les mains d'un homme qui part chaque année à Easdale, une petite île écossaise, pour participer au championnat du monde de ricochet avec ses copains percussionnistes mais bon, je vais laisser planer le doute.)*

Le professeur Hooper m'a examinée et a discuté avec son confrère du choix de protocole à mettre en place. Un jargon scientifique dont j'ai reconnu certains termes et certaines parades. Une infirmière est venue me faire une prise de sang et me remédicamenter. Les prémices des festivités de demain, d'après Nora.

La fin d'après-midi est rythmée par la visite, pour moi ou ma voisine, des infirmières, des aides-soignantes et de mon frère Charly qui habite à dix minutes de l'hôpital. Il est passé après le travail et me propose de rester une heure. Il porte encore sa tenue de parfait technicien en maintenance industrielle, un pantalon et un blouson noir en coton bien épais avec le logo de sa boîte. Il n'a même pas pris le temps d'enlever ses chaussures de sécurité. Sa visite me fait plaisir, j'en profite pour lui demander de descendre à la cafétéria pour me prendre un abonnement de télévision pour la semaine.

À moins qu'elle n'ait perdu la télécommande et ne puisse éteindre le poste, ma voisine rentabilise son forfait car depuis mon arrivée, sa télé est allumée en permanence. Malgré le rideau tiré entre nos deux espaces, je devine le programme qui apparaît au bout de mes pieds, les yeux rivés dans la direction des deux grands écrans noirs. Suspendus face à nos lits respectifs, ils nous permettent de nous évader un peu de cet endroit nécessaire à nos soins mais pas vraiment choisi. Un casque branché près du lit permet d'écouter les programmes télévisés sans importuner les voisins.

Le dîner est servi à « 19 h tapantes », me **confie Mme Cardenas** en me proposant de replier le rideau le temps du repas.

— C'est histoire de faire connaissance et de me sentir moins seule devant mon plateau. Mais c'est comme vous souhaitez, je ne veux pas vous mettre mal à l'aise si vous préférez rester dans votre coin.

— Non, non, vOus avez raisOn, c'est une BOnne idée.

— Le rideau nous empêche de voir, pas d'entendre, du coup je suis désolée, mais je n'ai pas pu m'empêcher d'entendre vos conversations avec les différents intervenants cet après-midi.

Avec un casque sur les oreilles et la télévision à fond, bravo !
— Ce n'est PAs grave, je crOIs qu'ici on a tous un tRUc qui ne tourne pas rONd.

— Vous avez eu assez de questions médicales pour aujourd'hui, je ne vais pas en rajouter ou vous faire répéter encore et encore les mêmes réponses. Et puis, cela ne me regarde pas, alors parlons d'autre chose. Que faites-vous dans la vie, par exemple ?

Je la remercie intérieurement pour sa bienveillance et sa discrétion. J'ouvre ma barquette de soupe qui fume aussitôt.

— Je suis préPAratriCe en pharMAcie. Et vOUs ?

— Vous êtes bien aimable de me poser la question tandis que mon âge avancé évoque davantage la retraite. J'ai rendu les clefs de ma classe depuis quelques années ! J'ai été institutrice toute ma vie. Élever mes quatre enfants tout en exerçant ce métier passionnant est ma plus grande réussite !

Notre dîner terminé, Mme Cardenas s'excuse de remettre le rideau en place pour la nuit mais elle tient à son indépendance, tout comme moi. Elle se lève et se rend dans notre petite salle de bain commune. Lors de ma première inspection, je n'ai pas trouvé la douche.

Elle réapparaît quelques minutes plus tard en chemise de nuit. Dois-je évoquer les sons caractéristiques et parfaitement audibles de son passage sur les toilettes installées dans la salle de bain ?

Sa télévision n'a pas été éteinte durant le dîner. Pensez-vous, il suffisait juste de baisser le son ! Je l'observe en train de remettre le casque sur ses oreilles et de se munir de la télécommande. J'en profite pour me mettre à l'aise moi aussi, loin de la salle de bain contaminée, et retrouve mes esprits en allumant ma télévision. Qu'est-ce que je pourrais bien regarder ? Je regarde ma montre. À cette heure-là, je suis normalement en pleine fermeture de la pharmacie.

La soirée est plus calme, enfin en ce qui concerne les va-et-vient du personnel hospitalier, parce que si l'on cherche du côté de ma voisine, dès vingt heures, c'est un tout autre spectacle qui débute.

Les ronflements ont commencé avant le début du film et même de la météo, si je me réfère aux coups d'œil donnés vers son téléviseur. Je prends rapidement conscience des désagréments d'une chambre double. Impossible de me détendre, elle ronfle si fort que malgré mon casque sur les oreilles, je n'entends plus le présentateur du journal télévisé. Malgré toute ma bonne volonté pour rester zen, je perds patience. Me concentrer sur le petit écran ne suffit pas, je vais devoir improviser.

Au diable ma contenance, me voilà en train de siffler sur les silences qui séparent ces affreux bruits, je suis pathétique. Je fais quelques essais sans grande conviction et pourtant... au bout de plusieurs respirations, le miracle se produit : il semble que cette technique ne soit pas si loufoque que ça puisque les ronflements semblent diminuer au fil des sifflements à répétition. J'entends de nouveau le son de la télévision, c'est gagné.

Ne vendons pas la peau de... 21 h, la locomotive repart de plus belle.

Grrr... Je peste intérieurement. Comment cette charmante petite mamie peut-elle tout à coup se changer en véritable ours des montagnes ?

Parmi tous les comprimés que lui a donnés l'infirmière tout à l'heure, il n'y en pas au moins un qui soit capable de la mettre KO pour la nuit ?

Les chercheurs devraient vraiment se pencher sur ce symptôme. Ils feraient fortune, j'en suis intimement convaincue !

En attendant qu'ils s'attaquent sérieusement à ce problème, je reprends mes sifflements par intermittence. La persévérance ne peut que payer. Si les infirmières de nuit attaquent leur tournée des chambres, elles vont me prendre pour une véritable hurluberlue en découvrant la scène. Ou alors, elles pourront peut-être me remplacer un peu, parce que je commence à m'épuiser et il est évident que je manque d'entraînement. Agacée, je donne un coup de poing dans le rideau en plastique qui nous sépare. Il se met à bouger en crissant légèrement, ce qui semble faire réagir ma voisine dans son sommeil. Elle marmonne ou elle glousse, peu importe, ce bruit indéfinissable signe une nouvelle accalmie, victoire !

Je n'ai pas l'intention d'attendre le prochain concert, alors je décide d'éteindre au plus vite pour tenter de m'endormir au calme. De toute façon, ces péripéties m'ont coupé l'envie de regarder un film ou une série quelconque.

Hop, dodo.

23

Colocataires

Réveil à... Quelle heure est-il d'ailleurs ? Je dormais à points fermés ! Je consulte mon téléphone portable... Hein ? 5 h 30 ??? Je sais bien que Larrey est un ancien hôpital militaire mais ne me dites pas qu'ils ont gardé le même rythme qu'à l'époque ! Dans un demi-sommeil et les yeux totalement clos en réponse à l'éclairage qui vient de les agresser, j'entends l'infirmière m'expliquer qu'elle fait partie de l'équipe de nuit et qu'elle va me faire une prise de sang. Je n'ai pas le temps d'être interloquée par la vitesse foudroyante avec laquelle elle exécute cette tâche, elle est déjà partie, je dors.

7 h, deuxième tentative. Les conversations dans les couloirs, les bruits de plateaux et de couverts, les portes qui claquent... aucun doute, c'est le réveil officiel. À peine quelques minutes plus tard, une aide-soignante et une infirmière font leur apparition dans notre chambre et nous saluent poliment. L'une prend les constantes (tension, température, saturation en oxygène) pendant que l'autre nous sert le petit-déjeuner. J'ai partiellement le choix et je commande un chocolat chaud. Le

reste sera composé d'une compote et d'un fromage blanc. Que des textures lisses. Aucun risque d'étouffement.

Un petit-déjeuner de bébé sur un plateau de grand.

Rassasiée, je sais que la journée va être chargée au dire des médecins avec lesquels je me suis entretenue hier, alors je veux me doucher et m'habiller au plus vite. Rester en pyjama toute la journée ne me réjouit pas. Je m'informe donc au plus vite auprès de ma voisine.

— Bonjour madame Cardenas, vous avez bien dormi ?
— Oui, comme un bébé.
— Tant mieux.
— Certains malades sont parfois agités dans le service mais cette nuit c'était le calme plat, agréable non ?
— Royal ! dis-je en placardant mon plus beau sourire commercial. *Un doux euphémisme au regard des réveils nocturnes teintés d'animaux sauvages dont cette chambre a été témoin.* Sauriez-vous où se trouve la douche, s'il vous plaît ?
— Au fond du couloir, me répond-elle en enfilant sa robe de chambre.
— Pardon ? dis-je étonnée.
— Oui, il faut attendre que le personnel nous appelle. Il y a un roulement pour que tous les pensionnaires puissent se rendre là-bas. On sort de la chambre et on va au fond du couloir. Les filles doivent désinfecter entre chaque personne alors vous devriez vous armer de patience, m'indique-t-elle en désignant du menton la serviette de toilette posée sur mon épaule.

Mme Cardenas ne m'a pas menti, attendre mon tour m'a paru une éternité. Je ne suis pas très à l'aise en déambulant dans les couloirs en pyjama, chaussons aux pieds, sans artifice. Je me sens toute nue au milieu de ces blouses blanches qui s'affairent avec entrain. Je referme la porte de la salle de bain sur moi. Ouf, enfin loin de tous ces regards.

Je me déshabille et me jette sous le pommeau de la douche. Je tourne le robinet, j'attends un moment mais il ne se passe pas grand-chose. Le jet d'eau tant attendu n'est en fait qu'un simple filet d'eau. La pression n'arrive que lorsque j'amène de l'eau froide. J'ai beau tripoter le mitigeur, bidouiller les boutons, rien n'y fait. Après plusieurs vaines tentatives, je suis forcée de comprendre que le choix repose simplement sur deux façons de me doucher : sous un filet d'eau bouillante ou sous un jet d'eau froide. Il n'y a vraisemblablement pas que les réveils matinaux qui ont survécu au temps des militaires ! J'opte pour une douche éclair en sautillant sur place, entre peau glacée et peau brûlée.

Une chance que je sois en dermatologie : s'il me reste des séquelles en sortant de cette pièce, je serai prise en charge rapidement.

De retour dans ma chambre, je me réinstalle au lit. Pas le temps de me remettre de cette expérience surprenante, voici le défilé du personnel qui reprend. On m'explique que les premiers examens cliniques d'hier après-midi ont permis au professeur Hooper d'établir un premier plan d'attaque. J'ai rendez-vous dans une heure dans le service ORL au rez-de- chaussée pour un contrôle de ma trachée. Mes troubles de la déglutition étant de plus en plus préoccupants, il faut évaluer les dégâts sur mes muscles internes. Vers midi, un ambulancier viendra me chercher en chambre, il me transférera à l'hôpital Purpan afin de passer une mammographie, la première de mon existence. J'enchaînerai ensuite avec plusieurs heures sous perfusion afin de m'administrer de la cortisone, un antidouleur, un antinauséeux (pourquoi ?) et du « kio-machinchose ». Le professeur Hooper passera dans la matinée m'expliquer ces futures étapes.

— Au fait, je voulais vous signaler qu'il y a un problème avec la douche.

— Ah oui, lequel ? s'étonne l'infirmière.

— Et bien la pression fait des caprices, impossible de se doucher normalement.

— C'est-à-dire ?

— Si l'eau est bouillante, elle coule à peine et lorsqu'on tente de rajouter de l'eau froide, l'eau chaude disparaît, un vrai casse-tête pour se doucher.

— Oh, je vois, dit Nora en croisant les bras, figurez-vous que c'est un incident que nous avons déjà identifié. Sachez que l'intendance doit s'occuper de ce dysfonctionnement prochainement, merci de nous le signaler.

On toque à la porte. Un homme en blouse blanche l'entrouvre et passe la tête avant de s'engager.

— Nora, on peut s'entretenir avec Mme Chevalier ?

— Oui professeur Hooper, je lui disais justement que vous viendriez lui rendre visite, j'ai fini, je vous laisse.

Nora se tourne vers moi, elle me concède un « à plus tard » en me faisant un signe de la tête, puis s'éclipse discrètement pendant qu'une troupe dense de blouses blanches fait son entrée dans ma chambre. Comme un chef d'orchestre, le professeur invite les participants à s'installer autour de mon lit – *une véritable équipe de rugby, ils sont combien ?* – et demande que le dernier visiteur ferme la porte derrière lui. Il tire un peu plus le rideau entre les deux lits en saluant brièvement ma voisine puis s'adresse à moi.

— Bonjour madame Chevalier.

— Bonjour.

— Êtes-vous bien installée ? Avez-vous bien dormi ?

— Oui, ça va. *(Si l'on fait bien sûr abstraction du reportage animalier qui aurait pu être tourné ici cette nuit.)*

— Je vous présente mon équipe. Voici mademoiselle Élodie Martin, l'interne que vous avez vue hier en arrivant. Elle vous suivra durant la totalité de votre séjour. À ses côtés, des externes ou des stagiaires venus se former dans mon service.

Aussitôt, des visages timides me sourient et me saluent poliment de la tête. Le professeur poursuit en s'adressant à eux.

— Comme je vous le disais, Mme Chevalier souffre d'une dermatopolymyosite depuis fin 2016, soit il y a environ un an. Personne n'a su apporter un diagnostic à madame durant cette période. Médecins, dermatologues ou pharmaciens étaient tous dans l'ignorance de cette maladie rare et dévastatrice. Cette dernière a été diagnostiquée par un de mes anciens élèves, le docteur Largo, dermatologue sur Montauban. Je vous conseille donc vivement d'être vigilant tout au long de votre stage ici, vous allez découvrir des cas uniques et complexes, une riche source d'apprentissage qui servira votre potentielle carrière et vos futurs patients.

Le silence règne dans la chambre, aucun étudiant n'ose interrompre le maître. Celui-ci détourne les yeux de son oratoire pour revenir vers moi.

— Alors madame Chevalier, l'infirmière vous a succinctement expliqué le planning de la journée, je crois. Avez-vous des questions ?

— Quelques-unes. *(Des milliers, oui !)*

— Je vous écoute.

— La cortisone, je connais ses principaux effets secondaires et je suppose que je n'y ferai pas exception. Vous m'avez annoncé environ deux ans de traitement. Je vais rester tout ce temps sous cet anti-inflammatoire stéroïdien ? *(Et prendre cinquante kilos !)*

— Non, les premiers mois seulement.

— Je dois m'attendre à une réelle prise de poids alors ?

— Oui, ce serait idiot de vous le cacher. Nous arrêterons ce médicament le plus tôt possible.

— Le reste du traitement, c'est quoi au juste ? Des perfusions, c'est ça ?

— Oui, nous allons procéder à la mise en place de Kiovig, un médicament qui agit sur le système immunitaire, par injections régulières en milieu hospitalier.

— Tous les mois ?

— Exact. Des séjours de quatre jours par mois toutes les trois semaines dans un premier temps. Ensuite, selon votre état de santé, nous pourrons envisager d'espacer ces injections ou pas.

— Effets secondaires ?

— Hypertension, migraines, nausées, vomissements…

— Que du bonheur, quoi ! dis-je d'un sourire jaune.

— Nous allons vous surveiller comme du lait sur le feu. Une infirmière viendra contrôler vos constantes et votre état toutes les demi-heures. Nous allons injecter les immunos par paliers, ça va bien se passer. Ne vous inquiétez pas, on a l'habitude de gérer ce type de traitement dans mon service.

— Je vous fait confiance, professeur. *(De toute façon, je n'ai pas le choix si je veux survivre.)*

— Vous aurez aussi des médicaments à ingérer et des injections hebdomadaires d'immunosuppresseurs à faire chez vous.

— OK, dis-je en déglutissant difficilement.

— Maintenant, si vous le voulez bien, je vais vous ausculter et montrer à mes étudiants les lésions caractéristiques de votre maladie.

Il me prend délicatement la main et, se tournant vers son nuage de blouses blanches, s'applique à parfaire leurs apprentissages :

— Madame Chevalier montre sur les mains des signes évidents de papules de Gottron que vous pouvez observer de manière plus prononcée au niveau des articulations métacarpo-phalangiennes et des cuticules. Sortez vos loupes et venez à tour de rôle voir cela de plus près.

Les étudiants s'animent enfin, des chuchotements fusent et les premiers curieux viennent me tenir la main à tour de rôle. Une vraie princesse à la merci de tant de prévenance, il y a de quoi me faire rougir. Il ne manquerait plus que les garçons me baisent la main et que les filles me fassent la révérence.

Les examens et les balades du matin sont terminées.

Il est 14 h. L'infirmière de l'après-midi, Valentine, filiforme, est d'une extrême douceur, tant dans ses paroles que dans ses gestes. Derrière ses lunettes, ses grands yeux noirs semblent pleins de compassion. Brune, les cheveux attachés, elle entre les bras chargés de matériel. Elle a épinglé une montre à sa blouse et porte des sabots rose bonbon qui dénotent avec sa tenue blanche, une petite fantaisie qui lui va bien.

— Madame Chevalier, ce sont vos premières injections, c'est ça ?

— Oui, lui dis-je en me redressant dans mon lit.

— Alors, je vous explique un peu le déroulement. Je vais vous poser un cathéter qui restera trois jours à demeure, puis je procèderai au branchement du matériel et du traitement. Je viendrai vous voir toutes les trente minutes pour prendre vos constantes, évaluer votre état de santé et augmenter progressivement le débit du médicament.

— Combien de temps vont durer toutes ces étapes ?

— Vous allez rester branchée plusieurs heures mais n'hésitez pas à appuyer sur la sonnette si vous avez besoin de quelque chose.

Valentine ne m'a pas menti, j'ai été alitée toute la journée, reliée à un pied à sérum. Je n'ai presque rien déjeuné à midi, trop de nausées dans mon ventre, trop de fatigue dans mon corps, trop de migraine dans ma tête, trop d'aliments indéfinissables dans mon assiette.

Ces injections d'immunoglobulines me font voler aux confins d'une autre galaxie. Impossible de lire ou de regarder un téléfilm, mon être tout entier est sur pause. Au fur et à mesure de l'augmentation du débit, je sens mon corps lutter et mon esprit prendre la poudre d'escampette. Une manière sans doute intuitive de repousser la douleur et les sensations désagréables liées à cette expérience. À chacun de ses contrôles, l'infirmière me murmure :

— Sur une échelle de 1 à 10, à combien estimez-vous la douleur ?

— Dix.

Je me recroqueville sur moi-même, les yeux clos, la tête lourde, les muscles meurtris, recherchant inconsciemment les bienfaits du fœtus protégé par sa mère. Valentine injecte un médicament dans la poche transparente suspendue au pied à sérum.

Ce monde de brouillard et d'affliction s'estompe vers 19 h lorsque Valentine décroche la perfusion. Elle m'annonce que c'est bientôt la fin de son service et que nous nous reverrons demain. Avant de quitter ma chambre, elle me souhaite une bonne nuit et me conseille de me reposer. Du repos ? Cette ultime remarque reflète l'ironie de la situation, un comble pour une hyperactive comme moi qui est restée alitée toute la journée. Je réalise aussi que durant l'épreuve d'aujourd'hui, j'ai pu compter sur un collectif soignant investi et compétent. Pendant que je m'enfonçais dans des profondeurs insoupçonnées, des gestes consciencieux et des regards bienveillants ont éclairé ma descente aux enfers.

Enfin réveillée, j'attrape mon téléphone portable, je peux ainsi remarquer qu'un joli bataillon est aussi là en renfort des équipes médicales.

— *Bonjour ma chérie, nous pensons bien à toi et nous t'embrassons affectueusement. Courage. Papa et Maman*

— *Coucou Sœurette. Tu es une battante, on est tous derrière toi alors lâche rien. Tes frérots qui t'aiment fort. FX et Charly.*

— *Ma Belle, sois courageuse, je sais que tu vas battre cette m... Bises de ta voyageuse préférée.*
— *Lou, je suis de tout cœur avec toi. Reviens-nous vite. Katia de la Team.*

Aujourd'hui j'ai été traversée par un ouragan, je me remets progressivement de mes émotions. Mon organisme se réveille peu à peu, ma raison retrouve le chemin de mon cerveau déconnecté depuis plusieurs heures. J'ai faim.

Sentant sûrement la vie renaître de l'autre côté du rideau, ma voisine me propose de partager notre dîner sans être entravées par cet obstacle entre nous depuis ce matin. Forte de mes nouvelles sensations, je lui confirme que c'est une excellente idée car j'ai un besoin urgent de renouer avec le monde réel.

Elle aussi a reçu un nombre incroyable de visites du personnel médical. Ma substance grise a parfois capté un flot de nuages blancs, indéfinissable sur le moment, allant et venant à sa guise au bout de mon lit. Calme et discrète, je ne l'ai pas entendue de la journée, à moins que ma cervelle ait fini par oublier sa présence, accaparée par ma propre survie. Elle me confirme que son esprit, contrairement au mien, n'a pas quitté la terre ferme et a soif de conversation.

Elle comprend rapidement que j'ai des difficultés à parler : ma voix déraille et je bute sur des mots simples. Mes cordes vocales sont épuisées, tout comme l'ensemble de mes muscles. Ma langue se positionne mal, je balbutie, je préfère me taire. Ma colocataire est pourvue d'empathie et de discrétion : elle ne fait aucune remarque quant à ma façon de m'exprimer, ses yeux expriment la compassion, le respect que je peine à déceler chez la plupart de mes semblables ces derniers mois. Aussi, elle comble spontanément la conversation avec un bel entrain.

— Mon fils aîné vit à Chicago aux Etats-Unis, il travaille dans la bourse. Il habite un petit pavillon dans le quartier de Logan square…

Certaines nuits à l'hôpital ne sont pas de tout repos.

Cette nuit, des gémissements et des infirmières démunies déchirent cette paix nocturne. Le bip d'appel des chambres hurle dans le couloir, des sabots rapides et des voix confuses transpercent mon sommeil. L'âge avancé des pensionnaires du service croisés ce matin me souffle une réponse. Souffrance ? Démence ? Les deux peut-être ? À côté de ces poignantes lamentations, les ronflements de ma voisine sont presque une bénédiction. Contrairement à ses congénères agonisants, elle est pleine de sérénité, en phase avec elle-même.

Elle dort, je l'envie.

Faute de pouvoir trouver le sommeil, je regarde mon téléphone ignoré depuis l'après-midi.

Un message.

« *J'en peux plus, ma mère a débarqué à la maison. À plus tard. Chris* »

L'overdose de beaucoup de choses menace depuis plusieurs semaines notre existence, si bien que je ne suis pas surprise par cette décision de la part de Chris et sa mère. À maintes reprises ma belle-mère nous a offert son aide et, peut-être trop fière pour admettre mes limites, je n'ai pas accepté de la voir d'immiscer dans notre vie. Je reconnais que Chris ne pouvait pas continuer à sacrifier son travail indéfiniment, au risque de nous retrouver tous les deux en difficulté financière. Réduire ses heures et être davantage disponible est un sacrifice qu'il a assumé mais les enfants, le boulot, les courses, le ménage, les repas…

Je me doute qu'il n'en voit pas le bout. Je suis trop fatiguée pour réfléchir à la nouvelle donne. Qu'ils s'organisent tous comme ils veulent, j'ai assez à faire à rester en vie.

Mon téléphone bipe encore. Je pianote et consulte un message reçu à 23 h 44.

« *Salut Lou, ici Katia. Une certaine Riha, une cliente de la pharmacie, désirait ardemment te parler. Nous lui avons expliqué que tu étais en arrêt mais elle a insisté pour qu'on t'annonce une nouvelle. Elle nous a fait promettre de te dire qu'elle est enceinte. Je ne vois pas en quoi c'est extraordinaire et en quoi cela te concerne mais voilà, mon rôle de messager s'arrête là. J'espère que tu tiens le coup. On pense à toi. Au fait, cette Riha nous a apporté un plat entier de boules de neige à la noix de coco, cornes de gazelle et rochers sablés aux amandes. Tu nous excuseras mais on ne t'a pas attendue, ils sont délicieux ! Promis, on négociera une deuxième fournée à ton retour. »*

Je souris. Je me souviens de cette belle jeune femme voilée aux courbes rondes, d'une extrême pudeur, venue me confier ses désirs d'enfant désenchantés au comptoir de la pharmacie. C'était presque dans une autre vie. Des explications sur le cycle féminin, des paroles réconfortantes ou tout simplement le destin ont visiblement bousculé la fatalité, à moins que ce ne soit l'alchimie de ces trois facteurs. Je suis contente pour elle et ses proches qui doivent se réjouir de son bonheur et préparer la venue de ce petit être innocent.

Cette nouvelle suffit à elle seule à égayer ma soirée.

24

Star sans gloire

Ce matin, j'ai rendez-vous avec un orthophoniste puis un ergothérapeute. Après une toilette de chat, je sors de ma chambre en béquilles et m'introduis périlleusement sur mon pas de porte. Ces derniers jours d'examens et d'injections m'ont épuisée. J'étais très fatiguée en arrivant mais là, je devine la limite imminente de mon autonomie. Je ne veux pas renoncer, je me lance. Mes pieds sont hésitants, mes jambes flageolent, mes bras tremblent.

Personne ne fait attention à moi, je suis invisible et ça m'arrange. Chacun sait ce qu'il a à faire, les bras chargés de tubulures ou de dossiers médicaux. Tous ces professionnels de santé sont en forme, ils pressent le pas sans se rendre compte de la chance qu'ils ont de travailler et de vivre intensément ma vie d'avant. Je m'essouffle déjà et pourtant je n'ai marché que quelques mètres. Le cabinet de ma future consultation me paraît implanté au bout du monde. À cette allure, j'y serai au coucher du soleil.

Les pompiers interviendraient-ils pour réanimer une aventurière trop zélée, le visage collé au sol ? Au milieu de toutes ces femmes en blouses blanches, je cherche du regard un beau garçon habillé en rouge susceptible de réconforter mon ego en détresse respiratoire. Pfff... ma pauvre fille, tu peux toujours rêver ! Je réalise aussitôt que Robert, l'aide-soignant XXL serait bien trop content d'accomplir son devoir de sauveteur en pratiquant le bouche-à-bouche sur une femme de moins de soixante-dix ans !

Mon désarroi se lit sur ma figure dégoulinante de sueur. À l'extérieur, il était beaucoup plus aisé de faire semblant. « Comment ça va, Lou ? », « Ça va » était devenu le chant le plus populaire de ma vie. Quelle belle illusion envers moi et le reste du monde ! Ici les masques tombent : mentir est une stratégie qui dévoile ses propres limites, les miennes. Mes pas quotidiens sont devenus un marathon sans fin, demandant à mes muscles un effort intense à chaque seconde.

Soudain, une personne me barre le passage dans cette pénible ascension. Je ne peux plus avancer. Je lève la tête et aperçois le professeur Hooper, les yeux brillants de réprimandes contenues, les sourcils froncés. Derrière ses minuscules lunettes rondes, les mains croisées dans le dos, il s'adresse à moi d'un ton plein de reproches :

— Madame Chevalier.

— Oui... Pro... fesseur.

— Madame Chevalier, ne serait-il pas temps de changer de moyen de locomotion ?

— ...

— On en a déjà parlé à mon cabinet ainsi que lors de ma dernière visite en chambre. Madame Chevalier, le fauteuil roulant que j'ai fait déposer près de votre lit n'est pas là juste pour la déco. Je vous accorde que rouler en Rolls serait plus réjouissant, mais soyez raisonnable. Si vous continuez à être aussi têtue, nous allons vous récupérer nantie d'une jambe cassée lors de votre prochaine chute.

Mon pouls est à 140, mon oxygène en saturation, mon équilibre en suspens. Je déteste ça.

Il a raison. Je déteste ça.

— Bien, je vois qu'il vous manque encore quelques arguments afin de considérer ma proposition comme la plus adéquate. En ces circonstances, je vais vous trouver un chauffeur digne de ce nom, capable d'appuyer ma demande avec tact.

Il se retourne et fait face à la horde de chevaliers blancs prêts à le servir. À l'annonce de sa requête, une poignée de jeunes hommes réagissent en bombant le torse ou en levant nerveusement la main. Le professeur les ignore. Il jette son inspiration plus loin en cherchant du regard une tout autre personne.

— Monsieur Fernandez ?

Aucune réaction. Il crie plus fort.

— Monsieur Fernandez ?

Personne ne bouge. Il hurle à gorge déployée.

— FER-NAN-DEZ !

J'aperçois un jeune étudiant planqué derrière ses camarades, peu enclin à entendre ses congénères. Légèrement à l'écart, il semble être au cœur d'une conversation passionnante avec deux blondes élancées qui gloussent de plaisir à chacune de ses phrases. Lui, tel un beau parleur installé au fond de la classe près du radiateur, en rajoute des tonnes, parle avec de grands gestes et leur offre son plus agréable sourire. Les décibels excessifs du professeur ont enfin trouvé leur destinataire.

Prenant conscience de tous les regards sur lui, Fernandez arrête net ses tirades et ses artifices pour retrouver tout son aplomb de futur médecin. Un mètre quatre-vingt-dix de charme se retourne vers nous. Brun, le regard pénétrant, les cheveux en bataille, il a tout pour plaire. Un sourire d'ange fait d'ailleurs vite surface. Sa blouse ouverte sur sa taille fine dessine des bras musclés et des épaules charpentées. Une petite séance de musculation entre deux gardes, monsieur Beau Gosse ? Rien de tel pour faire tressaillir de ravissantes infirmières un peu naïves, n'est-ce pas ? Et ces yeux d'un noir profond, tu les as volés à qui ? Les deux blondes, à présent honteuses, ont totalement perdu leur sex-appeal. Elles s'écartent de leur prétendant en replaçant avec maladresse quelques mèches de cheveux derrière leurs oreilles.

Monsieur Hooper reprend d'une voix plus douce, un peu moqueuse.

— Monsieur Fernandez, je suis ravi d'avoir enfin toute votre attention. Figurez-vous que votre prochaine séance de travaux pratiques vient de débuter à l'instant. Vous allez dès à présent raccompagner Mme Chevalier jusqu'à sa chambre et faire preuve d'un très grand professionnalisme afin de la convaincre de s'installer dans son fauteuil roulant. Nous allons voir si vos charmes et vos arguments peuvent également être au service de la science et de la médecine ! Vous devrez ensuite emmener la patiente à son rendez-vous chez l'orthophoniste au niveau 0 en jouant les chauffeurs exemplaires. Une fois sa séance achevée, vous aurez l'obligeance de bien vouloir la conduire chez l'ergothérapeute avant de la ramener en chambre saine et sauve. Avant de prendre congé de votre patiente, vous vous assurerez que la manipulation et le fonctionnement de son fauteuil n'ont plus aucun secret pour elle. N'oubliez pas de passer me donner de ses nouvelles après votre intervention qui sera, j'en suis certain, des plus profitable.

— Je suis déjà sur le coup… Enfin, je suis l'homme de la situation, professeur, vous pouvez compter sur moi, annonce avec audace le séducteur en blouse blanche. Associant la parole à la pratique, il se fraie un chemin entre ses camarades et s'avance d'une marche assurée vers moi. Il s'arrête près du professeur, exécute une succincte révérence et s'adresse à moi :

— Madame, je me présente, Nicolas Fernandez. Je suis en cinquième année de médecine et je vais mettre toutes mes connaissances, ainsi que mes talents de chauffeur de limousine à mes heures perdues, à votre entière disposition. Si vous voulez bien me suivre, je m'adapte à votre cadence.

Je n'ai pas le temps de répondre qu'il a déjà parcouru trois mètres en direction de ma chambre, se retourne et m'attend.

Mr Beau Brun n'a incontestablement pas que des qualités physiques. Quelques minutes ont suffi : ses explications ainsi que ses arguments concernant l'utilisation optimale du fauteuil ont été convaincants. M'assoir dedans a été un choc, mais aussi une révélation. « Ma place est ici ! » a résonné au plus profond de mon être. Le plaisir et le soulagement ressentis par mon corps à ce moment-là sont bien plus salutaires que le sentiment d'abattement qu'éprouve mon mental. Mes muscles se détendent, ma respiration ralentit, mon pouls décélère.

Notre parcours jusqu'à l'orthophoniste se déroule sans encombre, en un temps record. J'avoue que la balade est plaisante. Nous traversons la lumière du jour qui bénit le hall d'entrée. En passant près des baies vitrées, je découvre un soleil timide. Il réchauffe pourtant mes mains. Mes yeux sont en quête de luminosité, comme une plante verte laissée dans l'obscurité du garage tout l'hiver. J'absorbe les photons avec délectation. Je me parle à moi-même. Pas si vite chauffeur, je recharge les batteries. Vous pouvez sans scrupule m'abandonner là, à deux mètres de la cafétéria, entre l'odeur des viennoiseries et du café chaud. Pas un mot au super patron, promis.

Un bruit de sonnerie retentit, l'univers est à l'écoute de ma volonté, il appelle. C'est plutôt le téléphone portable de Fernandez qui vibre dans sa poche. Il arrête le fauteuil, le stationne face au jour, Alléluia ! Il s'excuse rapidement et part s'isoler quelques mètres plus loin. Je baigne mon visage dans ce léger soleil, mes paupières se ferment de plaisir, je respire à pleins poumons, je suis vivante. À la suite de plusieurs profondes inspirations, ma vue désire explorer le ciel bleu pâle qui s'offre à moi. Un avion dessine une phrase blanche au loin mais je n'arrive pas à déchiffrer son message, l'écriture éphémère s'estompe trop vite. Une famille d'oiseaux ou bien une immense communauté bat énergiquement des ailes sur la gauche. Ces animaux traversent mon champ de vision à toute vitesse, laissant leurs rares retardataires en peine. Ces trois malheureux s'accrochent, on voit bien qu'ils donnent tout ce qu'ils ont et pourtant leurs efforts ne paient pas. Ils perdent petit à petit tellement de terrain que les autres seront bientôt inaccessibles.

Pourquoi leurs proches ne remarquent-ils pas leur fragilité et leur risque d'égarement ? Ils vont trop vite, la vie va trop vite. Personne ne fait attention aux défaillants, personne ne s'intéresse aux chancelants.

Si tu ne suis pas le troupeau aveuglément et assidûment, c'est l'impasse.

Si tu t'éloignes du groupe, c'est la solitude assurée, un grand vide à explorer et de nouvelles voies à définir.

Je plains ces malheureux qui se débattent avec eux-mêmes, impuissants face au destin. Reconnaître que son chemin de vie n'est plus tracé est extrêmement déstabilisant.

Je parle toujours des oiseaux, là ?

— Madame Chevalier, veuillez m'excuser pour ce coup de fil imprévu. Si vous êtes d'accord, on reprend la route sans plus tarder.

— Pas de problème, je ne suis pas pressée de connaître la suite des festivités.

Mon chauffeur me confie à l'orthophoniste, puis à l'ergothérapeute. À ma grande surprise, je redeviens une enfant pendant ces séances. Je ne pensais pas que chanter une berceuse pour évaluer les séquelles de la maladie sur mes cordes vocales et jouer à la balle pouvaient faire partie de ma thérapie.

On toque à la porte, mon chauffeur est ponctuel, rien à redire à propos de son professionnalisme. Monsieur Fernandez pousse un fauteuil roulant, porte un jean foncé et une chemise bleu clair sous sa blouse. Ajoutez à cela sa volonté rebelle de ne pas fermer sa blouse comme ses autres congénères et vous lui trouvez tout de suite un air sympathique.

— Bonjour madame Chevalier, bien dormi ?
— Un peu.
— Prête à rejoindre l'univers du sport ?
— La question est plutôt de savoir si l'univers du sport est assez fou pour vouloir s'encombrer d'une ancienne sportive ultra rouillée et potentiellement handicapée.
— Ah, madame Chevalier, on arrête tout de suite ce cynisme et on se met au centre d'une belle énergie positive. Ne me dites pas que vous pensez qu'il y a autre chose que des personnes cabossées en ces lieux. C'est notre fonds de commerce, voyons. Revenir sur un tel concept pousserait l'hôpital à mettre la clef sous la porte ! Et mon avenir, vous y pensez ?

Il approche son bolide de mon lit, je me redresse et me laisse glisser jusqu'à l'assise, nous voilà parés à franchir une nouvelle étape.

— En plus, vous avez pris le temps d'enfiler une tenue de sport digne de ce nom, il serait dommage de ne pas profiter d'une telle motivation.

Je lui souris. J'ai effectivement jugé opportun d'opter pour un survêtement noir, orné sur les côtés de fines bandes roses qui lui confèrent une coupe fuselée et féminine. Mes baskets grises à lacets fuchsia sont confortables, il y a bien longtemps que je ne les avais pas chaussées. Merci à la providence de me permettre de les sortir du placard où elles prenaient incontestablement la poussière.

Notre descente est rapide, aucun embouteillage dans cette partie du bâtiment. Je repasse devant les larges fenêtres qui m'offrent une vue du ciel nuageuse et grisonnante, typique d'un temps automnal en Midi-Pyrénées. Les cumulus se déplacent de manière constante et rapide. Au dehors le vent d'autan doit irriter les téméraires piétons obligés d'affronter ses bourrasques. Je croise des gens emmitouflés dans des manteaux bien chauds, des écharpes épaisses et je compte aussi plusieurs couvre-chefs. Même si le ciel n'est pas très dégagé aujourd'hui, je suis contente d'être baignée quelques instants par la lumière du jour.

J'ai été hospitalisée en chambre double et mon espace se situe côté porte, ce qui signifie que la seule fenêtre profite surtout à ma voisine. Le rideau nous séparant étant fermé une bonne partie de la journée, je m'aperçois que la luminosité naturelle me manque. Je suis pourtant habituée à travailler en permanence sous les éclairages artificiels de la pharmacie, alors pourquoi ce manque de nature soudain ? Est-ce nouveau, comme tout ce qui m'arrive ici ?

Le service de médecine du sport est un vrai carrefour dynamique. Au centre, on observe une salle d'attente ouverte d'où vient et repart le personnel soignant accompagné de patients à pied, en béquilles ou en fauteuil. Ma course s'arrête au milieu de cet open space. Contrairement au cinquième étage, au cœur duquel la moyenne d'âge avoisine les soixante-dix ans, les malades représentent ici toute la diversité de la population française. Un adolescent à béquilles s'installe près de moi, vêtu d'un survêtement de marque et d'une doudoune à la signature militaire. Il est coiffé d'une casquette noire brodée d'un aigle et d'un drapeau américain et remue la tête en rythme, les yeux fermés, du rap hurlant dans ses écouteurs. En face de moi, un enfant accompagne sa mère, à moins que ce ne soit le contraire puisque tous les deux paraissent en bonne santé au premier abord. À ma gauche, une jeune femme, en fauteuil elle aussi, regarde son téléphone portable en pouffant de rire. Je me joindrais bien à elle pour lui voler quelques grammes de bonne humeur et me marrer en sa compagnie. Que mes collègues me manquent ! Sa jambe a été sectionnée au niveau du genou et l'ensemble de sa physionomie transpire le sport : épaules carrées, biceps gonflés, silhouette affûtée, cuisses musclées. Je suppose qu'il s'agit d'une athlète de compétition.

Plusieurs posters agrafés au mur me poussent dans cette direction. L'équipe de basket d'un campus universitaire en pleine action, les rugbymans du Stade toulousain agrippant le bouclier de la victoire du Top 14, des joueurs de ping-pong en fauteuil roulant sur un podium sponsorisé par le Comité handisport de Haute-Garonne... Sur la gauche, un joueur de tennis au nom imprononçable me nargue. Je sais, ça fait une éternité que je n'ai pas mis les pieds dans une salle de sport et alors ? Et bien, j'en suis là. Manque de sport, d'hygiène de vie ? Manque de vie tout court.

— Madame Chevalier ?

Le nombre de fois où l'on a prononcé mon nom de famille ces dernières semaines est hallucinant. Je suis normalement habituée à entendre le diminutif de mon prénom à longueur de journée et ce, depuis toujours mais là, je crois avoir cumulé une année entière de « madame Chevalier » en un temps record.

— Heu, oui, c'est moi, dis-je en levant la main vers l'infirmière qui s'adresse à l'assemblée réunie en salle d'attente.

— Venez avec moi, je vous prie, je vais vous présenter à l'équipe médicale.

Elle ne vient pas spontanément vers moi et tourne les talons, prête à repartir en sens inverse. Je n'ose rien dire et je bascule mes mains sur les roues de mon véhicule. Je pousse cette lourde charge en gardant l'espoir de paraître à l'aise mais c'est plutôt raté. Le fauteuil s'anime trop brusquement, il fait une embardée et je percute les jambes du jeune rappeur. Était-il assoupi ou juste totalement focalisé sur sa musique ?

Il sursaute, proteste, dérangé en pleine méditation musicale.

— Aïe, putain, faites gaffe !

— Désolée, monsieur.

En découvrant les responsables du sinistre, il poursuit d'un ton plus clément :

— Vous allez perdre des points sur votre permis si vous tentez d'écraser les piétons.

— J'ai commencé la conduite accompagnée mais il est évident que l'examen final n'est pas vraiment d'actualité. Toutes mes excuses. Ça va, votre jambe ?

— Ne vous inquiétez pas, elle en a vu d'autres, me rétorque-t-il avec gentillesse.

L'infirmière discerne rapidement mon désarroi et mon manque d'expérience. Elle se précipite à mon secours, cale ses documents sous son aisselle gauche et me libère de ces sables mouvants dans lesquels je m'embourbe. En empoignant le fauteuil, elle vérifie l'état de santé du blessé.

— Vous êtes sûr que ça va, monsieur ?

— Oui, oui, c'est bon, je l'ai déjà dit à la p'tite dame, y'a pas mort d'homme, je vais survivre.

— Bon, je vais préparer cette patiente à des examens de routine et je repasse dans les parages. S'il y a quoi que ce soit, vous me faites signe, OK ?

— C'est bon, j'vous dis, répond-il presque excédé.

L'infirmière ne lui en tient pas rigueur. Nous déambulons à travers un labyrinthe de portes identiques. Je ne distingue aucune direction indiquée par une quelconque pancarte. Mais comment fait-elle pour se repérer ? Elle a dû reproduire ce trajet des milliers de fois, arpente ces lieux d'un pas énergique et jette son dévolu sur une salle d'examen peu spacieuse. Elle pousse mon fauteuil à l'intérieur et le gare aussitôt à gauche du seuil de l'entrée, c'est à peine si elle réussit à fermer la porte derrière elle. L'absence de fenêtre et un faible éclairage rendent cet endroit encore plus exigu.

Plusieurs examens se succèdent, plus ou moins physiques.

L'infirmière pousse ensuite mon fauteuil dans une nouvelle pièce.

— Et maintenant ?

— Maintenant vous allez rencontrer le médecin du sport, le docteur Pécoulin. Je vais lui faire passer les résultats des examens que nous venons d'effectuer et elle vous donnera son avis. Je vous laisse. Elle ne va pas tarder.

— C'est noté.

J'espère qu'elle sera bien consciente qu'il va être nécessaire de me greffer de nouveaux poumons avant de poursuivre d'autres péripéties musculaires.

Son bureau est immense en comparaison de mes derniers lieux d'activités. Il donne sur le parking de l'hôpital encombré de véhicules à cette heure encore matinale.

Seule dans cette pièce, je regarde au-dehors.

De jeunes arbres un peu rachitiques côtoient des bouleaux et des érables respectables, très touffus. Ces récentes plantations n'offrent pas encore l'ombre tant recherchée durant la période estivale. On est loin des chaleurs étouffantes de l'été, de nombreux végétaux sont nus. Dépourvus de leurs costumes verdoyants, ils patientent en silence, ballottés par le vent et les caprices de la météo.

En parlant de caprices, il semble que le temps se dégrade au fil des heures, une averse s'abat désormais sur les malheureux usagers ayant choisi de s'aventurer dehors à cet instant. J'aperçois une mère de famille manœuvrer périlleusement sa poussette de la main gauche, tout en agrippant fermement un autre enfant de son autre bras contre son flanc droit, bien décidée à ne pas le laisser toucher terre. Elle traverse à toute allure la distance qui la sépare de son hypothétique break familial, espérant épargner la pluie à sa progéniture.

Mon cœur s'emballe. Elle fait une embardée sur la gauche pour éviter la sortie d'une Mercedes qui recule à cet instant précis, les roues droites de la poussette quittent le sol pour éviter de justesse la grosse berline. La jeune femme pivote, s'écarte, rattrape de justesse sa trajectoire et continue sa course effrénée vers le sec. S'est-elle rendu compte qu'elle a failli y rester ? En une seconde, sa vie et celle de ses enfants ont manqué de chavirer. Malgré la meilleure organisation, malgré la plus ardente volonté, malgré la plus lucide prudence, le destin est imprévisible et choisit parfois une tout autre direction. Je suis en train de mettre en pratique cette éloquente théorie.

— Madame Chevalier, bonjour, je suis médecin du sport et nous allons faire connaissance si vous le voulez bien.

Je quitte le monde extérieur et découvre une jeune femme en survêtement vitaminé turquoise et orange. Elle s'installe derrière son ordinateur. Ses cheveux châtains tirés en queue de cheval, sa peau mate, ses pommettes hautes et saillantes en font une candidate parfaite pour le prochain marathon. Ses yeux bleus en amande me lancent un regard franc et direct, m'invitant à discerner toute sa bienveillance.

— Je ne vais pas évoquer ici les tenants et les aboutissants de votre maladie, je suis désolée mais je laisse cette tâche ingrate aux médecins. Je vais parler de capacité à faire ou à ne pas faire, peu importe l'origine d'un tel constat. Au sein de ce service, on gère toutes sortes de sportifs. Ça va du compétiteur de haut niveau à l'amateur local, sans oublier la mère de famille qui cale son cours d'abdos/fessiers sur sa pause déjeuner. L'important est de pouvoir progresser, quel que soit son niveau et quelles que soient ses blessures. Avez-vous des questions ?

— Un médecIN a éVOqué le fAIt d'évitER la cONduite. Vous EN pensEZ quoi ?

— J'ai lu votre dossier, mais laissez-moi prendre connaissance de vos derniers examens.

Elle appuie sur son clavier et scrute attentivement l'écran situé sur la gauche du bureau.

— Mmm… On ne peut pas vous interdire la conduite automobile, mais les résultats montrent une grande souffrance de vos muscles. Même de petites distances peuvent être dangereuses, il serait donc plus raisonnable d'éviter de prendre le volant pour l'instant.

Mon cœur se serre.

— Est-ce quE je vAIs pouvOIr remARcher… enfin jE vEUx dirE nORmaLEment ?

— C'est une très bonne question et je me doute que vous mourez d'envie d'en connaître la réponse. Personne ne devinant l'avenir – à part Mme Kalamidouf du 432 de ma résidence, mais ça c'est une autre histoire –, vous vous doutez bien que je ne peux pas vous garantir un tel objectif. Cependant, les dermatopolymyosites récupèrent plutôt bien et au regard de ma longue expérience, je peux vous affirmer que j'ai vu ce que le corps humain est capable d'accomplir, c'est-à-dire des exploits, des miracles, des victoires… Appelez-les comme vous voulez, l'important est que vous gardiez en tête qu'ils existent bien dans la vie réelle et pas seulement à travers notre imagination d'éternels optimistes. Ici on renoue avec l'impossible !

Je racle ma gorge plusieurs fois afin de retrouver une éloquence correcte. Je ne reconnais pas cette voix, ma voix, plus grave que d'habitude.

— Je vais me faire tatouer cette phrase sur l'avant-bras.

— Excellent début. Avez-vous déjà fait du sport au cours de votre existence ?

— Non, à part du ski.

— C'est un sport. Excellent.

— J'ai fait du ski toute mon enfance ainsi que durant mon adolescence et le début de ma vie d'adulte. J'ai arrêté lorsque je suis tombée enceinte et je n'ai jamais repris.

— C'est presque toute une vie, ça ! La maternité bouleverse bien des habitudes. Vous aimiez skier ?

— J'adorais !

— Je vous comprends, il est difficile pour tout sportif de se passer de cette adrénaline ressentie au cours de la pratique de son sport fétiche.

— Mais tout ça est bien loin derrière moi.

— Pourquoi dites-vous ça ?

— Skier est une idée à enfouir au fin fond de mes placards.

— Ta-ta-ta-ta, qu'est-ce que j'entends ?

Elle prend un ton moralisateur d'adulte ayant pris un enfant grognon en faute.

— « Renouer avec l'impossible », vous avez oublié ? Vous avez déjà fait effacer votre tatouage sur l'avant-bras au laser ?

— Non, non, je ne suis pas du genre à abandonner avant d'avoir commencé, mais parler de sport me semble utopique dans mon état actuel.

— Aimer le sport avant même de pratiquer est une première étape qui vous aidera à chercher la motivation au fond de vous. Le reste de cette fameuse motivation viendra tantôt de vos proches qui encourageront vos efforts, tantôt de mon équipe qui ne vous lâchera pas. Dans quelques temps, le ski, ou tout autre discipline, ne vous paraîtront plus aussi inaccessibles, je vous le promets.

— Merci pour vos encouragements.

— Vous me remercierez plus tard, parce que dans un premier temps, vous allez me détester.

Je me demande si elle plaisante ou non en disant cela. Je tente d'en savoir plus.

— Pourquoi ?

— Avant de dévorer des kilomètres de pistes rouges, vous allez vous empiffrer de voies virtuelles. Le vélo d'appartement va devenir votre meilleur associé, un super partenaire.

J'ouvre de grands yeux surpris et m'empresse de rétorquer qu'après ma deuxième opération du genou et sa mauvaise rééducation, il a été mis au placard.

— Vous en avez un chez vous, c'est une excellente nouvelle, rebondit-elle.

— Il sert de porte-manteaux.

— Il va falloir le dépoussiérer.

— Alors si j'ai bien compris, je marche en béquilles depuis quatre mois, mes jambes sont des poteaux inanimés, mes pieds des marionnettes de chiffon aveugles mais vous, vous dites que le vélo va devenir mon meilleur ami ?

— C'est ça ! opine-t-elle fièrement de la tête. On va commencer tout doucement, cinq minutes par jour. Vous verrez, c'est une discipline dans laquelle vous allez progresser rapidement. Le vélo améliore les performances cardiaques et musculaires, c'est indéniable. Grâce à cet entraînement, vous allez retrouver une meilleure capacité respiratoire, vous pourrez suivre une conversation sans être essoufflée et votre cœur arrêtera de s'emballer au moindre effort. Qu'en pensez-vous ?

— J'en pense que vos arguments sont plus qu'intéressants. Je veux absolument retrouver mon autonomie de déplacement et si je dois concurrencer le maillot jaune du Tour de France, il va falloir que je me donne à fond. Je suis prête.

— Voilà le genre de discours que j'aime entendre. J'ai une bonne intuition avec vous madame Chevalier, je sens qu'un beau parcours nous attend.

La jeune femme m'explique qu'à la suite de notre entretien, elle va s'appuyer sur ce questionnaire, sur les tests réalisés en amont avec l'infirmière et sur le ressenti du kinésithérapeute afin de mettre au point un programme de récupération musculaire en adéquation avec mes capacités actuelles. Ce programme évoluera donc tous les mois après un rapide bilan par mail si possible.

— La technologie nous permet d'être au plus près de nos sportifs, vous verrez, nous pourrons échanger facilement. Vous nous ferez part de vos difficultés ou de vos progrès et nous pourrons vous envoyer des vidéos ou des fiches explicatives concernant de nouveaux exercices à mettre en œuvre. En attendant cette future étape, je vais voir si un kinésithérapeute est disponible pour vous recevoir.

Je reviens d'ici deux petites minutes.

Elle se lève, se dirige vers la porte, l'ouvre en grand et disparaît dans le couloir de droite. La pièce se plonge aussitôt dans le silence. Obnubilée par le discours idéaliste du médecin du sport, je n'avais même pas remarqué la principale décoration de la pièce. Trois cadres imposants accrochés au mur derrière le bureau du médecin renferment respectivement trois maillots aux origines pas toujours évidentes pour moi. Dans un premier temps, je reconnais le maillot du Stade toulousain, sur lequel une ribambelle de signatures au marqueur noir inonde le tissu rouge. Au centre, du rugby. À gauche du handball. À droite du basket.

À son retour, le docteur Pécoulin est pleine d'enthousiasme. Elle se précipite à son bureau sans même prendre le temps de refermer la porte restée ouverte depuis son départ. Elle attrape son fauteuil d'une main, s'assoit et m'adresse la parole en croisant les mains sur le bureau pour se donner de la contenance.

— C'est bon, j'ai le feu vert du kiné, il vous attend dans son antre. Je vais demander à une infirmière de procéder à votre transfert. Quant à nous, on se revoit dans un mois, histoire de faire un compte-rendu des premières séances organisées chez vous ou chez le kinésithérapeute. Gardez toute votre lucidité, madame Chevalier, nous allons progresser par paliers. Les débuts seront difficiles et les progrès minimes, mais je vous promets que les choses vont bouger. Laissez-vous du temps. On fait comme ça ?

— Oui docteur, c'est parfait.

Elle empoigne le combiné du téléphone et pianote sur quelques chiffres. Je devine au loin une voix aiguë, avec laquelle elle échange différentes consignes avant de raccrocher et de s'adresser de nouveau à moi.

— Je repense à votre passion pour le ski. Sachez qu'à mes yeux, la neige est un phénomène naturel d'une grande hostilité. Cette notion rime avec froid, chutes, blanc et il y a bien assez de blanc ici avec toutes ces blouses et ces murs. En retrouver à l'extérieur d'une manière exponentielle provoquerait chez moi une overdose à coup sûr. Expliquez-moi comment skier peut devenir une passion ?

Je ne sais pas si ma véhémence pour ce sport a été à la hauteur de mon discours qui s'est pourtant voulu empreint de fougue et de frénésie. J'aime ces souvenirs de sorties dans les Pyrénées, de vacances en station au cœur des Alpes. Le ski ça ne se raconte pas, ça se vit ! La vue des montagnes enneigées sur fond bleu cristallin, la chaleur particulière du soleil qui vient réchauffer votre visage. Vous n'êtes rien face à l'immensité de cette nature presque intacte, un petit bout de rien venu admirer la beauté du monde dont elle a la chance infinie de faire partie.

Mon transfert ne s'est pas fait attendre. Le domaine des kinésithérapeutes requiert un nouveau slalom dans les couloirs qui me donne l'opportunité de croiser des êtres vivants sans blouse : un jeune adolescent en short, l'épaule bloquée par une attelle, un individu chauve et boiteux au regard inquisiteur, une dame rouge écarlate, statique, en train de reprendre son souffle. Elle respire vite pendant qu'un homme à la mine fort sérieuse prend son pouls au niveau de son poignet tout en regardant sa montre. Tels des fantômes errant dans un cimetière, un vent de blouses blanches virevolte entre ces êtres humains. Vivement qu'on arrive.

— Un dernier couloir et nous serons au bon endroit, m'indique mon chauffeur.

Les murs de ce dernier sont entièrement recouverts de centaines de cartes postales, accrochées de part et d'autre de petites lucarnes, alignées telles des meurtrières.

Lumineuse grâce à plusieurs fenêtres étroites tout en longueur, la salle de travail des kinés représente un beau volume. Elle est exposée face à la pelouse d'un jardin verdoyant, peuplé de plusieurs sapins hauts et obèses. Le mauvais temps ne ternit pas cette atmosphère apaisante, bien éclairée par une dizaine de suspensions métalliques.

Des vélos de rééducation, des tapis de marche, des tables d'examen et une paire de barres parallèles occupent les environs. Un mini-trampoline ferait la joie de mes enfants, tout comme les échelles positionnées contre le mur principal en face du puits de lumière.

Le kinésithérapeute est un quarantenaire au physique agréable, très agréable, même. Blouse ouverte sur un jean et un polo bleu, il me rappelle quelqu'un avec vingt ans de moins, le jeune Fernandez, l'étudiant en médecine qui joue les chauffeurs de fauteuil roulant à ses heures perdues. Heureusement qu'il est venu se présenter car il m'aurait été difficile de l'identifier parmi les patients. Un charme magnétique émane de cet homme tandis que ses billes aux couleurs de l'océan m'agrippent du regard.

— Bonjour et bienvenue, me dit-il en serrant ma main chaleureusement.

Il lève les yeux.

— Marie, c'est OK, je m'occupe de cette dame. Tu peux ramener M. Marcel en chambre, s'te plaît ?

— Bien sûr, pas de souci.

Le kinésithérapeute marque un temps d'arrêt et me dévisage. Il réfléchit à la manière de m'aborder puis recule d'un pas.

— Chère madame, bienvenue dans mon espace de remise en forme.

Tiens, tiens, il garde ses distances. Je respecte cela et ne me formalise pas. J'adopte aussitôt sa manière de faire et murmure avec un léger rictus aux lèvres.

— Quel travail allons-nous aborder aujourd'hui ?

— Je pourrais vous dire que nous allons attaquer les choses sérieuses, comme disent les adultes responsables. Mais comme ici, il n'y a aucun adulte responsable, il n'en sera pas question.

— Pas de travail ? dis-je, sceptique.

— Ne déambulent dans cette pièce que des enfants qui s'ignorent, le champ lexical du travail y est donc banni de façon logique. L'âge est illusoire ici : en vieillissant, nous retrouvons nos rêves d'enfants, nos réflexes et les forces de ce petit être qui finalement ne nous quitte jamais. Il faut seulement vouloir ne pas le laisser partir dans les tourments et les illusions d'adultes ! Donc, on ne va pas « travailler » ou « bosser », ensemble on va « jouer », « bouger », « grimper », « s'éclater » …

— Point de vue intéressant.

— Regardez autour de vous : aucun ordinateur, aucune photocopieuse ou imprimante, aucun classeur ou dossier encombrant, pas même une machine à café. Rien qui puisse un tant soit peu rappeler un semblant de boulot quelconque. Dans cette salle de sport on voit des ballons, des plots, des cordes, des harnais, des casques… Regardez tout ce matériel accroché au mur. On est loin des bilans financiers et des plannings du personnel d'une entreprise, non ?

— On va faire du canyoning ou de l'escalade ?

— Ça y est, vous avez pigé : chaque jour on part à l'aventure, on fait marcher notre imagination et on pratique…

Il admire et s'inspire de la façade recouverte d'objets en tout genre, certains parfaitement insolites. D'un geste des bras, il les prend pour témoins et poursuit :

— Tiens, la spéléologie par exemple : on rampe, on se baisse pour accéder aux cavités souterraines, on se hisse sur la corde pour sortir du ravin… Ou bien le football : on pousse un ballon, on tire droit au but, on monte sur les marches du podium… Ou encore la gymnastique : on fait des barres parallèles, on s'accroupit au sol, on propose à des juges imaginaires une chorégraphie avec des ports de bras, des rotations et des équilibres.

— Je vais devoir venir en tutu avec des demi-pointes ?

Il rit à gorge déployée.

— Ah ah ! Elle est bien bonne, celle-là ! Vous me taquinez, je devine votre sourire dans ces propos.

Il se redresse, pose les mains sur ses genoux et plonge ses yeux d'un vert intense au fond des miens.

— Je suis kinésithérapeute, mais je sais que vous savez.

— Je sais quoi, d'après vous ?

— J'ai lu votre dossier madame Chevalier, le médecin du sport m'en a fait passer une copie et puis… vos yeux ne savent pas mentir.

Déstabilisée, je vocifère.

— Et donc, vous savez quoi ?

— Je sais que contrairement à beaucoup de nouveaux arrivants, vous ne me voyez pas comme un excentrique ou un charlatan. Je sais que vos principes concernant la conception et le fonctionnement de l'être humain se sont effondrés à l'annonce de cette maladie qui vous habite. Je sais que vous ne ressentez plus rien. Cela se lit dans vos yeux, pour qui sait observer attentivement.

Il se tait, ne quitte pas mon regard. Je tente de déglutir, une énorme boule entrave ma trachée. Il termine.

— Je sais aussi que vous croyez en ces artifices qui motivent mes patients à laisser ponctuellement derrière eux cet univers médical oppressant et déprimant. Cette vision des choses leur apporte plus de sérénité, ils osent se surpasser. Soigner le physique ne suffit pas, mon expérience m'a montré que les résultats sont décuplés par un moral d'acier et une motivation à toute épreuve. Le mental est une force que j'exploite beaucoup en ces lieux. Cultiver cette philosophie me rend heureux car j'en mesure tous les jour le potentiel.

Je ne réponds pas, il a touché quelque chose au fond de moi. Comment a-t-il pu analyser tout ça à partir de quelques feuilles de rapport et de mon regard ? Le médecin du sport m'avait prévenu de son originalité, il en est tout à fait question. Elle a également souligné son grand professionnalisme malgré certaines méthodes modernes, voire peu conventionnelles. Il a tapé juste. Je vais lui faire confiance.

— Avez-vous vu la décoration des murs du couloir en venant jusqu'ici, chère madame ?

— J'ai cru voir une grande fresque.

— Allez, je vous montre.

Le kinésithérapeute attrape mon fauteuil et remonte la piste empruntée pour venir ici, quelques minutes plus tôt. D'un pas énergique, mon chauffeur pénètre dans le couloir qui se dessine devant nous. À mi-parcours de la sortie, il stoppe sa course.

— Mieux qu'une fresque de peinture, dis-je en contemplant le mur.

— Il s'agit du « Mur de la Renaissance ». Il se poursuit jusque dans l'antre des kinésithérapeutes, derrière nous. Nous travaillons tous en collaboration et nous invitons les patients qui le souhaitent à nous envoyer une carte postale lors de leur premier voyage après l'épreuve qui les a conduits chez nous. La plupart des malades en début de rééducation imaginent que leur vie se résume à quatre murs et à des soins médicaux pour l'éternité. Je m'efforce, tout comme mes confrères, de les convaincre qu'aucun jour ne se ressemble et que la vie reprend toujours son cours, même si le cap que l'on s'était fixé a un peu changé. Au début, ils ne me croient pas quand je leur promets qu'un voyage sera un jour possible, qu'ils pourront de nouveau faire des projets et organiser un périple qui leur tient à cœur. Ces preuves, affichées ici aux yeux de tous, me donnent un peu de légitimité dans mon discours. Puis, au fil des semaines et des mois, les progrès thérapeutiques se font ressentir et cette idée de départ commence petit à petit à cheminer. J'ai reçu des cartes postales du monde entier et de toutes les régions de France. Partir à l'étranger n'est pas une évidence pour tout le monde. Un simple séjour dans une ville dépaysante suffit à faire renaître l'espoir et l'envie de bouger, de se dépasser.

Ce mur est orné de dizaines et de dizaines de vues incroyables qui rendent les clichés encore plus vivants. Des punaises transforment cette douce réalité en un puzzle géant où les mille visages de la vie semblent s'emboîter tout simplement. Le thérapeute me montre différentes cartes postales.

— Celle-ci a été envoyée par un ado paraplégique, il a fait un saut à l'élastique pendulaire à la Réunion. Celle-là vient de Finlande. Hervé, remis de son AVC, voulait faire sa demande en mariage sous les aurores boréales. Romantique, non ?

— Et ces paysages de mer au Pays basque ?

— Une patiente blessée lors d'un accident domestique. Elle a décidé de s'installer à Biarritz avec sa fille pour ouvrir une école de surf accessible au handicap.

— Vous vous souvenez de chaque histoire liée à ces bouts de carton ?

— Oh non, il y en a trop maintenant, presque un mur entier recouvert de souvenirs. Disons que certaines histoires sont plus marquantes que d'autres. Je triche aussi souvent en décrochant les cartes postales pour relire le texte et la signature. Je me remémore ainsi une époque de riches rencontres.

— De belles leçons de vie, vos cartes postales ?

— C'était le moteur de ce projet, redonner du sens à des vies brisées et motiver les équipes médicales dans un combat assez rude au quotidien.

Je m'émerveille devant cette œuvre d'art spontanée, empreinte d'altruisme et de générosité.

Ces témoignages me poussent à envisager, à cet instant, que tout est possible. Malgré ce grand nuage noir que je vais devoir franchir d'une manière ou d'une autre, le soleil m'attend peut-être au-delà de ces ombres inquiétantes, plus brillant que jamais. Une chose est sûre, je vais m'accrocher et y croire.

25

Revoir ses priorités

Les jours ont défilé et me voilà enfin de retour chez moi.

Fini les bips incessants, hurlant dans le couloir pour prévenir les aides-soignantes qu'un patient a besoin de quelque chose, d'un calmant, d'un café, d'un câlin…

Fini les va-et-vient dynamiques des infirmières, ces anges gardiens à nos côtés jour et nuit, sans cesse en train de courir derrière le temps et, accessoirement dans les couloirs, derrière quelques récalcitrants.

Fini le défilé lent et régulier des professeurs, des médecins, des internes passionnés ou blasés par toutes nos pathologies et par leurs dénouements, aussi addictifs qu'une série sur Netflix.

Enfin du calme et du silence, ces compagnons tant désirés pour ces premières heures passées chez moi.

Le téléphone s'anime, vibre, je ne réponds pas. Je fais l'autruche, laissez-moi souffler, évacuer la fatigue et la lassitude emmagasinées ces derniers jours. Une bonne sieste me permettra d'y voir plus clair, il reste moins d'une heure avant le retour de mes écoliers préférés. Action.

À peine réveillée, je me reconnecte avec la réalité et j'attrape mon portable. Plusieurs messages de mes proches s'affichent :

« *Ma fille, nous sommes de tout cœur avec toi, tu es la plus forte, courage. Tes parents qui t'aiment.* »

« *Lou, j'espère que tu es bien rentrée chez toi. À la pharmacie, tu nous manques. Le patron cherche le classeur qualité depuis trois jours. Je lui dis où il se range tu crois ? Bisous. Gaby.* »

« *Je me prélasse à Paris entre deux conférences. Je pense à toi, ma Belle. Nat.* »

Mon répondeur contient également deux enregistrements.

« *Bonjour, ici monsieur Fleurant, votre conseiller bancaire. Rien d'urgent, mais votre nouveau chéquier est à l'agence depuis longtemps et personne n'est encore venu le récupérer. Voulez-vous que je l'envoie à votre domicile par voie postale ?* »

Le banquier ? Ah oui, j'oubliais, la vie continue.

Le retour à la vie réelle est difficile. Mon corps est secoué de brûlures au quotidien. J'ai pu tester plusieurs combinaisons de médicaments sans vraiment trouver la parade idéale pour atténuer douleurs et effets secondaires. Je comprends maintenant pourquoi mon ordonnance était aussi chargée. Quand je pense que la médecine ignorait jusqu'à présent mon existence, moi, une femme solide et dynamique qu'aucun ouragan ne pouvait arrêter.

J'ai toujours mal au ventre après les repas. J'en connais dorénavant la raison. Mes muscles, encore mes muscles. Restriction du passage et ralentissement du bol alimentaire par des muscles affaiblis. J'ai dû adapter les textures de mes repas, choisir une assise dure, me tenir droite, avaler par petites bouchées, boire doucement… Les souvenirs des conseils de l'ergothérapeute, les premiers temps, ont beaucoup tournoyé dans mon esprit. Vite oubliés, les pizzas sur le canapé, les salades sur le pouce et les sandwichs avalés en cinq minutes.

Qui aurait cru qu'agir de façon si inconsciente aurait pu me coûter la vie ?

Les purées et les compotes ont refait leur apparition tels des repas de jeunes enfants aménagés pour répondre à une mastication encore peu efficace. Alicia et Will ne m'en ont pas parlé. Ces changements d'alimentation ne les ont pas alertés. Christophe, lui, n'a pas été dupé, nous en avons discuté après une liste des menus affichée sur le frigo contenant certaines nouveautés culinaires.

La déglutition. L'élocution. La respiration. La motricité… Ces fonctions si essentielles à notre vie que nous ne faisons même plus attention à la magie de leur existence. Et pourtant, que sommes-nous sans ces rouages primordiaux pour notre bien-être ?

Un simple animal en survie, voilà à quoi je ressemble.

Une tétraplégique avec des permissions de sortie.

Je passe énormément de temps allongée. J'ai troqué les heures passées au comptoir de la pharmacie contre des heures passées au lit, devant la télévision à m'abrutir de séries et de téléfilms. Le comble, c'est que je ne peux même pas prendre la position qui me plaît une fois à l'horizontale. Je dors sur le côté depuis toujours, sauf que maintenant, la seule manière de soulager mes muscles c'est de m'allonger totalement sur le dos, les bras le long du corps. Plusieurs coussins calés contre ma nuque, mes épaules et mes bras soulagent un peu mes douleurs.

En chien de fusil, mon genou droit écrase mon genou gauche, mon épaule droite s'enfonce sur les muscles de mon épaule de gauche, le flanc droit semble détruire le flanc gauche à petit feu, et vice versa si je décide de me tourner dans le lit. Je n'ai pas d'autre choix que de me plier à la volonté de mon corps et demeurer étendue sur le dos en permanence. Au début, c'était effrayant car j'avais l'impression d'habiter régulièrement un corps inerte et sans vie. Lorsque les brûlures se calment enfin, il reste l'unique douleur de mes paupières qui s'ouvrent et se ferment de façon automatique, un exercice lancinant et inévitable.

Le linge s'entasse. Chris gère plus ou moins les repas. Le ménage est hors de ma portée. Tout notre quotidien est bouleversé.

Ma seule mission de la journée : prendre ma douche.

J'ai refusé la maison de repos, synonyme d'abandon de mes enfants, alors il faudra faire avec. Garder ma dignité est devenu ma priorité alors quelle que soit la stratégie, je fais preuve d'astuce. Deux chaises dans la salle de bain. Une dans la douche, l'autre à l'extérieur. J'ai de la chance qu'il n'y ait aucune marche, ni ici, ni ailleurs. Entre deux essoufflements, je bénis le ciel de nous avoir permis de trouver cette maison fonctionnelle.

Prendre une douche est une seule tâche pour la plupart des êtres vivants. Pour moi, cela représente maintenant une lourde succession de mouvements pour me dévêtir, me mouvoir, me shampouiner, me rincer, me sécher, m'habiller. L'énergie que je dois déployer afin de réussir chacune de ces étapes est colossale. Je sors de la salle de bain épuisée, comme si ces quatre mètres carrés humides avaient été le siège d'une épreuve olympique. Je me rends alors dans ma chambre en béquilles, je m'affale sur le lit et ne peux que patienter en écoutant mon corps s'enfoncer dans le matelas.

Je ne parle plus correctement. Mes cordes vocales oscillent entre les aigus et les graves et me font la surprise à chaque élocution. Je balbutie souvent et me réfugie dans le silence, ce qui est loin d'être une évidence pour une bavarde comme moi. Je préfère envoyer ou recevoir des messages via mon téléphone plutôt que de me lancer dans une conversation en risquant plusieurs chutes absurdes. Je les fuis donc autant que possible.

Mon quotidien, outre l'objectif de prendre une douche, est rythmé par des séances de kinésithérapie et d'orthophonie à domicile, en tout cas pour l'instant.

Je ne souris plus, je ne ris plus mais je ne pleure pas. Je ne ressens rien. Tout ce que je viens de vivre est impossible à encaisser si des émotions s'y ajoutent. Mon instinct de défense me préserve d'un autre attentat. Il a enfoui cette boîte aux mille secousses tout au fond de mon être.

Si les premières semaines ont été compliquées pour moi, elles ont également été éprouvantes pour mon mari, désorganisé dans nos habitudes. Dans un premier temps, il s'est libéré en urgence en aménageant ses horaires de travail afin de pouvoir emmener les enfants à l'école le matin et aller les chercher à la garderie le soir. Il prend le relais à la maison sur les tâches ménagères et fait aussi les courses mais, malgré une liste détaillée des articles à acheter ou à livrer, il trouve toujours le moyen de faire des erreurs. Des scènes de dispute germent sous nos pieds embourbés dans une mélasse de problématiques plus ou moins importantes. Entre frustration et exaspération, nous nous affrontons.

J'attaque souvent la première.

— Une dame a appelé, tu n'as pas donné le chèque pour la cantine.

— Mais si, je l'ai déposé la semaine dernière dès que tu me l'as donné.

— Où ça ?

— Et bien dans la boîte aux lettres de l'école ! Ils mangent bien à la cantine là-bas, non ?

— Mais c'est à la mairie qu'il fallait le déposer !

— Et comment tu voulais que je le sache !

À cette période, d'autres personnes rentrent dans ma vie au quotidien.

— Bonjour, c'est Mylène, la maman de Gwen. J'ai croisé ton mari, il m'a brièvement expliqué la situation devant le gymnase il y a quelques semaines. Je ne sais pas s'il t'a raconté ?

— Si, si, d'ailleurs merci d'avoir réaiguillé le train dans la bonne direction, il est un peu perdu.

— Avec plaisir. Je ne t'ai pas donné mon numéro de téléphone par hasard. Comme je te l'avais proposé après ton opération du genou en début d'année, n'hésite pas à me solliciter, je vais à l'école tous les matins avant de partir travailler à la plateforme.

— Tu es dans la logistique, je crois ?

— Oui, je m'occupe du réapprovisionnement de plusieurs jardineries du Sud-Ouest et je suis régulièrement en télétravail, alors je suis plutôt disponible pour mes enfants.

— Et bien justement, j'aurais un service à te demander.

— Dis-moi.

— Voilà, mon mari est débordé par l'étendue des tâches que je ne peux plus faire et ses absences répétées au travail commencent à peser lourd à la fois sur son moral et sur son avenir professionnel. Penses-tu qu'il te soit possible de prendre Alicia et Will le matin en plus de Gwen afin de les déposer à l'école ?

— Mais oui, bien sûr ! Il ne fallait pas attendre d'être sous les flots pour me le demander ! Bon, c'est réglé, je viens chercher Alicia et Will vers 8 h 20 jusqu'à nouvel ordre.

— A priori ma belle-mère séjournera chez nous lors de mes hospitalisations toutes les trois semaines pour gérer la maison et les enfants, donc je n'aurai pas besoin de te solliciter ces semaines-là. Je te tiendrai au courant des dates au fur et à mesure.

— OK, ça marche.

— C'est vraiment gentil. Ton aide est une bénédiction.

— Solidarité mamans !

Ma belle-mère qui me propose de tenir les rênes de la maison durant mes séjours hospitaliers, des mamans à la rescousse au quotidien, voilà les promesses d'un nouvel équilibre, même précaire. Une bonne chose de faite que d'avoir enfin accepté un peu d'aide. Christophe peut être rassuré quant à la reprise de son activité dans de meilleures conditions.

Mon quotidien, si chargé autrefois de conversations entre clients, collègues et commerciaux s'est considérablement étiolé, amenant le silence et le combat à se côtoyer chaque jour.

Un combat pour marcher, un combat pour vivre.

Un combat qui réveille des forces insoupçonnées au service de ma rééducation.

Un soir dans la cuisine.

— Lou, arrête, tu ne tiens plus debout.

— Si, si… c'est bon, dis-je entre deux bouffées d'air.

— Les enfants sont couchés, la cuisine est pratiquement rangée. Tout est sous contrôle, affirme Christophe, deux assiettes à la main.

— Je peux bien… te donner un coup de main.

J'ouvre le lave-vaisselle, attrape des couverts empilés sur la paillasse et commence à charger les paniers. La manœuvre manque de fluidité, soulever les assiettes n'est pas aisé, rester sur mes appuis devient de plus en plus approximatif.

— Tu laves la poêle… l'écumoire et la casserole… Je fais le reste.

— Lou, ce n'est pas raisonnable.

— Oh, ça va !

Christophe fait la vaisselle, le liquide mousse au contact de l'éponge et de l'eau. Je le sens m'observer du coin de l'œil. Un enfant surveillé par le père de famille. J'ai fini. Je soupèse la porte du lave-vaisselle, tire et la rejette sur son point de fermeture. Clap !

— Je suis…

Je n'ai pas le temps de dévoiler la fin de ma phrase. Sans que je puisse m'y opposer, mon corps s'écroule le long du mur. Je me casse littéralement la figure. Dans ma chute, je claque la porte de la cuisine jusqu'à présent entrouverte. Qui a appuyé sur le bouton « off » ?

— Lou ! se précipite mon mari.

Accroupi près de moi, je lis l'inquiétude dans ses yeux. Les miens sont toujours ouverts. Je n'ai pas perdu connaissance, mon esprit s'est juste retrouvé seul, loin de la matière, inerte et endormie.

— Ça va ? Tu as mal quelque part ? réitère Chris.

— Grugudg….

— Hein ?

J'avale ma salive, racle mon palais et remue les lèvres. Les mots se bousculent en une purée incompréhensible. Mes muscles moteurs n'obtempèrent pas, je suis un jouet mécanique auquel on a enlevé les piles.

— Je… pa… paler…

— OK, OK, tu ne peux pas parler. Ce sont tes muscles, c'est ça ?

Je cligne des yeux en guise d'affirmation.

— Tu peux te lever si je t'aide ?

Je nie imperceptiblement de la tête.

Il me scrute de la tête aux pieds à la recherche de la moindre anomalie. Je voudrais lui assurer qu'il ne constatera rien de probant, le dysfonctionnement vient de l'intérieur de la machine.

— On fait quoi alors ?

— A… ttends, dis-je dans un murmure.

— Et à part ça, tu vas bien ?

Je cligne à nouveau les yeux. Il se détend. Un petit sourire en coin, il s'assoit en tailleur et semble plus rassuré.

— Je n'avais pas prévu de passer la nuit ici. Tu voulais faire preuve d'originalité et te transformer en boudin de porte ?

Il m'arrache un timide sourire dont je capte la sensation de chaque muscle sollicité sur mes pommettes, mes joues, ma mâchoire. Le froid du carrelage s'implante de façon progressive sur chaque centimètre carré de ma peau. Je n'ai pas l'intention de m'éterniser ici. Le pôle Nord n'était pas la destination au programme de ce soir.

Au bout de trois minutes, j'ai pu articuler quelques mots. Au bout de cinq, je me suis assise contre le mur, lui aussi glacé. Au bout de dix, je titubais dans le couloir en direction de notre chambre à coucher, soutenue par les bras de Christophe. En passant à pas de loup devant les portes des enfants, il ne peut s'empêcher de chuchoter.

— Sacré alibi pour picoler en douce, tes muscles qui déconnent.

Le lendemain, une visite me redonne le sourire.

— Va t'installer sur le canapé, on arrive, m'ordonne Katia.

— Oui, oui, confirme Gabrielle.

Je referme la porte, tourne la clef dans la serrure, actionne le verrou. Le brouillard du matin était annonciateur d'une journée morne. Au contact de ce sirupeux manteau, une fine bruine exaspère les promeneurs. Cette petite pluie discrète s'insinue partout comme un vent frais au printemps. Mes collègues viennent d'introduire un fauteuil roulant au milieu de mon salon. Les traces des pneus dessinent la trajectoire empruntée par l'engin quelques minutes plus tôt. Détaillant le sol, Gabrielle se rend compte de mon analyse et s'exprime.

— On va te nettoyer ces lignes de boue, ne t'inquiète pas. Tu as un chiffon quelque part ?

— Cuisine. Cagibi au fond à gauche. Étagère du haut.

Gabrielle s'engouffre dans la cuisine pendant que je rejoins Katia près du fauteuil.

— Bel engin, n'est-ce pas ?

— Pourquoi m'avez-vous ramené ce truc ? dis-je sans enthousiasme.

— Ce truc, Madame, va vous servir à retrouver une vie sociale.

— C'est pour les handicapés.

— Et tu es quoi en ce moment, d'après toi ? me questionne Katia, les mains sur les poignées du fauteuil, l'air soucieux.

— Je vais aller mieux. Je ne suis pas encore à jeter.

— On n'a jamais dit ça, ajoute Gaby en revenant de la cuisine, un vieux tissu à la main.

Elle se baisse, nettoie grossièrement les roues puis marche en canard en frottant le sol jusqu'au paillasson de l'entrée. Elle abandonne le chiffon sur la commode et vient récupérer une grande étoffe posée sur l'assise du fauteuil.

— On va te l'installer ici, dans ce petit coin à côté de ton armoire de famille. Il ne gênera personne et sera caché sous un vieux drap que je te donne, ni vu, ni connu.

Les filles s'affairent. Ensuite nous nous installons au salon devant des boissons chaudes. Mon thé fume sur la table basse. Je bois une gorgée puis pose ma main sur l'avant-bras de Gabrielle.

— Et toi, est-ce que les enfants sont gentils ?

— Oh oui ! Je suis très heureuse de cette nouvelle vie. Les journées sont bien remplies. Mes conseils concernent dorénavant des domaines comme le découpage au ciseau ou le collage des gommettes, un vrai bonheur pour moi de voir ces enfants apprendre au fil des jours.

— Combien d'agréments ?

— Deux. J'ai accueilli une petite fille de dix-huit mois fin août et en octobre, un petit garçon de quinze mois est venu mettre ses mains dans la pâte à modeler avec nous. Il est un peu turbulent et pataud, mais je me régale. Ils partagent les mêmes activités et le même niveau de motricité donc je vais au relais des assistantes maternelles deux fois par semaine. Ils proposent des ateliers d'éveil musical, de marionnettes ou des parcours d'obstacles, par exemple. On passe de bons moments mais je me suis faite remarquer lors de ma première visite.

— Pourquoi ? demande Katia.

— Je ne savais plus comment accrocher les sièges auto dans ma voiture en partant ! Trop d'années se sont écoulées, impossible de me rappeler. Je n'avais pas anticipé cet atelier montage express. L'angoisse au garage, avec toutes ces sangles dans les mains, un schéma complexe et les deux petits autour de moi qui n'arrêtaient pas de courir dans tous les sens.

— Tu as fini par les traîner au relais sans siège auto, c'est ça ?

— Non, bien sûr que non, tu rigoles ! Tu veux que je pointe au chômage si quelqu'un me dénonce ? hurle Gaby en gesticulant les bras en l'air.

— Pas simple, parfois le boulot, énonce Katia.

— D'ailleurs, à la pharmacie, quoi de neuf ?

Elle termine son café, fait claquer ses mains sur ses cuisses et clame tout haut.

— Et bien figurez-vous que le patron a lancé la réparation du monte-charge !

— Ça alors, lui qui ne voulait pas dépenser un centime dans ces travaux, dis-je avec une moue résignée.

— Et bien, il faut croire que monsieur l'auditeur a eu des arguments que tu n'avais pas, Lou, car une fois son rapport envoyé après l'inspection en juillet, les choses ont bougé.

— À savoir ?

Katia compte sur ses doigts.

— Pas de monte-charge équivaut à une dégradation des conditions de travail, à l'impossibilité de déplacer des charges lourdes et à un risque accru d'accident du travail. Tout ceci rime aussi avec « non-conformité à la norme qualité » et donc avec « pharmacie recalée ».

— Belle démonstration !

— Ce n'est pas de moi, affirme Katia, flattée. Ce sont les conclusions de l'auditeur. Nous avions trois mois pour rectifier le tir sous peine de perdre la norme qualité. Comme il n'en était évidemment pas question, M. Boston a donné son accord pour lancer les travaux. Travaux prévus dans le devis initié par tes soins en plus !

— Une bonne chose pour vous.

— Tu vois, c'est comme si tu travaillais encore avec nous.

— Mais je travaille !

— Hein ?

— Toutes les nuits, dis-je en souriant.

Les yeux plissés, mes visiteuses me regardent, dubitatives.

— Je rêve. Je rêve de pharmacie, de vous, de médicaments et de clients, très souvent. Je déchiffre inlassablement des ordonnances et cherche pendant des heures les produits rangés dans des endroits que je ne reconnais plus.

— Ah ?

— Oui, en fait, le décor change tout le temps, la pharmacie est transférée chaque nuit dans un endroit différent et assez improbable, je dois dire.

— Par exemple ?

— Pas plus tard qu'hier ou avant-hier, l'officine était implantée dans la maison familiale de mes grands-parents.

Les filles pouffent de rire.

— Oui, je sais, c'est assez amusant. La semaine dernière, la pharmacie avait élu domicile dans la mairie de ma commune et une fois aussi, j'étais dans une station de ski, à Saint-Lary-Soulan dans les Pyrénées.

— Pourquoi pas ? Après tout, grâce aux rêves, tu peux exercer vraiment n'importe où. Moi, je ne me déplace pas, j'invente des activités que je peux – ou pas – reproduire dans la réalité le lendemain avec les enfants que je garde, explique Gabrielle. C'est pratique de rêver.

— Mais c'est tout récent ! dis-je étonnée. Je rêvais énormément petite. Maintenant que l'on en parle, ça me revient… Je volais, je skiais, j'escaladais des montagnes. La dernière fois que j'ai rêvé, je devais avoir dix ans, pas plus.

— Tu étais toujours dans l'action, même en rêve !

— Oui, peut-être.

— Si tu as une double vie en rêvant, c'est normal que tu sois fatiguée, ironise Katia.

— Ne rigole pas avec ça, la rabroue Gabrielle. Dans ma famille, on dit que les rêves nous donnent des réponses sur nous-même et qu'ils nous permettent de communiquer avec l'invisible.

— Loin de moi l'idée de contrarier ta famille, capitule Kat.

— C'est très sérieux, tu sais.

— OK, OK, ne te fâche pas.

— Tu en penses quoi, Lou ? demande Gaby.

— Je n'en sais rien. Je ne me suis jamais vraiment posé la question. En tous cas, si tes esprits pouvaient me faire remarcher au plus vite ou m'aider à y voir plus clair, je leur en serais vraiment reconnaissante.

.

Deux ans plus tard

Tourbillon médical

Deux ans se sont écoulés depuis le début de cette aventure non programmée dans ma vie de femme débordée, anéantissant de façon définitive mon rythme effréné devenu habituel au fil des années.

Deux ans d'injections d'immunoglobulines à l'hôpital, toutes les trois semaines, puis tous les mois. Deux ans de séances de kinésithérapie et d'orthophonie. Deux ans de béquilles et de rééducation.

Une douzaine de comprimés à ingérer par jour. Une piqûre hebdomadaire d'immunosuppresseur par semaine.

Des sensations de plomb dans mes muscles. Un goût métallique dans la bouche.

Une prise de poids de vingt-cinq kilos. Une menace au photographe engagé au mariage de mon frère au cas où il lui prendrait la malencontreuse idée de me prendre en photo ce jour-là, en baleine échouée dans ce corps indéfinissable.

Le blocage du fonctionnement de mes glandes surrénales.

La pose d'une chambre implantable sous la clavicule, un PAC, un petit boîtier positionné sous la peau et relié à un cathéter dont l'extrémité se situe dans la veine cave, à l'entrée du cœur afin de soulager un capital veineux affaibli par la régularité des injections.

Un licenciement pour inaptitude de poste. Une carte de priorité et une carte de stationnement pour personnes handicapées en poche.

La reprise du fonctionnement de mes glandes surrénales.

Une perte de vingt-cinq kilos. Une garde-robe contenant assez de vêtements pour fournir le dressing des femmes de mon quartier du 36 au 44.

Une communauté de mamans d'école capables de s'autogérer.

— Salut, c'est Mylène. Je suis en séminaire jusqu'à jeudi inclus mais ne t'inquiète pas, la maman de Léa viendra chercher les enfants comme d'habitude.

Je ne sais pas qui est la maman de Léa. Peu importe, le clan des mamans d'école a parlé et je lui fais confiance. De toute façon, je n'ai pas vraiment le choix si je veux préserver les enfants. Déléguer est un apprentissage plus difficile que de réapprendre comment lacer mes chaussures.

Et puis, au bout de deux ans de combat, il y eut la journée de trop.

Mes séjours à l'hôpital Larrey sont rodés. Je fais ma valise les yeux fermés. Je n'oublie plus la rallonge du téléphone, un couteau Laguiole et mes écouteurs pour la télévision. Ma belle-mère gère la maison. Nous avons échangé par messages avec Thomas, il vient me chercher en Peugeot 508 grise car sa voiture est au garage dans le cadre d'une révision et d'un changement de pneumatiques. Nous avons conservé le vouvoiement d'usage, mais nous nous appelons désormais par nos prénoms, gage de notre sympathie et de notre sincère respect mutuel. Il pleut et il me conseille de rester à l'intérieur, il sonnera dès son arrivée.

À l'heure et en chemise beige malgré la météo, il vient me chercher au seuil de ma maison afin de porter mon sac et s'assurer que je ne glisse pas en béquilles sur le chemin gravillonné menant à la rue. Entre-temps, le ciel s'est dégagé et de timides éclaircies donnent davantage de luminosité à ce début d'après-midi printanier.

Le trajet est agréable. Les routes de campagne sont quasi désertes. Nous ne croisons qu'un convoi exceptionnel précédé d'un véhicule d'escorte jaune bandé de rouge et blanc au gyrophare aveuglant. Il transportait un mobil-home en ossature bois flambant neuf, présage d'un futur été de vacances.

Sur la rocade toulousaine, les voitures et les camions défilent, tous pressés de remplir leurs obligations et d'y parvenir sans perdre un instant.

Aujourd'hui, je n'ai plus la même notion du temps.

— Les petits sont à l'école ? demande Thomas, les yeux oscillant entre la route et le rétroviseur.

— Tout à fait. Enfin presque.

— Comment ça ?

— Mon fils Will est en classe avec sa maîtresse, mais Alicia est partie visiter le collège. Elle passe la journée là-bas, mange au self à midi et rencontre les équipes pédagogiques, en immersion au milieu des collégiens.

— En septembre, c'est le collège, je suppose ?

— Oui, la prochaine rentrée sera un grand pas dans sa vie.

— Dans la vôtre aussi ! clame mon chauffeur.

— Vous avez raison.

— Mon fils a toujours la tête dans ses bouquins scolaires ou dans son téléphone portable, ses années d'enfance sont passées vite, ses années collège aussi.

— Le baccalauréat est dans sa ligne de mire ?

— Oh oui, il ne parle que de ses examens et s'est déjà renseigné sur les différentes écoles de management et les modalités d'inscription.

— Aucune réorientation professionnelle en vue.

— Cela ne risque pas, il sait ce qu'il veut. Moi aussi.

— Vous aussi, vous allez bientôt vous recycler dans l'accompagnement ?

— Ah ah, ricane-t-il, sûrement pas ! Bien que j'accompagne les gens à ma manière dans mon métier. Je voulais plutôt dire que j'ai des projets, moi aussi. J'ai pour ambition de rénover ma maison.

Il passe le reste du trajet à me détailler les points d'approche de ce projet ambitieux et coûteux, d'après les premiers devis fournis par les entreprises de bâtiment locales.

Thomas se gare comme il peut, à cheval sur le trottoir, warnings allumés, au plus près de la porte coulissante de l'entrée principale. À l'ouverture de la portière, une odeur de chaussée humide se mêle à un semblant de refoulement des eaux usées. Je me pince le nez.

— Cette odeur nauséabonde est due à un problème de canalisations, une équipe est en train d'intervenir de l'autre côté du bâtiment.

— J'espère qu'ils vont faire vite, dis-je, la mine écœurée.

Nous traversons le hall, passons devant la cafétéria, l'accueil, l'administration. Je me réconcilie avec mon odorat au contact d'un mélange de café et de pâtisseries dans l'air. Nous filons au cinquième étage, tremblons dans l'ascenseur parcouru de spasmes vibratoires et terminons notre route au cœur du service de dermatologie, en présence de Noëlle.

— Bonjour madame Chevalier.

— Bonjour madame Chevalier, répète Valentine en passant en coup de vent dans mon dos, les mains lestées de poches à perfusion.

— Bonjour tout le monde, dis-je après avoir pivoté la tête dans toutes les directions.

Je croise le regard de Diego, aide-soignant, en salle de pause, la bouche pleine. Il m'envoie un petit signe de la main que je lui rends.

Je connais toutes les infirmières du service et tous les aides-soignants, ils ont remplacé mes anciens collègues de la pharmacie. Même si je n'ai pas renoncé à travailler un jour prochain, je sais, à contrecœur, que ce n'est pas possible actuellement. L'équipe de soignants est devenue ma deuxième famille et le travail consiste actuellement à me maintenir en vie et me donner le maximum d'autonomie.

Les soins et les traitements sont bien entendu primordiaux, sans eux, je ne serai plus en vie mais je suis aussi portée et reconstruite par un effet thérapeutique puissant, l'écoute et le réconfort des membres des équipes paramédicales. Les soins sont parfois douloureux, les protocoles souvent éprouvants, un bon moral est donc important afin de pouvoir coopérer le plus sereinement possible avec les soignants. Les résultats positifs n'en sont que renforcés, les progrès comptabilisés plus nombreux. Le soutien psychologique de ces personnes par un geste, un sourire, un regard, est une force incroyable, bien plus grande que l'échelle de la douleur qui s'arrête à dix.

Installée en chambre après avoir échangé quelques nouvelles avec Noëlle sur ses dernières vacances en Camargue, je vide ma valise et chaque objet trouve sa place sans hésitation. Une maison secondaire habituée à me recevoir et à animer mon quotidien pendant plusieurs jours consécutifs.

Si je me sens à l'aise dans ces locaux, certains rituels sont différents de mon quotidien. La douche, par exemple, n'est pas un moment de plaisir. Si parfois j'ai la chance d'avoir la douche dans le cabinet de toilettes de ma chambre et non au fond du couloir du service, le débit de l'eau et sa température restent confortables comme une journée à la pharmacie avec des talons neufs : ça fait rêver, mais le bien-être n'est pas au rendez-vous.

Filet d'eau bouillante ou jet d'eau glacé, entre les deux mon cœur balance. Renoncer à me laver sera épisodiquement possible, compte tenu de mon état physique déplorable après les injections et de cette gestion de plomberie problématique.

Quelqu'un toque à la porte et entre avec énergie. Diego m'apporte un verre et une carafe. Il fait partie des gens qui prennent grand soin de moi à cet étage. Il prend mes constantes, me propose une collation pour le goûter, me parle de son fils de seize ans obnubilé par l'achat d'un scooter, et des discussions familiales houleuses que cette envie d'adolescent provoque...

L'interne fait ensuite le point avec moi sur mon traitement et sur les différents rendez-vous planifiés. Un électromyogramme, une séance de kinésithérapie, un bilan orthophonique, un contrôle de ma trachée au service ORL, un scanner intégral.

La routine.

Des heures d'injections d'immunoglobulines en perspective sous la surveillance accrue de l'équipe soignante.

La routine.

Enfin presque.

L'accord alloué aux infirmières par le médecin référent en sortant de ma chambre signe le départ des festivités.

— Alors madame Chevalier, prête pour un nouveau tour avec nous ? demande Valentine, croisée plus tôt à mon arrivée.

— Il faut croire que oui, on ne change pas une équipe qui gagne.

— Vos enfants vont bien ?

— Oui, merci et vous, votre fils a-t-il réussi son stage de natation ?

— Ah, c'est vrai, on avait parlé de piscine la dernière fois.

— Il n'était vraiment pas dans son assiette à l'idée de partir comme ça, en stage d'une semaine avec ses camarades.

— Oh, ce n'était pas les copains, le problème. À dix ans, il était plutôt ravi de ne pas avoir ses parents sur le dos pendant sept jours.

— La piscine, j'avais bien compris.

— Oui, ce n'était pas évident d'avouer à ses camarades que la natation n'était que partiellement acquise.

— Je me doute qu'il avait un peu d'appréhension.

— C'est peu de le dire, il était pétrifié.

— Et alors ?

Valentine fait le tour du lit, pose sur la table à roulettes sa barquette contenant compresses, antiseptiques et autres dispositifs de soins. Elle ramène le pied à sérum dans mon champ de vision, se penche sur moi et étudie la position de ma chambre implantable, placée au-dessus de mon sein droit, unique endroit habilité à recevoir des aiguilles pour mes soins courants. Elle enchaîne ses gestes teintés d'expérience et poursuit.

— Et bien, figurez-vous qu'il s'est beaucoup amusé, tant sur la terre ferme que dans l'eau.

— Qui l'aurait cru, lui qui avait tellement de craintes !

— Finalement, il s'est rendu compte dès la première baignade qu'il n'était pas le seul à appréhender la nage et à avoir quelques lacunes. Les encadrants ont fait des groupes et il a pu progresser à sa vitesse, encouragé par des camarades du même niveau que lui. L'émulation du groupe lui a permis de se surpasser, il est très fier de lui.

— Et sa mère aussi, visiblement ! dis-je en notant l'enthousiasme de Valentine.

— Oh oui ! Il a même reçu une médaille et un diplôme, déjà punaisé au mur de sa chambre.

Une fois branchée à mon traitement, Valentine et moi nous détendons. Elle me quitte en me promettant de revenir toutes les demi-heures pour contrôler ma pression artérielle, ma fréquence cardiaque, ma saturation en oxygène, ma température… Il ne lui manquera que mon tour de poitrine et ma pointure.

Les premières heures ressemblent à celles déjà vécues tant de fois dans ces murs. Les effets secondaires grandissent au fur et à mesure que les heures défilent et les médicaments pour compenser ces désagréments coulent dans mes veines. Je m'enfonce alors dans ce brouillard épais, je me réfugie dans cette bulle que les infirmières évitent de pénétrer, respectueuses de la façon dont je tente de gérer la situation.

— Madame Chevalier, m'interpelle doucement Valentine, je prends les constantes habituelles et je m'éclipse.

Je réponds sans réaction physique.

— Ça marche,

Les yeux mi-clos, docile, je laisse Valentine me manipuler. Ma peau est sensible, mon corps est endolori. Ma bouche se déforme au contact de ses mains pourtant pacifiques, de ses gestes tant de fois répétés, indissociables d'un suivi médical consciencieux. Je note son visage grave et sa mine soucieuse. À travers les verres de ses lunettes, ses pupilles agrandies m'interrogent.

— Nous avons baissé les stores, éteint la télévision pour réduire la luminosité et le bruit mais les maux de tête ont l'air encore intenses. Vous tenez le coup ?

— Oui, dis-je du bout des lèvres.

— Courage, me lance-t-elle avant de quitter les lieux.

Je n'ai rien mangé à midi. Les nausées carabinées associées aux migraines et aux brûlures naissantes m'ont obligée à rester prostrée au lit. Comme si la machine à laquelle je suis branchée distillait dans mes veines un venin destructeur, milligramme après milligramme. Je sombre dans un désarroi de plus en plus difficile à ignorer.

Des sifflements vocifèrent et torpillent à présent les oreilles de tout le service, au point d'imaginer que si j'avais l'énergie nécessaire, je testerais volontiers la résistance de ce bidule à une chute de cinq étages. Valentine intervient encore et encore, avec une patience incroyable. Jamais elle ne râle ou perd son sang-froid, elle semble impossible à déstabiliser face à cette machine exigeante. À pas feutrés, elle intervient et arrive toujours à l'amadouer, dissipant des bulles d'air ou reconfigurant les paramètres.

Soudain, la douleur monte d'un cran. Mes yeux papillonnent et mon cœur se serre. Mortifiée par des brûlures infernales, des flammes lèchent mon corps tout entier en se délectant de plaisir. Mes entrailles se crispent puis mon ventre s'étrangle, dépossédés de leur liberté de mouvement. J'agrippe le drap. Mes poumons sont en feu si bien que je suffoque à présent et respire de façon haletante. Un gouffre de terreur s'est ouvert et m'engloutit. Cette avalanche de souffrance qui me tétanise m'arrache un cri effroyable.

Une bête recroquevillée sur un tapis de torture.

Des spasmes me submergent, les nausées incendient mon œsophage, un mal au nom inconnu exige de sortir de toute urgence. Il lacère ma peau en lambeaux de douleurs, il enflamme mon capital sanguin et n'oublie aucun centimètre de mon organisme.

Je sens la présence de Valentine, sa main sur mon front et son murmure.

— Madame Chevalier, je suis là.

Les spasmes regorgent de puissance. Les relents d'acidité aussi. Valentine s'affaire à mes côtés. Je n'ai pas l'esprit assez lucide pour comprendre ce qu'elle fabrique ou ce qu'elle cherche. Je ne suis pas seule, c'est déjà ça. Et puis tout à coup les choses échappent à mon contrôle. Une secousse extrême me cambre vers l'avant. Vomir provoque à la fois dégoût et soulagement. Courte accalmie dans cet enfer éveillé. Heureusement Valentine, alerte, a pu anticiper. Un plateau de soins en guise de réceptacle tendu par l'infirmière a sauvé la situation qui aurait pu être encore plus infecte.

Valentine déserte la pièce de manière précipitée. Les semelles en caoutchouc de ses sabots heurtent le sol au pas de course, elles libèrent un son strident à chaque impact et assomment mon crâne en surcharge. Ces sensations extrêmes deviennent insoutenables.

Tout départ d'un personnel soignant se solde par une porte qui claque et pourtant, à cet instant, ce bruit caractéristique ne parvient pas à mes oreilles. À la place, des conversations lointaines chahutent, des bourdonnements irradient mes tympans, des battements de cœur menacent de faire éclater ma cage thoracique. La porte a dû rester ouverte, à moins que ce son familier n'ait été tué par mes sens affectés d'une confusion sans précédent. J'entends des dizaines de sonorités en même temps, jusqu'au plissement subtil des draps dans mes doigts. Mon audition est décuplée. Mes cinq sens ont l'air d'avoir subi le même bouleversement car le peu d'éclairage de la chambre m'empêche d'ouvrir les yeux, telle la lumière aveuglante des phares d'un véhicule en pleine nuit tandis que ma peau souffre, écrasée par la lourdeur soudaine des draps, irritée par le toucher agressif du tissu.

Je suis à l'agonie. Le mal me ronge de l'intérieur, plus puissant que jamais, décidé à faire exploser mon être tout entier.

Combien de temps va durer ce calvaire ?

Une peur viscérale de mourir s'insinue alors dans mon esprit. Il ne va pas tenir le coup. Ce corps, ankylosé, écorché, décharné, déchiré, dénudé, ne pourra pas survivre à cette attaque sans précédent. Ce duel n'est pas équitable.

Polluée par cette image de mort imminente, je ne peux me résoudre à quitter ce monde avec ces pensées négatives. Je préfère me raccrocher au bonheur de mes enfants et à leurs sourires espiègles, à la chance d'avoir eu ce soutien indéfectible du monde médical depuis deux ans et d'avoir profité à cent à l'heure de cette vie bien remplie. Et puis d'ailleurs, qu'y a-t-il après la mort ?

Un immense brasier incendie mes muscles et mes articulations, il me submerge d'une nouvelle vague de blessures. Ce feu intense détruit mes cellules et mes convictions, mes croyances et mes jugements puis consume peu à peu mes dernières forces. Pétrie de souffrance, je lance une longue plainte qui déchire la pièce. Jamais je n'ai ressenti une si profonde douleur, une détresse aussi pénétrante.

Du monde s'affaire autour de moi. Un mélange de brouhaha confus d'êtres humains et de roulettes de chariots, le cliquetis du matériel médical secoué et des médicaments ballottés. Les yeux clos, je tente de me concentrer sur ces bruits qui assaillent mes sens en saturation.

— Madame Chevalier, madame Chevalier, est-ce que vous m'entendez ? quémande Valentine d'une voix alarmée.

Ma gorge est en proie aux flammes, ma langue subit une atonie écrasante, mes poumons suffoquent, impossible de formuler une réponse.

— Tension ? demande une voix masculine que j'ai déjà entendue quelque part.

— Je ne sais pas, je n'arrive plus à la toucher.

— Tension ? réitère la voix plus sévèrement.

Une main délicate se pose sur mon épaule. Je la ressens comme une massue d'une centaine de kilos risquant de briser mes os, comme une brûlure du troisième degré à vif, ce qui libère un gémissement de mes entrailles. Malgré mes lamentations qui grincent entre deux suffocations, l'infirmière installe le brassard du tensiomètre autour de mon bras. Il gonfle et brûle, broie le biceps, l'humérus et les tendons en même temps.

Je me brise alors, invoquant la vacuité affligeante de mon existence en m'adressant à l'univers, à Dieu, à l'âme de tous ceux qui peuvent entendre mon appel au secours.

Réclamer de l'aide et un lâcher-prise total, c'est bien la première fois dans ma vie, à moins que ce ne soit la dernière. Et s'il n'y avait rien après la mort ? Comment être sûre ?

Je me brise. Je pleure. Je suis triste et remplie d'un chagrin immense. Je crie. Je suis en colère. Je suis agacée, survoltée, révoltée. Je suis à cran, à bout.

Et puis j'ai peur. Je suis timorée, effrayée, affolée.

Je trouve la vie si injuste.

Persuadée de pouvoir garder cette boîte de sentiments trop durs à assumer au fond de moi, elle explose aujourd'hui comme un feu d'artifice aux mille couleurs et aux lumières aveuglantes. La boîte de Pandore s'ouvre dans un grand fracas.

Le fracas de mon corps dans la matière.

Le fracas de mes émotions contre la réalité.

Le fracas de mon esprit face à un éveil inévitable.

Comment ai-je pu croire que je pouvais vivre coupée d'une part de moi-même ?

Pas une larme versée en deux ans et aujourd'hui, c'est le déluge. Les joues ruisselantes, je me connecte à ses émotions refoulées. Je pleure de tristesse à cause de ma vie volée, je pleure d'injustice pour avoir pioché cette carte empoisonnée, je pleure de colère face aux gens capables de se plaindre pour un train raté ou un ongle cassé.

— Elle n'a jamais été aussi mal, déplore Diego, dont je reconnais la voix.

— Elle souffre trop, professeur, on ne peut pas la laisser comme ça ! s'indigne Valentine.

— On en est où des médicaments par perfusion ?

— Antalgiques, antiémétiques, on a tout administré.

— Acupan ?

— Oui, c'est fait. Aucune amélioration non plus. Elle s'enfonce toujours.

Le professeur marque un temps d'arrêt. Il réfléchit. Vite.

— On stoppe les injections, reprend-il d'un ton décidé. On la stabilise et on reprendra le traitement lorsqu'elle aura refait surface.

— D'accord.

— Et puis, en attendant, on passe par une autre voie. On la médicamente par Zophren et morphine en sublingual, tout de suite !

— Oui, professeur.

—Abrégez ses souffrances et ramenez-la moi dans le monde réel ! exige-t-il en haussant la voix. Je reviens dans trois minutes. Et bipez en cas d'urgence vitale !

Je sens l'angoisse dans leurs voix. Je reconnais le bruit des pas cassants des chaussures en cuir du professeur. Elles s'éloignent et tambourinent aussi fortement dans ma tête que dans le couloir.

Valentine exécute les ordres du chef de service. Elle me rassure avec bienveillance et prend garde de me toucher le moins possible. Avec Diego, ils se relaient à mon chevet. J'entends des murmures inquiets, des gestes brusques. Les yeux clos, je me sens partir, loin, très loin. Pourrai-je revenir de ce pays inconnu ? Vais-je mourir en ces instants dramatiques, séparée des miens ?

Bip ! Bip ! Bip !

Une sirène hurle soudain dans ma chambre.

L'intensité des symptômes augmente au fil du temps malgré l'absorption des médicaments prescrits par le professeur mais mon esprit se calme. Galvanisé par ce bref répit, mon martyre semble se terminer enfin contre toute attente. Je m'enfonce dans une nuit plus étoilée, presque lumineuse. Epuisée, vidée, j'accueille ce sommeil ou cette mort comme une délivrance, noyée dans mes larmes et ma confusion...

Venez découvrir la suite et la fin des aventures de Lou dans le

Tome 2 – Apprivoiser l'inconnu

Disponible partout et sur www.bod.fr

Contacter l'auteur : lou.guillemot@orange.fr